A la recherche de Noah

Le péril invisible

BARB HAN

A la recherche de Noah

BLACK ROSE

HARLEQUIN

Collection : BLACK ROSE

Titre original : RANCHER RESCUE

Traduction française de ISABEL ROVAREY

HARLEQUIN

83-85, boulevard Vincent-Auriol, 75646 PARIS CEDEX 13.

Service Lectrices — Tél. : 01 45 82 47 47

www.harlequin.fr

ISBN 978-2-2803-4559-0 — **ISSN** 1950-2753

1

Katherine poussa sur ses avant-bras pour se relever. A quatre pattes dans la terre, elle toussait et crachait la poussière qui lui emplissait la bouche.

— Laissez-le ! Je ferai tout ce que vous me direz.

L'enchevêtrement de fils de fer barbelés se resserra autour de son mollet. Une vive douleur fusa dans sa jambe.

— Elle s'est prise dans les barbelés, commenta l'homme.

Il jeta un coup d'œil aux fils de fer et se tourna vers son acolyte.

— Elle est coincée… Elle ne risque pas d'avancer.

L'autre homme fit volte-face, les lèvres retroussées par le mépris. La haine flambait dans son regard.

— Laisse-la. On a le gamin.

— Kane ne va pas être content. Il les veut tous les deux.

— Non ! S'il vous plaît… Mon neveu n'a rien à voir avec tout ça.

Katherine essaya de s'extraire du piège métallique qui lui mordait les chairs, mais la souffrance fut pire encore et elle cessa de remuer.

— Je vous donnerai tout ce que vous voulez. Je trouverai le document.

— Bien sûr que oui, vous n'avez pas le choix. Prévenez la police et il est mort, menaça le second. Nous vous appellerons.

Noah se mit à crier son nom. Il était terrorisé, évidemment. Les ravisseurs s'enfonçaient dans les bois avec lui.

Le désespoir s'abattit sur Katherine. Ils enlevaient son neveu ! Elle allait en devenir folle.

Oh non... Seigneur, non !

— Il est malade ! lança-t-elle. Il lui faut ses médicaments !

Les hommes disparurent au loin sans même lui jeter un regard.

Elle recommença à se débattre, mais c'était comme si on lui enfonçait des milliers d'échardes dans la jambe. Bon sang, comment allait-elle faire ? Noah avait été kidnappé et elle était piégée là, seule et impuissante.

— S'il vous plaît… A l'aide… Au secours !

Un grondement de sabots de cheval retentit, quelque part, pas très loin. Katherine retint son souffle et jeta un regard à la ronde. Y avait-il un troisième malfrat ?

Tout s'était passé si vite… Ils l'avaient emmenée, traînée dans les bois… mais pendant combien de temps ?

Le champ de citrouilles n'était plus visible. Autour d'elle, il n'y avait pas le moindre espace découvert. Pas un seul champ, pas de balles de foin. Pas la moindre trace de jaune au milieu de tout ce vert.

Surtout, quantité de sang s'écoulait des plaies multiples qu'avaient provoquées les barbelés. Elle allait se vider lentement de son sang.

Non ! se morigéna-t-elle. Elle ne mourrait pas. Noah avait besoin qu'elle reste en vie. Noah.

Une sourde colère bouillonna en elle, échauffant sa peau. Elle devait sauver son neveu. Il n'avait personne d'autre qu'elle. Et il devait être terrifié, ce qui risquait d'entraîner une crise d'asthme. Sans son inhalateur et ses médicaments, cela pouvait prendre une tournure dramatique… Fatale.

Se forçant à se remettre debout, Katherine prit appui sur sa jambe valide et sauta. Son pied, poisseux de sang, produisit un affreux bruit de succion dans sa chaussure. Ses genoux se dérobèrent. Son épaule rencontra brutalement le sol froid et dur. Quelque chose céda au niveau de sa cheville.

Elle s'efforça de ramper sur les mains et un pied. Le barbelé lui enserra la jambe comme un nœud coulant. La douleur physique n'était rien en comparaison de l'étau qui lui serrait le cœur. Réussirait-elle à se libérer ? Avait-elle une chance de rattraper les truands ?

La panique la faisait trembler. D'autant que les sabots se rapprochaient. Les hommes lui avaient-ils envoyé de la compagnie ? Si tel était le cas, ses appels à l'aide s'étaient retournés contre elle en indiquant à leur complice l'endroit où elle se trouvait.

Le feuillage d'automne tapissait le sol. Impossible de trouver une branche ou un bâton qui lui ferait office d'arme. Restait la possibilité de se cacher, mais comment ?

Le bruit des sabots battant la terre ralentit… Il était tout proche. Katherine ravala un sanglot. Le cavalier pourrait faire d'elle ce qu'il voulait, immobilisée comme elle l'était dans ces barbelés. Pourquoi diable avait-elle crié ?

De ses deux mains, elle balaya frénétiquement le sol. Mais la seule arme disponible était ce maudit fil de fer barbelé qui lui emprisonnait la jambe. Il fallait réfléchir. Echafauder un plan.

Serrant les dents pour lutter contre la douleur, elle réussit à se traîner derrière un arbre et se saisit d'un morceau de bois cassé.

Le tambourinement des sabots s'arrêta. La respiration rapide de l'animal rompit le silence.

Une silhouette imposante mit pied à terre, jurant à voix basse. Le roulement de sa voix grave donna le frisson à Katherine. Son pouls s'accéléra.

Toujours dissimulée derrière l'arbre, elle osa un regard. L'inconnu n'avait rien de commun avec ses assaillants. Les malfrats qui l'avaient attaquée portaient des costumes sombres et des lunettes de soleil lorsqu'ils les avaient pris en embuscade, elle et Noah. Tout était différent chez cet homme.

Il portait des bottes, était vêtu d'un jean, d'une chemise et d'un chapeau de cow-boy noir. Il avait les épaules larges et des hanches minces. Il devait mesurer au moins un mètre quatre-vingt-cinq, peut-être davantage.

Un homme d'aspect aussi authentique ne pouvait être là pour de mauvaises raisons… non ?

Un doute saisit Katherine. Pouvait-elle faire confiance à un inconnu ? Après ce qui venait de lui arriver ?

— Bon sang, mais qu'est-ce qui s'est passé ici ? grommela l'homme.

Puis il avança vers l'arbre derrière lequel se dissimulait Katherine. Elle en tressaillit. L'inconnu marchait courbé en avant et suivait la trace de sang qui allait le conduire droit à elle.

Ami ou ennemi ? Elle allait très vite en avoir le cœur net.

En silence, elle récita une courte prière et implora le ciel de la protéger.

Elle serra les doigts aussi fort que possible autour du tronc d'arbre. Elle arrivait tout juste à respirer.

Un visage taillé dans le granit et orné d'une fossette au menton se pencha vers elle. Des yeux bruns la contemplèrent. Elle vacilla.

Non. Ce n'était pas une hallucination. Ce cow-boy était bien réel… et elle faiblit un peu plus. Sa vision se brouilla. Elle devait agir vite.

Rassemblant tout son courage, elle s'avança. Ses genoux flageolèrent et elle tituba.

D'un geste prompt, Caleb intercepta le bout de bois que la femme s'apprêtait à lui planter dans l'abdomen. Puis il cloua l'inconnue au sol, l'immobilisant.

Elle était superbe avec son haut en dentelle blanche. Sa jupe vert d'eau était remontée sur sa cuisse, révélant un morceau de sous-vêtement. Bleu pâle. La couleur préférée de Caleb. Il déglutit, s'efforçant de ne pas laisser son imagination s'enflammer. L'inconnue offrait à son regard une peau bronzée et des jambes interminables. Elle avait juste assez de courbes pour être féminine, tout en sensualité et en douceur.

— Alors ? Vous allez me dire ce qui se passe ?

Elle leva la tête — une tête couverte de cheveux châtains en bataille — et ne répondit pas.

Avait-elle peur de lui ? Bon sang, non. Ça n'avait pas de sens.

Il lança le bout de bois dans les arbres. La femme se débattit de plus belle, ses mains battant l'air pour le frapper.

— Tenez-vous tranquille. Je ne cherche qu'à vous aider.

— Non, ce n'est pas vrai.

— Bien sûr que si ! Mais, tant que vous essaierez de me taper dessus…

Il avait orienté son cheval en direction des cris sitôt qu'il les avait entendus. Des cris perçants, à mi-chemin entre les gémissements d'une créature surnaturelle et les hurlements d'une victime dans un film d'horreur.

— Vous me faites mal, se plaignit-elle, les dents serrées.

A cette idée, Caleb s'en voulut, mais ne céda pas tout de suite.

— Je vous laisse si vous ne tentez plus de me frapper.

Elle crispa les lèvres et le regarda — d'immenses yeux bleu foncé et des lèvres rouge cerise.

Brusquement, le cœur de Caleb se serra. Ces grands yeux bleu cobalt lui rappelaient douloureusement le regard de sa mère, empli de terreur, quand son père s'apprêtait à lever la main sur elle. Caleb refoula le souvenir avant qu'il ne prenne racine.

— Je n'ai pas l'intention de vous faire du mal.

Son visage ovale, sa peau mate et ses traits doux générèrent chez lui une réaction sexuelle totalement inappropriée. Il ne pouvait rester là, couché sur elle.

— Alors, lâchez-moi ! pesta-t-elle. Il faut que je le retrouve avant qu'ils ne l'emmènent.

— Volontiers… Si vous me promettez de ne pas me frapper. De toute façon, vous n'irez nulle part tant que je n'aurai pas libéré votre jambe. Comment vous êtes-vous entortillée dans ces barbelés ? Et qu'est-ce qu'il s'est passé ? Qui va emmener qui ?

La façon dont elle réagissait lui faisait plus penser à un animal blessé qu'à une psychopathe prise de folie meurtrière. Il se redressa sur un genou et la parcourut d'un coup d'œil, à la recherche d'autres blessures.

Elle se recroquevilla sur elle-même.

— Qui êtes-vous ?

— Caleb Snow, et vous êtes actuellement dans mon ranch.

Il saisit le barbelé pour tenter de la libérer. Elle poussa un cri de douleur qui le fit arrêter tout de suite.

— Désolé…

Avec précaution, il reposa le filin hérissé de pointes métalliques.

La longue jambe soyeuse de l'inconnue était prise en étau par les barbelés. La femme avait perdu pas mal de sang. Encore un peu et elle risquait de faire un malaise.

— Plus vous vous agiterez, plus ce sera difficile de vous dégager.

Les paupières de la jeune femme papillotèrent.

A en juger par la pâleur de sa peau, elle pouvait perdre connaissance à tout moment si elle continuait à remuer au lieu de se tenir tranquille. Caleb se redressa en grommelant un juron.

Elle leva vers lui un regard de supplique.

— Des hommes viennent d'enlever mon neveu. Je ne sais pas qui ils sont. Ils sont partis par là, dit-elle en montrant la direction du ranch McGrath.

Sa voix se brisa. Elle luttait visiblement pour ne pas pleurer. Mais, malgré ses efforts, les larmes jaillirent de ses yeux.

— Bon…, fit Caleb. Il faut d'abord démêler ces barbelés. Ensuite, nous jetterons un coup d'œil dans les environs. Ne regardez pas, détournez les yeux. Comment vous appelez-vous ?

Une pointe de culpabilité traversa Caleb à l'idée de la douleur qu'il allait involontairement lui causer.

Elle renversa la tête pour regarder en l'air et, comme il entamait sa délicate besogne, elle grimaça.

A plusieurs reprises, elle retint son souffle mais ne lui cria pas dessus. Ses yeux bleus trahissaient toujours la méfiance à son égard.

— Attendez…, lança-t-il. Je crois que j'ai ce qu'il nous faut.

Joignant le geste à la parole, il sortit de sa sacoche une pince coupante et des lingettes désinfectantes puis il noua un mouchoir propre au-dessous du genou de la jeune femme pour limiter le saignement.

— Vous me promettez de ne pas me laisser là ?

— Mais enfin… pourquoi voudriez-vous que je fasse une chose pareille ?

Tout en parlant, il retirait une par une les pointes acérées de sa peau, lui laissant chaque fois quelques secondes pour souffler avant de s'attaquer à la suivante.

— Décrivez-moi ces hommes.

— Ils étaient… grands… taillés comme des armoires à glace, répondit-elle d'une voix hachée.

Enfin, il ôta le dernier barbelé et tendit le bras pour aider l'inconnue à se relever.

Sa main était douce et menue. Une décharge d'électricité fusa le long du bras de Caleb. En temps normal, éprouver du désir ne lui aurait pas déplu, mais ce n'était ni le lieu ni le moment.

— Il faut que j'aille voir par là, dit-elle, pointant le doigt vers le nord, tout en s'agrippant à l'arbre.

— Pas question, protesta Caleb. Vous tenez à peine debout. Et je vous rappelle que vous êtes chez moi. Donc, c'est moi qui décide. En plus, vous ne m'avez toujours pas dit ce que vous faisiez ici…

— Ici… C'est-à-dire ? rétorqua-t-elle, bottant clairement en touche.

— Au ranch TorJake.

Comment pouvait-elle ne pas savoir où elle se trouvait ?

Plusieurs scénarios vinrent à l'esprit à Caleb. Aucun ne lui plaisait.

Il s'avança d'un pas vers elle. Faible comme elle l'était, elle n'était pas en position de refuser son aide. Il passa fermement un bras autour de sa taille pour la soutenir.

— Vous n'irez nulle part dans cet état, assena-t-il. J'ai de quoi vous soigner à la maison. Mais vous allez commencer par m'expliquer ce que vous faites sur mes terres. Sinon, j'appelle le shérif. Est-ce que nous sommes bien d'accord ?

— Je vous en prie, ne faites pas ça.

Ah, il avait visiblement touché un point sensible.

Il aurait dû appeler le shérif Coleman. Pourtant, étrangement, quelque chose l'incitait à attendre un peu.

— Je m'appelle Katherine Harper. J'avais emmené mon neveu voir un champ de citrouilles dans le coin, expliqua-t-elle en balayant les alentours du regard. Je ne sais plus où exactement.

— Chez les Reynold.

Etait-ce la peur dans ses yeux ou le tremblement de ses lèvres qui le touchait autant ? Caleb n'aurait su le dire, mais sa curiosité était éveillée. Cette femme l'intriguait.

— Oui, je crois que c'est ça. Quoi qu'il en soit, deux hommes en costume sombre ont surgi tout à coup de nulle part et nous ont attrapés. Ils nous ont traînés à travers les bois... jusqu'ici, où je me suis coincé la jambe dans cette clôture. Ensuite...

Les larmes strièrent ses joues.

— Ils m'ont abandonnée là et ils ont emmené mon neveu.

Caleb observa la clôture sectionnée. De l'autre côté, c'était le ranch McGrath. Il faudrait qu'il aille voir son voisin.

— Nous allons tirer cette histoire au clair.

Il considéra attentivement l'inconnue, les rouages tournant à toute allure dans sa tête.

Manifestement, cette femme était en situation d'extrême vulnérabilité.

2

Noah n'était plus là. Katherine était blessée. La seule chance qu'elle avait de retrouver son neveu vivant se tenait debout à côté d'elle. Tout, dans le comportement de ce cow-boy, indiquait qu'il souhaitait réellement l'aider. Pour cela, il devait connaître la vérité.

En outre, elle avait très envie de se confier à lui. Sans pouvoir s'expliquer pourquoi.

Aussi se lança-t-elle.

— Mon neveu a été enlevé pour une raison précise.

Oh ! Seigneur. Prononcer ces mots à haute voix était presque insupportable.

Les épais sourcils du cow-boy s'arquèrent.

— Et vous ne connaissiez pas ces hommes ?

Elle secoua la tête.

— Ils voulaient que je leur donne un dossier. Ils ont dit qu'ils savaient qu'il était en ma possession. Mais c'est faux. Je n'ai aucune idée de ce dont il s'agit.

Le bras réconfortant du cow-boy se resserra autour d'elle. Etait-il vraiment en mesure de l'aider ? Noah avait disparu et elle ne savait plus à quel saint se vouer.

Il tira son téléphone portable de sa poche.

— J'appelle mon contremaître et ensuite le shérif, histoire de mettre toutes les chances de notre côté pour…

— Non ! Pas la police. Ils ont été très clairs sur ce point. Et puis, nous n'avons pas le temps. Prenons votre cheval… On a peut-être une chance de les rattraper. Noah a besoin de ses médicaments.

Elle esquissa un pas, mais un élancement fulgurant l'arrêta net dans son élan. Sa vision se brouilla.

— Hé, doucement, dit Caleb en la retenant d'une main ferme. Nous allons le retrouver, mais il faut prévenir les autorités.

— Si vous faites ça, ils lui feront du mal…

— J'en doute. Réfléchissez. Ils cherchaient à vous dissuader d'alerter la police… Mais nous n'avons aucune chance de retrouver votre neveu si nous leur obéissons.

Il reporta son attention sur son téléphone.

— Matt ? Rassemble quelques hommes et des chevaux. On a un problème. Un petit garçon a été kidnappé. Il semblerait que ses ravisseurs aient franchi la clôture pour passer sur les terres des McGrath. Je veux que chaque centimètre carré des deux propriétés soit passé au crible. Et préviens le shérif.

Katherine croisa le regard de Caleb, un pincement au cœur. Il avait raison… C'était vraisemblablement un coup de bluff de la part des kidnappeurs.

Elle inclina la tête.

— Ils sont deux, continua Caleb dans le combiné. Deux hommes, en costume noir. Peut-être dangereux.

Son regard s'arrêta de nouveau sur Katherine.

— Quel âge a votre neveu ?

— Quatre ans.

Puisque les renforts allaient arriver, elle commençait à caresser l'espoir de récupérer Noah sain et sauf avant la tombée de la nuit.

Un muscle joua sous la mâchoire du cow-boy.

— Tu as entendu ?

Il se passa quelques secondes puis Caleb reprit :

— Quelqu'un a sectionné la clôture du côté nord. C'est Jimmy qui s'occupait de ce secteur-là. Demande-lui s'il a remarqué quelque chose quand il est passé là-bas l'autre jour.

Katherine contempla les barbelés. Pas de doute, malheureusement : elle était bien éveillée. Ce cauchemar était atrocement réel.

— Dis-leur de se montrer très prudents, conclut Caleb avant de ranger le téléphone dans sa poche.

Il soutenait toujours Katherine de son bras libre.

— N'ayez crainte, je vous tiens.

— Je peux marcher seule, assura Katherine en tentant de se dégager.

Elle avait l'esprit complètement embrouillé. Quand on l'avait traînée jusque-là, elle avait d'abord cru à un itinéraire emprunté au hasard, mais c'était impossible. La clôture avait été sectionnée à l'avance. Tout semblait avoir été prévu, organisé… Ces types devaient être des professionnels. Mais quel genre de document pouvait intéresser des gens de cet acabit ?

Elle en avait la nausée.

Heureusement, la solide main du cow-boy se resserra autour d'elle.

— Ça ira mieux une fois que je serai sur votre cheval, confia-t-elle.

— Mes hommes commencent les recherches. Matt est en train d'avertir le shérif en ce moment même. Maintenant, je vous emmène à la maison pour soigner vos blessures. Le shérif viendra prendre votre déposition là-bas.

— Mais plus je tarde, plus Noah s'éloigne de moi…

Elle n'avait plus ni sac à main, ni papiers d'identité, ni argent. Tout ce qu'elle avait eu sur elle, y compris les médicaments de Noah, devait être éparpillé dans les bois.

— Je sais ce que vous ressentez, dit Caleb. Moi aussi, je voudrais remuer ciel et terre si j'étais à votre place, mais vous êtes blessée.

— Il a besoin de moi. Il est si petit. Il doit être mort de peur. Vous ne pouvez pas comprendre.

Sa voix s'étrangla.

Les lignes qui marquaient le front du cow-boy se creusèrent.

— On va couper par le ranch McGrath, décréta-t-il. Comme ça, on fait d'une pierre deux coups : on rentre à la maison et on jette un coup d'œil en même temps. Ça vous va ?

Des bras robustes encerclèrent sa taille — des bras qui

devaient être capables de venir à bout de n'importe quelle charge. Il la déposa sur le dos de son cheval comme si elle n'était pas plus lourde qu'une plume, puis il sauta en selle derrière elle.

— La priorité, c'est de traiter cette blessure pour éviter l'infection. Vous voulez être encore en vie quand votre neveu sera libéré, n'est-ce pas ?

Elle ne discuta pas. La fatigue alourdissait ses membres, la vidait de toute son énergie. Une fois sa jambe soignée, au moins pourrait-elle se mettre sérieusement en quête de Noah.

Mais l'incursion dans la propriété McGrath ne leur fournit aucun indice quant à l'endroit où pouvait se trouver son neveu. Le ciel s'assombrissait. Il ferait bientôt nuit.

Une grande demeure blanche à un étage apparut au loin, de style colonial, avec un large porche qui courait le long des façades de la maison et des volets vert foncé. D'imposantes dépendances se profilaient à l'arrière.

Katherine nota la présence d'un panier de basket sur le mur latéral du garage, édifié indépendamment de l'habitation. C'était un endroit idéal pour des enfants.

Katherine était tellement rongée par l'inquiétude qu'elle ne s'était posé aucune question sur la vie de Caleb. Vu les lieux, il devait avoir une famille. Katherine se le représenta berçant un bébé. Le contraste entre un petit être vulnérable et le torse nu et puissant de Caleb la troubla profondément.

Le cow-boy avait-il un jeune fils ? Cela pouvait expliquer sa réaction lorsqu'elle lui avait indiqué l'âge de Noah.

Katherine pria pour son neveu.

Faites que je le retrouve avant le coucher du soleil !

Elle ne cessait de se torturer l'esprit. Noah était-il toujours en proie à la panique ? Parvenait-il à respirer ?

Et elle, que devait-elle faire ? Jamais, elle ne pourrait donner aux malfrats ce qu'ils lui réclamaient. Qu'adviendrait-il de Noah alors ?

A cette perspective, un frisson glacé parcourut Katherine. Elle s'efforça de ne plus y penser. La police allait lui demander de décrire ses agresseurs. Elle devait réfléchir, ordonner ses pensées. La dernière chose dont elle se souvenait, c'était d'avoir été entraînée de force à travers bois… D'avoir couru jusqu'à ce que ses poumons soient sur le point d'éclater… Jusqu'à ce qu'elle s'affale dans la terre poussiéreuse, prise au piège de la clôture. Et puis, les hommes avaient disparu. Elle avait tout perdu.

— Laissez-vous glisser vers moi, je vais vous réceptionner, dit Caleb en se plaçant à côté du cheval.

Une main à la paume calleuse se posa avec délicatesse dans le creux de son dos. Caleb la porta jusque dans la maison comme si elle ne pesait rien et l'étendit sur le sofa, dans la pièce qui donnait sur l'avant. Soulevant précautionneusement sa jambe ensanglantée, il plaça celle-ci sur la table basse en pin verni.

Une alléchante odeur d'épices et de nourriture en train de mijoter flottait dans l'air. Seigneur, combien de temps tout cela avait-il pu durer ? se demanda Katherine. Elle se sentait incapable d'avaler quoi que ce soit, mais Noah… Combien de temps tiendrait-il sans manger ? Avait-il faim en ce moment ?

— Margaret, apporte-moi ma trousse de premiers secours, cria Caleb avant de se tourner vers Katherine. Margaret m'aide pour le ménage et la cuisine. C'est elle qui prépare les repas pour moi et les garçons.

Katherine avait donc vu juste : Caleb avait bien une famille. Logique, pensa-t-elle : une propriété comme celle-ci, avec autant d'espace, était l'endroit rêvé pour élever des enfants. Noah aurait adoré vivre là.

Une femme replète entra à pas feutrés dans la pièce. D'une soixantaine d'années, elle avait l'air tout à la fois placide, douce et empressée. Ses traits s'affaissèrent lorsqu'elle posa les yeux sur Katherine.

— Mon Dieu, ma pauvre petite, que s'est-il passé ?

Caleb lui expliqua brièvement la situation avant de faire les présentations.

— Il va me falloir des serviettes propres, de l'eau chaude et un verre d'eau pour Katherine. Les entailles sont profondes.

Margaret fit demi-tour et revint quelques minutes plus tard avec ce que Caleb lui avait demandé.

— Ne vous souciez pas, dit-elle à Katherine. Si quelqu'un peut retrouver votre neveu, c'est bien Caleb.

L'empathie que dégageait cette femme apaisa un peu Katherine.

— Merci.

— Ça va ? s'enquit Caleb en scrutant son expression.

— A peu près. J'ai mal à la tête et j'ai la nausée… Mais ça va aller.

— Bien sûr que ça va aller. Vous êtes entre de bonnes mains, assura Margaret en déposant une tasse de thé près de Katherine. Buvez ça, ça vous fera du bien.

Katherine remercia la gouvernante, sourit et trempa les lèvres dans le breuvage chaud.

— C'est bon… Merci.

— Peux-tu prendre les clés sur ma camionnette ? lança Caleb à Margaret. Et appeler l'écurie. J'ai de nouveau monté Dawn… Demande à Teddy de la rentrer pour la nuit.

Margaret se retira et Caleb commença à tamponner les blessures de Katherine avec une compresse imbibée d'antiseptique.

Katherine se mordit la lèvre, se retenant de crier.

— Puisque vous aurez bientôt fini de me soigner, nous allons pouvoir partir les chercher nous-mêmes… N'est-ce pas ?

— Je préférerais d'abord vous emmener aux urgences pour…

— Non !

Le simple fait de remuer la tête amplifia la douleur.

— Si vos hommes retrouvent Noah, ils le ramèneront ici, n'est-ce pas ?

— Oui.

— Alors, je ne bougerai pas d'ici — sauf pour participer aux recherches. Noah a besoin de moi et de ses médicaments.

Elle s'attendait à une fin de non-recevoir, mais Caleb se borna à hocher la tête, puis se pencha de nouveau sur sa jambe.

S'efforçant de détourner ses pensées de la douleur, Katherine examina la pièce. Le décor était simple. De solides meubles en bois sculpté à la main encadraient la cheminée dont le manteau s'ornait d'une étoile couleur rouille. Les coussins étaient moelleux. L'atmosphère était plus masculine qu'elle ne l'aurait pensé. Il devait pourtant bien y avoir une femme quelque part… Un homme aussi fantastique, aussi protecteur que Caleb avait forcément une belle épouse. Et des enfants. Katherine l'avait déjà visualisé portant son fils… Elle l'imaginait sans peine entouré de deux ou trois bambins.

Pourtant… tout était parfaitement rangé.

Or, pour avoir passé la semaine avec Noah, Katherine était bien placée pour le savoir : les enfants sèment le désordre sur leur passage.

— J'espère que votre femme ne va pas se faire des idées en trouvant une étrangère installée sur votre canapé.

Caleb ne leva pas les yeux.

— Je suis célibataire.

En d'autres circonstances, cette déclaration aurait fait battre le cœur de Katherine un peu plus vite. Pour l'heure, elle était incapable de penser à autre chose qu'à Noah.

— Voulez-vous appeler les parents de votre neveu pour les prévenir de ce qui est arrivé ? proposa Caleb.

— Non, répondit Katherine. Il n'y a personne à appeler. Sa mère est décédée. Je suis sa seule parente.

A ces mots, Katherine ne put retenir un lourd soupir. Sa sœur, Leann, avait toujours été insouciante, intrépide. Pour elle, tout n'était que jeu, amusement et risque. Elle en était morte, et son fils était désormais en danger, songea Katherine avec effroi.

Mille questions dansèrent dans les yeux bruns de Caleb, mais il eut la décence de n'en formuler aucune.

Katherine lui en sut gré.

Toutefois, il avait le droit de connaître la vérité.

— Ma sœur a péri dans un accident d'escalade à Enchanted Rock la semaine dernière. Apparemment, elle grimpait à mains nues, sans aucun équipement de sécurité. Normalement, un équipier est censé vous assurer, d'après ce qu'on m'a expliqué, mais ce n'était pas son cas.

Le muscle sous la mâchoire de Caleb tressauta de nouveau, remarqua Katherine. C'était apparemment le signe qu'il était troublé mais s'interdisait de formuler tout haut sa pensée. Avait-il quelque chose à lui dire ?

— Je suis désolé. Ce doit être une perte terrible pour vous. Qu'en est-il du père de Noah ?

— Elle… elle vivait seule avec Noah à Austin. Elle ne m'a jamais dit qui était son père. Pour autant que je sache, personne n'est au courant. Ma sœur était peut-être impulsive et irréfléchie, mais elle savait tenir sa langue.

D'ailleurs, Leann lui avait peut-être caché d'autres choses…

— Ça doit être relativement facile d'avoir accès à son acte de naissance, fit observer Caleb.

Katherine leva les yeux au ciel.

— Ma sœur y a inscrit : George Clooney.

Si Caleb trouva cela drôle, il n'en montra rien.

Katherine s'éclaircit la gorge.

— Je doute que le père soit au courant de l'existence de Noah. Leann n'a jamais dit à personne avec qui elle sortait. Pas même à moi. Je n'ai jamais su qui étaient ses petits amis. Quand elle parlait d'eux, elle y faisait référence en les affublant de noms de stars de cinéma.

— Mais ces noms… Elle ne devait pas les choisir au hasard, suggéra Caleb.

Katherine haussa les épaules.

— J'avoue que je ne me suis jamais posé la question. Je me disais que cela devait l'amuser.

Caleb afficha, cette fois, un léger sourire. Katherine en fut rassurée et poursuivit.

— Notre relation était compliquée, mais je… j'essayais de la protéger de mon mieux.

Katherine referma les bras sur sa poitrine, refusant d'énoncer sa véritable crainte. Sa sœur avait dû tremper dans quelque chose de peu recommandable malgré ses responsabilités maternelles. Et c'étaient Katherine et Noah qui en payaient les pots cassés. Mais les choses avaient commencé à s'améliorer pour Leann. Pourquoi, alors, s'était-elle comportée ainsi ?

Katherine s'efforça de refouler l'angoisse qui lui comprimait la poitrine.

Personne ne ferait de mal à Noah.

Elle devait absolument s'accrocher à cette certitude... même si chaque fibre de son être redoutait le contraire et imaginait Noah en pleine crise d'asthme.

Caleb haussa un sourcil.

— Et ses amis ?

— Je n'ai pas la moindre idée de qui ils sont. Ma sœur était un esprit libre. Elle se déplaçait beaucoup, vivait de petits boulots. Je ne sais pas grand-chose de sa vie avant Noah. Ce n'est qu'assez récemment qu'elle a repris contact avec moi.

Leann avait-elle su que quelque chose se tramait ? Quel était le lien entre elle et le document que ces types réclamaient à Katherine ?

Caleb ne releva pas. Il se contenta de continuer à nettoyer le sang séché et à badigeonner les plaies d'antiseptique.

Oh ! mon Dieu. La bile monta dans la gorge de Katherine. Un goût amer lui emplit la bouche.

— Pas de nouvelles..., souligna-t-elle nerveusement. Ça ne peut pas être bon signe.

— Il n'y a guère d'endroits où se cacher par ici, assura Caleb. Si votre neveu est toujours dans le secteur, nous le retrouverons. Mes hommes connaissent le ranch comme leur poche.

Mais ces paroles réconfortantes sonnaient creux. Le désespoir submergea Katherine. Si les ravisseurs quittaient la propriété avec Noah, comment pourrait-elle jamais le localiser ?

Elle s'agita sur le canapé.

— Vous avez faim ? s'enquit Caleb.

— Vous savez, je commence à me sentir beaucoup mieux, dit-elle en essayant de se redresser.

Mais elle dut renoncer, ses bras ployant sous son poids.

— Vous allez d'abord manger et vous reposer, lui intima Caleb. Vous avez dû vous tordre la cheville en tombant… Elle est en train de gonfler. Restez ici, gardez la jambe surélevée. Moi, je vais aller me renseigner.

Caleb disparut dans le couloir et revint au bout de quelques minutes avec un bol fumant dans une main et un sachet de glace pilée dans l'autre. Il avait enlevé son chapeau de cow-boy, révélant des cheveux blond pâle assez longs pour boucler à leurs extrémités.

Caleb déposa le bol devant Katherine, plaça un coussin dans son dos et appliqua la glace sur sa cheville. Puis il sortit son téléphone pendant qu'elle trempait les lèvres dans la soupe de légumes que Margaret avait préparée.

On frappa à la porte. Katherine se figea, pétrifiée.

Les yeux de Caleb croisèrent ceux de Katherine, et la puissance de ce simple échange de regards l'ébranla jusqu'au plus profond de son être. Qu'elle soit là, sur son sofa, tellement désemparée, avec ces grands yeux remplis d'anxiété — des yeux d'un bleu qui tirait presque sur le violet sous l'effet de la lumière… Bon sang, il donnerait n'importe quoi pour gommer la souffrance qui se lisait sur les traits de Katherine.

Il alla ouvrir au shérif Coleman. L'expression tendue de l'officier reflétait sa propre inquiétude.

— Merci d'être venu aussi vite.

Coleman souleva brièvement son chapeau, signe du respect mutuel qui s'était établi entre les deux hommes au fil des années, depuis que Caleb était propriétaire du ranch.

— Mes hommes sont déjà sur le terrain à l'heure où nous parlons. Mais je vais avoir besoin de tous les détails…

Sans perdre de temps, Caleb présenta Coleman et Katherine.

— C'est la tante du petit garçon. Il était avec elle dans le champ de citrouilles des Reynold quand c'est arrivé.

Le shérif Coleman inclina la tête en direction de Katherine, les lèvres serrées, la mine grave.

— Vous allez me raconter comment ça s'est passé depuis

le début. Mais, d'abord, auriez-vous une photo de votre neveu à nous confier ?

Elle secoua misérablement la tête, les lèvres tremblantes, mais elle ne pleura pas.

— Non. J'en avais mais je les ai perdues avec mon sac et tout ce que j'avais emporté. Il ne vivait avec moi que depuis une semaine. Nous n'avons même pas encore eu le temps d'aller chercher ses affaires dans l'appartement de sa mère. Il n'a que quelques jouets. Sa peluche favorite.

Elle parlait un peu à tort et à travers, remarqua Caleb, mais c'était compréhensible étant donné l'épreuve qu'elle était en train de vivre. Peu de femmes auraient montré autant de sang-froid dans de telles circonstances. La force qui irradiait d'elle fit naître une petite lueur dans les replis les plus sombres du cœur de Caleb. Des replis profondément enfouis qu'il préférait depuis longtemps ignorer.

— Pouvez-vous me décrire votre neveu ? reprit Coleman.

— Il a des cheveux noirs. De grands yeux marron. Il mesure un mètre cinq et doit peser dans les dix-huit kilos. C'est un joli petit garçon avec un visage rond, des joues rebondies. Des cheveux bouclés. Un visage d'ange.

— Et les kidnappeurs ?

— L'un des deux avait les yeux gris et une cicatrice en zigzag qui partait du coin gauche de sa bouche. Il avait le teint basané.

— Grande, la cicatrice ?

— Pas plus de quatre ou cinq centimètres. Elle était en forme de croissant de lune, précisa Katherine.

Un sanglot étouffé lui échappa, mais elle se ressaisit aussitôt et redressa vaillamment les épaules.

Le shérif détourna les yeux pour lui laisser le temps de reprendre contenance. Caleb baissa les yeux lui aussi, plus respectueux encore de sa volonté de demeurer stoïque envers et contre tout.

— Il a cité un certain Kane. Il a dit : « Kane ne va pas être content. »

— Nous allons entrer ce nom dans la base de données.

Katherine soupira.

— Je suis désolée, ce n'est pas grand-chose. Mon neveu est malade, vous savez… S'il s'agite ou s'affole, cela peut déclencher une crise d'asthme. Et, sans inhalateur ni médicament, cela pourrait être fatal.

Un lourd silence s'abattit sur la pièce l'espace d'un moment.

Coleman s'éclaircit la gorge. Il semblait presque ému, observa Caleb. Dans leur petite ville, ils n'étaient pas habitués à ce genre de crimes.

— Nous allons tout faire pour vous le ramener sain et sauf, je vous le promets, assura le shérif.

— Merci.

— Quel est le nom de famille de Noah ?

— Foster.

— Vous avez dit que vous n'étiez pas encore allée à l'appartement de sa mère. Où se trouve-t-il ?

— A Austin.

— C'est de là que vous venez ?

— Non. Je vis à Dallas.

Cela, Caleb l'avait deviné. Tout, dans l'allure de Katherine, indiquait que c'était une citadine, à commencer par ses jolies sandales ornées de strass. A part des escarpins à talons, elle n'aurait pas pu choisir chaussures plus inconfortables pour aller crapahuter à la campagne.

— Quelle est la date de son anniversaire ?

— Au mois de mars. Le 17.

Caleb scruta Katherine. Sa tension extrême se lisait à la crispation de ses traits, mais elle paraissait toujours aussi déterminée à tenir bon. Comme si le fait de ne pas craquer lui était aussi indispensable que l'air qu'elle respirait. Caleb connaissait bien ce sentiment pour des raisons qu'il ne tenait pas à approfondir.

Il avait su que c'était une femme dès qu'elle l'avait menacé d'une arme improvisée. Bon sang, il comprenait désormais sa réaction. Sans doute avait-elle eu peur qu'il ne soit de mèche avec les ravisseurs et qu'il soit venu lui régler son compte. Elle s'était préparée à livrer bataille.

Katherine redressa sa silhouette tassée sur le sofa, et Caleb dut se faire violence pour ne pas combler la distance qui les séparait, prendre Katherine dans ses bras et la réconforter. Traverser seule une épreuve pareille n'était pas humain.

Mais il ne la forcerait pas. Il allait laisser Katherine Harper libre de se comporter comme elle l'entendait.

Le shérif reprit ses questions à Katherine.

— Est-ce que vous avez eu un différend avec quelqu'un récemment… Un petit ami ?

Caleb s'efforça de ne pas donner l'impression qu'il était suspendu aux lèvres de Katherine. Après tout, sa réponse ne le concernait en aucune manière.

Katherine baissa les yeux.

— Non. Je n'ai pas de petit ami.

— Des proches ?

— Non. Mes parents sont morts l'année de mon entrée à l'université.

Combien cela avait dû être difficile pour elle, songea Caleb.

Coleman interrogea encore Katherine à propos de sa famille, mais elle sembla en être mal à l'aise.

— Je vais demander à mes hommes de chercher les affaires que vous nous dites avoir perdues. Au fait, je ne vous ai pas demandé ce que vous étiez venue faire ici avec votre neveu ?

— Je voulais lui changer les idées. Le sortir un peu de la ville. Nous avons passé la journée d'hier à préparer notre excursion. Il n'avait jamais vu un champ de citrouilles… Quand nous sommes arrivés, il était si heureux de jouer en plein air que je l'ai laissé courir partout. Nous étions restés cloîtrés dans mon petit appartement toute la semaine, alors… A un moment donné, il a suivi un canard jusqu'à la lisière des arbres, au fond du champ. Je me suis approchée pour prendre des photos et c'est à ce moment-là que deux hommes ont surgi de nulle part et nous ont ceinturés. J'ai paniqué… Je n'arrivais pas à le croire. Je me suis débattue tout le temps qu'ils nous entraînaient dans les bois. C'est là que je me suis pris la jambe dans les barbelés et qu'ils se sont enfuis en emmenant Noah. Si seulement je n'avais pas tant lutté…

— Ce n'est pas votre faute, la rassura Coleman.

— Ils ont dit que, si j'appelais la police, ils le tueraient.

Le shérif hocha lentement la tête, mais Caleb surprit une étincelle dans le regard de Coleman. Il prit mentalement note de lui en parler lorsqu'ils seraient seuls.

— Vous ne les aviez jamais vus ? Vous n'avez pas reconnu leurs voix ? questionna encore Coleman sans lever le regard des notes qu'il griffonnait sur son carnet.

— Non. Ils voulaient que je leur donne un document, mais je n'ai pas la moindre idée de ce dont il s'agit. Je me suis même demandé s'ils ne m'avaient pas confondue avec quelqu'un d'autre.

Katherine secoua la tête puis répéta :

— Si seulement je n'avais pas perdu mon sac, ma veste, toutes mes affaires… Noah a besoin de ses médicaments.

— Nous allons passer au peigne fin toute la zone située entre ici et le ranch des Reynold.

Coleman jeta un coup d'œil à sa montre et ajouta :

— Il nous reste environ trois quarts d'heure de lumière.

— Ma voiture est restée là-bas, indiqua Katherine. Je ne peux pas la déplacer tant que je n'ai pas mes clés.

Elle esquissa un geste pour se lever.

Caleb réagit instantanément. En deux enjambées, il réduisit à rien l'espace qui les séparait.

— Vous êtes trop affaiblie. Matt récupérera votre voiture dès que nous aurons retrouvé votre sac. Pour l'instant, je vais appeler les Reynold pour m'assurer qu'ils ne l'ont pas fait remorquer.

Caleb contacta ses voisins. En vain.

— Ils n'ont rien remarqué de spécial, annonça-t-il à Katherine et Coleman une fois qu'il eut raccroché. Décidément, on n'a pas beaucoup d'indices.

Katherine se tourna vers Coleman.

— J'aimerais participer aux recherches, être utile…

— Croyez-moi, laissez faire les autorités. Je vais émettre une alerte enlèvement, précisa Coleman en lui serrant la main. Pour l'instant, restez ici pour le cas où j'aurais d'autres questions à vous poser. Et prévenez-moi si quelque chose de suspect se produisait ou si un détail vous revenait à l'esprit.

Caleb venait manifestement d'hériter d'une invitée. Il n'en était pas vraiment contrarié.

— Vous m'appelez dès que vous avez du nouveau, n'est-ce pas ? lança le shérif à Katherine.

— Ça va de soi, répondit-elle.

Caleb remercia le shérif et le raccompagna à l'extérieur.

Une fois dehors, Caleb croisa les bras.

— Alors ? Qu'est-ce que vous en pensez ?

Coleman parcourut ses notes, se balançant sur ses talons.

— Difficile à dire. Dans les affaires de kidnapping d'enfants, le coupable se trouve souvent au sein même de la famille. Mais les enlèvements ne sont pas monnaie courante par ici.

— Ça se présente mal, n'est-ce pas ?

Le shérif baissa les yeux un instant et secoua la tête.

— Quelles sont les chances de le retrouver vivant ? insista Caleb.

— Disons qu'elles seraient meilleures s'il avait été enlevé par un proche. Mais ça n'a pas l'air d'être le cas. Alors…

Coleman détourna les yeux.

— Ça change la donne du tout au tout.

Les paroles du shérif firent à Caleb l'effet d'un coup de poing à l'estomac.

— Evidemment, reprit Coleman. Il y a toujours la possibilité que le gamin ait réussi à leur fausser compagnie… Les premières vingt-quatre heures sont les plus critiques.

La pensée du petit garçon errant tout seul dans les bois obscurs serra le cœur de Caleb.

— A votre avis, pourquoi ont-ils menacé de tuer le gamin si Katherine appelait la police ?

— Pour éviter que l'affaire ne s'ébruite, vraisemblablement. Ou pour l'effrayer. Qui sait ? Ce n'est pas une célébrité ni une politicienne. Pourquoi la prendre pour cible, elle ? Il faut absolument que nous retrouvions son téléphone. Sans lui, nous ne savons pas si on a essayé de la joindre. D'ici là, tâchez d'obtenir d'elle qu'elle dresse une liste d'ennemis potentiels. Toutes les personnes qui auraient pu avoir un problème avec elle… ou avec sa sœur.

Coleman serra la main de Caleb, monta dans sa voiture de patrouille et s'éloigna.

Caleb demeura un long moment sur le porche à contempler le paysage qui, pendant des années, avait réussi à apaiser ses turbulences intérieures. Il était incapable de s'imaginer vivant ailleurs. C'était chez lui, ce ranch. Et pourtant, une étrange sensation de malaise était en train de s'insinuer en lui.

3

Le pick-up noir de Matt remonta l'allée dans un vrombissement de moteur. Caleb s'avança à la rencontre de son contremaître.

— Alors ? Tu as quelque chose ?

— Rien pour l'instant. Apparemment, les ravisseurs se sont dépêchés de mettre les voiles.

Tout le scénario semblait avoir été calculé, ce qui éliminait l'éventualité — improbable — d'une erreur d'identité, conclut Caleb.

— Tu es allé voir les McGrath ?

Matt hocha la tête.

— Ils n'ont rien vu ni entendu de toute la journée. Ils ont tout de suite accepté de nous laisser fouiller la propriété. J'ai envoyé Jimmy et Greg chez les Reynold. Pas la moindre trace. Personne n'a rien remarqué non plus. Bref, en gros, nous n'avons rien d'autre que la parole de cette femme.

Matt plongea son regard dans celui de Caleb, les traits tendus par la préoccupation.

— Tu crois qu'elle aurait tout inventé ?

Caleb serra les dents.

— Non, tout ça est bien réel. D'ailleurs, ses blessures l'attestent.

— Je sais bien que ma suggestion paraît mesquine, mais il n'y a pas l'ombre d'une piste, insista Matt. Pas la moindre preuve qu'elle dise vrai.

— Si tu avais vu comme moi la terreur dans ses yeux…

Le sang… C'est moi qui l'ai trouvée. Qui ai enlevé un à un les barbelés plantés dans sa jambe.

— D'accord, mais… Où sont les preuves qu'elle a réellement un neveu ? Qui nous dit qu'elle n'a pas une araignée au plafond ?

Un point pour Matt, songea Caleb. S'il n'avait pas été sur les lieux, sans doute aurait-il lui aussi envisagé cette possibilité. Seulement, c'était lui qui avait sauvé Katherine. Et il n'était pas près d'oublier cette expression hantée qu'il lui avait vue. Cette femme avait vécu l'enfer. Et il ne doutait pas d'elle. Pas une seconde.

— Je comprends tes inquiétudes. Mais tu es à côté de la plaque, Matt, je t'assure.

— Comment peux-tu en être aussi sûr ?

— Je le sais, c'est tout.

Matt arqua un sourcil.

— OK. Comment ?

— Appelle ça de l'instinct.

— OK. Je veux bien te croire sur parole. Je vais lui proposer de la raccompagner — là où elle voudra.

Ce disant, il esquissa un pas en direction de la maison.

— Le shérif a expressément demandé qu'elle ne bouge pas d'ici, indiqua Caleb.

Matt hésita. Le scepticisme était inscrit sur son visage. Mais il savait quand tenir sa langue. Il se tourna vers les dépendances.

— Sois prudent, Caleb. Tu as tendance à t'emballer un peu vite lorsqu'il s'agit de sauver des… créatures en détresse. Je retourne voir où en sont les garçons.

Caleb hocha la tête. A l'ouest, le soleil, disque orange embrasant tout le ciel, s'abaissait vers l'horizon. La nuit allait tomber.

Caleb fit demi-tour et rentra dans la maison.

A peine eut-il posé le pied à l'intérieur que Katherine demanda :

— Alors ? Qu'a dit le shérif ?

Caleb stoppa net. Katherine était en train de caresser la petite chatte tigrée qui avait élu domicile sur ses genoux. Caleb n'en revenait pas.

— Ça alors ! Comment avez-vous fait ?

Katherine haussa les épaules.

— Rien de particulier. Elle a sauté sur le sofa et est venue se coucher sur moi, c'est tout. Pourquoi ? Elle a l'air gentille.

— Griffe est très craintive. Elle se méfie de tout le monde depuis que je l'ai recueillie.

— Comment a-t-elle perdu sa patte ?

— Je l'ai trouvée comme ça un jour que je travaillais sur des clôtures. Elle était en piteux état. Je l'ai conduite chez le vétérinaire qui l'a soignée et elle ne m'a plus quitté. Mais elle ne se laisse pas facilement approcher. Elle a labouré le bras de Matt la première fois qu'il a voulu la porter. En général, elle file se cacher dès que j'ai de la visite.

Katherine se mit à chatouiller Griffe sous le menton, et la chatte ronronna.

— Qui peut faire du mal à un gentil animal comme toi ? murmura Katherine.

Puis elle marqua une pause et releva les yeux.

— Vous étiez sur le point de me rapporter ce qu'avait dit le shérif.

Caleb acquiesça.

— Coleman a promis de m'appeler à la seconde où il aurait du nouveau et il voudrait que vous établissiez la liste de toutes les personnes qui seraient susceptibles de vous en vouloir — à vous ou à votre sœur. Dites-moi, vous vous souvenez de ce que vous faisiez avant l'agression ?

— On avait acheté un pot de miel local et choisi la citrouille que nous allions remporter à la maison.

Caleb ouvrit le tiroir d'un petit bureau, en sortit une feuille et un crayon à papier qu'il alla déposer devant Katherine.

— Vous voulez un café ? demanda-t-il en prenant le bol de soupe vide sur la table basse. Je vais en préparer.

— Volontiers, merci.

Il disparut en direction de la cuisine.

Lorsqu'il revint, le crayon courait en crissant sur le feuillet. Il déposa la tasse devant Katherine.

— Je ne savais pas comment vous le buviez.

— Noir, sans sucre, ça ira très bien, merci.

Elle posa le crayon et soupira.

— Combien de temps le shérif s'imagine-t-il que je vais rester là, bras ballants, à ne rien faire ?

— C'est difficile, je sais, mais il faut prendre votre mal en patience. Croyez-moi, tout est mis en œuvre pour retrouver votre neveu. Tous les effectifs du bureau du shérif sont sur l'affaire. Et mes employés sont sur le pont, eux aussi. Le mieux est d'attendre l'appel du shérif. Et puis, il faut vous remettre de vos blessures. Comment va votre jambe ?

— Un peu mieux, merci.

Son bandage avait l'air de tenir.

— Quel est votre dernier souvenir avant que Noah ne soit…

Bon sang. Le simple fait de prononcer le mot « enlevé » lui faisait horreur. Il laissa sa phrase en suspens.

— Après les citrouilles, je nous avais inscrits pour une de ces promenades en charrette à foin, vous savez ? Je me suis approchée de l'extrémité du champ où Noah jouait, près des bois. J'ai pris des photos de lui essayant de soulever une énorme citrouille. S'ils retrouvent mon téléphone, je pourrai en donner une au shérif.

— Y a-t-il une chance que l'un des ravisseurs figure sur l'un des clichés ?

— C'est possible.

— Il faut le signaler au shérif.

Sortant son téléphone, Caleb transmit aussitôt l'information à Coleman. Au moins Matt croirait-il Katherine si elle pouvait produire une photo de son neveu, se réjouit Caleb. Mais pourquoi diable chercher à convaincre Matt ?

— Est-ce que Noah a crié ?

— Ils lui ont plaqué la main sur la bouche en même temps qu'ils l'attrapaient par la taille. Une fois dans la forêt, ils n'ont même plus pris cette peine… sûrement parce qu'ils savaient que personne ne pouvait plus l'entendre.

La tristesse, le désespoir et la peur se lisaient sur les traits de Katherine.

— S'il vous plaît, dites-moi qu'on va le retrouver. Si je ne peux pas leur fournir ce document, j'ai peur qu'ils se vengent sur lui.

Caleb s'assit à côté de Katherine dans le sofa. Il passa un bras autour de ses épaules.

— Mais non, cela n'arrivera pas. Il faut garder espoir.

— Si seulement je n'avais pas paniqué… Si j'avais encore les photos, elles pourraient peut-être nous fournir une piste.

On toqua brièvement à la porte d'entrée — cinq petits coups secs, le code de Matt — et celle-ci s'ouvrit, livrant passage au contremaître. Il s'avança rapidement, un sac noir à la main.

Griffe fonça se réfugier sous le sofa.

Katherine essaya de se lever.

— Dieu soit loué, vous l'avez !

— Ce sont les garçons qui l'ont retrouvé.

Le regard de Matt alla de Caleb à Katherine. Son front se plissa.

— Et mon téléphone… Vous ne l'avez pas vu ?

— C'est tout ce qu'on a pu trouver tant qu'il faisait jour. Tous les hommes du comté se sont joints à nous. Certains veulent continuer. Les autres reprendront les recherches demain.

Matt tendit le sac à Katherine. Elle en vida aussitôt le contenu sur la table basse et prit un petit flacon de comprimés et un inhalateur.

— Tu as averti Coleman ? s'enquit Caleb.

Matt hocha la tête.

— Bien sûr. Et il y a autre chose : la pluie que nous avons eue l'autre jour nous a permis de relever les traces d'un 4x4 sur les terres des McGrath, de l'autre côté de la clôture, près de l'endroit où tu l'as retrouvée.

Caleb hocha la tête. Après cela, Matt ne pourrait plus mettre en doute les propos de Katherine.

Elle continuait à fourrager parmi les objets éparpillés sur la table. Elle mit de côté des sandwichs enveloppés dans du film plastique et des briquettes de jus de fruits.

— Tout est allé si vite. Je ne sais même plus ce que j'ai fait de mon téléphone. Je me revois juste en train de prendre des photos. Et l'instant suivant… on basculait dans le chaos.

Elle secoua la tête.

— Si on me racontait une histoire pareille, moi-même, je ne le croirais pas. Je ne peux pas m'empêcher d'avoir l'impression que c'est un cauchemar. Que je vais me réveiller et que tout sera revenu à la normale… Que Noah sera là, avec moi. Que ma sœur sera bien vivante.

Comme pour conjurer ces sombres pensées, elle se remit à fouiller frénétiquement dans ses affaires. Le sang avait par endroits traversé la gaze de son pansement, nota Caleb.

— Si vous ne voulez pas que je vous conduise à l'hôpital, il va falloir m'écouter maintenant, assena-t-il. Votre jambe doit rester en l'air, surélevée.

Joignant le geste à la parole, il passa la main sous son mollet et, repoussant le contenu du sac, replaça doucement sa jambe sur la table en veillant à ne pas lui faire mal. Les yeux de Katherine s'assombrirent, sa bouche réprima une grimace. Manifestement, sa force d'âme remportait la bataille qu'elle livrait contre la douleur. Mais qu'en serait-il quelques heures plus tard, quand les effets conjugués du choc et de l'adrénaline se seraient dissipés ? Caleb n'aimait pas la savoir seule chez elle, à Dallas, lorsque cela se produirait.

— Vous avez raison. Je suis désolée, je n'ai pas les idées claires. Je n'arrive pas à réfléchir logiquement. Et puis cette attente… ça me rend folle.

Les grands yeux violets se levèrent vers Caleb.

— Mon téléphone n'est pas là. Je devais l'avoir encore à la main quand ils ont surgi. Ils ne peuvent pas me joindre. Si jamais ils ont déjà appelé…

— Bon, vous restez dormir ici ce soir, décréta Caleb.

Matt tiqua très discrètement.

Mais la proposition était venue spontanément aux lèvres de Caleb. Et puis, de toute façon, il avait l'aval du shérif, non ?

Après quelques tergiversations formulées sans grande conviction, Katherine se laissa persuader. C'était la meilleure solution.

Non seulement elle n'était pas en état de conduire mais, même si Noah n'avait passé qu'une semaine avec elle, rentrer seule dans son appartement vide la tentait à peu près autant que de dormir seule dans un cachot humide. Et puis, en restant au ranch, elle aurait le soutien et le réconfort de Caleb.

Il semblait être de ces hommes qui prenaient tout en charge — les choses comme les gens. Ce devait être le code d'honneur des cow-boys ou quelque chose comme ça. Mais elle ne voulait pas abuser de son hospitalité et de sa générosité.

— Vous avez déjà fait beaucoup, argua-t-elle mollement.

— Ne vous inquiétez pas de ça.

Matt racla l'une de ses bottes sur le sol, comme pour rappeler sa présence.

— Mais… s'ils appellent à son domicile ? souligna-t-il.

— Je n'ai pas de ligne fixe, objecta Katherine.

Caleb écarta les bras et se leva du sofa.

— Dans ce cas, c'est réglé. Rien ne s'oppose à ce que vous restiez.

— D'accord, mais uniquement ce soir.

Matt s'excusa brièvement et disparut dans le couloir.

Caleb lui emboîta le pas avec, sur les lèvres, un petit sourire satisfait qui n'échappa pas à Katherine.

Son cœur sauta un battement. Elle s'obligea à reporter son attention sur la liste qu'elle était en train de rédiger. Qui pouvait bien en vouloir à Leann ? Quel document pouvait avoir été en sa possession ? S'agissait-il d'un dossier physique ou d'un fichier informatique ?

Et pourquoi diable pensaient-ils que c'était elle, Katherine, qui l'avait ? S'ils connaissaient un tant soit peu Leann, ils auraient dû savoir qu'elle savait garder un secret. Et qu'elle ne se serait jamais confiée à sa sœur.

Katherine releva la tête. Peut-être devrait-elle aller faire un tour à Austin ? Elle pourrait commencer par consulter l'ordinateur de Leann.

Elle se massa les tempes pour apaiser le martèlement sourd, derrières ses orbites. A part jouer au milieu des citrouilles, qu'avait fait Noah ? Avait-il parlé à quelqu'un ? Et elle ?

Il devait y avoir au moins une douzaine de personnes dans le champ de citrouilles. L'une d'elles était-elle de mèche avec les ravisseurs ? Un frisson courut le long de l'échine de Katherine.

Caleb reparut alors, une béquille à la main.

— Tenez, ça vous aidera à vous déplacer. Mais je vais jeter un nouveau coup d'œil à votre cheville avant que vous vous leviez.

— Je viens de me rappeler quelque chose. Un homme m'a parlé pendant que j'étais dans la file d'attente pour acheter les billets de la promenade en charrette à foin.

Les yeux de velours brun s'arrêtèrent sur elle, et son cœur se mit à palpiter.

— Peut-être qu'il cherchait à détourner votre attention.

La panique s'empara de Katherine à l'idée de se remémorer ces moments d'angoisse. Elle se cacha le visage dans les mains.

— J'ai tellement peur. Que vont-ils lui faire ?

Caleb s'assit à côté d'elle, lui souleva le menton et plongea son regard dans le sien.

— Allons, allons. Ne pensez pas à ça.

— Mais Noah doit être terrifié. Il est tellement petit et il est tout seul. Je prie le ciel qu'ils ne lui aient rien fait. Il vient déjà de perdre sa mère. J'étais censée prendre soin de lui, le protéger…

— S'il a la moitié de la force et du courage de sa tante, ça ira.

A la ligne résolue de la mâchoire de Caleb, il pensait ce qu'il disait.

Katherine faillit rire tout haut. Si Caleb avait su à quel point elle se sentait impuissante et malheureuse… et, pire encore, à quel point sa proximité la troublait ! Ce qui était tout à fait déplacé compte tenu des circonstances.

— J'ai fait le vœu, sur la tombe de ma sœur, de bien m'occuper de Noah… et regardez un peu le résultat.

A ces mots, un poids terrible lui comprima la poitrine. La panique la saisit de nouveau. Sa respiration se fit laborieuse.

Les yeux bruns, de la nuance chaude des feuilles d'automne, enchâssés dans ce visage presque trop séduisant, s'arrêtèrent sur elle, chargés de sympathie. Avant qu'elle ait eu le temps de protester, la main de Caleb guida son visage vers son épaule.

— Cessez de vous culpabiliser, murmura-t-il d'un ton apaisant. Ce n'est pas ça qui le ramènera.

Sa voix grave avait un effet lénifiant.

D'aussi près, elle pouvait humer son parfum. Un mélange de grand air et d'odeur masculine. Son souffle à la senteur de cannelle était comme une caresse sur sa peau.

Elle s'était sentie tellement seule, tellement coupable, et voilà que, tout à coup, ce beau cow-boy lui offrait son réconfort.

Caleb s'écarta — un peu trop tôt au goût de Katherine. Comment était-il possible que l'atmosphère d'une pièce puisse se charger d'une telle tension en moins d'une seconde ? Katherine se reprocha de s'y être laissé prendre.

Des bruits de bottes sur le carrelage leur parvinrent depuis la cuisine, rompant le silence.

— On dirait que nous avons de la compagnie, souligna Caleb en désignant du menton la pièce attenante.

Il se leva et tendit la main à Katherine. Puis il la conduisit à la cuisine.

Une demi-douzaine de cow-boys y étaient attablés. Lorsqu'ils virent Katherine, la conversation s'interrompit et ils se levèrent.

— M'dame, formula Matt, laconique, en soulevant à demi son Stetson.

Elle sourit et inclina la tête en retour.

— Tenez, prenez ma place, proposa Caleb en tirant la chaise qui était en bout de table.

Matt se pencha en avant, calé sur ses avant-bras, lèvres pincées.

Katherine remercia Caleb et s'assit. La conversation reprit.

Caleb fit passer à Katherine un plat de côtelettes accompagnées de haricots. Elle le remercia d'un sourire. Il lui tendit ensuite un verre de thé glacé, puis remplit sa propre assiette et s'installa sur un tabouret haut devant le comptoir.

Katherine observa les employés autour de la table. « Les garçons », ainsi que Caleb et son contremaître les appelaient.

Oui, décidément, elle ne s'était pas trompée sur son compte : Caleb prenait soin de tout le monde autour de lui, elle y compris.

Le dîner terminé, Caleb s'excusa et sortit sur le porche arrière, éprouvant le besoin de s'isoler. Le parfum de Katherine — un mélange unique de fleurs des champs et de vanille — accaparait ses sens lorsqu'elle était à proximité, l'empêchant d'analyser lucidement la situation. Il avait besoin d'avoir les idées claires.

Katherine venait de vivre l'enfer. La mort brutale de sa sœur puis l'enlèvement de son neveu dans la même semaine.

Avant qu'il n'ait pu pousser plus loin son raisonnement, la porte grinça sur ses gonds derrière lui. La silhouette de Matt se détacha dans l'embrasure.

— Situation sacrément compliquée, proféra-t-il avec un signe de tête en direction de la maison.

— Tu la crois maintenant ?

— Difficile de nier l'évidence, répondit Matt, un cure-dents coincé à la commissure des lèvres.

— J'avoue que je me serais posé des questions, moi aussi, si je ne l'avais pas vue juste après que ça s'est produit.

— Je sais que tu veux bien faire — et tu as entièrement raison — mais… est-ce qu'il y a quelque chose entre vous ?

Caleb en resta sans voix pendant un instant.

— Non. Bien sûr que non. Je viens à peine de la rencontrer. Pourquoi tu me demandes ça ?

— Parce que je te connais et que tu ne résistes pas à la tentation de voler à la rescousse des demoiselles en détresse.

— Je ne refuse pas mon aide à quelqu'un qui en a besoin, rectifia Caleb.

— Exact.

Matt aurait pu s'épargner la peine de lui rappeler ce qu'il savait très bien lui-même. Il avait le chic pour attirer les femmes en difficulté. Eprouvait-il de l'attrait pour Katherine ? Oui. Etait-elle belle ? Oui. Mais avait-il pour autant l'intention de se lancer dans une nouvelle histoire calamiteuse ? Non. Il avait été suffisamment échaudé.

La dernière fois qu'il avait secouru une femme, elle l'avait remercié en lui brisant le cœur. Elle avait accepté son aide et puis elle l'avait quitté un beau jour, sans un regard en arrière. Il savait ce qu'il avait à faire : ne pas baisser sa garde, ne pas s'impliquer avec Katherine comme il l'avait fait avec d'autres par le passé. Point final.

Cela dit, il était incapable de tourner le dos à une femme qui avait des ennuis. Etait-ce lié à son enfance perturbée ? Freud aurait répondu par l'affirmative, il en était à peu près certain.

La tension crispait les traits de Matt.

— Méfie-toi quand même. Quand la dernière est partie, tu as vraiment eu du mal à t'en remettre.

— Ça ne se reproduira pas.

Matt haussa les sourcils.

— Peut-être mais… pour être tout à fait franc, ce qui m'inquiète aussi, c'est qu'il y a un enfant dans cette histoire.

Ah… Bien sûr. Caleb voyait bien où son ami voulait en venir.

— Mon ex et sa petite fille n'ont rien à voir avec tout ça.

— Tu en es sûr ?

— Je ne vois pas le rapport entre l'enlèvement du neveu de Katherine et mon passé, rétorqua Caleb d'une voix impatiente.

— Une femme et un enfant en situation de crise déboulent dans ta vie et tu ne vois pas le rapport ? On se connaît depuis longtemps, Caleb…

— Et alors ?

— Alors, tu sais que je ne te mettrais pas en garde sans

avoir de bonnes raisons de le faire. Je pense que ton jugement est faussé.

Le regard sincère de Matt sonda le sien.

Caleb retint un soupir. Son ami avait été aux premières loges lorsque Cissy l'avait quitté. Il avait vu les dégâts qu'elle avait causés en partant avec Savannah. Matt avait les meilleures intentions du monde, mais là, il se trompait.

— Je ne suis pas d'accord.

Il ne pouvait nier l'attirance que lui inspirait Katherine. Cela allait au-delà du simple désir d'aider une personne lambda. Même s'il refusait de l'admettre à haute voix, il n'allait pas se mentir : l'attrait qu'elle représentait à ses yeux était certainement renforcé par le fait qu'un enfant était en jeu. Mais il venait à peine de la rencontrer. Il allait l'aider, oui. Et ensuite, elle repartirait. Et le fait qu'elle porte ou non des sous-vêtements de sa couleur préférée n'avait aucune espèce d'importance. Il ne saurait jamais si son soutien-gorge était coordonné et c'était très bien ainsi. Il était peut-être têtu, il n'était pas stupide.

— J'ai vu le shérif tout à l'heure, reprit Matt. J'ai appris, pour l'état de santé du petit. Je me demande bien qui peut avoir le cœur d'enlever un gamin dans ces conditions.

Matt n'avait pas prononcé le mot « monstre », mais c'était tout comme.

Caleb mâchonna son cure-dents.

— Comment les garçons prennent-ils la chose ?

— Ce n'est pas facile. Surtout pour Jimmy. Il n'a pas voulu interrompre les recherches.

— Je voulais lui demander comment allait sa petite mais, avec ce qui est arrivé…

Matt secoua la tête.

— Pas très bien.

Nom d'un chien.

— Renvoie-les tous chez eux. Leur place est auprès de leur famille.

— Je pense que la plupart d'entre eux veulent continuer.

Jimmy a fabriqué des affichettes. Un groupe est allé les placarder un peu partout en ville. Tout le monde veut apporter sa contribution. Ils vont se relayer par équipes cette nuit pour pouvoir dormir à tour de rôle.

— Dis-leur que j'apprécie leurs efforts, que nous allons tout faire pour que ce gosse rentre sain et sauf chez lui.

Matt hocha lentement la tête, son expression se faisant plus solennelle lorsqu'il ajouta :

— N'oublie pas, fais aussi attention à toi.

— Ce n'est pas comme les autres fois, je te dis.

— Ça, tu n'en sais rien pour le moment, rétorqua Matt du tac au tac.

Caleb retint la réplique cinglante qui lui brûlait les lèvres. Le seul tort de Matt était de se faire du souci pour lui.

— Dis à Gus que je ne serai pas libre demain. Je sais que l'acquéreur devait passer mais…

— C'est la troisième fois qu'il fixe un rendez-vous, rappela Matt. Aucune des personnes qui se présentent ne trouve gré à tes yeux.

— Je ne vais pas confier ma jument au premier venu.

— Ni au deuxième ni au troisième, apparemment. Chaque fois que nous la faisons pouliner, c'est la même chose. Pas un seul poulain n'a survécu.

— C'est bien pour ça que je ne veux pas la vendre. Qu'arrivera-t-il quand le nouveau propriétaire se rendra compte que ce n'est pas une bonne reproductrice ? Sans compter qu'elle nous est utile ici.

— A quoi ? Les garçons utilisent des 4x4, donc ils n'en ont pas besoin. Et, toi et moi, nous avons nos chevaux.

— Dawn commence à prendre de l'âge. Je me servirai d'elles deux. Une cause n'est perdue que si on la déclare telle, Matt.

La soirée était bien avancée et Caleb plongé dans la paperasse lorsque Katherine apparut sur le seuil de son bureau, en appui sur sa béquille.

— Je vous dérange ?

Elle portait un immense T-shirt à manches longues assorti d'un bas de jogging qui flottait autour de ses hanches. Même dans ces vêtements beaucoup trop grands, elle était sexy. L'étoffe semblait dissimuler de douces courbes, et Caleb eut du mal à déglutir.

— Vous ne me dérangez pas du tout… D'où viennent ces vêtements ?

— C'est Margaret qui les a déposés sur mon lit, dans la chambre d'amis, en précisant qu'ils étaient à sa fille et que je pouvais les garder aussi longtemps que j'en aurais besoin. Cette femme est un amour.

Sur ce, elle prit place dans le gros fauteuil club en cuir que Caleb affectionnait. Il était assez large pour deux.

— J'ai réussi à me laver sans mouiller ma jambe, ajouta Katherine. Et puis, j'ai dormi un peu. Je me sens mieux maintenant.

Griffe bondit sur ses genoux et se roula en boule contre elle. Katherine le caressa.

— Des nouvelles du shérif ?

— Pas encore, répondit Caleb. Je lui ai laissé un message. Il ne devrait pas tarder à rappeler. Si votre jambe va mieux demain matin, nous pourrions peut-être aller jusqu'à Austin.

— Mais je veux rester ici et participer aux recherches ! protesta Katherine. Il faut absolument que je récupère mon téléphone.

— Nous commencerons par le chercher et, ensuite, nous irons à Austin. Avez-vous un double des clés de votre sœur ?

— Non.

— OK. Ce n'est pas grave. Nous entrerons quand même.

Katherine inclina la tête sur le côté et fit la moue.

— Je préfère ne pas vous demander comment vous savez pénétrer par effraction chez quelqu'un.

Caleb lui décocha un bref sourire.

— J'ai eu une jeunesse mouvementée…

Il ponctua ces mots d'un petit rire, puis changea de sujet.

— Avez-vous une idée de l'identité du père de Noah ?

Katherine soupira tout en glissant ses doigts dans la fourrure de Griffe.

— Je devrais, mais ce n'est pas le cas. Ma sœur avait des relations compliquées… notamment avec moi.

— Ce n'est pas toujours facile de s'entendre au sein d'une famille, observa prudemment Caleb.

— Quand nos parents sont morts dans cet accident, j'ai mal vécu le fait de devoir quitter l'université et rentrer pour m'occuper d'elle.

Katherine baissa les yeux.

— J'ai probablement tout fait de travers.

— Se retrouver investie de responsabilités familiales quand on est adolescente… c'est lourd à porter.

Les lèvres de Katherine tremblèrent, mais pas une larme ne jaillit.

— Leann a toujours été un électron libre. Elle était insouciante, ne s'inquiétait jamais de rien. C'était moi qui voulais avoir de bonnes notes, restais à la maison le vendredi soir pour étudier et participer aux tâches ménagères. Mes parents avaient une petite entreprise et travaillaient beaucoup. J'avais l'habitude de me débrouiller seule. Leann, en revanche, passait son temps à sortir avec des amis. Nous n'aurions pas pu être plus différentes, toutes les deux. Parfois, je l'enviais d'être comme elle était. Bref, à partir du moment où nous avons été seules toutes les deux, je lui ai serré la vis. J'ai essayé de l'obliger à se comporter de façon plus responsable, comme moi.

— Il fallait bien que l'une de vous soit sérieuse pour deux, remarqua Caleb. La vie ne vous a pas laissé le choix : elle vous a forcée à grandir vite.

Katherine était comme une survivante qui faisait de son mieux pour affronter l'existence, songea Caleb.

— Et vous ? lui lança-t-elle. Vos parents ?

En un clin d'œil, elle venait de renverser la situation.

— Ma mère était une sainte, commença Caleb. Mais l'homme qui m'a engendré, lui… c'était un salaud. Mon père, si tant est qu'on puisse le qualifier ainsi, maltraitait ma mère... jusqu'au jour où il l'a abandonnée.

Caleb étouffa un juron.

— Je me suis révolté. J'en voulais à ma mère de permettre à ce butor de la malmener comme il le faisait. Je m'en voulais, à moi, de ne pas m'interposer. Maman travaillait comme une forcenée pour payer les factures. Elle n'avait pas souscrit d'assurance de santé. Son diabète n'a pas été suivi comme il aurait dû l'être... Elle est morte quand j'avais quinze ans.

La morsure familière de la colère et du regret était encore vive au fond de son cœur.

— Vous vous en êtes voulu ? demanda Katherine.

Caleb soupira.

— Je connais ce sentiment d'avoir laissé tomber quelqu'un. Mais ce genre de pensée négative ne sert qu'à se faire du mal. Il vaut mieux laisser le passé là où il est. Se concentrer sur le présent, voilà ce qui compte. C'est comme ça qu'on se construit un avenir.

— C'est une façon de me conseiller de ne plus culpabiliser ? releva Katherine.

Caleb ne répondit pas directement.

— J'ai fait bêtise sur bêtise lorsque j'étais jeune. J'étais ce qu'on appelle un enfant difficile. Mais me le répéter constamment n'y changera rien.

Katherine promena son regard autour d'elle.

— On dirait que vous avez redressé la barre depuis ?

La fierté submergea Caleb.

— Je n'ai jamais eu le sentiment d'être chez moi avant d'habiter ici.

Mais une fébrilité nouvelle s'était insinuée en lui ces derniers temps. Qu'avait dit Matt à ce propos ? Qu'il lui manquait des petites têtes blondes se chamaillant dans le jardin. La blessure qu'avait causée le départ de Cissy n'était pas refermée. Ce qui était une raison supplémentaire de maintenir une prudente distance avec la femme qui était confortablement installée sur son fauteuil favori comme si… comme si elle était à sa place dans ce ranch.

— J'aime vivre à TorJake. C'est un bel endroit.

— Merveilleux, confirma Katherine. C'est vous qui avez fait de ce ranch ce qu'il est aujourd'hui ?

— Oui. Ma première vente importante a été un cheval Paint — un animal splendide. L'homme qui me l'avait vendu alors qu'il n'était encore qu'un poulain m'avait vanté ses qualités, disant qu'il volait plutôt qu'il ne galopait. Et, en effet, il était d'un caractère si bouillant que j'ai dû le faire hongrer rapidement pour tempérer son ardeur. Je l'ai vendu à un célèbre producteur de Hollywood. Le bénéfice que j'en ai retiré m'a permis de racheter les fermes environnantes. Peu à peu, le ranch a continué à s'agrandir pour devenir ce qu'il est aujourd'hui.

— C'est ce que vous avez toujours voulu faire ? s'enquit Katherine. Posséder un ranch d'élevage de chevaux ?

— Je me voyais plutôt finir en prison… ou pire. Quand j'ai décroché mon premier emploi dans un ranch, j'ai eu le coup de foudre. Je me suis lié d'amitié avec un certain Hank, un vieux pro qui travaillait là depuis longtemps. Il m'a appris les ficelles du métier. Il sentait que j'avais ça en moi, paraît-il. Il n'avait jamais eu d'enfant. Il disait qu'il était parti à la guerre à l'âge où d'autres se marient. Il était devenu un excellent marine dans une unité de forces spéciales. Il m'a pris sous son aile. C'est lui qui m'a enseigné tout ce que je sais de l'élevage des chevaux. Il m'a empêché de tomber dans la délinquance.

— Où est-il aujourd'hui ?

— Il est mort l'an dernier.

— Oh. Je suis désolée.

Son récit avait distrait Katherine de ses soucis, mais, vu son expression, la parenthèse s'était refermée.

— Vous ne pensez pas qu'ils lui feront du mal, n'est-ce pas ?

Caleb serra les dents.

— J'espère que non. Je trouve cette affaire vraiment étrange à plus d'un titre. Il y a quelque chose qui cloche. Votre sœur meurt il y a une semaine. Et maintenant… ceci. Il ne vous est pas venu à l'esprit qu'il y avait peut-être un lien entre les deux ?

Katherine blêmit et se couvrit la bouche de la main.

— Je n'avais pas fait le rapprochement, non.

— Peut-être qu'elle s'est disputée avec le père de Noah… Qu'elle s'apprêtait à révéler son identité. C'est peut-être quelqu'un d'important. D'après le shérif, dans les affaires d'enlèvement d'enfants, ce sont le plus souvent des membres de la famille ou des proches…

— Mais ce document qu'ils veulent récupérer ?

— Justement. C'est peut-être un test de paternité.

Katherine parut réfléchir un instant.

— Si c'est son père qui l'a kidnappé, Noah est en sécurité, non ?

Elle passa les doigts dans ses cheveux pour les repousser en arrière.

— Là encore, je l'espère. Ne le prenez pas mal, mais… est-il possible que votre sœur ait fait chanter le père ?

— Elle ne percevait pas de pension alimentaire, je sais au moins ça. C'est moi qui payais les frais d'université de ma sœur. Elle s'était inscrite à un programme social pour faire garder Noah. Elle lui avait trouvé un jardin d'enfants fantastique. J'avais l'intention de déménager à Austin afin d'être plus près d'eux. Je travaille pour une multinationale d'informatique ; j'organise le planning des formateurs dans les différents sites de l'entreprise, donc l'endroit où je vis n'a pas d'importance. Je voulais me rapprocher pour pouvoir les aider.

Elle s'interrompit un instant.

— Vous pensez vraiment ce que vous dites ? Quel homme pourrait toucher à la mère de son enfant ?

— Ce n'est qu'une idée en l'air, vous savez. Commençons par essayer de découvrir de qui il s'agit. On avisera ensuite.

Katherine ferma brièvement les yeux.

— Leann était désinvolte et téméraire avant d'avoir Noah. Je pensais qu'elle avait remis sa vie sur de bons rails depuis que Noah avait été diagnostiqué asthmatique. Elle avait trouvé un travail à temps partiel dans un café et elle s'était inscrite à l'université. Elle avait repris contact avec moi.

La sonnerie du téléphone de Caleb interrompit la conversation.

— C'est Matt, annonça-t-il en portant l'appareil à son oreille.

— Jimmy a trouvé deux choses chez les Reynold, lui apprit Matt. Un lapin en peluche et un portable. Je lui ai dit de me rejoindre chez toi.

— Merci. On vous attend.

Caleb raccrocha et répéta la nouvelle à Katherine.

Son visage s'éclaira.

— J'espère que les photos vont nous permettre d'avancer… Ces truands portaient des lunettes de soleil, donc leurs traits seront probablement difficiles à distinguer. Mais peut-être que j'ai saisi quelqu'un d'autre sur un cliché. Comme l'homme qui a détourné mon attention dans la file d'attente.

— On sera bientôt fixés, déclara Caleb. Ne nourrissons pas trop d'espoirs à l'avance.

Et pourtant, se dit-il, c'était bien tout ce que Katherine avait… L'espoir.

Si seulement il avait pu être celui qui le ferait de nouveau briller au fond de ses yeux bleus !

On frappa à la porte. D'un même mouvement, Caleb se dressa sur ses pieds et lança un plaid à Katherine.

La porte s'ouvrit. Matt et Jimmy entrèrent dans le bureau.

Après de rapides présentations, Jimmy s'avança vers Katherine et lui tendit le téléphone.

— Je l'ai trouvé en bordure des arbres, chez les Reynold. C'est le vôtre ?

— Oui, merci beaucoup.

Elle leva des yeux dans lesquels, pour la première fois, une lueur d'optimisme s'allumait.

Caleb en fut ému.

— Sept appels manqués et un message vocal, annonça Katherine en lisant l'écran du portable.

On frappa de nouveau. Caleb alla ouvrir. C'était le shérif Coleman.

Caleb l'invita à se joindre à eux puis se posta près de Katherine. L'espoir qui luisait dans ses yeux était comme un rayon de lumière au milieu des ténèbres.

— Mettez le haut-parleur, lui conseilla-t-il.

Elle garda le regard rivé sur lui tandis qu'elle branchait le haut-parleur et élevait l'appareil vers l'assistance.

« Ce gamin a un problème de santé. C'est quoi, bon sang ? Vous avez vingt-quatre heures pour répondre et me trouver ce document. Je vous donnerai mes instructions la prochaine fois que je vous téléphonerai. On arrête de jouer maintenant, OK ? Réfléchissez bien. Les aiguilles tournent… Tic tac. »

Clic.

Caleb prit le téléphone et consulta l'historique.

— Numéro inconnu.

Il s'adressa à Coleman.

— Y a-t-il un moyen de déterminer l'origine de cet appel ?

— J'en doute. Ils utilisent sûrement un téléphone jetable, mais on va vérifier quand même.

Coleman griffonna quelque chose sur son carnet, puis se tourna vers Katherine.

— Vous avez déjà mentionné ce document. Est-ce que quelque chose vous est revenu à ce propos ?

Katherine haussa les épaules.

— Rien. Je ne sais pas du tout de quoi il s'agit. Instinctivement, j'aurais tendance à penser que ce doit être un fichier informatique, mais je n'ai aucune certitude.

Au-dehors, un crissement de pneus se fit entendre sur les graviers. D'un bond, Caleb fut à la fenêtre. Deux gros SUV noirs aux vitres teintées remontaient l'allée à vive allure.

— Shérif, vous avez dit à quelqu'un que vous veniez ici ?

Coleman fit non de la tête.

Les yeux de Katherine allèrent de l'un à l'autre, alarmés. Elle étreignit le lapin en peluche que Jimmy lui avait rapporté et referma plus étroitement le plaid autour d'elle.

— Quand ils se rendront compte que je ne peux pas leur

fournir le document qu'ils veulent, ils nous tueront, Noah et moi. S'il vous plaît… Ne les laissez pas approcher.

— Bon sang ! pesta Caleb. Ils ont dû suivre l'un de vous jusqu'ici. Katherine… Vite, venez !

Caleb lui tendit la main, patienta le temps qu'elle glisse les pieds dans ses sandales et attrape son sac, puis l'entraîna vers la cuisine. Sur le pas de la porte, il se retourna vers ses hommes et le shérif :

— Vous pouvez me couvrir ?

4

Un frisson parcourut Katherine. Le bras de Caleb serré comme un étau autour de sa taille était la seule chose qui la maintenait debout.

La grange ne semblait pas loin, mais la moindre chute, le moindre bruit attireraient l'attention sur eux. Elle avait beau veiller à ne pas trop prendre appui sur sa jambe blessée, le sang pulsait douloureusement dans son mollet. Elle s'obligea à inspirer lentement par le nez puis à expirer l'air à fond par la bouche pour tenter de ralentir les battements de son cœur.

L'obscurité suffisait-elle à les dissimuler ? Le danger était à moins de cent mètres d'eux.

Katherine plissa les yeux.

La lampe extérieure éclairait l'espace de stationnement, devant la maison. Deux hommes. En costume sombre. Une impression de déjà-vu submergea Katherine en même temps que la terreur la gagnait.

Caleb et elle n'étaient pas assez proches pour distinguer les traits des malfrats. Seulement leurs silhouettes, massives comme celles de joueurs de football. L'homme au visage balafré était-il revenu pour la tuer ? s'alarma Katherine.

Son pouls se mit à cogner dans ses oreilles.

— Même si vous avez une voiture garée là, quelque part, on n'y arrivera pas, marmonna-t-elle. Ils ne nous laisseront jamais passer.

— On ne va pas courir ce risque, murmura Caleb.

— A moins de foncer dans le tas ou de tenter de les

contourner, je ne vois pas ce qu'on peut faire. Si vous avez un autre plan, je suis tout ouïe…

— Il y a vos clés dans votre sac ?

Elle hocha la tête.

— Alors, on va prendre votre voiture.

— Mais elle est trop loin, objecta Katherine en désignant sa jambe blessée. Je n'arriverai jamais à marcher jusque là-bas. Et vous n'allez pas me porter sur cette distance…

— Ce ne sera pas nécessaire. Vous allez voir…

Caleb l'aida à s'adosser contre un arbre, près de la porte d'entrée de la grange.

— Attendez-moi là.

Elle n'avait pas envie qu'il s'éloigne d'elle, mais elle s'exécuta.

Un instant plus tard, il reparut, poussant un quad, muni d'une arme à long canon. Une carabine ? Katherine ne connaissait rien aux armes.

— Voilà comment nous allons y aller ! lança Caleb en tapotant le siège.

Il aida Katherine à s'installer à l'arrière. Puis une cuisse musclée passa par-dessus le siège, devant elle. Caleb empoigna le guidon et se retourna à demi.

— Accrochez-vous. Je pense que la grange devrait empêcher le bruit du moteur de leur parvenir, mais on ne sait jamais.

Katherine s'agrippa à la taille de Caleb. Ses abdominaux étaient durs comme la pierre. Y avait-il un seul point faible chez cet homme ? L'idée même de sa force physique dénoua les tensions qui la contractaient. Au contact de la chaleur de Caleb, elle cessa de trembler.

— Pourquoi sont-ils venus me chercher ? Dans le message, ils disaient que j'avais vingt-quatre heures…

— Ils ont peut-être eu peur que vous préveniez les autorités ou que vous disparaissiez dans la nature. Et puis, ils ont compris que votre neveu avait un problème de santé.

— Mais… comment ont-ils su où j'étais ?

— Il n'y avait guère d'autres endroits où chercher.

— C'est vrai.

Elle détestait l'idée de mettre Caleb et ses employés en danger. Heureusement que le shérif était là. Il pourrait à tout le moins retarder ses poursuivants et veiller à la sécurité de l'équipe de Caleb.

Une petite voix rappela alors à Katherine l'avertissement des ravisseurs concernant l'intervention de la police.

Pourvu que la présence du shérif Coleman ne porte pas à conséquence pour Noah, pria-t-elle.

Le trajet fut bref et cahoteux mais laissa à ses yeux le temps de s'accoutumer à l'obscurité.

Caleb coupa le moteur bien avant d'avoir atteint la clairière où Katherine s'était garée. Il se retourna.

— Ils surveillent peut-être votre voiture, donc il va falloir jouer fin.

Dans le noir, ses beaux yeux bruns scintillaient, confiants. Ils étaient posés sur elle.

Un frémissement la parcourut, électrisant ses sens. C'était une réaction sensuelle à laquelle elle commençait à s'habituer à force d'être auprès de Caleb. Une bouffée de chaleur la gagna, en même temps qu'une attraction irrésistible — une attraction plus puissante encore que l'interaction liant entre eux les nucléons d'un noyau atomique.

Les bras robustes de Caleb s'enroulèrent autour d'elle, et elle n'eut plus qu'une envie : se fondre en lui, disparaître, tout oublier. Non. Pas là !

Elle bannit aussitôt cette pensée. Noah avait besoin d'elle. Rien ne la ferait abandonner la partie — ni le stress ni la peur. Elle n'aurait de cesse qu'elle n'ait retrouvé son neveu. Et c'était à la force de la volonté qu'elle y parviendrait.

— Attendez-moi là, souffla Caleb.

Il se déplaça d'arbre en arbre avec la souplesse d'un grand fauve. Silencieux. Tendu vers un seul but. Dangereux. L'assurance de ses mouvements indiquait, si besoin était encore, qu'il n'avait pas dû arriver souvent à cet homme de baisser les bras face à un problème.

Katherine balaya du regard la zone de stationnement plongée dans l'obscurité.

Personne, apparemment.

Elle tendit l'oreille, mais il n'y avait rien d'autre que les bruits de la forêt. Tout autour d'elle. Une angoissante symphonie de piaulements et de sons nocturnes.

En silence, elle attendit le feu vert de Caleb — ou le coup de feu qui trahirait une présence ennemie.

Peut-être, après tout, devrait-elle se rendre… Les supplier de la conduire à Noah pour lui donner ses médicaments.

Mais ils s'étaient montrés impitoyables jusque-là. Il n'y avait rien à attendre d'eux.

Tous ses espoirs reposaient donc sur ce valeureux cow-boy, ce héros tombé du ciel. Mais… si Caleb ne revenait pas ? S'il disparaissait dans la nuit ? Si les ravisseurs le blessaient et qu'il se vidait de son sang, quelque part, dans l'obscurité ?

Caleb était fort, plein de ressources, mais il ne savait pas à quel genre de personnes ils avaient affaire. Une balle ne faisait pas la différence entre les bons et les méchants.

Enfin, l'habitacle de la voiture s'alluma au loin et Katherine poussa un soupir de soulagement. Elle s'avança en boitillant pour rejoindre Caleb.

— Bravo, vous vous en êtes bien sortie, la félicita-t-il en démarrant.

Ses paroles lui firent l'effet d'un baume apaisant sur ses nerfs tendus à craquer.

— Merci. Vous croyez qu'on peut appeler le ranch ? Ce n'est pas trop risqué ?

Caleb hocha la tête.

Sans quitter le chemin du regard, il sortit son téléphone, appuya sur une touche et le porta à son oreille.

Katherine étudia sa physionomie tandis qu'il écoutait tout en dodelinant de la tête.

Après quelques instants, il raccrocha.

— Alors ? Qu'est-ce que ces types voulaient ? s'enquit Katherine.

— Ils ont brandi des badges, prétendant qu'ils étaient des agents du gouvernement et qu'ils enquêtaient sur une fraude d'entreprise.

Katherine éclata de rire.

— Une fraude d'entreprise ? Leann ? Elle n'avait même pas un emploi normal… Elle travaillait à temps partiel au Coffee Hut !

— Ils n'ont pas fait allusion à votre sœur, nuança Caleb. Ils cherchaient à savoir si une femme répondant à votre signalement avait été aperçue dans le secteur.

La peur étreignit Katherine.

— Moi ? Mais enfin, c'est insensé ! Je suis coordinatrice dans une société d'informatique. Ce n'est tout de même pas synonyme d'espionne !

— Coleman a relevé leur identité, indiqua Caleb. Il va se renseigner sur leur compte par les canaux appropriés. Peut-être qu'il en sortira quelque chose.

— Espérons-le. D'ici là, qu'est-ce qu'on fait ?

— On file chez votre sœur, annonça Caleb. Quelle est son adresse ?

Katherine chercha dans les contacts de son téléphone et indiqua à Caleb les coordonnées de Leann. Il les entra dans le GPS de la voiture.

— On va fouiller dans son ordinateur, essayer de rencontrer ses amis… Peut-être que nous trouverons des réponses.

— Ou de nouvelles questions, pesta Katherine. Je vous l'ai dit. Connaissant ma sœur, ça ne va pas être facile. Je ne sais rien de ses fréquentations, encore moins de ce qu'elle a bien pu faire pour déclencher… ceci.

— Le shérif découvrira peut-être quelque chose, avança Caleb. C'est une bonne chose qu'il ait été là quand ces types sont venus. Ils y réfléchiront peut-être à deux fois avant d'agir désormais.

— Peut-être…, soupira Katherine. A moins que…

Ils avaient été on ne peut plus clairs. Pas de police. Avait-elle franchi la ligne jaune et mis son neveu en danger ? Bon sang…

— Ils ne lui feront pas de mal, assura Caleb comme s'il avait lu dans ses pensées.

— Qu'est-ce que vous en savez ?

Les mains de Caleb affermirent leur prise sur le volant. Il serra les mâchoires, le regard rivé sur la route.

— Il ne faut pas nous décourager. Chaque chose en son temps. Pour commencer, nous allons à Austin. Ensuite, on verra. Envoyez à Coleman les photos que vous avez prises de Noah.

— Oh ! Seigneur… J'avais presque oublié.

Il lui donna le numéro du shérif et elle se pencha de nouveau sur son téléphone, faisant défiler les photos. Noah souriait à l'objectif et grimpait sur une énorme citrouille en proclamant : « Je suis le roi ! »

La culpabilité transperça le cœur de Katherine.

Elle examina le reste de l'image mais, elle eut beau scruter l'écran, il n'y avait rien d'autre que de l'herbe jaunissante et des courges avec, en toile de fond, un rideau d'arbres.

— Je ne vois rien de particulier, maugréa-t-elle. Mais l'écran est petit…

— Coleman agrandira les images pour les passer à la loupe, ne vous inquiétez pas.

Un par un, elle envoya les clichés au shérif, le cœur battant.

Lorsqu'elle eut terminé, elle ferma les yeux.

Caleb lui prit la main et la pressa. La chaleur de sa paume se propagea à tout son être, réconfortante. A quand remontait la dernière fois qu'une telle chose lui était arrivée ?

Elle chercha dans sa mémoire, mais rien ne vint. Personne, jamais, ne lui avait fait cet effet-là.

— Vous devriez essayer de dormir un moment, conseilla Caleb.

Mais Katherine redoutait de fermer les yeux. Elle avait peur de revivre l'horreur du moment où Noah avait été arraché à ses bras, hurlant et se débattant.

— Je n'y arriverai pas.

— Inclinez un peu votre siège.

Elle obéit et se tourna vers la fenêtre. L'autoroute 35 semblait dérouler son ruban d'asphalte à l'infini. Ils passèrent Waco, puis plusieurs autres localités, plus petites.

Chaque minute écoulée, chaque kilomètre parcouru rappelait à Katherine la terrible réalité : Noah lui échappait.

La fatigue de la journée pesait affreusement sur Katherine. Dormir… Elle avait à peu près autant de chances d'y parvenir que Noël de tomber en juin, mais elle ferma quand même les yeux, priant le ciel pour un peu de sommeil. Elle en avait besoin pour régénérer son esprit et avoir les idées claires. Peut-être était-elle passée à côté d'un détail important qui aurait permis d'assembler les pièces du puzzle ?

Leann avait-elle dit quelque chose récemment ? Fait la moindre allusion pouvant laisser présager ce qui allait arriver ?

Katherine eut beau se creuser la cervelle, rien ne lui vint. Leann avait été tellement discrète sur sa vie privée…

La tristesse envahit Katherine, lui serrant le cœur, oppressante. Leann devait pourtant bien s'être doutée de quelque chose. Pourquoi n'en avait-elle pas parlé ? Si elle avait des ennuis, peut-être Katherine aurait-elle pu l'aider.

Katherine essaya de se remémorer les mots exacts de sa sœur lorsqu'elle avait demandé si Noah pouvait venir chez elle, à Dallas, pendant une semaine, mais elle put à peine se rappeler la tonalité générale de leur conversation. Si ce n'était pas triste, ça…

Sa sœur était morte et elle n'était même pas fichue de se rappeler les dernières paroles qu'elles avaient échangées ! La culpabilité et le regret l'assaillirent. Mais, soudain, surgi de nulle part, un souvenir se fit jour en son esprit. Il y avait eu une alerte de tornade, ce qui était rare en octobre. Lorsqu'elle avait plaisanté à propos du caractère imprévisible du temps, au Texas, Leann avait poussé un profond soupir.

Katherine se redressa brusquement sur son siège.

— Leann se doutait que quelque chose de grave allait se produire.

— Oui, c'est aussi ce que je me suis dit, confia Caleb. Et c'est pour ça qu'elle a envoyé Noah chez vous.

— Ce qui signifierait que tout ce qu'elle a fait était prémédité. Peut-être qu'elle s'est trouvée mêlée à une affaire louche dont elle ne savait plus comment se sortir ?

— Vous pensez à un trafic de drogue ? suggéra Caleb.

— Non. Elle était peut-être farfelue et malavisée, mais elle ne buvait même pas d'alcool.

— Je ne peux pas m'empêcher d'en revenir toujours au père.

— Vous avez peut-être raison, reconnut Katherine. Je ne vois pas qui d'autre pouvait avoir suffisamment à perdre pour en venir à… de telles extrémités. Mais, encore une fois, les relations entre ma sœur et moi étaient distendues depuis qu'elle était adulte. Je n'ai pas la moindre hypothèse. Je pense seulement qu'elle s'est rendu compte qu'il allait arriver quelque chose.

Se pouvait-il que Leann ait fait chanter quelqu'un ? Katherine avait du mal à le croire. Sa sœur était un peu irresponsable, mais ce n'était pas quelqu'un de malintentionné.

Simplement, elle n'était pas fiable. Katherine n'avait jamais pu compter sur elle. A ce sujet, un souvenir lui revint en tête.

Un jour qu'elle était partie en voyage scolaire, elle avait confié à Leann le soin de s'occuper de son chien, Hero, en stipulant expressément qu'elle ne devait pas le sortir. Leann n'avait rien trouvé de mieux à faire que de transgresser l'interdiction et de l'emmener au parc, sans laisse, pour le faire jouer avec un Frisbee. L'animal avait couru après le disque volant et s'était enfoncé dans les taillis… pour ne plus jamais en ressortir.

La perte de Hero avait porté un coup terrible à Katherine. A partir de cet instant, elle s'était juré de ne plus jamais laisser sa sœur approcher de ce qui lui était cher.

Elle soupira.

S'agissant de Leann, tout ou presque était possible. Katherine voulait — non, elle avait besoin — croire sa sœur innocente. Certes, Leann avait toujours eu ce côté libre-penseur. Certes, elle était un peu excentrique, bohème, mais ce n'était pas une criminelle calculatrice. Surtout pas du genre à vouloir du mal à quelqu'un par haine ou désir de vengeance.

Le désespoir envahit Katherine.

De nouveau, Caleb dut lire dans ses pensées.

— Je suis sûr que nous allons trouver quelque chose. Vous verrez : bientôt, cet épisode sera derrière vous.

Mais ces paroles n'apportèrent qu'un piètre réconfort à Katherine.

Caleb et elle approchaient de chez Leann. Allaient-ils mettre la main sur ce que réclamaient les truands ? Katherine essaya de s'en convaincre. Ainsi, elle le leur donnerait en échange de Noah. Puis elle pleurerait sa sœur. S'efforcerait d'oublier ce cauchemar.

Si seulement les choses pouvaient être aussi faciles…

Le ronronnement du moteur combiné au sentiment de sécurité que lui apportait Caleb lui permit de se détendre un peu.

Peut-être même allait-elle pouvoir s'assoupir si elle posait sa tête contre l'appuie-tête. L'adrénaline devait s'être dissipée car elle se sentait tout à coup complètement lessivée.

Ses paupières s'abaissèrent.

Elle avait dû dormir au moins une heure lorsque la voix synthétique du GPS la tira du sommeil.

« Vous êtes arrivé à destination. »

Le cœur de Katherine sauta un battement. Elle se redressa sur son siège. Qui sait ce qui les attendait dans l'appartement de sa sœur ? Un meurtrier tapi dans l'ombre ? Ou le document qui sauverait son neveu ? Oh ! Seigneur, il fallait qu'il soit là. Sinon, elle n'avait strictement rien.

Caleb tira son arme de dessous le siège tandis qu'il passait à vitesse réduite devant le petit bâtiment à un étage.

Le GPS rectifia ses instructions.

« Faites demi-tour. »

D'un geste vif, Caleb coupa le système de localisation.

— Mieux vaut ne pas courir le risque d'entrer par la porte principale. Qui sait si quelqu'un ne nous attend pas à l'intérieur.

Bien vu, songea Katherine.

— Il y a un escalier de service à l'arrière. Il donne sur la cuisine.

Même à minuit largement passé, et un jour de semaine, les trottoirs étaient loin d'être déserts. Des étudiants, par groupes de deux ou trois, bavardaient en riant, s'apostrophaient, traversant la chaussée. De la musique parvenait des cours situées à l'arrière des bâtiments. De nombreuses lumières étaient encore allumées sur les porches. Il ne leur serait pas difficile de passer inaperçus, se félicita Katherine.

Caleb gara la voiture une centaine de mètres plus loin.

— Nous ferons le reste du chemin à pied, dit-il en se tournant vers elle. Mais j'appelle d'abord Matt pour savoir s'il y a du nouveau là-bas.

Katherine se contenta d'incliner la tête. L'appréhension lui nouait l'estomac.

— Je suis tombé sur la messagerie vocale, indiqua Caleb. Je mets mon téléphone sur vibreur… Vous devriez peut-être en faire autant.

— Bonne idée, répondit-elle en sortant le sien.

Elle contempla l'appareil pendant quelques instants. En une seconde, sa vie pouvait basculer par le biais de ce simple rectangle de métal.

Pense à autre chose. N'importe quoi.

Caleb la prit par la main et l'entraîna vers la ruelle qui longeait l'arrière des bâtiments. Elle le suivit dans l'obscurité, luttant contre la douleur qui fusait dans sa jambe.

Ils stoppèrent au bas de l'escalier.

— Attendez-moi ici ! lui intima Caleb.

— Non, protesta fermement Katherine, secouant la tête pour faire bonne mesure.

— Je veux juste m'assurer que la voie est libre. Ensuite, je vous ferai signe.

Mais Katherine répugnait à laisser *son cow-boy* disparaître hors de sa vue. Elle n'avait jamais eu aussi peur de sa vie. Si Caleb rompait le contact avec elle, toute son assurance allait la quitter, elle en était certaine.

— Pas question. Je viens avec vous.

Il sonda son expression d'un regard intense. Sombre. Implorant, presque.

— Je n'aime pas l'idée de vous faire courir un risque.

— C'est moi qui vous en fais courir un. Je viens, répéta-t-elle avec conviction.

La mâchoire de Caleb se contracta. L'air résigné, il demanda :

— Vous êtes toujours aussi obstinée ?

— Pas obstinée. Déterminée. Et je n'ai jamais eu autant de raisons de l'être qu'aujourd'hui.

L'air prêt à livrer bataille, il resserra sa main autour de la sienne. L'autre agrippait fermement son arme.

— Alors, allons-y.

Katherine s'efforça de ne pas se laisser distancer, ignorant la douleur lancinante de sa jambe.

Parvenu à la porte de l'appartement, Caleb se retourna à demi.

— Ce n'est pas allumé, souffla-t-il.

Il tourna la poignée, et la porte pivota sur ses gonds. *Bizarre*, songea Katherine. Elle aurait dû être verrouillée.

L'espoir de trouver ce qu'elle cherchait s'amenuisa. Evidemment... Les ravisseurs avaient dû déjà visiter les lieux.

Ils entrèrent et Katherine se dirigea droit vers le petit bureau d'angle. Il était couvert de papiers. Une photo de Leann portant Noah, bébé, fit monter les larmes aux yeux de Katherine. Elle les refoula et glissa le cliché dans son sac. L'ordinateur portable qu'elle avait acheté à Leann pour ses cours n'était nulle part en vue.

Elle observa Caleb. Il émanait de ses mouvements sûrs et précis un calme auquel elle se raccrochait comme à une planche de salut.

Elle se mit à compulser la pile de papiers du bureau pendant que Caleb faisait le tour de la pièce, examinant papiers et objets.

La chance n'avait jamais souri à Katherine. Pourquoi le ciel lui avait-il envoyé ce cow-boy providentiel au moment le plus critique de sa vie ?

Désormais, elle avait besoin de lui. Ce sentiment lui était étranger. Elle n'avait toujours compté que sur elle-même et, pourtant… c'était bon de pouvoir s'appuyer sur quelqu'un. Caleb semblait avoir tout de l'homme idéal.

Cette idée la prit totalement de court.

Elle ne savait presque rien de lui et pourtant, en l'espace de quelques heures, il était devenu sa bouée de sauvetage, son roc dans la tempête. Elle n'osait même pas imaginer ce qu'elle aurait fait sans lui.

— Vous n'avez rien trouvé ? demanda-t-il depuis l'autre extrémité de la pièce.

— Pas pour l'instant. Vous croyez que ceux qui sont passés avant nous ont pris ce qui les intéressait ?

Caleb revint vers elle.

— Difficile à dire. Vous n'êtes pas venue ici depuis quand ?

— J'ai proposé de venir chercher Noah quand elle m'a demandé de le garder mais… Maintenant que j'y pense, c'est elle qui a suggéré que nous nous retrouvions à mi-chemin, à Waco, dans un restaurant situé hors de l'autoroute. Je n'y ai pas prêté attention sur le moment. Je me suis simplement dit que c'était une lubie de Leann.

— Mais, aujourd'hui, avec le recul, son comportement vous a-t-il semblé étrange ? A-t-elle dit quelque chose qui a retenu votre attention ?

— Elle avait l'air stressée. J'ai pensé que la responsabilité d'être parent lui pesait peut-être un peu. Ne vous méprenez pas : elle adorait son petit garçon. Mais élever un enfant n'est pas de tout repos — surtout lorsqu'il est atteint d'un problème de santé. Mais, franchement, elle était meilleure mère que je ne l'aurais été.

Caleb passa un bras autour de ses épaules.

— Vous auriez été très bien dans ce rôle… Et vous le serez quand Noah vous aura été rendu.

Facile à dire, pensa Katherine. Caleb ne la connaissait pas. Mais ce n'était pas le moment de faire l'inventaire de ses propres défauts. Elle aurait tout le temps de s'y employer quand son neveu serait en sécurité.

— Bref, je me suis dit qu'elle avait besoin de souffler un peu. Et puis, ensuite… quand j'ai appris pour l'accident d'escalade, j'ai tout naturellement conclu qu'elle avait commis une imprudence.

Un sanglot lui échappa.

— Je vous laisse imaginer ce que ça dit de moi.

— Simplement que vous êtes humaine, nuança Caleb.

— Ou aveugle. Pas étonnant qu'elle ne se soit pas confiée à moi. Elle devait savoir que je n'avais aucune confiance en elle.

D'un doigt sous le menton, Caleb obligea Katherine à relever la tête et à le regarder en face.

— Ce n'était pas sans raison, il me semble. Vous la connaissiez.

— Mais… les gens peuvent changer.

— Ce n'est jamais bon de se raccrocher à des *mais*, des *si* et des *peut-être*. Il faut vous baser sur ce que vous *savez* de votre sœur.

— Oui… sans doute.

— Ecoutez, vous êtes forte. Courageuse. Déterminée. Vous avez fait de votre mieux vis-à-vis de votre sœur. Elle avait confiance en vous. Sinon, elle ne vous aurait pas confié la garde de Noah. Quant à ce rendez-vous dans un restaurant… peut-être craignait-elle d'être suivie. A mon avis, elle s'attendait à avoir des ennuis, mais n'imaginait pas que ça pourrait prendre une tournure aussi grave. Elle devait penser pouvoir y faire face, une fois Noah mis en sécurité chez vous.

Ses paroles réchauffèrent le cœur de Katherine comme un feu de camp par une nuit froide.

Elle se haussa sur la pointe des pieds et embrassa Caleb sur la joue.

La caresse légère des lèvres de Katherine imprima une trace brûlante sur la peau de Caleb. Il produisit un louable effort pour réprimer l'envie d'enfoncer ses doigts dans les cheveux châtains de Katherine mais, au même moment, elle se passa la langue sur les lèvres. Il n'en fallut pas davantage pour que le corps de Caleb se transforme en brasier. Son sang se mit à bouillir dans ses veines. Il déglutit avec peine. *Bon sang.*

Un coup d'œil à Katherine suffit à lui rappeler combien elle était seule, bouleversée. Pas question de profiter de la situation même si chacun de ses muscles, chacune des fibres de son être le poussait à s'étendre avec elle et à lui apporter tout le réconfort et tout le plaisir qu'elle voudrait bien recevoir de lui. Une autre fois. En d'autres circonstances. Dans une autre vie, peut-être bien.

Décidément, il n'était pas doué en matière de timing. Il ne l'avait jamais été. Il avait recueilli Becca alors qu'elle était en situation de grande fragilité. Une bouffée de colère monta encore en lui au souvenir de sa lèvre fendue et des ecchymoses qui marquaient son visage. Comment aurait-il pu fermer sa porte à une femme battue ? Il avait eu raison de l'accueillir sous son toit. Mais il n'aurait jamais dû commettre l'erreur de sortir avec elle.

Il lui avait ouvert sa maison et s'était pris d'affection pour elle.

Oui, et tu as vu le résultat ? lui souffla une petite voix dans sa tête.

Becca était partie au bout d'un an, arguant qu'elle avait besoin de temps pour « se retrouver, savoir où elle en était ».

Le cas de Katherine était différent. Au lieu de fuir et de se cacher, elle faisait front avec un courage qui forçait le respect.

— Continuons à chercher. On ne va pas s'avouer vaincus aussi facilement, déclara-t-il.

— Pendant que nous sommes ici, je vais en profiter pour prendre des vêtements et me changer.

Caleb s'éloigna d'elle, conscient qu'il ne pourrait pas se dominer encore longtemps. Il désirait follement Katherine. Un simple contact physique avec elle et il s'embrasait comme une torche. Une réaction d'une telle intensité ne pouvait conduire à rien de bon. Il pourrait bien finir totalement consumé par la passion. Les incendies ne ravageaient-ils pas tout sur leur passage, pour ne laisser dans leur sillage que ruine et tragédie ?

Le souvenir du moment où il était entré dans la cuisine du ranch et avait trouvé le mot de Becca, bien en vue sur le comptoir, tournait en boucle dans sa tête lorsque Katherine revint dans la pièce.

Caleb se ressaisit et se remit à chercher un élément significatif. Un dossier médical. Une enveloppe scellée. Quelques mots griffonnés sur un bout de papier. Du coin de l'œil, il observait Katherine. La façon dont elle tenait la bride à ses émotions ne laissait pas de l'étonner. Une fierté qu'il n'était nullement en droit d'éprouver combla un petit espace dans son cœur.

Au bout d'une heure de fouille infructueuse, l'expression de Katherine témoignait de son état d'esprit.

Ses yeux étaient assombris par l'épuisement. Ses lèvres, pincées de colère. Ses traits, crispés par la frustration.

Il s'avança derrière elle et appliqua ses paumes sur les muscles noués de sa nuque, ce qui eut pour effet immédiat d'accélérer les battements de son cœur.

Katherine soupira.

— Je sais que le portrait que j'ai brossé de ma sœur n'est pas très reluisant, mais je n'arrive vraiment pas à imaginer ce qu'elle a bien pu faire pour provoquer ça. Elle pouvait se montrer irresponsable, mais elle avait du cœur. Quoi qu'il se soit passé, si elle a trempé dans une affaire louche, ce ne peut être que par accident. Elle n'aurait jamais causé sciemment de tels dégâts. Elle était douce. Inoffensive.

— Que s'est-il passé entre vous ? demanda Caleb, promenant toujours ses mains sur la nuque de Katherine.

Elle s'assit et pencha la tête en avant pour lui permettre d'accentuer la pression sur sa nuque et d'étendre le massage à ses épaules.

— Leann avait quinze ans. Elle était en pleine rébellion. Et puis, il y a eu ce jour où je lui ai clairement dit de ne pas quitter la maison car un artisan devait venir effectuer une réparation. Elle n'a pas écouté et est sortie quand même. Nous avons dû passer vingt-quatre heures sans électricité. Vous imaginez… En plein été, à Dallas. Moi, je passais mes journées en cours avant d'aller travailler comme réceptionniste en soirée. Quand je suis rentrée ce soir-là, il faisait une chaleur intenable dans la maison. J'étais épuisée, j'avais chaud. J'ai décidé d'attendre son retour. Quand elle est revenue, j'ai littéralement explosé. Je lui ai reproché de n'être qu'une sale gamine gâtée et égoïste.

— Avec raison. Vous lui aviez demandé un coup de main. Ce n'était pas la mer à boire.

— Je n'avais rien demandé du tout. J'avais exigé qu'elle reste à la maison. J'estimais que c'était à moi de lui dire ce qu'elle devait faire, puisque nos parents étaient morts. Mais elle n'en faisait qu'à sa tête et n'était jamais là quand j'avais besoin d'elle. Je lui en voulais. J'ai vite compris que je ne pouvais pas compter sur elle et que je devais apprendre à tout faire par moi-même.

— Vous avez tout lieu d'être fière de vous.

— J'aurais pu être plus compréhensive… Quoi qu'il en soit, ce jour-là, Leann a réagi en faisant ce qu'elle savait le mieux faire : disparaître. Quand elle est rentrée, j'ai tout de suite vu qu'elle avait bu. Je lui suis tombée dessus à bras raccourcis.

Caleb en connaissait un rayon, lui aussi, en matière de remords et de culpabilité. Ne s'était-il pas accablé de reproches quand sa dernière petite amie était partie ? La blessure n'avait-elle pas laissé un vide abyssal ?

Il intensifia la pression de sa main pour dénouer un point de tension sur l'épaule de Katherine. Elle poussa un soupir d'aise, et sa peau satinée se détendit sous les doigts de Caleb. Il en fut touché.

— Vous êtes toujours aussi dure envers vous-même ?

Katherine remonta les genoux contre sa poitrine.

— Une semaine plus tard, ma sœur est partie pour de bon. Après ça, je n'ai plus eu de ses nouvelles pendant des années.

Combien il devait être difficile à Katherine de prononcer ces mots, songea Caleb. Elle ne devait pas avoir plus de vingt-six ou vingt-sept ans et elle semblait avoir pleinement conscience des erreurs qu'elle avait commises. Elle était plus jeune que lui et c'était comme si elle portait le poids du monde sur ses épaules. Les muscles sur lesquels il venait de travailler se contractèrent de nouveau.

— Votre sœur était en âge de comprendre. Vous vous efforciez de faire au mieux. Je suis sûr qu'elle devait s'en rendre compte, au fond.

— Non. J'ai dû me couper d'elle pour me protéger tellement c'était devenu douloureux d'être continuellement déçue par son comportement. Nous ne nous parlions plus. Ce n'est que cette année qu'elle a repris contact avec moi. Noah venait d'avoir quatre ans. Je ne savais même pas que j'avais un neveu.

Caleb vint se placer face à elle. Posant un genou à terre, il prit sa main dans la sienne. Sa peau était plus fine que la soie, son corps, menu et délicat. Un courant de chaleur se propagea en lui.

— La vie ne vous a pas épargnée, vous non plus. Remplacer ses deux parents auprès d'une sœur cadette quand on n'a soi-même que dix-neuf ans… Mais ce n'est pas parce que vous n'avez pas été parfaite que vous avez échoué. Vous êtes une femme remarquable.

Il plongea son regard dans le sien, tandis que Katherine s'empourprait. Ses yeux bleus étincelaient dans la faible lumière, mais ce n'était rien en comparaison du feu qu'elle avait allumé en lui.

Il étudia le doux arrondi de sa bouche pulpeuse, puis son regard s'abaissa jusqu'au renflement de ses seins. La chaleur et le désir l'envahissaient. Ses yeux descendirent encore, s'arrêtèrent sur l'étroite bande de peau, entre le bas de son T-shirt et la ceinture de son jean, calé bas sur ses hanches minces. Il dut faire appel à toute sa volonté pour ne pas s'emparer des lèvres de Katherine… et de son corps tout entier dans la foulée.

Il était plus que temps de corriger le tir s'il ne voulait pas se laisser emporter par ses hormones. Il repoussa résolument de son esprit toute pensée à connotation sexuelle.

— Puisqu'il n'y a manifestement rien ici, je pense que nous ferions mieux de ne pas nous attarder davantage. J'ai presque été surpris de ne pas trouver de comité d'accueil à notre arrivée ici.

Le regard de Katherine balaya la pièce.

— Où va-t-on aller ? Nous ne pouvons pas retourner au ranch, n'est-ce pas ?

— Non. Je ne veux pas faire courir plus de risques à mes employés. Pourquoi pas chez vous ? D'ailleurs… Leann pourrait avoir glissé le document parmi les affaires de Noah.

A cette suggestion, la lueur d'espoir se ralluma dans les yeux scintillants de Katherine.

— Je n'avais pas pensé à ça. Ce n'est pas impossible.

Caleb jeta un coup d'œil à sa montre, s'efforçant de faire taire le désir qui, sans répit, continuait à l'aiguillonner.

— Si nous partons tout de suite, nous pouvons être à Dallas avant l'aube.

Et puis, mieux valait se déplacer à la faveur de la nuit.

— Alors, allons-y ! décréta Katherine. Je vais juste prendre quelques affaires dans la chambre de Noah et…

Son téléphone se mit à vibrer dans sa poche. Elle se figea et regarda Caleb.

— Respirez à fond et répondez, conseilla-t-il.

Katherine prit une profonde inspiration, puis décrocha.

— Comment va-t-il ? s'enquit-elle avant de marquer une pause. Bien… Il est asthmatique. Il lui faut son inhalateur et ses médicaments. C'est moi qui les ai. Je peux vous les…

Son interlocuteur dut lui couper la parole car Katherine se tint coite et se borna à écouter.

— A quelle heure ?

Son expression oscillait entre colère et panique.

— Où ça ?

Elle fit signe à Caleb de lui donner de quoi écrire.

Elle nota devant lui :

Sculpture, devant NorthPark.

Puis elle mit fin à la communication et releva la tête. Deux lasers violets se braquèrent sur Caleb.

— Ils m'ont donné rendez-vous demain, à 15 heures.

— Bien. Ils ont parlé du document ?

— Ils ont juste dit de l'apporter devant le centre commercial de NorthPark. A la sculpture.

— Un rendez-vous en extérieur… Tant mieux. OK… Ça nous laisse largement le temps de nous rendre sur les lieux, en repérage.

— Ils ont bien spécifié que je devais venir seule, assena Katherine en pivotant sur ses talons et en se dirigeant vers la porte.

Au ton de sa voix, elle entendait suivre à la lettre leurs instructions.

Caleb ne discuta pas mais lui emboîta le pas, prêt à la rattraper au cas où elle perdrait l'équilibre. Elle voulait prouver qu'elle pouvait marcher seule ? C'était tout à son honneur. Et il y voyait d'autant moins d'inconvénient qu'elle était plus sexy encore quand elle arborait cet air farouche. Ce n'était pas le moment d'aborder le sujet litigieux, à savoir qu'il ne la laisserait pas y aller seule.

— Une dernière chose, avant de partir : êtes-vous certaine qu'il n'y a pas un endroit que nous aurions pu oublier ? Une cachette ?

Katherine secoua la tête.

— Pas à ma connaissance.

Mais, comme elle passait derrière le sofa, elle stoppa net.

— Attendez ! J'ai peut-être une idée. Je n'y avais pas pensé mais ça paraîtrait logique… Ça vaut la peine de vérifier.

Vivement, Katherine remonta en boitillant le petit corridor qui conduisait à la chambre de sa sœur. Se postant au centre de la pièce, elle leva la tête et regarda le ventilateur de plafond.

— Elle tenait un journal quand nous étions adolescentes. Pour le cacher, elle le scotchait sur la face supérieure d'une pale du ventilateur. Je l'ai trouvé un jour que j'aidais mes parents à faire le grand nettoyage de printemps.

La tristesse voila son expression.

— C'est en y jetant un coup d'œil que j'ai compris à quel point elle en avait par-dessus la tête de moi.

Caleb redressa une chaise qui avait été renversée par ceux qui les avaient précédés et la plaça au-dessous du ventilateur.

— Eh bien, nous allons être fixés tout de suite.

Grimpant sur la chaise, il passa la main le long de la première des six pales, délogeant des moutons de poussière qui voletèrent jusqu'au sol. Il répéta l'opération sur la deuxième. Sur la troisième, ses doigts butèrent contre un objet rectangulaire.

— Je sens quelque chose.

— Quoi ? le pressa Katherine, la voix pleine d'espoir.

— Je ne sais pas mais c'est solidement accroché. Je ne veux pas l'abîmer en arrachant trop vite le Scotch.

Du bout de l'ongle, il décolla le ruban adhésif et tâta l'objet.

— Bon sang. C'est un portable.

— Dieu merci, ils ne l'ont pas trouvé ! lâcha Katherine.

— Je ne vois pas la marque, observa Caleb en manipulant l'appareil.

— Vous croyez qu'il fonctionne ?

Il appuya sur le bouton de mise en marche.

— Plus de batterie. Si on arrive à trouver un magasin qui vend ce modèle, on pourra acheter un chargeur. Nous chercherons le fabricant dans la voiture.

— D'accord, acquiesça Katherine en pivotant sur ses talons. Je vais juste prendre ce qu'il me manque dans la chambre de Noah…

Caleb lui emboîta le pas et la détailla depuis le seuil de la pièce.

— Je suis sûre qu'il est là, quelque part, murmura-t-elle en fourrageant parmi les jouets et les vêtements. Ah, le voilà ! s'exclama-t-elle en brandissant triomphalement un renne en peluche. C'est Fringant, l'une des peluches préférées de Noah. Apparemment, elle ne le quittait jamais avant. Maintenant, il a jeté son dévolu sur le lapin. Mais je veux qu'il ait ses jouets favoris à disposition pour qu'il ne se sente pas trop dépaysé chez moi.

Tout en parlant, elle prenait ici et là d'autres jouets.

— Fringant ? releva Caleb. Intéressant… Je sais bien que le Père Noël a huit rennes, mais pourquoi votre neveu n'a pas choisi Rudolph, le plus célèbre ?

— Noah trouve très injuste que Rudolph fasse de l'ombre à ses camarades, expliqua Katherine, l'air mélancolique.

Caleb ne put s'empêcher de sourire.

— Quelle sensibilité pour un petit garçon de son âge.

Il s'avança et prit l'animal des mains de Katherine.

— Très bien. Nous allons garder Fringant bien à l'abri en attendant qu'il retrouve son propriétaire.

Relevant la tête vers Katherine, il perdit sa belle humeur. Une palette d'émotions variées se jouait sur les traits délicats de Katherine. La peur. Le regret. L'anxiété.

Sans réfléchir, il fit un pas en avant et lui saisit la main.

— Nous allons le retrouver. Je vous le promets.

Avant d'avoir pu se raviser, il s'inclina vers elle et pressa ses lèvres sur les siennes. Le doux baiser s'intensifia rapidement lorsque à son tour elle entrouvrit ses lèvres.

Caleb posa les deux mains sur ses joues, renversa sa tête en arrière, sa langue entamant un ardent ballet avec la sienne.

Katherine se recula pour le regarder au fond des yeux.

— Si c'est une promesse, alors… je vous crois, souffla-t-elle d'une voix douce comme la soie qui apaisa la tension intérieure de Caleb.

Il tenait toujours ses engagements.

Pourvu que cette fois-ci ne fasse pas exception à la règle, se dit-il.

5

Moulue de fatigue, Katherine s'arma de courage pour suivre Caleb et refaire le trajet inverse jusqu'à la voiture. Tous leurs espoirs reposaient désormais sur un téléphone éteint.

Et s'il s'avère qu'il ne contient rien ? lui soufflait insidieusement une petite voix.

Les larmes lui brouillèrent la vue. Elle se répéta son mantra : relever le menton, faire face, aller de l'avant. Cela avait toujours fonctionné, non ? Elle avait survécu à tous les coups durs que lui avait fait subir la vie en se répétant ces quelques mots. N'était-ce pas cela qui l'avait aidée à se forger un mental d'acier ?

Alors, comment expliquer cette sensation de flottement, de vide intérieur ? Ou cette crainte lancinante de vivre le restant de ses jours seule ? Tout le monde finissait toujours par la laisser tomber. Sur qui pouvait-elle compter dans les moments difficiles ? Avec qui pouvait-elle célébrer ses réussites ?

Avant de rencontrer ce cow-boy, elle n'avait jamais pris véritablement conscience de la totale solitude qui était la sienne.

Elle se secoua mentalement en ouvrant la portière et en s'asseyant sur le siège passager.

Caleb attrapa le pull torsadé qu'elle avait négligemment jeté sur la banquette arrière et attendit qu'elle ait bouclé sa ceinture pour le lui donner.

Elle enroula frileusement le tricot autour de ses épaules et ferma les yeux. Allait-elle voir surgir les visages menaçants des agresseurs ? Non… Ce fut Caleb qui lui apparut et elle sombra dans un profond sommeil, apaisée.

*
* *

Ce fut également la voix de Caleb qui la réveilla. L'espace d'une seconde, elle s'imagina blottie contre lui, dans son grand lit. Elle avait déjà fait connaissance — intimement — avec son torse large et ses longues cuisses musclées. Lorsqu'il l'avait plaquée au sol, il n'avait laissé planer aucun doute quant à sa force physique et sa virilité. Et, quand elle avait tenté de l'atteindre à l'abdomen, elle avait rencontré un mur de béton. Une douce chaleur la gagna, s'étendant à ses membres, à ses cuisses.

Dans un terrible effort de volonté, elle renoua avec la réalité. Ils étaient en voiture, toujours à la recherche de son neveu.

Elle se frotta les yeux.

— Où sommes-nous ?

— A Dallas. Si l'adresse inscrite sur votre permis de conduire est exacte, nous sommes à deux pas de chez vous. J'ai pris la liberté de m'arrêter pour acheter des cafés.

Katherine se redressa sur son siège. Ils étaient devant le guichet d'une chaîne de restauration rapide.

Du café !

Exactement ce qu'il lui fallait.

Caleb lui tendit sa tasse et trempa les lèvres dans le sien avant de sortir du parking de la cafétéria.

Katherine but une gorgée, elle aussi, et le café chaud acheva de la réveiller. Une lueur diffuse, à l'est, annonçait l'aube.

— Vous avez conduit toute la nuit. Vous devez être éreinté.

— Ça va. Je m'inquiète plus pour votre jambe. Il faudrait y jeter un coup d'œil. Mais vous dormiez si profondément que je n'ai pas eu le cœur de vous déranger.

Elle considéra ses bandages. A part deux ou trois endroits où le sang avait traversé la gaze, les pansements étaient intacts.

— Vous avez fait du bon travail. Et ma cheville me fait déjà moins mal, elle aussi.

Elle porta la main à un pansement, puis à un deuxième.

— Je pense qu'ils peuvent tenir encore. Et, apparemment, les plaies ne saignent plus.

— C'est la meilleure nouvelle que j'ai entendue aujourd'hui.

Il lui décocha un petit sourire sexy et cligna de l'œil.

— On va se garer ici et finir le chemin à pied.

— Vous pensez qu'ils surveillent mon appartement ?

— Simple mesure de précaution.

Mais sa mâchoire contractée démentait ses paroles rassurantes.

— Je me demande pourquoi ils ne nous ont pas interceptés hier soir, souligna Katherine. Ils auraient pu nous attendre chez Leann pour nous tuer. Ils se doutaient bien que nous nous rendrions à un moment ou à un autre à son appartement.

— J'ai eu tout le temps d'y réfléchir en roulant, confia Caleb. Je pense qu'ils veulent que vous trouviez ce fameux document — et que vous le trouviez vite.

Katherine poussa un soupir.

— J'étais tellement centrée sur Noah lorsqu'ils m'ont appelée chez Leann que je n'en ai même pas parlé. Ils doivent bien se rendre compte que je ne l'ai pas.

Machinalement, elle jeta un regard à son sac, où était rangé le téléphone.

— Les magasins n'ouvrent qu'à 10 heures. Il va nous falloir patienter jusque-là pour acheter un chargeur.

Caleb porta son verre en plastique à ses lèvres.

— L'asthme de Noah a dû les forcer à vous fixer un rendez-vous plus tôt qu'ils ne l'avaient prévu. A mon avis, ils avaient l'intention de vous laisser chercher leur précieux document, puis, une fois certains que vous l'aviez, ils vous auraient enlevée.

Tandis qu'ils avançaient le long de la rue, Caleb jetait de fréquents coups d'œil par-dessus son épaule, remarqua Katherine.

Lorsqu'ils furent parvenus à une centaine de mètres de sa porte d'entrée, Caleb posa la main sur son avant-bras.

— Je vais aller en éclaireur. Vous, vous m'attendez là-bas, intima-t-il en désignant la haie de lilas des Indes.

Il n'avait pas encore fait suffisamment froid pour que les fleurs des arbustes ne tombent. L'automne, à Dallas, n'arrivait bien souvent qu'après la mi-novembre.

— D'accord.

Quelques minutes plus tard, il fut de retour.

— La voie a l'air d'être libre. Mais restez tout de même près de moi.

Telle était bien son intention, de toute façon. Ils parvinrent sans encombre devant sa porte. Elle la déverrouilla rapidement et suivit Caleb à l'intérieur.

— J'aimerais bien savoir quel genre de document nous cherchons.

Comme elle avait provisoirement déménagé son bureau dans le salon afin de libérer une pièce pour Noah, la différence lui sauta aux yeux : son ordinateur n'était plus là.

— D'abord, l'ordinateur de Leann et, maintenant, le mien, souligna-t-elle. J'en conclus que nous cherchons bien un fichier informatique. Peut-être une clé USB ou un disque externe.

— S'il n'était pas chez votre sœur et s'il n'est pas ici, où pourrait-il se trouver ? demanda Caleb.

— Je travaille depuis mon domicile, donc il n'y a pas d'autre bureau. Tout est ici. Et le matériel dont je me sers pour organiser les plannings de mes formateurs se résume à un ordinateur et un téléphone. Je vais aller regarder dans la pièce où j'ai installé Noah. Peut-être que vous avez vu juste et que Leann l'a mis dans ses affaires…

Katherine se dirigea vers le bureau qu'avait investi Noah. Enjambant les jouets qui jonchaient le sol, elle fouilla un peu partout, sans succès.

Cette approche ne donnait rien. Si elle voulait avoir une chance de réussir, il fallait qu'elle essaie de se mettre à la place de Leann, de penser comme elle. Voyons… Où aurait-elle rangé un objet de très grande valeur ? Peut-être dans la valise de Noah ? Elle aurait pu retirer la doublure et glisser quelque chose au-dessous.

Katherine trouva la petite valise Spiderman dans le placard.

Elle revit Noah, le bagage posé à ses pieds et son lapin bien-aimé sous le bras. C'étaient les seules affaires qu'il avait apportées.

La valise comportait diverses poches à fermeture Eclair. Katherine les examina en premier. Vides. Elle eut un peu de mal à défaire la doublure, mais finit par y parvenir sans avoir besoin d'aide.

Désolée, Noah.

Abîmer sa jolie petite valise la contrariait, mais c'était un cas de force majeure.

Il n'y avait rien. En désespoir de cause, Katherine finit par arracher les coutures.

Rien non plus.

Et les minutes s'égrenaient, s'égrenaient, la rapprochant inexorablement de l'heure du rendez-vous. Elle n'avait toujours rien à donner aux malfrats. Pire, elle ne savait même pas ce qu'elle cherchait ! Nom d'un chien.

Lorsqu'elle revint dans le séjour, Caleb l'attendait, montant la garde.

— Je n'ai rien trouvé. Peut-être qu'elle me l'a envoyé par mail.

Katherine boitilla jusqu'au placard où elle rangeait ses manteaux et plongea la main derrière les vêtements. Elle en sortit son ancien ordinateur qu'elle brandit à bout de bras.

— Avec un peu de chance, peut-être qu'il marche encore.

Caleb fit un pas vers elle.

— Vous savez… Je me disais… Votre sœur vous a confié Noah, la personne à qui elle tenait le plus. Peut-être qu'elle vous a sciemment laissée en dehors de tout ça pour vous mettre tous les deux à l'abri ?

Katherine n'avait pas envisagé cette possibilité : que Leann ait voulu la protéger. C'était une petite consolation.

Un léger coup à la porte la fit sursauter.

Caleb regarda par le judas. Il se retourna, les sourcils arqués.

— C'est une femme. Soixante-cinq ans, les cheveux gris, avec une espèce d'énorme pompon blanc dans les bras.

— Elle a l'air furibond ?

— Disons plutôt aigri.

— C'est Annabelle Ranker, ma propriétaire, et son chien, Max. Il aboie beaucoup, mais il ne mord pas — ça vaut d'ailleurs pour les deux.

Caleb entrouvrit le battant. Mlle Ranker haussa les sourcils et le toisa des pieds à la tête. L'ombre d'un sourire approbateur passa sur ses lèvres mais, comme Caleb ne l'invitait pas à entrer, le masque revêche retomba aussitôt.

A l'évidence, les bandages et le sang ne passeraient pas inaperçus, songea Katherine. Pas plus que l'ordinateur qu'elle tenait agrippé comme s'il s'agissait d'un précieux bibelot en cristal.

— Ça n'a pas l'air d'aller, dites-moi ? demanda Mlle Ranker à Katherine en regardant sa jambe.

— Ce n'est rien. Je me suis fait mal en forêt. La campagne, ce n'est pas mon élément... Caleb est propriétaire d'un ranch non loin d'ici dans lequel nous sommes allés visiter un carré de citrouilles, hier.

— Ah oui. Vous m'avez dit que vous emmeniez Noah en promenade.

— Nous nous sommes perdus dans les bois. Caleb nous a trouvés et m'a aidée à rentrer à la maison.

Katherine préférait coller le plus possible à la vérité pour éviter de rougir jusqu'à la racine des cheveux, mais une chaleur diffuse lui montait déjà dans le cou. Décidément, on ne pourrait jamais l'accuser d'être une bonne menteuse.

Mlle Ranker parut cependant se satisfaire de sa réponse.

— Je venais voir si, vous et le petit, vous n'aviez besoin de rien. Où est Noah ?

Katherine retint un sanglot. Elle ne pouvait laisser transparaître son émotion si elle voulait éviter des questions gênantes.

— Je suis désolée. Il n'a pas pu s'endormir hier soir... les cauchemars. Nous avons joué aux petits soldats pendant la moitié de la nuit. Je m'efforce de l'occuper depuis que sa mère...

Katherine détourna les yeux.

— Bien sûr, bien sûr. Quel malheur ! murmura Mlle Ranker

en secouant la tête d'un air affligé, visiblement touchée par la disparition de Leann. Je peux l'amener chez moi pour m'occuper de lui si vous voulez vous reposer un peu.

— C'est gentil, mais il dort. Notre aventure d'hier l'a épuisé, s'empressa de répondre Katherine — peut-être un peu trop vite.

Mais son explication sembla apaiser les interrogations de sa propriétaire. Mlle Ranker hocha la tête d'un air compréhensif.

— Oh ! j'allais oublier. Un livreur a déposé un paquet en votre absence. Je l'ai réceptionné et j'ai signé pour vous comme vous n'étiez pas là.

Katherine n'avait pas prêté attention à l'enveloppe que Mlle Ranker tenait à la main. De son autre bras, elle serrait contre son opulente poitrine son bien-aimé bichon havanais.

— Vraiment ? souffla Katherine, l'œil rivé sur l'enveloppe de papier kraft.

Pour faire bonne figure, elle caressa la tête de Max.

— Salut, toi.

Mlle Ranker attendait manifestement que Katherine l'invite à entrer, mais l'heure n'était pas à la conversation. Katherine ne voulait évoquer sa situation avec quiconque — Caleb excepté, bien entendu. Elle lui avait parlé de ses relations avec sa sœur, chose dont elle ne s'était jamais ouverte à personne. Sans doute était-ce le caractère exceptionnel des circonstances qui l'avaient poussée à s'épancher aussi librement. Comme si elle avait souhaité qu'une personne, au moins, sache véritablement qui elle était. L'omniprésence du danger et la possibilité bien réelle qu'elle ne soit plus en vie le lendemain jouaient au yoyo avec ses émotions.

— Je me demande ce que c'est, ajouta Katherine, espérant inciter Mlle Ranker à lui donner l'enveloppe.

Mais sa propriétaire était probablement intriguée par la présence de ce beau cow-boy. Sans compter que ce n'était pas dans les habitudes de Katherine de ne pas inviter Mlle Ranker à entrer ou de faire tant de mystères.

Finalement, ne voyant pas d'autre solution, Katherine tendit la main pour prendre l'enveloppe avec un petit sourire un peu gêné. A contrecœur, sa propriétaire finit par lâcher le pli.

Katherine baissa les yeux pour lire le nom de l'expéditeur, puis se tourna vers Caleb. La lettre venait de Leann. Katherine la glissa entre elle et l'ordinateur qu'elle tenait toujours contre sa poitrine.

Un mouvement attira alors son regard vers le portillon, de l'autre côté de la cour. Un cylindre de métal noir était pointé dans leur direction. Non, ce ne pouvait pas…

Katherine ouvrit la bouche pour mettre en garde Caleb et Mlle Ranker. Trop tard. Une pluie de balles s'abattit sur eux. Un projectile heurta son ordinateur. L'impact contre sa poitrine la fit tressaillir.

Les yeux de Mlle Ranker s'écarquillèrent puis elle s'écroula sur le sol, à leurs pieds.

En un éclair, Caleb plaqua Katherine au sol et s'allongea au-dessus d'elle pour la protéger de son corps.

— Vous n'avez rien ? souffla-t-il.

— Je ne crois pas… mais je ne peux pas en dire autant de mon ordinateur.

Il lui avait échappé des mains au moment où la balle l'avait percuté pour rester logée à l'intérieur. Son vieux portable venait de lui sauver la vie.

D'un signe de tête, Caleb lui indiqua la cuisine.

— Allez-y. Je vais attendre qu'ils approchent pour tirer.

Il arma son fusil, épaula…

— Courez ! ordonna-t-il à Katherine.

Sans demander son reste, elle se réfugia aussi vite que possible à l'intérieur de l'appartement, le cœur battant la chamade en même temps qu'une série de coups de feu retentissait derrière elle.

Ne pas se retourner. Ne pas réfléchir.

Si Caleb pensait qu'elle pouvait sortir par la fenêtre de la cuisine, elle allait le faire. Elle claudiqua rapidement sur la moquette taupe, atteignit le carrelage froid de la cuisine.

Une seconde plus tard, Caleb la rejoignit. Il la souleva dans ses bras pour l'aider à enjamber la fenêtre. Elle se mit à courir.

Son cœur cognait douloureusement contre sa cage thoracique. Pourquoi tiraient-ils ? Ils avaient dû les observer depuis le début. Pensaient-ils qu'elle détenait ce qu'ils cherchaient ?

Oh ! mon Dieu. Noah.

Qu'allait-il lui arriver ?

Ses jambes avançaient toutes seules. Katherine n'en revenait pas. Mais il fallait courir. Leur échapper.

Caleb la guida jusqu'à la voiture.

— Montez et cachez-vous. Gardez la tête baissée !

Katherine se roula en boule sous le tableau de bord. Mais, s'ils savaient où elle habitait, sans doute connaissaient-ils aussi son véhicule…

Et Mlle Ranker ? Katherine n'avait même pas eu le temps de se pencher sur elle.

— Est-ce que ma propriétaire…

Caleb secoua la tête.

— Je suis désolé.

— Et Max ?

— Je crois qu'il a pu s'échapper.

Katherine lutta de toutes ses forces contre l'envie de pleurer. Si les vannes s'ouvraient, elle ne pourrait plus endiguer le flot de ses larmes. Elle éleva l'enveloppe qui avait coûté la vie à Mlle Ranker.

Le regard de Caleb quitta le rétroviseur une fraction de seconde.

— Oui… C'est sûrement ça. Ouvrez-la.

Katherine déchira le rabat et retourna l'enveloppe au-dessus du siège.

Un CD tomba.

— Bingo ! proféra Caleb, les dents serrées. Restez cachée. Ne bougez pas.

Avant qu'elle ait eu le temps de réagir, il avait disparu.

Katherine se recroquevilla de son mieux, priant le ciel.

Faites que Caleb revienne vite ! Où donc est-il parti ?

Elle déglutit avec difficulté. Comment aurait-elle fait tout ça sans Caleb ? Et pourtant, au bout du compte, tout le monde finissait toujours par lui faire faux bond.

Même ses parents.

Elle se revit seule, sur scène, à la fin de sa dernière année de lycée. Elle s'était inscrite à un concours académique de culture générale et se faisait une joie de voir les visages souriants de ses parents dans la foule. Elle n'avait pas ménagé ses efforts pour se préparer pendant toute l'année et avait obtenu les meilleurs scores que l'établissement ait jamais eus. Elle avait sacrifié petits amis et sorties pour travailler d'arrache-pied, quiz après quiz. Lorsqu'elle était montée sur scène ce soir-là, son cœur battait à tout-va et la sueur perlait à son front. Elle se souvenait s'être dit que tout irait bien lorsqu'elle verrait des visages familiers dans l'assistance.

Le rideau s'était ouvert et elle avait balayé la foule du regard.

Personne.

La déception et le trac l'avaient assaillie. La panique l'avait gagnée, l'empêchant de respirer.

A la troisième série de questions, sur le point d'étouffer, elle avait donné la mauvaise réponse.

Lorsqu'elle était rentrée à la maison, ses parents s'étaient confondus en excuses. Ils étaient rentrés du travail, avaient ouvert une bouteille de vin pour se détendre, allumé la télévision et… oublié. Une fois de plus.

Katherine avait fait son possible pour reléguer ce souvenir aux oubliettes. Mais elle avait appris une nouvelle leçon ce jour-là. Si elle voulait arriver dans la vie, elle ne devrait compter que sur elle-même.

Des pas rapides résonnèrent dans sa direction, et son cœur se serra. Tétanisée, elle retint son souffle jusqu'à ce que le visage de Caleb apparaisse à la portière.

Il se glissa derrière le volant et lui tendit Max, son pelage blanc parsemé de gouttes rouges. Le chien gémissait et tremblait comme une feuille.

— Il est blessé ? s'enquit Katherine.

— Non, dit Caleb en mettant le moteur en route. Seulement effrayé.

Mais ces gouttes… était-ce le sang de sa propriétaire ?

Katherine leva les yeux et suivit du regard la main de Caleb comme elle revenait se poser sur le volant. Elle était maculée de rouge.

— Vous êtes touché ?

— Ce n'est rien. Juste une blessure superficielle. La balle m'a effleuré le haut du bras. Ça ira.

Caleb n'en était pas si sûr, en fait. Il perdait beaucoup de sang mais, cela, mieux valait ne pas le dire à Katherine. Caleb ne voulait pas qu'elle panique.

Elle sortit de sa cachette en grimaçant de douleur.

— Attendez, Katherine… Je vais m'arrêter dans un instant pour examiner nos blessures.

Caleb jeta un coup d'œil dans le rétroviseur. Derrière eux, sur le tronçon à péage de North Dallas, ne roulait que l'habituel lot d'utilitaires, de Ford F-150 et de berlines de luxe.

Son portable se mit à vibrer dans sa poche. Il demanda à Katherine :

— Est-ce que vous pouvez le sortir ? Et le mettre sur haut-parleur ?

C'était Matt.

— J'ai essayé de te joindre hier soir, mais je n'y suis pas arrivé, annonça son contremaître. La couverture réseau n'est pas bonne.

— Est-ce que tout le monde va bien au ranch ? s'enquit Caleb.

— Nous, oui. Mais je m'inquiète pour toi.

Caleb ne quittait pas la route des yeux.

— Jusqu'ici, ça va.

— Katherine a-t-elle fait allusion à une histoire d'espionnage industriel à laquelle elle serait mêlée ?

— Bien sûr que non. Elle ne sait pas ce que veulent ces types.

— J'imagine qu'elle s'est bien gardée de te le dire si c'est le cas. Surtout si elle est mouillée jusqu'au cou depuis le début.

Caleb garda le silence.

— Pose-lui donc la question, poursuivit Matt. Ces types qui sont venus hier se sont présentés comme étant des agents du gouvernement. Ils nous ont interrogés à propos d'une jeune femme aux cheveux châtains qui avait été vue dans le secteur. D'après eux, elle tremperait dans une affaire de vol de secrets industriels. Une sorte de petite entreprise familiale. Ils la recherchaient depuis plusieurs jours déjà… quand tu l'as aidée à prendre la fuite — très opportunément.

— Inutile de lui poser la question, riposta Caleb. Elle t'entend. Le téléphone est sur haut-parleur.

Il y eut un silence.

— Tout ce que je dis…

— J'ai bien compris ce que tu as dit.

— Tu ne peux pas écarter la possibilité qu'elle…

— Ce n'est pas le cas.

— Qu'en sais-tu ?

— Je le sais, c'est tout.

Matt poussa une exclamation exaspérée suivie d'un chapelet de jurons.

— Mais enfin, tu ne la connais que depuis hier, tu ne peux pas te porter garant pour elle ! Que sais-tu d'elle ? Tu ne connais personne de son entourage. Si ça se trouve, elle a été blessée alors qu'elle cherchait à échapper à ces agents.

— Je t'ai dit ce qu'il en était, je ne vais pas me répéter, Matt. Qu'est-ce qu'ils ont dit d'autre ?

— Une chose est certaine : elle débarque et, comme par hasard, le ranch est subitement investi par des hommes à l'allure très officielle. Nous n'avons que sa parole. Elle prétend qu'il y a eu kidnapping, mais est-ce que tu as vu ce gamin ?

Non, Caleb ne l'avait pas vu. Ce qui ne voulait pas dire qu'il n'existait pas. Il y avait les photos. Les jouets d'enfant chez la sœur de Katherine, chez elle. Sans compter, se rappela Caleb, qu'il était arrivé sur les lieux juste après que Noah eut été enlevé et qu'il avait vu la terreur dans les yeux de Katherine.

Cette conversation avec Matt ne menait nulle part. Katherine n'avait rien inventé, Caleb en était sûr, et il était mortifié qu'elle soit obligée d'écouter les accusations de son ami.

— Ce gamin a un nom. Noah. Qu'en pense Coleman ?

— Le shérif ne sait pas que croire. Il a dit qu'il allait essayer de se renseigner sur ces hommes par les canaux officiels, mais il n'a pas franchement les accréditations pour ça. En plus, ces types m'ont paru sacrément sérieux. Ils nous ont montré leurs badges.

— Ça ne signifie rien, objecta Caleb.

— C'est ce que dit Coleman.

— Peut-il savoir si un dénommé « Kane » est en charge d'une enquête fédérale ?

— C'est ce qu'il essaie de découvrir. Mais, d'après lui, ça ne donnera rien.

— Autre chose ? lança Caleb.

Il luttait contre la douleur dans le haut de son bras.

— Conduis-la à l'agence fédérale la plus proche et livre-la-leur, Caleb. Avant que les choses ne tournent vraiment mal…

— Tu sais que je ne le ferai pas.

— Alors, il vaut mieux que tu ne reviennes pas au ranch pour l'instant, déclara calmement Matt.

— Je n'ai pas l'intention de faire courir plus de risques à mes employés. Je rentrerai quand cette affaire sera réglée.

Il y eut un long silence.

— Alors, pour l'amour de Dieu, sois prudent ! l'enjoignit Matt. Je m'occupe de tout jusqu'à ton retour, ne t'inquiète pas.

— Je savais que je pouvais compter sur toi.

Au moins cela lui enlevait-il un poids. Le ranch continuerait à fonctionner normalement en son absence.

— Comment va la petite fille de Jimmy ?

— Elle n'est pas bien, répondit Matt. Mais elle va bientôt être opérée à Dallas.

— Ils ont trouvé un donneur ?

— Faut croire.

— Tant mieux, c'est une bonne nouvelle.

La fille de Jimmy aurait la chance qu'elle méritait, songea Caleb. Quant à lui, il allait veiller à ce qu'il en aille de même pour Katherine.

— Tu peux raccrocher, lui intima-t-il.

Elle obéit puis le regarda.

— Pourquoi vous ne m'avez pas dit que Matt pensait que je mentais ?

— Il ne sait pas que croire. Il est ennuyé pour moi.

Caleb jeta un coup d'œil en biais à Katherine. Elle avait l'air tellement désemparée, tellement frêle. L'instinct protecteur de Caleb se réveilla brusquement. Il voulait préserver Katherine des accusations de Matt, la défendre contre les hommes qui la pourchassaient. Bien sûr, ces lèvres roses pulpeuses et ces cheveux châtains l'attiraient plus que de raison. Mais il naviguerait à vue, avec prudence et discernement.

— Quel est le problème avec la fille de Jimmy ? demanda Katherine.

— Elle est née avec une malformation cardiaque. Mais ils ont enfin un donneur. Elle va pouvoir être opérée.

Caleb espérait être rentré d'ici là.

Katherine fronça les sourcils.

— Les enfants ne devraient pas avoir à grandir prématurément. Jamais. C'est tellement injuste lorsque leur enfance leur est volée par la maladie ou par la mort.

— Vous avez entièrement raison.

Katherine se raidit, puis prit une profonde inspiration.

— Bien. Que faisons-nous maintenant ?

— Il faut qu'on se procure un ordinateur pour voir ce qu'il y a sur ce disque. Si jamais les types qui ont déboulé au ranch sont vraiment des fédéraux, il pourrait contenir n'importe quoi.

— Parce que vous ne me croyez plus, vous non plus ? lança Katherine.

— Je n'ai pas dit ça.

— Vous ne l'avez pas dit, mais vous le pensez.

— Vous vous trompez, assura Caleb.

Katherine posa le CD sur le siège, à côté de Max. La colère et l'amertume durcissaient ses traits, habituellement doux.

— Et si c'étaient effectivement des fédéraux, mais qu'ils avaient été achetés par quelqu'un ? suggéra Katherine.

— Un fédéral véreux, je veux bien. Mais pas tout un groupe. En plus, Coleman n'a pas l'air de penser que ce sont d'authentiques agents.

— En tout cas, c'est à cause de ce qui se trouve sur ce CD que mon neveu a été enlevé, s'emporta Katherine. Je veux identifier le salaud qui a fait ça et le faire payer ! Sa place est en prison.

— Absolument, confirma Caleb.

Il se rangea sur le bas-côté et sortit son téléphone. D'une part, il lui fallait chercher un cybercafé. D'autre part, il devait examiner leurs blessures.

Et trouver le moyen de stopper le saignement de son bras.

6

Katherine fourragea dans son sac, à la recherche de son téléphone qui vibrait pour la deuxième fois. Enfin, elle mit la main dessus et consulta l'écran.

Numéro inconnu.

Elle décrocha tandis que Caleb entrait dans le parking d'un cybercafé.

La voix au bout du fil fit frémir Katherine.

— Avez-vous trouvé ce que vous cherchiez ?

L'homme s'exprimait d'un ton neutre et détaché, avec un léger accent.

Katherine ne parvint pas à garder son calme.

— Comment je pourrais le trouver si vous envoyez des tueurs à mes trousses ? Qui sont ces types ? Par votre faute, une innocente est morte pour rien. Votre fichu document, je vous le remettrai quand je l'aurai !

Pouvait-elle évoquer les prétendus fédéraux qui s'étaient présentés au ranch sans compromettre Caleb ?

L'homme reprit, d'une voix toujours posée.

— Est-ce à dire que le document n'est pas en votre possession ?

— Vous n'avez pas répondu à ma question ! tempêta Katherine. Qui sont ces hommes ?

— Disons simplement que j'ai des employés extrêmement loyaux, répliqua l'inconnu sans s'énerver.

Il avait beau jeu de rester de glace quand son monde à elle s'écroulait ! Ses doigts serrèrent le CD de sa sœur. Si elle reconnaissait l'avoir et que le disque ne contenait pas le fichier qu'ils voulaient, elle signait l'arrêt de mort de Noah. Il fallait gagner du temps.

— Dites-moi ce que je dois chercher. Je suis prête à vous aider. Tout ce que je veux, c'est que ce cauchemar se termine et que vous me rendiez Noah.

— Qu'y avait-il dans l'enveloppe ?

Katherine se passa la langue sur les lèvres.

— Donnez-moi au moins une indication, insista-t-elle comme si elle n'avait pas entendu la question. Il y a tant de possibilités… Il faut que je sache ce que je cherche.

— N'essayez pas de jouer au plus fin avec moi, répliqua vivement l'homme.

Pour la première fois, il semblait en colère.

— Votre sœur savait très bien de quoi il s'agissait. Et je parie que vous le savez aussi.

— C'est pour ça que vous avez voulu me supprimer ? rétorqua Katherine, se retenant de justesse de hausser le ton.

Elle avait envie d'envoyer ce type au diable avec son fichier.

— Ecoutez, enchaîna-t-elle, radoucie. Je crains de partir avec un handicap. Ma sœur et moi, nous n'étions pas proches. Elle ne me faisait aucune confidence. Je lui servais surtout de baby-sitter gratuite.

Feindre l'obligeance avec cette ordure alors qu'elle aurait voulu lui tordre le cou lui coûtait terriblement, mais il y allait de la vie de Noah et c'était tout ce qui comptait.

— Comment va mon neveu ?

— Il n'ira pas bien si vous ne me donnez pas ce que je veux.

Le cœur de Katherine se mit à marteler sa cage thoracique.

— Est-ce qu'il respire normalement ?

— Rien ne lui arrivera. Sauf si vous refusez de coopérer.

— Passez-le-moi. Je ne ferai rien tant que je ne serai pas certaine qu'il va bien.

Silence au bout de la ligne.

Bonté divine. Cesse de le provoquer. Sinon, c'est Noah qui en paiera le prix.

Katherine retint les pleurs qui menaçaient. Qu'une larme, une seule, déborde de sa paupière, et ce serait le déluge assuré.

— Tatie ?

La voix de Noah était frêle et ténue, bien différente de sa façon de s'exprimer, habituellement expansive et joyeuse.

— Noah, mon chéri !

Katherine étouffa à grand-peine un sanglot.

— Bébé, écoute-moi. Tout va bien se passer. Je vais te faire parvenir tes médicaments.

— Je n'aime pas être ici.

Ses reniflements transpercèrent le cœur de Katherine.

— Ils ne t'ont pas fait de mal, n'est-ce pas ? demanda-t-elle le plus posément possible.

— Non. Ils sont gentils.

— Alors, je veux que tu sois courageux, d'accord ?

— Ou… oui.

— Sois sage, Noah. Ecoute ce qu'ils te disent. Je te promets de venir te chercher très bientôt.

Avant que Noah n'ait pu répondre, il y eut un bruit au bout de la ligne.

— Apportez-moi le fichier au rendez-vous fixé si vous voulez le revoir en vie.

Clic.

De nouveau, Katherine retint ses larmes et se tourna vers la fenêtre. Max se tortillait pour tenter de sauter sur ses genoux.

— Votre neveu va bien, souligna Caleb. C'est ce qui compte. On va le retrouver.

Il lui prit le téléphone des mains et le posa sur le tableau de bord.

Katherine lâcha un lourd soupir.

— Entendre sa voix, savoir à quel point il a peur et essaie de se montrer courageux…

Elle secoua la tête.

— Et moi qui suis assise là, à ne rien faire, acheva-t-elle d'une voix sans timbre.

— Je comprends. Noah fait preuve de beaucoup de cran, c'est vrai. Il tient ça de sa tante.

Ses paroles aidèrent le cœur las de Katherine à retrouver un rythme presque normal, exempt d'à-coups douloureux.

Katherine avait tellement envie de pleurer. De libérer toute la frustration, la colère, l'anxiété qu'elle avait gardée en elle depuis le début de cette épreuve. Et toute sa vie durant, songea-t-elle. Elle n'avait pas versé une seule véritable larme depuis des années. Elle s'était entraînée, après la mort de ses parents, à mettre ses émotions de côté. Elle n'avait pas eu le choix. C'était elle l'aînée. Elle se devait d'être forte.

Oh ! au début, elle avait bien essayé de trouver de l'aide.

Anthony, son premier amour, avait promis de lui rendre visite tous les mois lorsqu'elle lui avait annoncé qu'elle était obligée de rentrer à la maison pour s'occuper de sa sœur. Ses appels quotidiens avaient été son rayon de soleil. Elle joignait tout juste les deux bouts malgré les deux emplois qu'elle avait pris. Et maintenir le niveau de ses notes en ne dormant que quelques heures par nuit avait été vraiment difficile. Mais elle avait tenu bon. Elle avait réussi à garder la tête hors de l'eau.

La voix d'Anthony était devenue son point d'ancrage, son port dans la tempête. Sans lui, se disait-elle alors, tout ce qui faisait sa personnalité, sa substance, aurait été englouti, emporté par l'ouragan — annihilé. Elle n'aurait plus jamais été la même.

Chaque fois qu'il la rassurait, elle reprenait confiance. Elle y arriverait. Elle réussirait à s'occuper de sa sœur et à avoir encore un semblant de vie.

Et puis, les appels s'étaient espacés. Etait venu le temps des excuses bidons — problèmes d'horaires, de surcharge de travail… et, finalement, le téléphone avait cessé de sonner.

Elle avait appris par le bouche-à-oreille qu'il avait rencontré quelqu'un d'autre à l'université.

Elle en avait été anéantie.

Juste au moment où elle avait le plus besoin de lui, il l'avait désertée. Cela l'avait confortée dans son idée qu'elle devait se débrouiller seule et ne dépendre de personne — jamais ; que les autres étaient source de déception. Qu'il fallait ériger une muraille protectrice autour de soi et tracer son chemin. Mais avait-elle élevé une muraille si haute que plus personne ne pouvait la franchir ?

Les hommes avec qui elle était sortie depuis avaient passé plus de temps à assister à des événements sportifs qu'avec elle, et ça ne l'avait pas gênée.

Elle repoussa ces tristes souvenirs.

Dehors, la pluie commençait à tomber. De grosses gouttes s'écrasaient sur le pare-brise.

Katherine se tourna vers Caleb, et un puits de désir sans fond s'ouvrit en elle.

Il passa la main dans sa nuque et l'attira à lui. Il était tellement fort. Tellement… capable.

Ses yeux obscurcis par la passion se fermèrent à l'instant où il posa ses lèvres sur les siennes. Elle s'abandonna à son baiser. Totalement. Sans retenue. Avec une ardeur telle que cela l'effraya. Comment était-il possible de désirer un homme aussi instantanément ? Aussi absolument ? Les pointes de ses seins se contractèrent. Elle voulait davantage. Elle voulait Caleb tout entier, ce qui était une raison supplémentaire de ne pas aller plus loin.

Elle se redressa.

— Votre blessure… Nous devrions y jeter un œil.

— Simple égratignure, éluda-t-il, sa voix grave faisant courir un nouveau frisson en elle.

Une expression douloureuse passa alors sur le visage de Caleb, mais elle n'était pas seulement due à son bras, comprit Katherine. Dans les yeux de Caleb brillait une lueur… dangereuse. Sexy.

Partirait-il, comme les autres, une fois que tout ceci serait terminé ?

Katherine refusait de s'investir dans une nouvelle relation. Ça ne fonctionnait jamais. Elle en ressortirait meurtrie et elle n'avait plus la force de passer de nouveau par ces affres-là.

— Tout de même…, reprit-elle. Je me sentirai plus tranquille quand je serai sûre que ce n'est pas grave.

Caleb roula sa manche, révélant une profonde entaille dans le muscle. Katherine étouffa difficilement un cri d'effroi.

— Ce n'est pas aussi méchant que ça en a l'air, voulut la rassurer Caleb.

— Non, protesta Katherine. Il faut aller à l'hôpital.

— Je n'irai nulle part tant que nous n'en aurons pas terminé. Oubliez cette idée.

Il referma avec force ses doigts autour du volant.

— Nous devons trouver un endroit où nous laver. On ne peut pas aller au café dans cet état. Tout le monde nous regarderait.

Katherine pensait à autre chose.

— Ces types en costume… Je me demande si une organisation n'est pas derrière tout ça. Leur appel m'a donné cette impression.

Caleb remit le moteur en marche.

— Première chose, se débarbouiller un peu, décréta-t-il en pianotant de nouveau sur son téléphone. Ensuite, examiner ce CD. Nous avons peut-être déjà entre les mains la réponse à nos questions.

Il s'inséra dans la circulation.

— Une chose est claire : ces hommes ne nous veulent pas du bien, quelle que soit leur identité. Ils ont kidnappé votre neveu et tenté de vous enlever. Ils viennent même de passer à la vitesse supérieure en nous tirant dessus en plein jour. Ils savaient où nous étions. Donc soit ils nous ont suivis, soit ils avaient posté une sentinelle qui surveillait votre appartement… Pour que les choses en arrivent là, il faut que ce secret soit fichtrement lourd.

— Ou qu'un personnage fichtrement puissant soit derrière tout ça, suggéra Katherine.

— Oui, votre sœur s'est fait un ennemi de quelqu'un d'important. Question : qui a autant d'influence ? Ce fameux Kane ?

— Je n'en sais rien, reconnut Katherine. Quelqu'un qui

a le pouvoir de provoquer continuellement des incidents, manifestement. Et de faire éliminer des gens d'un claquement de doigts.

Caleb hocha la tête.

— Tout se retrouve sur Internet aujourd'hui. Si nous avions pu récupérer son ordinateur, nous aurions peut-être trouvé un indice dans sa messagerie.

— J'ai peur.

Son aveu était sorti tout seul, au moment où elle s'y attendait le moins.

— Je suis là, lui assura Caleb. Je ne laisserai personne vous faire du mal.

Katherine ne répondit pas. Qu'aurait-elle pu dire ? Même si la sincérité de Caleb ne faisait aucun doute, il ne pouvait rien garantir.

— Le principal atout de ce Kane, reprit Caleb, c'est que nous ne savons pas qui il est. Si seulement nous avions le moyen de le démasquer…

— J'espère que ce CD va nous renseigner, soupira Katherine.

Il *fallait* que les informations dont elle avait besoin soient sur ce CD — ou sur le téléphone de Leann. Toute autre hypothèse était inenvisageable.

Caleb se gara devant un hôtel et se rendit seul au bureau d'accueil. Il revint quelques minutes plus tard, une clé à la main.

— Roulez Max dans votre pull.

Katherine sortit de la voiture. Son estomac gargouillait, lui rappelant qu'il était vide. Depuis quand n'avait-elle rien mangé de solide ? Tant pis. De toute façon, elle était tellement sur les nerfs qu'elle n'aurait rien pu avaler.

La chambre était simple, décorée avec goût d'un mobilier moderne, aux lignes pures. Des photos artistiquement cadrées étaient suspendues au-dessus du lit double. Il y avait un petit bureau, un mini-réfrigérateur et un micro-ondes.

La carte d'accueil posée au milieu du lit vantait les mérites d'un couchage *divinement confortable*. Pas besoin de notice pour imaginer quel plaisir elle aurait eu à s'enrouler dans cette moelleuse couverture blanche, songea Katherine. Avec comme touche finale les bras de Caleb, elle aurait sans aucun doute dormi des jours d'affilée !

Après une brève incursion dans la salle de bains, il ressortit et lui tendit une serviette pliée.

— A vous l'honneur.

— OK.

Elle posa Max par terre. Caleb remplit une tasse d'eau et la plaça devant le petit chien tandis que Katherine refermait la porte de la salle de bains.

— Faites attention à vos plaies, recommanda-t-il à travers la porte fermée. Je vais nettoyer Max et je sors nous acheter des vêtements. Avec un peu de chance, je trouverai peut-être aussi un chargeur pour le téléphone.

Sa voix était si proche qu'il devait se tenir juste derrière le battant, se dit Katherine.

Elle commença à se déshabiller. Si son apparence reflétait ce qu'elle ressentait, mieux valait ne pas se regarder dans le miroir. L'idée de faire une pause pour se rafraîchir était vraiment excellente.

Une demi-heure plus tard, Caleb revint, plusieurs sacs à la main.

— J'ai trouvé une grande surface tout près d'ici. J'ai acheté à manger, une pommade et des lingettes antiseptiques, de la gaze et du sparadrap. J'ai même le chargeur. Et j'ai profité de ce que j'étais dans le magasin pour glisser le CD dans l'un de leurs ordinateurs portables. Mais je n'ai vu que des photos de Noah.

Katherine écarquilla les yeux.

— C'est tout ? Ce n'est pas possible.

— On l'examinera plus attentivement en bas, au centre d'affaires de l'hôtel.

Katherine acquiesça.

— Quant au téléphone, poursuivit Caleb, je l'ai branché

sur place, dans le magasin, et j'ai découvert un contact intéressant. Leann vous a-t-elle déjà parlé de Bolden Holdings ?

— Non.

— Eh bien, je vous le donne en mille : le P-DG de cette société s'appelle Sebastian *Kane*. Je me demande pourquoi je n'ai pas fait le rapprochement plus tôt. Je l'avais vu en couverture du magazine *Forbes*. Cet accent que vous avez remarqué… pourrait-il être canadien ?

Katherine hocha de nouveau la tête.

— Oui, c'est bien possible. Mais quel rapport peut-il y avoir entre ma sœur et cet homme ? Je ne vois pas quelles informations elle pourrait détenir sur sa société.

— Une personnalité comme Kane se soucie forcément de son image et de sa réputation. D'une façon ou d'une autre, Leann a dû avoir affaire avec lui. Peut-être qu'elle est sortie avec… Nous verrons si le CD nous apprend quelque chose. Peut-être qu'il contient une photo d'eux deux ensemble. J'ai envoyé un SMS à Coleman. Il remonte la piste de son côté.

— Avant de descendre, je vais regarder votre épaule, décida Katherine.

— Seulement quand vous m'aurez montré votre cheville. Mais, d'abord… J'ai réfléchi à quelque chose. Se pourrait-il que votre sœur ait eu un emploi dont vous ne saviez rien ? Est-ce qu'elle parlait de son travail ?

— Elle était serveuse à temps partiel dans un café. Elle disait que cela lui permettait de rentrer tôt le matin, avant que Noah ne soit réveillé. C'était sa voisine qui le gardait. Ensuite, elle suivait ses cours en fin de matinée et elle était de nouveau avec Noah après le déjeuner.

Katherine s'interrompit. Tout cela ne ressemblait pas au portrait d'une personne qui aurait essayé d'extorquer de l'argent à quelqu'un. Et encore moins à une personne qui aurait eu l'aplomb de faire chanter une grosse légume comme ce Kane. Mais, d'un autre côté, son budget était plus que serré. Aurait-elle décidé de jouer son va-tout pour passer plus de temps avec son fils ?

— Je sais qu'elle ne vous a jamais parlé du père de Noah, reprit Caleb. Mais avec quel genre de personne elle sortait ?

Katherine laissa échapper un petit rire de gorge.

— Avant Noah ? Toutes sortes de personnes. Des intellectuels. Des athlètes. Des hipsters aux cheveux longs, qui ne mangeaient que végétarien. Il ne me semble pas qu'elle ait eu quelqu'un dans sa vie récemment. Depuis qu'elle avait Noah, elle s'était calmée. Elle disait qu'elle ne se souvenait même pas de la dernière fois qu'elle avait couché avec quelqu'un.

A cette évocation, Katherine s'empourpra.

Le pouls de Caleb s'accéléra. Katherine était si sexy quand elle rougissait.

Il la fit asseoir sur le lit, puis tira la chaise du bureau pour se positionner face à elle.

— Vous pensez que votre sœur a pu avoir une liaison avec Kane ? Elle a peut-être vu ou entendu quelque chose alors qu'elle était chez lui ?

— Tout est possible, soupira Katherine. Mais j'ai du mal à l'imaginer entretenant une relation avec le P-DG d'une grosse entreprise. Cela dit, elle était vraiment belle.

— Peut-être qu'elle l'a rencontré dans le café où elle travaillait un jour qu'il s'y était arrêté ? suggéra Caleb. Nous pourrions nous renseigner auprès de ses collègues.

En fait, Caleb avait du mal à réfléchir. Katherine sentait bon le savon et, roulée dans sa serviette de bain, elle était plus désirable encore. Une image d'elle sous la douche s'imposa à Caleb et une bouffée de chaleur l'envahit. S'il était une chose qu'il devait éviter, c'était bien de penser à Katherine en ces termes… Et pourtant, il ne put s'empêcher d'admirer ses longues jambes fuselées, les courbes de sa taille fine et de ses hanches que laissait deviner la serviette-éponge. Lorsque son regard glissa le long de ses mollets jusqu'à ses chevilles et ses pieds nus, sa bouche s'assécha.

Il s'obligea à relever les yeux.

Katherine choisit ce moment pour se passer la langue sur les lèvres.

Le regard de Caleb descendit jusqu'à son cou. Sa poitrine se soulevait et s'abaissait rapidement.

Une irrépressible envie de la protéger et de l'embrasser submergea Caleb. S'il ne se reprenait pas très vite, Katherine n'allait pas tarder à savoir très exactement à quel point il aurait aimé lui faire l'amour.

Heureusement, un jappement de Max l'arracha à sa dangereuse rêverie.

Il se força à penser de façon rationnelle. Katherine avait des ennuis. Il était là pour l'aider. Fin de l'histoire.

Il allait devoir se montrer plus vigilant s'il voulait contenir son attirance grandissante pour elle.

— Alors, voyons un peu cette jambe.

Avec les lingettes désinfectantes, il nettoya les blessures qui s'étaient remises à saigner, puis il appliqua de nouveaux pansements. Il faudrait penser à conduire Katherine dans un centre médical pour qu'on lui administre une injection antitétanique.

— Et maintenant, votre blessure au bras, lança-t-elle, les sourcils froncés.

— Ne vous inquiétez pas de ça. Je survivrai. C'est un réflexe, chez vous, de toujours faire passer les autres en premier ?

Caleb n'était pas accoutumé à cela. N'était-ce pas lui qui, habituellement, sauvait la mise aux autres ? Sans se soucier de sa propre personne ?

— Et s'il vous arrive quelque chose ? s'enquit Katherine. Y a-t-il quelqu'un à prévenir ? Une petite amie ?

— Non, pas actuellement. J'en ai eu quelques-unes, mais c'est du passé.

Elle le gratifia de son premier vrai sourire de la journée.

— Je me suis dit que je n'avais pas de temps à consacrer aux filles quand j'ai été engagé au ranch Dust Bowl, près de San Antonio, adolescent. Mon unique obsession, c'était de travailler et de rentrer dans le droit chemin.

— Mais je suis sûre qu'*elles* ont trouvé le temps de s'intéresser à vous.

Il haussa les épaules.

— J'ai eu quelques liaisons. Mais je n'ai pas rencontré la bonne personne.

Il avait préféré édifier son petit empire plutôt que de passer des soirées à écouter discourir des femmes dont il trouvait la conversation soporifique. La femme idéale se faisant attendre, il s'était autorisé quelques aventures. Il avait renoncé quand Cissy avait fait irruption dans sa vie.

— J'ai tout de même failli me marier une fois.

— Et que s'est-il passé ? demanda Katherine.

— Ça n'a pas marché. Elle est partie. Elle trouvait la vie au ranch ennuyeuse.

Caleb préféra ne pas évoquer la petite fille que Cissy avait emmenée. Savannah avait été une adorable gamine, souriante, le visage parsemé de taches de rousseur, très affectueuse. Cissy en prenait-elle bien soin ? Caleb s'inquiétait pour la petite.

— C'était il y a longtemps ? reprit Katherine.

Caleb replaça le couvercle sur la boîte de gaze.

— Deux mois environ… Bon, cette jambe a l'air d'aller mieux, même si notre fuite précipitée vous a forcée à la malmener. Je pensais que votre cheville aurait encore enflé, mais non.

Il tendit à Katherine deux comprimés d'ibuprofène et une petite bouteille d'eau.

— Tenez, avalez ça.

Elle lui décocha un sourire.

— Il va me falloir un temps d'adaptation pour m'habituer à avoir moins mal !

Caleb aimait qu'elle se détende à son contact. Il n'aurait pas eu besoin de temps d'adaptation, lui, si elle avait dû rester pour toujours.

Il s'admonesta mentalement.

Pas de ça. Pas question !

Il s'était juré de ne pas refaire la même erreur… Même si, dans le cas de Katherine, la situation était différente.

Il se pencha, attrapa l'un des sacs et le lança sur le lit.

— Vous devriez trouver de quoi vous changer là-dedans. Je ne sais pas si j'ai pris la bonne taille… Et je ne garantis pas non plus que ce soit à la pointe de la mode.

Katherine sortit un short en coton et un T-shirt rose basique, puis elle plongea de nouveau la main au fond du sachet et en retira un ensemble de lingerie coordonnée.

— Ça ira très bien, dit-elle, le rouge lui montant aux joues.

Caleb donna à manger à Max, puis se dirigea vers le lavabo, dans la salle de bains. Il déboutonna sa chemise et la retira.

Dans le reflet du miroir apparut Katherine, habillée de ses nouveaux vêtements. Elle s'arrêta net en voyant Caleb. Son regard parcourut la surface de son dos dénudé.

En un éclair, tout le sang de Caleb se mua en lave brûlante et afflua droit à son entrejambe.

Jamais aucune femme n'avait suscité un désir aussi instantané — ni aussi intense. Ce qui s'en rapprochait le plus était peut-être la relation qu'il avait eue avec Michelle. Et encore… elle ne soutenait pas la comparaison. Elle avait débarqué sur le pas de sa porte, sans le sou, demandant s'il y avait du travail pour elle au ranch. Elle n'avait ni argent ni logement.

Il l'avait accueillie et l'avait aidée dans sa recherche d'emploi. Elle n'avait pas mis longtemps à trouver le chemin de sa chambre.

Au lit, leurs ébats avaient été enfiévrés. Mais l'alchimie ne s'était pas prolongée hors de la chambre…

Elle avait tout de même apporté ses affaires, l'air bien décidé à s'installer.

Caleb avait peu à peu allongé ses journées de travail, tous les prétextes devenant bons pour être le moins possible à la maison. Elle avait fini par s'en aller. Sans un mot.

Cela avait servi de leçon à Caleb. Il n'avait plus jamais eu de relation basée exclusivement sur le sexe.

Mais faire l'amour avec Katherine serait fantastique. Non… renversant. A coup sûr, entre eux, l'alchimie opérerait instantanément sous les draps.

Mais, dans leur relation de tous les jours, il en irait de

même qu'avec les autres femmes. En un sens, tant mieux, se dit Caleb. Qu'il puisse y avoir quelque chose de plus profond ou de plus réel lui faisait terriblement peur.

Katherine s'éclaircit la gorge.

— Attendez… Laissez-moi vous aider.

Elle vint se placer à côté de lui sans le regarder, prit une serviette propre sur le plan de toilette, la passa sous le robinet et l'essora. Elle tamponna précautionneusement la plaie. Le simple contact de ses doigts sur sa peau enflamma la libido de Caleb. Il brûlait d'envie d'être en elle. Là, tout de suite.

— Attention, ça va piquer, le prévint-elle avec un sourire hésitant, en se penchant au-dessus de son bras.

— Ça ira.

Mais était-ce réellement le cas ? Peut-être avait-il la tête solidement vissée sur les épaules, mais son corps, lui, semblait animé d'une volonté propre.

Katherine appliqua l'antiseptique sur la plaie.

Caleb n'avait pas l'habitude que des mains comme les siennes prennent soin de lui. Des mains douces, tendres.

Une trouée s'ouvrit dans son esprit, comme une petite lumière au bout d'un tunnel sombre. La carapace menaça de se fissurer.

Pourquoi avait-il parlé à Katherine de Cissy ? La blessure était encore fraîche, non ? Elle aurait dû lui faire bien plus mal que celle causée par la balle sur son bras.

N'aurait-il pas dû se sentir coupable d'être seul avec cette femme, dans une chambre d'hôtel, alors que la rupture avec Cissy était toute récente ?

Mais non. Il n'éprouvait rien de tel.

Plutôt la chaleur et le soulagement de se laisser soigner par quelqu'un en qui il avait confiance.

Concept qui lui était totalement étranger. Aussi loin que remontent ses souvenirs, il avait toujours pris soin de lui et de ceux qui l'entouraient.

Mais les mains attentives de Katherine, qui voletaient sur lui, paraissaient tout à coup plus dangereuses que les hommes armés qui les poursuivaient. Tout ce que ces derniers pouvaient accomplir, c'était supprimer une vie humaine. Une femme comme Katherine pouvait donner le sentiment que la vie ne valait pas la peine d'être vécue sans elle.

Caleb éradiqua cette idée.

Katherine était en butte à de gros problèmes. Il était là pour l'aider à résoudre cette crise. Lorsque ce serait fait, elle reprendrait le cours ordinaire de sa vie et lui, le sien.

Il s'écarta d'elle et enfila le T-shirt neuf qu'il avait acheté.

— Voyons ce que ce CD peut nous apprendre.

7

Katherine installa Max dans son sac et suivit Caleb au rez-de-chaussée. Le centre d'affaires consistait en une petite salle équipée de bureaux et de deux ordinateurs, séparée du hall d'entrée par une simple paroi vitrée. Il y avait mieux en matière de discrétion, songea Katherine, mais ils devraient s'en contenter.

Elle sortit le CD de son sac et le tendit à Caleb.

Le chien se mit à gigoter et à gémir.

— Pauvre Max. Ta maîtresse te manque, n'est-ce pas ?

Une vague de mélancolie assaillit Katherine tandis qu'elle caressait l'animal.

— Il n'a plus de maison maintenant.

— Il pourra venir au ranch, proposa Caleb. A moins que vous ne vouliez l'adopter.

— Ce serait trop triste pour lui de venir chez moi. Encore que… Quand tout ceci sera terminé, je pense que je déménagerai. Je ne me vois pas continuer à vivre là-bas après…

— Eh bien, dans un cas comme dans l'autre, il aura un nouveau foyer.

— Le pauvre… Il doit avoir envie de sortir maintenant qu'il a mangé et bu toute cette eau.

— J'ai vu un espace vert sur le côté du bâtiment, indiqua Caleb. Quand nous aurons terminé, nous irons le promener.

Le disque contenait un fichier, intitulé « Katherine ».

Le regard de Caleb alla de l'ordinateur à elle.

— Vous voyez ? Mais peut-être qu'un examen plus approfondi va nous livrer les informations que votre sœur voulait vous transmettre…

Le pouls de Katherine s'accéléra. Elle attendit, tendue.

Caleb cliqua sur son nom. Katherine jeta un coup d'œil par-dessus son épaule.

— Je ne vois pas l'intérêt de m'avoir adressé ces clichés par recommandé avec accusé de réception alors qu'elle devait me rencontrer pour me confier Noah.

— Elle a dû se rendre compte qu'elle était suivie et aura voulu s'assurer qu'ils ne seraient pas interceptés. Allons-y, fit Caleb en se penchant pour lancer le diaporama.

Les photos de Noah défilèrent à l'écran. Noah à Barton Creek, Noah au zoo… Katherine en resta perplexe. Cela ressemblait à un montage des activités estivales de Noah.

— Il faut consulter votre messagerie, suggéra Caleb. Votre sœur a peut-être glissé un indice dans un mail. Un mot employé à mauvais escient dans une phrase… Un endroit qu'elle cite à plusieurs reprises.

Katherine ouvrit une session et étudia les deux derniers messages que Leann lui avait envoyés. Rien. Pas de mail mystérieusement apparu de manière posthume non plus.

Depuis le hall d'entrée, le son de la télévision monta soudain d'un cran.

« — *Une femme de soixante-sept ans a été abattue par balle devant chez sa voisine dans un quartier habituellement tranquille de North Dallas. Les habitants sont sous le choc. Le nom de la personne décédée n'a pas encore été communiqué mais la police recherche deux individus soupçonnés de détenir des informations concernant le meurtre, Katherine Harper et un homme dont on ne connaît pas l'identité. Un témoin les a vus quitter les lieux du crime avec une arme. La police demande à toute personne qui les apercevrait de ne pas tenter d'intervenir mais d'appeler immédiatement le 911.* »

Katherine crut défaillir. Elle jeta un furtif regard à la ronde. Derrière son comptoir, le réceptionniste soulevait discrètement le combiné du téléphone en regardant de leur côté. Prévenait-il la police ?

Caleb jura.

— Comment nous a-t-on reliés au meurtre de Mlle Ranker ?

Le sentiment d'être prise au piège fit grimper en flèche le rythme cardiaque de Katherine. Tout le monde allait les reconnaître dorénavant.

Caleb se hâta d'éjecter le CD du lecteur.

— Nous nous occuperons de ça plus tard. Pour l'instant, il faut filer d'ici en vitesse.

Katherine lança des coups d'œil affolés autour d'elle tandis qu'ils sortaient de la salle et passaient rapidement devant la réception.

Une fois dans la cage d'escalier, ils grimpèrent les marches en courant. Heureusement, pensa Katherine, l'effet du puissant anti-inflammatoire atténuait la douleur qui, sinon, lui aurait labouré la jambe.

Caleb marqua une pause devant la porte de la chambre.

— J'entre récupérer ce que je peux. Vous, vous surveillez le couloir.

Katherine acquiesça et Caleb disparut à l'intérieur.

Moins d'une minute plus tard, la sonnerie de l'ascenseur se mit à tinter.

Katherine passa une tête par la porte de la chambre.

— Quelqu'un vient !

— Déjà ? s'étonna Caleb. Bon sang !

Il jeta sur son épaule le sac contenant leurs affaires, prit la main de Katherine et l'entraîna en courant vers le fond du couloir, en direction de l'autre escalier.

— Stop ! Arrêtez-vous !

Katherine coula un coup d'œil par-dessus son épaule. Un homme en costume sombre portant des lunettes de soleil s'élançait à leur poursuite. Comment lui échapper ? Et pour aller où ?

Caleb et elle se ruèrent dans l'escalier.

Ils atteignaient le palier inférieur lorsque des pas résonnèrent au-dessous d'eux. Au-dessus, la porte de l'escalier cogna contre le mur.

Seigneur…, songea Katherine avec effroi.

— Par ici, souffla Caleb en poussant la porte ouvrant sur le deuxième étage. Vite !

— Mais…

— Faites-moi confiance.

Ses yeux luisaient de témérité, nota Katherine.

— Comment faites-vous pour toujours trouver un moyen de fuir ?

— Je vous l'ai dit, j'ai eu une jeunesse turbulente. J'ai appris beaucoup de choses qu'il vaut mieux oublier si on veut mener une vie normale.

Avisant un chariot de ménage devant une chambre, il s'engouffra dans la pièce et jeta dehors la femme de chambre, interloquée, juste au moment où les portes s'ouvraient à chaque extrémité du couloir.

Il poussa le verrou.

Deux secondes plus tard, des coups de feu éclataient, assourdissants, projetant des éclats de bois autour d'eux. En un éclair, Caleb plaqua Katherine au sol.

Oh ! mon Dieu. Je vais mourir ici.

Elle songea à sa famille. Des souvenirs fugaces défilèrent dans sa tête, certains teintés de mélancolie, d'autres plus joyeux.

Mais Caleb ? A qui pouvait-il penser, lui ? Sa mère exceptée, n'avait-il pas été seul toute sa vie ? Peut-être était-ce l'origine de sa disposition à s'occuper de tout le monde ?

Le cœur de Katherine se comprima tandis que les projectiles ricochaient contre les murs, au-dessus de leurs têtes.

A cause d'elle, Caleb allait soit finir en prison, soit se faire abattre comme un chien.

Katherine déglutit avec difficulté. Caleb dégageait une telle impression de puissance. Grand, avec des yeux de velours dans lesquels elle aurait pu se perdre à l'infini. Large d'épaules, le buste taillé en un V parfait, des muscles en béton armé, il était la force physique personnifiée. Mais, intérieurement, à quoi pouvait-il se raccrocher, lui, quand il en éprouvait le besoin ?

Brusquement, Katherine fut soulevée de terre. Elle serra Max contre elle tandis que Caleb la remettait debout.

— Qu'est-ce qu'on fait ?

Caleb l'entraîna vers la fenêtre, qu'il ouvrit en un éclair.

— On leur fausse compagnie.

Une balle s'enfonça dans le mur, tout près d'eux.

Caleb cloua Katherine au sol, se couchant de nouveau sur elle.

Les tirs cessèrent. Mais un coup violent ébranla la porte.

— A partir de maintenant, il va vraiment falloir faire profil bas, murmura Caleb à Katherine.

Son visage ciselé dans le roc ne laissait transparaître aucune émotion.

— Vous sortez la première. Je vous descends à bout de bras le plus bas possible et vous sautez, dit-il en posant Max sur le sol. Ensuite, je vous fais passer le chien et vous vous mettez à courir. Ne m'attendez pas. Je vous suis, d'accord ?

— Mais…

— Pas le temps de discuter. Allez, c'est le moment…

Sans perdre une seconde, il l'aida à enjamber la fenêtre puis à se retourner face au mur, suspendue à ses bras robustes.

— Prête ?

Elle hocha la tête, se préparant au choc.

De son mieux, elle amortit la chute avec sa jambe valide et roula sur le sol. Puis elle se redressa. Ce n'était pas très haut en fait. Plus de peur que de mal.

Levant la tête, elle tendit les bras pour attraper Max.

Caleb sauta presque aussitôt après. Mais elle n'eut pas le temps de s'en féliciter. Déjà, il courait devant. Elle le suivit.

— On est près de la gare de Mockingbird, non ? s'enquit-il.

— Oui, mais la voiture est par là-bas, souligna Katherine en pointant le doigt vers l'ouest.

— Non… Mieux vaut nous fondre dans la foule en sautant dans un train.

Et après ?

Elle ne put poser la question à Caleb. Une flopée d'hommes en costume sombre sortait en courant de l'hôtel.

Aiguillonnée par la peur, Katherine réussit sans trop savoir comment à accélérer l'allure. La quantité d'adrénaline qui courait dans ses veines devait probablement l'aider. Elle ne ressentait même plus la douleur.

Caleb la poussa à l'abri, sous les arbres qui bordaient le parking.

Le grondement d'un train se fit entendre, tout proche.

— Si on parvient à traverser les voies…

Il la souleva avec la même déconcertante facilité que les autres fois et se mit à courir en direction de la gare.

Le train approchait. Jamais ils n'arriveraient à temps.

— Posez-moi, je vous retarde… Je vais courir.

— Pas question, proféra Caleb en s'élançant sur la voie, la portant toujours.

Ils atteignirent le quai juste au moment où le train entrait en gare.

Les portes s'ouvrirent. Caleb sauta à l'intérieur et déposa Katherine sur le premier siège disponible. Ils n'avaient même pas de billets, songea-t-elle.

Le cœur battant la chamade, elle replaça Max dans le sac et jeta un coup d'œil anxieux par la fenêtre.

— Vous croyez qu'ils nous ont vus ?

— Il y a des chances, marmonna Caleb. On sort au prochain arrêt. On tâchera de s'évanouir dans la nature le long de Katy Trail.

Lorsque le train s'arrêta, ils descendirent.

Katherine refusait que Caleb la porte de nouveau. Il devait être exténué. En plus, sa blessure s'était rouverte. Il n'avait même pas dormi ! se rappela Katherine.

— Je peux marcher.

— Vous êtes sûre ?

Katherine hocha la tête. Ils coururent pendant quelques minutes avant que sa jambe ne l'oblige à renoncer.

— Désolée. Il faut que je fasse une pause.

Caleb trouva une petite clairière, abritée par un rideau d'arbustes, et ils s'arrêtèrent, reprenant leur souffle.

— Faufilez-vous derrière ces taillis, intima Caleb. On va se cacher là un moment.

Katherine étouffa un juron. Retrouverait-elle un jour une quelconque sécurité ?

Caleb prit Max et le déposa sur le sol.

Sans demander son reste, le petit chien trottina jusqu'à un buisson et se soulagea.

— Allez, Max, au pied ! l'appela Caleb en tapant du plat de la main sur sa cuisse.

Caleb semblait à peine fatigué, remarqua Katherine. Etait-il surhumain ?

Des bruits de pas précipités rompirent soudain le silence.

— Non, ce n'est pas vrai ! maugréa Katherine.

Elle approcha son visage du feuillage et scruta le chemin. Bon sang ! Les *men in black*. Ils étaient là, regroupés autour de l'un d'eux, regardant quelque chose qu'il tenait à la main.

Caleb recula dans l'ombre des taillis. Prenant Max dans ses bras, il tira Katherine par la main et ils se remirent à courir.

Quoi qu'ils fassent, où qu'ils aillent, ces types étaient toujours sur leurs talons.

— Mais bien sûr ! s'exclama soudain Caleb. Pourquoi n'y ai-je pas pensé plus tôt ?

Katherine fronça les sourcils.

— De quoi parlez-vous ?

— Donnez-moi votre téléphone, dit-il, la main tendue.

Elle le tira de son sac et le déposa sur sa paume.

— Tenez, prenez Max, ajouta-t-il, en lui tendant le chien.

Il sortit la batterie de l'appareil et l'écrasa d'un coup de talon. Il répéta la manœuvre avec son propre téléphone. Puis il ramassa les morceaux et les jeta au loin.

Un étau de glace enserra le cœur de Katherine. L'air se bloqua dans ses poumons.

— Mais… vous êtes fou ! Qu'est-ce que vous avez fait ?

— Ils ne pourront plus nous retrouver maintenant, expliqua

Caleb en la prenant par la main. Ils nous suivaient grâce au GPS du téléphone. C'est pour ça qu'ils étaient toujours à deux pas derrière nous.

Il poussa un soupir.

— Mais on devrait être débarrassés d'eux désormais.

Katherine claudiqua jusqu'à un gros rocher, caressant Max et contenant tant bien que mal le flot de larmes que la panique et l'épuisement avaient fait s'accumuler en elle.

— Vous savez où nous sommes maintenant ? demanda-t-elle d'une voix mal assurée.

Caleb secoua la tête. Il s'assit à côté d'elle et entremêla ses doigts aux siens.

— Vous avez le droit de pleurer, vous savez. Vous n'êtes pas obligée de faire bonne figure tout le temps.

Si, elle y était obligée. Caleb ne comprenait pas. Elle devait être forte pour Noah. Elle avait dû se montrer forte toute sa vie.

— J'ai des responsabilités. S'il y a bien une chose que je ne peux pas me permettre, c'est de craquer, déclara-t-elle en ravalant une larme.

— Mais vous n'êtes pas seule. Je suis là, avec vous.

Le cœur de Katherine se mit à palpiter. Elle tressaillit et leva les yeux vers Caleb tandis qu'une sensation de chaleur s'insinuait en elle.

Caleb n'avait même pas le souffle court alors qu'elle-même était haletante. Et ce n'était pas seulement parce qu'elle avait été coursée par ces tueurs tandis que les balles sifflaient au-dessus de sa tête. Si son pouls était aussi rapide, c'était aussi pour une autre raison. Caleb était si proche d'elle qu'elle pouvait humer son parfum. Une odeur masculine à laquelle se mêlait cette senteur unique de nature et de grand air. Un frisson sensuel traversa Katherine. Ses bras se couvrirent de chair de poule.

Stop. Elle devait se ressaisir. D'autant qu'elle se souvenait très bien du moment où les lèvres de Caleb s'étaient refermées sur les siennes. De la douceur avec laquelle elles s'étaient promenées sur sa bouche.

Son pouls se mit à battre follement à la base de son cou.

Le vent agitait les mèches blondes de Caleb, observa-t-elle. Il la contemplait, une flamme dansant au fond de ses prunelles mordorées. En cet instant, elle aurait aimé explorer les muscles durs qui se cachaient sous son T-shirt, suivre du doigt le dessin ferme de sa mâchoire jusqu'à cette fossette qui lui creusait le menton.

La culpabilité la gagna. Comment pouvait-elle s'abandonner à de telles pensées quand son neveu était retenu par ces monstres ? Seul comptait Noah. Rien ne se passerait entre elle et Caleb. Rien ne *pouvait* se passer. Ni là ni jamais. Elle devait se focaliser sur sa famille et sur le rendez-vous qui lui avait été fixé.

Elle s'obligea à relancer la conversation.

— Je n'arrive pas à croire que ma sœur ait pu se compromettre avec quelqu'un comme Kane.

— J'ai lu quelque part qu'il avait la mainmise sur tout ce qui franchit les frontières du Canada jusqu'au Mexique, indiqua Caleb.

— Raison de plus ! rétorqua Katherine. Comment ma sœur aurait-elle rencontré un homme comme lui ? Elle n'avait pas d'argent. Elle était serveuse dans un café, bon sang ! Elle ne fréquentait pas ce genre de milieu.

Katherine ramassa un bâton par terre et le tritura.

— Si seulement nous avions pu fouiller un peu plus dans ce CD. Il contient peut-être un fichier caché… Il y avait forcément autre chose que des photos de Noah.

— D'autant que votre sœur vous l'a expédié avec accusé de réception, renchérit Caleb.

Katherine changea brusquement de sujet.

— Vous m'avez dit que vous vous étiez attiré des ennuis étant jeune. Qûoi, exactement ?

Caleb sortit la trousse de soins qu'il avait jetée à la hâte dans le sac avant de quitter l'hôtel et se mit en devoir de changer le pansement sur une de ses plaies.

— Je vous l'ai dit. J'ai eu quelques démêlés avec la justice.

J'ai donné beaucoup de fil à retordre à ma mère. Quand je me suis rendu compte du mal que je lui faisais, j'ai tout arrêté.

— Votre comportement…, tenta Katherine, c'était à cause de votre père ?

Le pansement posé, Caleb rangea la trousse dans le sac et chatouilla Max derrière les oreilles. L'animal avait cessé de trembler. Il s'assit aux pieds de Caleb.

— Il va bientôt falloir lui donner à manger.

En une phrase, il venait de couper court à la discussion, comprit Katherine.

Tout ce qu'elle savait du beau cow-boy, c'était qu'il sauvait le monde — les chats, les chiens, les femmes en détresse. Mais elle aurait bien voulu qu'il se dévoile un peu plus.

Caleb devait absolument trouver un abri sûr pour Katherine. Jusque-là, rien que de très normal, estima-t-il. Mais d'où lui venait cet impérieux besoin de la protéger contre tout et tous ? Lui apporter son aide, c'était une chose. Mais cette nécessité absolue de bannir ses tourments ? Il saisissait son angoisse aussi clairement que si elle avait été sienne.

Le tonnerre gronda au loin, signe annonciateur d'une tempête.

Ils étaient recherchés désormais. Ils n'avaient plus de moyen de transport. Au moindre faux pas, ils risquaient d'être abattus ou capturés.

Se rendre à la police en leur expliquant la situation était exclu. Jamais on ne croirait une histoire aussi rocambolesque.

Ils allaient devoir modifier leur apparence et trouver un endroit pour la nuit. Mais où ?

Caleb avait bien en tête une ou deux cachettes, sauf que c'était au ranch.

Surtout, une idée ne cessait de le tracasser. Que pouvait bien avoir à gagner Kane à les faire arrêter ?

Bon sang. Y avait-il un flic marron au sein du commissariat ? Un homme du calibre de Kane devait pouvoir acheter beaucoup de bonnes volontés.

Ils pourraient sans peine rejoindre Plano en sautant dans un train. Mais le reste du trajet serait périlleux. Si quelqu'un les repérait, ils seraient cuits. Combien de temps encore pourraient-ils échapper aux griffes d'un type qui avait le bras aussi long que Kane ?

Comment allaient-ils s'en tirer vivants ? Il le fallait, au moins pour Noah. Ce gamin méritait de vivre. D'être choyé au sein d'une famille aimante. Il méritait Katherine, pensa Caleb.

Elle serait une bien meilleure mère qu'elle ne l'imaginait. Elle n'avait pas hésité à risquer sa vie pour cet enfant. Une attitude comme celle-ci et un amour aussi inconditionnel assureraient à Noah une enfance fantastique.

Ce petit garçon avait déjà perdu la personne qui lui était le plus proche.

Une pointe de regret déchira le cœur de Caleb. Il savait ce que c'était que de perdre sa mère, jeune. D'être submergé de douleur à l'idée qu'on était à tout jamais seul au monde.

Le besoin de protéger Noah le gagna, si fort qu'il en fut pris au dépourvu.

Il se recentra sur Katherine. Elle faisait face avec tant de cran qu'il avait de plus en plus de mal à ne pas la toucher. Il luttait en permanence contre l'envie de la prendre dans ses bras et de la réconforter.

Cela étant, une question le taraudait sans relâche : le désirait-elle autant qu'il la désirait ?

Quand il posait la main sur elle, elle ne semblait pas indifférente. Mais, chaque fois, elle finissait par s'écarter.

Nom d'un chien !

En d'autres circonstances, il aurait pris le temps d'apprendre à la connaître. Il l'aurait emmenée dîner dans un bon restaurant. Il lui aurait demandé où elle avait fait ses études, il aurait posé des questions sur la société d'informatique pour laquelle elle travaillait. Comme les gens normaux.

Caleb faillit rire tout haut.

Sa vie avait été tout sauf *normale* ! Et cette situation impossible qui empirait d'heure en heure…

Sans compter que plus il passait de temps auprès de Katherine, plus la sonnette d'alarme tintait fort dans sa tête.

Il était déjà attaché à elle, mais cela ne lui suffisait pas. Il en voulait davantage.

Sa plus grande crainte était de ne pas réussir à la protéger le moment venu et de la perdre à jamais. Ils l'avaient déjà échappé belle à plusieurs reprises au cours des dernières heures.

Certes, il pouvait tenir sans dormir encore quelques jours et il n'avait écopé que d'une seule blessure. Quelques points de suture, et ce serait réglé. Ce n'était pas ce qui le préoccupait le plus. Le vrai problème était qu'il manquait d'idées pour se cacher.

Il allait emmener Katherine au seul endroit où il s'était jamais vraiment senti à l'abri du danger : son ranch. Mais il fallait avertir Matt d'une façon ou d'une autre.

8

— Il faut que je rentre à TorJake, annonça Caleb à Katherine.

Elle tourna si vivement la tête que sa queue-de-cheval vint lui fouetter l'épaule.

— Quoi ? Mais… ils doivent être là-bas ! protesta-t-elle, ses yeux violets agrandis par l'appréhension. N'est-ce pas le dernier endroit où aller ?

— Ils surveillent certainement la propriété. Mais nous n'avons guère le choix.

Caleb jeta un coup d'œil autour de lui, son regard s'arrêtant sur un SDF assis en tailleur devant un buisson.

— Et, de toute façon, ici, le danger est partout.

— Mais… avec tout ce qui est arrivé, ils doivent être sur le pied de guerre. Sans compter que nous avons aussi la police à nos trousses maintenant.

— Le ranch est très vaste, indiqua Caleb. Je connais un endroit où nous serons en sécurité pendant quelque temps — à condition d'avoir du ravitaillement.

— Vous pensez qu'ils ont la police dans leur poche ?

Caleb gratta Max derrière les oreilles.

— Il peut y avoir *un* policier à la botte de Kane, pas la police dans son entier. Les gens riches et puissants ne lésinent pas sur les moyens pour obtenir ce qu'ils veulent. Mais peu importe. Kane a sa petite armée de sbires à ses ordres. Moi, j'ai un lieu où je pourrai surveiller nos arrières.

— Et si le shérif est là et qu'il nous arrête ?

— Il pense que vous avez été piégée, déclara Caleb.

Katherine écarquilla les yeux.

— Vraiment ?

— Oui.

— Comment pouvez-vous être sûr qu'il dit vrai ? Il pourrait très bien avoir menti pour que nous nous sentions en sécurité et qu'il n'ait plus qu'à nous cueillir à notre arrivée. Ou Kane pourrait l'avoir soudoyé.

Caleb secoua la tête.

— Le shérif est un homme honnête. Je le connais depuis suffisamment longtemps pour répondre de lui.

Caleb ne mentait pas. Toutefois, à partir du moment où il était recherché dans une enquête pour meurtre, le soutien du shérif pourrait se faire moins appuyé…

— Si Kane est aussi puissant que vous le dites, insista d'ailleurs Katherine, qui peut véritablement nous protéger ? Où pouvons-nous aller ? Même si, par miracle, nous arrivons à rejoindre le ranch, comment survivrons-nous ? On ne pourra pas s'y cacher éternellement.

— Cela nous laissera le temps d'échafauder un plan. Je peux compter sur Matt et les garçons. Ils pourront nous aider.

— Et, pendant ce temps-là, les truands tueront Noah ! tonna Katherine. Au téléphone, j'ai entendu que sa respiration était un peu sifflante. Ces hommes sont impitoyables. Ils ne l'emmèneront pas à l'hôpital. Ils le laisseront mourir.

— Ecoutez, on va trouver le moyen de déposer les médicaments au rendez-vous, d'accord ? Ensuite, on se cachera. Je n'ai pas de solution miracle. Ce CD ne nous a fourni aucune information susceptible de nous aider.

Katherine croisa nerveusement les bras.

— Souvenez-vous qu'ils ne peuvent plus me joindre maintenant que vous avez détruit mon téléphone. Si je ne me présente pas au rendez-vous qu'ils m'ont fixé, ils tueront Noah.

— Mais ils ont essayé de vous tuer ! rappela Caleb. Si vous vous montrez au rendez-vous, il y a de grandes chances qu'ils vous abattent sans autre forme de procès, vous aussi.

Katherine parut accuser le choc. Au bout de quelques secondes, elle demanda :

— Ils essayaient d'entrer en contact avec nous et maintenant ils cherchent à nous tuer. Pourquoi, à votre avis ?

— Je ne vois qu'une seule explication : ils doivent penser que vous avez vu les preuves que détenait votre sœur.

— Mais alors, Noah…

— Je pense qu'ils le garderont en vie jusqu'à ce que…

— Jusqu'à ce qu'ils nous aient éliminés, acheva Katherine d'un ton lugubre. Ensuite, ce sera son tour.

La détresse dans les yeux de Katherine faillit mettre Caleb à genoux.

Il pencha la tête et posa son front contre le sien.

La main de Katherine vint se poser sous son menton et guida sa bouche vers la sienne.

Au contact de ces lèvres douces et lisses, toute rationalité abandonna Caleb. Une pression nouvelle tendit l'étoffe de son jean. L'image de Katherine nue au-dessous de lui surgit dans son esprit, déferlant telle une vague scélérate, oblitérant toute autre pensée, aiguisant encore son désir. Il n'avait plus qu'une idée en tête : s'étendre avec Katherine et lui offrir tout le réconfort qu'elle voudrait bien accepter.

Etait-ce une mauvaise idée ?

Cela semblait aller tellement de soi… Katherine était belle. Irrésistible. Que se passait-il dans sa tête ? Se laissait-elle emporter à son corps défendant par des émotions que sa volonté ne suffisait pas à dompter ? Avait-elle peur ? Etait-ce seulement l'instinct animal qui parlait ?

Elle avait besoin de se sentir en vie, supposa Caleb. Pouvait-il espérer davantage ? Que, peut-être, elle éprouve pour lui le même désir dévorant que celui qui le consumait ?

Katherine plongea sa langue dans sa bouche et, subitement, Caleb perdit le contrôle. Le sang afflua à ses oreilles.

Son corps entra en résonance avec celui de Katherine, à l'affût du moindre de ses mouvements. De la moindre vibration. Du moindre souffle. Du plus infime gémissement de plaisir. Seul le mince tissu du T-shirt de Katherine le séparait encore de sa peau nue. Sa main se glissa au-dessous, remonta jusqu'à son soutien-gorge, s'insinua sous la dentelle. La pointe de son sein s'érigea sous ses doigts.

Mon Dieu, comme il la désirait ! Il pressa son corps contre le sien. Elle l'enserra dans ses bras.

Il était si près du paradis qu'il faillit écourter le moment et s'emparer d'elle, là, tout de suite.

De ses mains plaquées contre son dos, elle le souda plus étroitement à elle.

Encore un peu et il allait lui arracher ses vêtements.

Mais était-ce cela dont elle avait besoin ? interrogea une petite voix depuis le tréfonds de son cerveau. Ce n'était pas en se comportant comme un adolescent en proie à une poussée hormonale qu'il allait l'aider. Elle avait un fardeau bien assez lourd à porter. Il n'aurait plus manqué qu'il ajoute à son sentiment de culpabilité…

Parcouru d'un tressaillement, il relâcha Katherine.

— Je suis désolé.

— Moi aussi.

— Je ne crois pas que ce soit une bonne idée.

— Oh…

L'embarras colora ses joues.

— Ne vous méprenez pas, j'ai très envie de vous, mais…

— Non, vous avez raison. Je n'aurais jamais dû faire ça.

Il plongea ses yeux dans les siens.

— Je ne voulais pas vous froisser. Mon seul souhait, c'est de vous aider.

Elle alla s'adosser à un arbre, visiblement désireuse de s'éloigner de lui.

Son beau visage, la moue de ses lèvres provoquèrent de nouveau une réaction inappropriée. Bon sang, ne se rendait-elle pas compte combien il lui en coûtait d'interrompre leur étreinte ?

Si ça n'avait tenu qu'à lui, il lui aurait fait l'amour jusqu'à ce qu'elle crie son nom encore et encore. Il dut se faire violence pour ne pas penser au slip en coton rose moulant son postérieur. Et encore… Heureusement qu'il n'avait pas choisi du satin bleu pâle !

Nom d'un chien, son besoin de la protéger était si fort qu'il avait bien failli se laisser déborder par ses pulsions. Lui qui faisait tant d'efforts pour être une personne meilleure, pour se discipliner… S'il avait profité de la vulnérabilité de Katherine, elle aurait pu regretter le moment qu'ils avaient passé ensemble et, cela, il ne le voulait pas.

Lorsqu'ils feraient l'amour — ou plutôt s'ils faisaient l'amour un jour —, ce serait la meilleure chose qui leur soit jamais arrivée, à l'un comme à l'autre. Une expérience tellement unique que Katherine ne sortirait plus jamais de sa vie. Ce ne serait pas une liaison passagère.

D'où te vient cette idée ? se demanda-t-il, ébranlé.

Qu'avait-il en tête, exactement ?

C'était pourtant clair : il ne voulait pas d'une relation superficielle avec Katherine.

Mais qu'arriverait-il, une fois tout ceci terminé ? Katherine était habituée à la vie trépidante de la ville. A TorJake, il vivait simplement. Beaucoup de travail. De longues journées. Et, une fois terminées, eh bien… elles ne l'étaient pas tout à fait. Restait encore à s'occuper de la paperasse.

Caleb sortait peu. Il ne fréquentait pas les bars. Pas plus qu'il n'éprouvait le besoin d'aller dîner dans des restaurants huppés.

Ce qu'il aimait, lui, c'était travailler dur. Prendre une douche chaude. Manger un bon repas fait maison. Et pouvoir refermer ses bras autour de la femme qu'il aimait. Il n'en fallait pas davantage pour être heureux.

En résumé, leurs univers étaient à des années-lumière l'un de l'autre. Quand elle retournerait à sa vie normale — et il ferait tout pour ce soit le plus tôt possible —, ne lui tournerait-elle pas le dos, comme les autres ? Comme Cissy ? Un regard à Katherine, et son cœur se remit à palpiter — sans parler des autres parties de son corps.

Il réprima un grognement.

Son cœur ne s'en remettrait peut-être pas, cette fois. Ce qu'il en était venu à éprouver pour cette femme en l'espace de seulement quelques heures dépassait tout ce qu'il avait pu connaître avant.

Et il y avait de quoi avoir fichtrement peur.

Katherine se frictionna les bras pour faire disparaître la chair de poule qui les couvrait. Son attirance pour Caleb était une source de déconcentration permanente. Sa mâchoire carrée... Ses yeux pailletés d'or de la couleur des feuilles mortes qui lui rappelaient pourquoi elle adorait l'automne... Caleb était si sexy. Lorsqu'il se tenait près d'elle, chacune des fibres de son être se mettait à vibrer.

Au-dessus d'eux, le ciel se faisait de plus en plus menaçant et le vent s'était levé avec, par moments, des rafales d'air franchement frais. A l'image de ce qui s'était passé pour Caleb et elle, médita-t-elle. Entre eux aussi, la température avait brusquement fraîchi. Quant à savoir pourquoi...

Elle consulta sa montre.

— Si on veut arriver à temps au rendez-vous, on ferait mieux de se mettre en route.

Mais Caleb secoua la tête.

— Je vous ai dit ce que j'en pensais.

— Mais enfin, je n'ai pas le choix. Noah a *besoin* de ses médicaments. Il faut que je les lui fasse parvenir.

— Oui, mais ce n'est pas en allant vous faire bêtement tuer que vous l'aiderez. Ce rendez-vous est un traquenard !

Elle se cabra.

— Il *faut* que j'y aille. Et puis, c'est dans un centre commercial. Il y aura du monde.

— Ça ne les arrêtera pas, prédit Caleb. Non, c'est hors de question ! Ils ne toucheront pas à un cheveu de Noah tant que vous serez en vie. C'est leur unique moyen de pression sur vous. Que Noah meure et ils peuvent dire adieu à leur fichu fichier, ils le savent.

Peut-être Caleb avait-il raison, songea Katherine. Peut-être ces salauds lui avaient-ils tendu un piège. Mais, d'une façon ou d'une autre, il fallait qu'elle dépose ces médicaments à la statue, au centre commercial de NorthPark.

— Je vais chercher un téléphone, annonça Caleb. Il faut que j'appelle Matt, histoire de prendre le pouls de la situation, là-bas.

— Utilisez celui de Leann, suggéra Katherine.

Caleb fit la grimace.

— J'ai perdu le câble quand on s'est enfuis de l'hôtel.

Katherine se leva et avança de quelques pas chancelants.

— J'ai mal à la cheville.

Elle se rassit sur le rocher le plus proche.

— Mais continuez, vous. Il faut juste que je la repose un peu pendant quelques minutes.

L'expression de Caleb se fit soucieuse.

— Bon, je pense que vous ne risquez rien si je vous laisse ici un moment le temps d'explorer les environs. Je laisse les affaires pour le cas où vous auriez besoin de quelque chose.

Son regard s'arrêta sur Max.

— Viens là, mon vieux, appela-t-il.

Le chien accourut sans se faire prier.

— Je l'emmène pour le cas où il aboierait et attirerait l'attention sur vous. Je n'en ai pas pour longtemps. Ne bougez pas d'ici. Ils ne peuvent plus vous localiser.

D'un signe de tête, il lui indiqua un gros buisson.

— Cachez-vous là derrière. Vous serez en sécurité.

La sécurité… Ce mot pouvait être rayé de son vocabulaire, pensa Katherine.

Sans Caleb, elle craignait fort de ne plus jamais se sentir en sécurité.

Tandis qu'il s'éloignait, elle songea à la respiration sifflante de Noah lorsqu'elle l'avait eu au téléphone. Le temps leur était compté désormais.

9

Caleb enfonça sur son front la casquette de base-ball qu'il avait achetée et chaussa des lunettes de soleil pour masquer ses yeux. Son cœur s'était serré à la minute où il s'était éloigné de Katherine. Au souvenir du baiser qu'ils avaient échangé, ses lèvres le brûlaient encore.

Mais il était trop tôt pour éprouver des sentiments profonds à l'égard de Katherine... Non ? Avoir envie de la protéger était d'autant plus naturel que les choses s'étaient sérieusement corsées depuis leur passage à son appartement. Mais de vrais sentiments ?

Non. Pas en un laps de temps aussi court.

Katherine s'était trouvée au bon endroit au bon moment, voilà tout. La blessure liée au départ de Cissy — et de Savannah — était encore fraîche. En rencontrant Katherine, il s'était laissé aller, imaginant ce que ce serait d'avoir des enfants à TorJake...

A ceci près que Cissy ne lui avait jamais manqué comme Katherine lui manquait sitôt qu'il était séparé d'elle.

Mais l'expérience vécue avec Cissy avait dû le préparer à l'idée de fonder une famille un jour avec une femme telle que Katherine. Il ne pouvait nier ce qu'il avait ressenti lorsqu'elle avait promené les mains sur son dos.

Stop !

A quoi bon se bercer d'illusions ? Katherine ne voulait pas d'une relation avec lui. Elle avait été claire sur ce point.

Peut-être était-ce simplement que Cissy lui manquait, estima

Caleb. Ce devait être sa façon à lui — un peu tordue — de regretter son ex.

Il émergea des arbres et avisa une cabine téléphonique à un pâté de maisons.

Il s'avança sur le trottoir, croisant une jeune blonde vêtue d'un jean effrangé et d'une blouse fluide, un sac à dos accroché à l'épaule. Une étudiante ? Il devait se trouver dans le West Village, près du campus de Southern Methodist University. Tout près du lieu de rendez-vous, donc. Kane pouvait avoir des hommes postés n'importe où. Et ce pouvait être n'importe qui. Y compris cette étudiante qui… s'était arrêtée pour caresser Max. Caleb la considéra avec circonspection.

— Oh ! quel amour de petit chien, s'exclama-t-elle.

Ne voulant surtout pas attirer l'attention sur lui, Caleb opina du chef en s'appliquant à garder la tête baissée.

— Comment s'appelle-t-il ?

— Max, répondit Caleb, tendu.

La jeune fille avait-elle une arme dissimulée quelque part ? Encore que… Kane ne s'était pas embarrassé de tant de subtilités jusqu'alors.

— Il est adorable, dit-elle encore, en cajolant l'animal. Hein que tu es mignon ?

Caleb jeta un regard à la ronde, guettant le moindre mouvement suspect. Il y avait du monde dans la rue. Les terrasses des cafés étaient pleines. C'était un secteur très animé. Rien de plus facile que de se fondre dans le décor.

La jeune fille releva la tête, arrêtant son regard sur lui.

— C'est curieux, votre visage me dit quelque chose. Est-ce que nous nous connaissons ?

— Je ne crois pas, non.

Il marqua une pause et lui adressa un petit sourire contrit.

— Il faut que je ramène Max à sa maîtresse.

Une image de Katherine l'attendant, lascivement étendue sur son lit, au ranch, lui vint à l'esprit.

Franchement, mon vieux, ce n'est ni le moment ni l'endroit.

La jeune fille lui sourit en retour et passa son chemin.

Ouf.

Caleb se hâta d'entrer dans la cabine et appela Matt.

Son ami répondit à la première sonnerie.

— Je n'ai pas beaucoup de temps, donc je vais être bref, annonça d'emblée Caleb.

Matt s'étrangla à l'autre bout de la ligne.

— Caleb ? Bon sang, mais qu'est-ce qui se passe ? Où es-tu ? Non… Laisse tomber. Ne réponds pas à cette question. On a sûrement de la compagnie… si tu vois ce que je veux dire.

Caleb n'avait pas pensé à ça, mais il était fort possible que la ligne ait été mise sur écoute. On devait chercher par tous les moyens à les localiser. La sœur cadette de Katherine avait non seulement ouvert la boîte de Pandore, mais elle avait signé l'arrêt de mort des personnes qui lui étaient le plus chères et de ceux qui tentaient de les aider.

— Comment vont les choses, au ranch ?

— Les soi-disant fédéraux sont revenus deux fois. Je ne sais pas ce qu'elle a bien pu faire, mais ça devient délirant.

— Tu as écouté les informations ?

— Oui. Les témoins peuvent raconter ce qu'ils veulent, je sais que tu n'as rien à voir avec ce meurtre, déclara Matt, solennel.

— Merci. Ça s'est passé juste sous mes yeux. Nous étions en train de parler sur le pas de la porte et, l'instant suivant, les balles sifflaient de tous côtés. Les enquêteurs parviendront sûrement à déterminer de quelle direction provenaient les projectiles.

— Nous ferons tout ce qu'il faut pour que tu sois innocenté, assura Matt.

Puis il poussa un soupir.

— Il y a autre chose que je dois te dire, Caleb…

— Oui ?

— Un homme est venu au ranch. Un marshal. Il voulait proposer à Katherine d'entrer dans le programme de protection des témoins. Il prétend qu'il l'avait déjà proposé à sa sœur.

— Il a dit autre chose ? s'enquit Caleb.

— Qu'il peut s'arranger pour t'y faire entrer, toi aussi.

— Tu sais bien que je ne quitterai pas mon ranch, riposta fermement Caleb.

— Tu pourrais y être obligé. Cette histoire prend de telles proportions...

— Est-ce que Coleman l'a rencontré ?

— Oui. Et il a vérifié... C'est un vrai marshal.

Bon. Le shérif avait l'honnêteté chevillée au corps. S'il jugeait l'homme digne de confiance, Caleb pourrait lui accorder quelque crédit lui aussi. Personne, pas même quelqu'un d'aussi influent que Kane, n'aurait pu convaincre Coleman de retourner sa veste.

— Le shérif pense que tu devrais parler à ce marshal, reprit Matt. Et, tu sais, Caleb, je suis d'accord avec lui.

Mais ce n'était pas parce que ce type travaillait bien pour le Bureau des marshals que Caleb était prêt à lui donner le bon Dieu sans confession. Peut-être pourrait-il se faire une idée plus précise s'il parlait directement à Coleman ?

— Dis au shérif que je vais l'appeler.

— Je ne crois pas que ce soit une bonne idée, objecta Matt. L'un des prétendus fédéraux ne lâche pas le shérif d'une semelle. Et puis, je te rappelle que tu es recherché, Caleb. Coleman m'a dit de t'avertir que, s'il te voyait, il serait forcé de te placer en détention.

Caleb aurait dû le voir venir.

— Ecoute, je vais devoir raccrocher... Au ranch, pas de problème particulier ?

— Ne t'inquiète pas de ça. Tu as d'autres chats à fouetter. Comment vas-tu, *toi* ?

— Ça va. Je peux compter sur toi pour t'occuper de mon cheval en mon absence ?

— Evidemment.

— Sors-le un peu. Et pense à faire le tour du ranch de temps en temps. Des jeunes ont salement endommagé la clôture nord. Et, côté est, il faut s'assurer que les coyotes n'ont pas réussi à entrer.

— Jimmy s'en est chargé.

— Oh... Il n'a pas encore pris de congé pour l'opération de sa fille ?

— Dans quelques jours.

Caleb réfléchissait à toute vitesse. Il devait indiquer à Matt où il avait l'intention d'aller, mais comment ? Ils étaient certainement sur écoute.

— Il vaut mieux que tu remplaces Jimmy dès maintenant. Et charge un des garçons de faire faire un peu d'exercice à Dawn, OK ? Je ne voudrais pas qu'elle redevienne nerveuse, comme après le départ de Cissy. Elle la prenait toujours pour aller se promener sur ce chemin que personne n'emprunte... Va savoir, peut-être que ça lui manque ? Et, comme je ne suis peut-être pas près de rentrer...

Matt avait-il saisi l'allusion ? Caleb retint son souffle.

— Allons, ne dis pas ça, Caleb. Tout va rentrer dans l'ordre. Tu verras, tu seras bientôt là.

Non. Matt n'avait pas compris.

Peut-être Caleb pouvait-il le charger d'une mission ?

— Tu peux me rendre un service ?

— Il suffit de demander.

— Procure-toi une photo de Sebastian Kane.

— L'homme d'affaires ?

— Oui. Appelle le directeur du café Coffee Hut, à Austin, et envoie-lui le cliché. Je veux savoir si Kane est déjà allé dans cet établissement et s'il connaissait une employée du nom de Leann Foster.

— Coffee Hut, Austin, OK. C'est comme si c'était fait.

— Je te rappellerai.

— Fais attention à toi, mon vieux.

Caleb raccrocha, soucieux. Sa conversation avec Matt avait duré longtemps. Peut-être avait-on réussi à le localiser. Surtout, il ne se sentait pas l'esprit tranquille, loin de Katherine. Avec sa cheville foulée, elle ne pouvait pas courir et, s'il lui arrivait quelque chose, Caleb ne se le pardonnerait jamais.

Tête toujours baissée comme s'il parlait à son chien, il fit demi-tour pour rejoindre la cachette où il avait laissé Katherine.

Elle l'attendait, assise, se massant le pied.

— Ah, vous voilà. Quelle heure est-il ?

Caleb jeta un coup d'œil à sa montre et étouffa un juron.

— Presque l'heure du rendez-vous.

Katherine se leva.

— Allons-y ! assena-t-elle avec force.

— Mieux vaut que vous restiez ici, répliqua Caleb. Je vais y aller seul. Votre pied…

— Non !

Elle lui prit la main.

— Je *veux* venir. Ne vous inquiétez pas de mon pied. Je me débrouillerai.

Il croisa son regard, déterminé. Bon sang, il n'aurait pas le cœur de l'en empêcher. Et puis, finalement, ce serait plus sûr de la garder auprès de lui tant qu'il ne l'aurait pas ramenée à TorJake.

Il reprit donc le chemin de West Village en veillant à ne pas marcher trop vite pour que Katherine puisse le suivre.

NorthPark Center n'était pas loin. Heureusement… Ou pas, car Caleb devait en vitesse établir un plan d'action. Il n'allait pas jeter Katherine dans la gueule du loup, ainsi que Kane s'y attendait. Ils n'avaient pas le fichier. Devait-il faire demi-tour pendant qu'il en était encore temps et organiser une rencontre avec ce marshal ?

Quel pouvait donc être le lien entre Leann et un homme comme Kane ? Caleb tourna et retourna la question dans sa tête jusqu'à ce qu'il arrive avec Katherine non loin du rendez-vous.

Il s'arrêta sous le couvert des arbres et se tourna vers Katherine.

— Vous restez ici. Je vais tâter le terrain, OK ? Donnez-moi les médicaments.

Elle parut hésiter, mais finalement eut le bon sens de ne pas discuter.

La laissant à la périphérie de l'espace découvert, Caleb

s'avança sur la pelouse et se mêla à la foule des gens venus déjeuner sur l'herbe.

Balayant, l'air de rien, l'esplanade du regard, il repéra au moins cinq tireurs embusqués.

Il ne s'était pas trompé. Kane avait prévu son coup.

Que Katherine fasse dix pas sur cette pelouse, et elle était morte.

Avisant un adolescent qui passait à proximité, Caleb lui tapota l'épaule.

— Excuse-moi, fiston.

Le jeune garçon retira les écouteurs de ses oreilles et tourna la tête, l'air vaguement ennuyé. En voyant Caleb, il redressa les épaules.

— Désolé de te déranger, fit Caleb. Je me demandais si ça t'intéresserait d'empocher vingt dollars rapidement.

Le garçon le détailla d'un air soupçonneux.

— Il faut que je pose ça au pied de la statue de bronze, expliqua Caleb en lui tendant le sachet contenant les médicaments.

L'adolescent haussa les sourcils et fit la moue.

— Monsieur, ce n'est pas pour dire, mais… elle est à peine à quarante mètres.

Caleb sourit et cligna de l'œil.

— Je sais. Ça fait un dollar les deux mètres. Ça t'intéresse ou pas ?

— Bien sûr.

Le jeune prit le sachet.

— Et, si en plus tu te montres discret, je double la somme.

Un large sourire éclaira le visage juvénile.

— Alors, là, vous pouvez être sûr qu'on ne me verra même pas le déposer.

Le jeune remit ses écouteurs sur les oreilles et se mit à hocher la tête d'avant en arrière, au rythme de la musique, tout en s'avançant en direction de la sculpture. La tête penchée sur le lecteur MP3 qu'il tenait à la main, il s'assit sur le socle de pierre de la statue.

Caleb recula derrière des arbustes pour être à l'abri des regards.

Quand il posa de nouveau les yeux sur la sculpture, le jeune avait disparu, mais le paquet était posé là où il fallait.

Incroyable.

Caleb n'en revenait pas.

L'adolescent le rejoignit de façon aussi discrète et Caleb lui tendit les deux billets de vingt dollars promis.

— Joli travail ! le félicita Caleb.

— Ça a été un plaisir de faire affaire avec vous, répliqua le jeune, tout sourires, avant de s'éloigner.

A son tour, Caleb quitta le buisson pour rejoindre Katherine.

Les questions tournaient toujours dans sa tête. Que se passerait-il quand Kane se rendrait compte que le fichier n'était pas dans le paquet ? S'en prendrait-il à Katherine ? A Noah ?

Caleb retrouva Katherine et, lui posant une main sur l'épaule, il la guida jusqu'à un groupe de touristes.

— Filons d'ici avant qu'il n'y ait du grabuge.

— Je… Non. Je ne peux pas. Pas tant que je ne serai pas sûre qu'ils ont pris les…

Caleb pointa le doigt vers une mère et son nouveau-né.

— Vous voyez ce bébé et sa mère, là-bas ? Ils pourraient mourir tous les deux par notre faute… Fichons le camp.

Des émotions contradictoires passèrent sur le visage de Katherine. L'anxiété. La culpabilité. La peur. Et la détermination, toujours.

— OK. Vous avez raison.

A peine les mots avaient-ils franchi ses lèvres qu'un soudain bruit de cavalcade les fit se retourner. Sur l'esplanade, les gens fuyaient en courant dans toutes les directions, s'écartant plus vite que la mer Rouge devant les Hébreux. Au milieu, un homme en costume s'avançait, l'air sinistre, une arme à la main. Des lunettes de soleil masquaient ses yeux, mais ses intentions ne faisaient aucun doute. Il avait le regard braqué droit sur Katherine.

Caleb attrapa celle-ci par le bras et la poussa devant lui, se plaçant entre l'homme et elle. S'il parvenait à la faire entrer dans ce grand magasin, là-bas, peut-être parviendraient-ils à semer leur poursuivant dans les rayons de vêtements.

Mais, comme ils approchaient des portes grandes ouvertes, deux hommes habillés de façon similaire se profilèrent à l'entrée.

Nom d'un chien, pesta Caleb. Katherine et lui étaient coincés. L'homme gagnait rapidement du terrain derrière eux.

Caleb lança un œil à droite, puis à gauche, cherchant une issue. D'un côté, un mur de briques.

Le son d'une radio de police rompit le silence, venant de la gauche.

Aïe. Ils étaient cuits cette fois.

A moins que…

Oui, ça pouvait marcher.

Caleb, entraînant Katherine à sa suite, s'élança en direction du policier en agitant frénétiquement le bras.

— Je veux me rendre ! Je veux me rendre !

— Vous êtes fou. A quoi jouez-vous ? souffla Katherine, consternée.

— Faites-moi confiance.

Le regard qu'elle lui jeta en disait long sur le fond de sa pensée. Elle croyait qu'il avait disjoncté. Et elle avait peur que Kane ne tue Noah à cause de son coup de folie. Cette éventualité l'avait aussi effleuré, mais, s'il ne tentait pas sa chance, ils mourraient tous. Et Kane n'avait probablement pas intérêt à précipiter les choses. S'il tuait Noah trop tôt, il perdait son avantage.

Comme Caleb et Katherine s'arrêtaient devant l'officier, celui-ci fronça les sourcils.

— Katherine Harper ?

— Oui, monsieur, répondit Caleb à sa place.

Katherine, interdite, semblait avoir perdu l'usage de la parole.

— Je crois que nous sommes recherchés, ajouta Caleb en jetant un coup d'œil alentour.

Ouf ! Les hommes avaient disparu.

*
* *

Katherine autorisa Caleb à la guider hors du poste de police. Leur garde à vue de vingt-quatre heures avait encore ajouté à sa fatigue.

— Vous n'avez pas parlé de Noah, n'est-ce pas ? s'enquit-elle, anxieuse.

— Non. Mais j'avoue que j'ai hésité.

— Moi aussi. Je m'attendais à être écrouée.

— C'est peut-être ce qui nous pend au nez. Que leur avez-vous dit, au juste ?

— Que nous n'avons strictement rien fait. J'ai décrit très exactement ce qui s'est passé à mon appartement. Expliqué que ce devait être une erreur. Ou un acte de violence gratuite.

— Moi aussi. De toute façon, l'examen de la scène de crime par la police scientifique devrait confirmer notre version.

— Jamais ils ne libéreront Noah si je mêle la police à l'affaire ! s'emporta Katherine. Kane doit déjà être furieux que je lui aie échappé.

— Oui. Mais c'était le meilleur moyen de vous garder en vie. Et Noah aussi.

— C'est vrai. Et je ne vous ai même pas remercié… Sans vous, nous serions probablement déjà morts, lui et moi.

Caleb imprima une pression rassurante à sa main, mais ne répondit pas. Son regard allait d'un visage à l'autre, comme s'il cherchait à localiser une menace éventuelle sur le parking du poste de police.

Katherine poussa un profond soupir.

Caleb passa le bras autour de ses épaules et la serra avec effusion contre lui avant de l'embrasser sur le front.

— Nous avons eu tort de venir à ce rendez-vous. J'ai bien cru que j'allais vous perdre.

La peur de Caleb était presque palpable. Elle lui dilatait les pupilles. Ses yeux assombris par l'émotion plongèrent dans les siens, la transperçant, mettant à nu sa douleur. Sa solitude. Il avait fallu Caleb pour que Katherine se rende compte à quel point elle était seule.

— Je suis là, Katherine. Je ne vous quitterai pas. Sauf si vous me le demandez.

— Non, je veux que vous restiez là — avec moi.

Sa présence imposante la tranquillisait. Elle promena une main en un mouvement circulaire sur son torse puissant pour le rassurer. Puis sa joue vint se poser contre le coton du T-shirt et elle déposa un bref baiser sur sa poitrine.

— Alors, je suis là, répéta-t-il.

Il sourit et passa tendrement la main dans ses cheveux. Caressa son visage.

Puis sa main descendit jusqu'au creux de ses reins et la familière trépidation intérieure la gagna. La tête de Caleb s'abaissa vers elle, et il l'embrassa. Ses lèvres effleurèrent les siennes, déclenchant instantanément une onde de plaisir qui se diffusa jusqu'à la moindre de ses terminaisons nerveuses. En un éclair, son corps s'anima et se mit à pulser de désir. Tout au fond de son cœur, elle se répéta les propos de Caleb.

Je suis là.

Si seulement cela pouvait être pour toujours.

Un coup de klaxon les tira de leur bulle.

Caleb se détacha d'elle et balaya le parking du regard.

— J'ai parlé à Matt, dit-il en prenant Max dans ses bras.

Il fallut quelques secondes à Katherine pour reprendre ses esprits.

— Alors… qu'est-ce qu'il a dit ?

— Apparemment, votre sœur était en négociation avec les fédéraux. Ce marshal qui s'est présenté au ranch semble réglo. Il veut vous proposer d'entrer dans le programme de protection des témoins.

— Et vous ?

— Je n'en ai pas besoin.

— Vous ne quitteriez jamais TorJake, n'est-ce pas ?

— C'est le seul endroit où je me sente chez moi.

Se sentir chez soi… Il y avait bien longtemps que cela ne

lui était pas arrivé, songea Katherine. A ceci près que, depuis peu, elle avait tendance à se sentir chez elle là où se trouvait Caleb. Mais c'était absurde. Ils venaient juste de se rencontrer. Il fallait du temps pour qu'un lien indéfectible s'instaure entre deux êtres. Etre constamment en fuite, traquée par des tueurs devait lui jouer des tours, déformer sa perception de la réalité. Elle avait des sentiments pour Caleb, c'était indéniable. Mais le genre de sentiment qui durait une vie entière ? L'amour ? Ne la lâcherait-il pas, comme les autres ?

— Et vous croyez qu'on peut avoir confiance en ce marshal ?

Une expression lasse passa sur le visage de Caleb.

— Apparemment. Je ne suis sûr de rien, mais c'est peut-être la meilleure chance que nous ayons.

— Et Noah ? Que feraient-ils pour lui ?

— Bonne question. Ce type affirme qu'il essayait d'aider votre sœur avant son accident. S'ils vous mettent en sécurité, il aura les coudées franches pour récupérer Noah, j'imagine.

— Que devrais-je faire, selon vous ?

Les pupilles de Caleb se dilatèrent une seconde, et sa mâchoire se contracta. C'était le signe qu'il se retenait de dire ce qu'il avait véritablement en tête. Katherine le savait désormais.

— Vous devez tout faire pour rester en vie, assena finalement Caleb, les dents serrées.

— Donc, vous pensez que je devrais accepter et laisser les fédéraux prendre les choses en main ?

Comment pouvait-il la conseiller en ce sens ? Alors qu'il venait d'assurer qu'il resterait auprès d'elle ? Pourquoi son regard semblait-il subitement plus distant ?

— Je n'ai pas dit ça. C'est à vous que revient la décision. Pour ce qui est de Matt, j'ai essayé de lui faire comprendre où nous serions. Nous ne pourrons pas tenir sans approvisionnement. Mais je ne crois pas qu'il ait saisi.

— Vous voulez toujours aller au ranch ?

— Oui. Il y a un endroit où personne ne va jamais, à l'extrémité de la propriété.

— Très bien. Alors, je veux aller avec vous.

— Ça signifie que vous n'avez pas l'intention de vous placer sous protection fédérale ?

Elle croisa les bras.

— Non. Et il n'est pas question d'en discuter maintenant.

— J'ai demandé à Matt de vérifier auprès du patron de Leann si Kane était déjà venu au café.

— Bonne idée.

Comme elle se détournait pour s'éloigner, Caleb lui emboîta le pas. Elle fut tentée de se laisser aller contre lui pour qu'il l'enveloppe de ses bras, mais elle n'en fit rien.

Leann n'avait pu se retrouver mêlée à cette affaire que par accident. Elle ne pouvait pas avoir connu ce Kane, se répéta Katherine pour la millième fois. Sa sœur ne fréquentait pas de criminels ou de personnages de cette envergure.

— Leann a dû assister à quelque chose de vraiment grave, reprit-elle, songeuse.

— Oui, c'est aussi mon avis, renchérit Caleb. Pour qu'on lui propose le programme de protection des témoins, c'est certainement qu'elle a assisté à un crime. A ma connaissance, c'est le seul motif qui justifie un placement sous protection. Il faut que nous parvenions à entrer en contact avec ce marshal pour lui demander des éclaircissements à ce sujet.

Katherine poussa un soupir.

— Je n'arrive pas à comprendre pourquoi Leann n'a pas accepté d'entrée de jeu l'offre du marshal…

Elle marqua une pause, puis ajouta :

— A cause de Noah, j'imagine. Sans doute qu'elle ne voulait pas lui imposer cette vie-là. Kane ne devait pas être au courant de l'existence de mon neveu à ce moment-là.

— Ou peut-être *pensait-elle* qu'il n'était pas au courant, nuança Caleb.

La lumière se fit tout à coup dans l'esprit de Katherine.

— Leann avait prévu de me confier la garde de Noah avant de disparaître. Elle s'était arrangée pour qu'il soit en sécurité. Je parie qu'elle s'apprêtait à intégrer le programme.

— Mais ils pouvaient faire le lien entre elle et vous…, objecta Caleb.

— Non. Nous ne portions pas le même nom. Leann a changé de patronyme lorsqu'elle a quitté la maison. C'était sa façon de couper les ponts.

Caleb tiqua.

— Avant de nous mettre en route, il faut modifier votre apparence.

Il désigna sa casquette.

— Ce n'est pas grand-chose, mais un petit changement peut faire toute la différence

— C'est vrai. J'ai failli ne pas vous reconnaître tout à l'heure.

Il fourragea dans le sac et en sortit un foulard, qu'il lui tendit.

Elle le noua à l'arrière de sa tête, dissimulant la majeure partie de ses cheveux, et jeta à Caleb un regard interrogateur.

— Comme ça ?

Il glissa une mèche sous le tissu.

— Parfait. Vous êtes toujours aussi belle, mais ça vous change. C'est ce que nous voulons.

Le contact de ses doigts sur son visage rappela à Katherine leur torride étreinte. L'urgence de son désir. La passion dévorante qui s'était emparée d'elle. Ces grandes mains seraient sans doute capables de lui dispenser des plaisirs qu'elle n'avait jamais connus.

Mais le découragement pointait en elle. Comment pourraient-ils jamais se sortir de ce pétrin ?

— Vous croyez que nous serons en sécurité au ranch ?

Caleb hocha la tête.

— Oui. Au moins pour quelque temps.

Katherine ne répondit pas, mais elle en était certaine : ils finiraient par se faire attraper. Pour peu que Kane mette le paquet, il parviendrait à ses fins et réussirait à leur mettre le meurtre de Mlle Ranker sur le dos. Alors, tout le monde se retournerait contre eux. La police. Les journalistes. L'opinion publique. Absolument tout le monde.

Katherine poussa un lourd soupir. Sa vie avait volé en éclats. Rien ne serait plus jamais comme avant.

Dans ces conditions, une nouvelle identité semblait être la solution. De toute façon, elle allait certainement perdre son travail. Ses amis et son patron croiraient-ils qu'elle n'avait rien à voir avec la mort de sa propriétaire ?

Ses amis… Quelle blague ! Katherine restait beaucoup chez elle, à travailler ou à lire. La plupart du temps, elle tenait les autres à distance.

La seule exception était son cow-boy.

Comment Caleb pouvait-il l'inciter à intégrer le programme ? Car alors ils ne se verraient plus…

Sa lèvre inférieure tremblota, mais elle déclara néanmoins avec force :

— J'en ai assez de me laisser intimider. De toute façon, ils semblent toujours avoir une longueur d'avance sur moi.

Une lueur pétilla dans les yeux de Caleb, accentuant leurs reflets mordorés.

— Est-ce que vous voulez dire que…

— Oui, coupa-t-elle. Je suis décidée à me battre.

L'expression de Caleb s'illumina.

— C'est risqué.

Comme si elle ne le savait pas ! Mais vivre perpétuellement dans la crainte de la prochaine attaque, en laissant l'avantage à l'adversaire, n'était plus tenable. Kane et ses hommes avaient mené la danse jusque-là. Il était temps de prendre la main.

— Je sais. Je n'ai pas le début d'une idée de plan, mais je ne veux plus les laisser me mener par le bout du nez.

— Eh bien, ils vont voir ce qu'ils vont voir ! tonna Caleb.

Ses yeux étincelèrent d'une lueur dangereuse, plus sexy que jamais. Seigneur, comment cet homme avait-il pu devenir si cher à son cœur en un laps de temps si court ? se demanda Katherine.

Elle n'aurait rien pu faire de tout ceci sans Caleb. Son ange gardien. Son ami… Son *amant* ?

10

Caleb réfléchissait à toute vitesse. Katherine et lui devaient trouver un moyen de transport pour quitter la ville au plus vite avant que la nouvelle de leur libération ne parvienne aux oreilles de Kane.

Rien qu'en marchant dans la rue, ils pouvaient à tout moment être reconnus par quelqu'un. Et si un des hommes de Kane se trouvait dans les parages…

Caleb décida donc de se poster près du restaurant le plus chic du quartier et demeura un moment à observer le voiturier pour repérer l'endroit où il rangeait les véhicules des clients.

Lorsque le voiturier monta dans un SUV aux vitres teintées, Caleb le suivit du regard, attendant qu'il soit revenu à son poste.

Le propriétaire du véhicule ne quitterait pas l'établissement avant une bonne heure, ce qui leur laisserait largement le temps de sortir de la ville. Personne ne se rendrait compte de la disparition du véhicule avant un moment, calcula Caleb. Il abandonnerait le SUV dans un champ ou dans une ruelle aux abords d'Allen. De là, il serait suffisamment près du ranch pour pouvoir le rejoindre à pied. A ceci près que, malgré la prise d'antalgiques, Katherine avait mal après tous les efforts qu'elle avait fait subir à sa cheville blessée.

De nouveau, Caleb fit fonctionner ses méninges. OK, il ne devrait pas avoir trop de difficulté à trouver un quad dans les environs du ranch.

Une fois dans le parking, il prit une paire de gants en latex dans la trousse de secours et les enfila. S'accroupissant à côté du SUV, il tâta le dessus du pneu arrière gauche. Bingo ! Les clés étaient là. C'était une astuce qu'il avait apprise autrefois, avant de rentrer dans le droit chemin.

Il démarra, et alla chercher Katherine et Max à la sortie du parking.

Elle se glissa sur le siège passager, à côté de lui.

— Inutile que je vous demande comment vous vous êtes procuré ce véhicule, ni si c'est encore un reste de votre jeunesse dissolue, n'est-ce pas ?

— Inutile.

Elle sourit. Mais ses yeux bleu cobalt ne pouvaient plus masquer la fatigue… et la peur, remarqua Caleb avec émoi.

Il s'obligea à se concentrer sur la route.

Le SUV s'inséra dans la circulation et, quelques minutes plus tard, ils s'engagèrent sur la route 75.

— Pourquoi ne pas incliner le siège et vous reposer un peu ? suggéra-t-il à Katherine.

Elle lui jeta un coup d'œil incertain.

— Comment avez-vous fait pour trouver cette voiture aussi vite ?

A quoi bon lui mentir ?

— J'ai un casier. Ça remonte à ma période *dissolue*, comme vous dites. Donc, je sais où aller et quoi faire pour voler une voiture rapidement.

Il lui lança un regard en coulisse. Son aveu la perturbait-il ?

— Tout ça, c'est du passé, bien sûr. Je ne me sers plus de ces compétences aujourd'hui. Hank m'a aidé à redresser la barre.

Katherine ne cilla pas.

— On dirait qu'il vous a aussi appris deux ou trois choses utiles concernant la survie en milieu hostile, souligna-t-elle.

— N'importe quel homme digne de ce nom porterait assistance à une femme en danger.

— *Une* femme ? Parce que je suis n'importe quelle femme ?

Il voulait tellement la comparer à Cissy et aux autres pour juguler le bouillonnement d'émotions qu'elle suscitait en lui…

— Je n'ai pas dit ça, argua-t-il mollement.

— Peu importe. Vous avez été mon sauveur, ce qui entre

dans la catégorie *n'importe quel homme digne de ce nom*, répliqua-t-elle avec un bref sourire que ne reflétait nullement son regard.

Caleb aspirait à être bien plus que cela à ses yeux, mais il ne pouvait ignorer la réalité. Katherine était une femme en proie à de graves difficultés. Cissy, elle aussi, avait été dans une situation critique lorsqu'elle était venue frapper à sa porte. Elle avait pleuré, l'avait supplié de l'aider. Oh ! elle n'avait pas eu à se mettre à genoux : il aurait été prêt à faire n'importe quoi pour sauver sa fille Savannah. Mais Cissy avait tout de même demandé à rester au ranch, soulignant que Savannah adorait y vivre. Lorsque Caleb avait organisé toutes les consultations chez le médecin et pris en charge tous ses soins médicaux, Cissy lui avait montré une affection plus grande encore.

Elle avait bien joué sa partie. Déclenché les grandes eaux sitôt qu'il lui était apparu que ses sentiments pour lui n'étaient pas immédiatement partagés.

Caleb avait cru à la sincérité de son attachement. Même s'il s'était d'abord dit qu'entamer une relation avec elle n'était pas une bonne idée, elle l'avait en quelque sorte eu à l'usure. Une chose était certaine, si c'était à refaire, il le referait — pour Savannah.

Quel irrépressible besoin le poussait à porter secours à la gent féminine ?

Un psychiatre s'en serait donné à cœur joie avec lui. Il aurait probablement conclu qu'il volait à la rescousse des femmes parce qu'il n'avait pas pu sauver sa mère. Et il aurait eu raison.

Caleb n'avait pas pu empêcher ce salaud qui l'avait engendré de brutaliser sa mère. Si Caleb avait été plus âgé… il lui aurait arraché les yeux.

Mais il était trop jeune, trop faible. Son père était grand. Fort.

Et dire qu'il était le portrait craché de cette ordure ! Qu'il le recroise seulement et il verrait… Bon sang, pourquoi avait-il fallu qu'il lui ressemble autant ?

Mais il ne pouvait pas plus revenir en arrière que s'empêcher de faire ce qu'il estimait juste.

La main délicate de Katherine sur son bras le rappela dans un sursaut à la réalité.

Une onde de chaleur remonta jusqu'à son épaule. Katherine faisait resurgir en lui des émotions auxquelles il s'était juré de ne plus céder. Mais c'était plus fort que lui…

— Où étiez-vous parti ? Vous aviez l'air absent.

— Mais non, quelle idée… J'étais là et bien là.

— Vous croyez que vous allez vous en tirer comme ça ? Vous savez tout de ma situation. A votre tour, maintenant. Je vous écoute.

— Vous ne gagnerez rien à savoir à quoi je pensais.

— Ah bon ? Pourquoi ? Ça me concerne ?

Il soupira. Katherine était courageuse, attentive aux autres. Même lorsqu'elle était terrifiée — et elle avait toutes les raisons de l'être —, elle faisait front. Et elle ne lui avait pas demandé son aide. En fait, elle s'était même montrée plus que réticente lorsqu'il la lui avait spontanément offerte. Depuis le début de cette effroyable épreuve, elle n'avait jamais cessé de songer en priorité aux autres. Lorsqu'ils avaient été tous deux blessés, elle avait voulu le soigner en premier. La culpabilité qu'elle portait était un lourd fardeau. Mais elle n'avait pas recours aux larmes pour se faire plaindre ou obtenir gain de cause. Au contraire, elle refusait de pleurer. Elle gardait tout pour elle, se livrait très peu. A bien y regarder, la comparaison avec Cissy ne tenait pas.

Katherine ne lui ressemblait en rien.

— Vous devriez me laisser prendre le volant pendant un moment, proposa-t-elle. Vous devez être aussi fatigué que moi. Sans doute même davantage puisque vous n'avez pas fermé l'œil cette nuit. Vous avez les yeux cernés.

— Ça va, mais merci de l'avoir proposé. J'apprécie.

Et il était sincère. Elle n'imaginait même pas à quel point il pensait ce qu'il disait.

Du dos de la main, elle caressa sa mâchoire hérissée d'une barbe naissante. Une pulsation sourde naquit en lui, tendant ses muscles, ne demandant qu'à être satisfaite.

Hors de question d'y céder dans l'habitacle d'une voiture. Mais qui sait ? Bientôt, peut-être…

— De toute façon, on va devoir abandonner ce SUV, argua-t-il.

Katherine se tortilla sur son siège pour passer sur la banquette arrière. Caleb ne put s'empêcher de remarquer son postérieur rond, ce qui ne contribua nullement à apaiser ses ardeurs.

— Voilà ! fit-elle, satisfaite. Comme ça, je vais pouvoir vous masser les épaules.

Elle se mit en devoir de malaxer ses muscles contractés. Mais, si elle était animée des meilleures intentions, elle n'obtint pas le résultat espéré. Bien au contraire. Au lieu de se détendre, le corps de Caleb se rigidifia davantage encore.

Il jeta un coup d'œil dans le rétroviseur : Katherine fronçait les sourcils.

— Vous êtes terriblement tendu. Essayez de vous relaxer.

Un sourire effleura les lèvres de Caleb. Katherine ne se rendait pas compte de l'effet que produisait son massage sur lui.

— Si vous continuez comme ça, je vous préviens…, confia-t-il. Je ne pourrai pas être tenu pour responsable de mes actes.

Les yeux de Katherine s'agrandirent démesurément tandis que ses mains s'immobilisaient.

— Oh… désolée, je ne voulais pas vous causer de problème, répliqua Katherine, s'efforçant de réprimer le petit sourire satisfait qui essayait de se frayer un chemin jusqu'à la surface.

Mais elle n'était pas mécontente qu'un homme aussi fort que Caleb réagisse avec cette intensité-là au petit massage qu'elle lui dispensait.

— Eh bien, c'est raté, riposta-t-il avec un sourire dévastateur.

Bon sang, qu'il était sexy !

Katherine s'obligea à détourner les yeux du rétroviseur et revint s'asseoir à l'avant.

L'atmosphère, dans la voiture, s'était brusquement alourdie, chargée d'une tension érotique qui enfiévra les sens de Katherine. Avait-elle jamais éprouvé cela pour un homme ?

La réponse était non. Jamais.

Et connaîtrait-elle de nouveau cela un jour ? Ce n'était pas sûr. Elle doutait même de vivre assez longtemps pour voir à quoi cela la conduirait.

Noah… chéri. Faites qu'il ait ses médicaments désormais.

— On va laisser le SUV ici, annonça Caleb en s'arrêtant en bordure d'un champ de blé.

— Et ensuite ?

— Ensuite, on marche. A moins que je ne déniche un quad.

— Quelles sont les chances que vous en trouviez un ?

— A vrai dire, plutôt bonnes… si l'on sait où chercher.

Il ponctua sa déclaration d'un sourire sibyllin, séduisant en diable.

Le cœur de Katherine se mit à battre plus fort. L'envie du corps dur de Caleb contre le sien…

Elle soupira. Encore des pensées totalement déplacées. Il devenait difficile de les refréner. De sa seule présence, Caleb électrisait ses sens, attisait le désir en elle. Mais elle n'était pas dupe. C'était la chair qui parlait, qui la poussait à s'unir avec ce corps tellement puissant, tellement mâle.

Heureusement, son cerveau était de taille à combattre ces pulsions féminines primitives.

Elle esquissa un geste pour ouvrir la portière, mais Caleb l'avait devancée. Il avait laissé Max sortir lui aussi du véhicule.

— On a une minute. Laissez-moi jeter un coup d'œil à votre pied.

Tandis que les doigts de Caleb se refermaient autour de sa cheville, elle concentra délibérément son attention sur Max qui courait se soulager contre un épi de blé.

Mais elle ne réussit qu'à humer le parfum de Caleb… Cette odeur de grand air et de phénoménale virilité.

Mauvaise idée.

Katherine serra les anses de son sac.

— Vous avez mal ? s'enquit Caleb.

— Un peu.

Katherine s'efforça de ne pas penser à la douleur bien plus grande qui l'étreignait. Cet abîme qui s'était ouvert en elle depuis que Noah lui avait été arraché et qui ne serait pas comblé tant qu'elle ne l'aurait pas retrouvé… et tant qu'elle ne pourrait pas être avec Caleb. Au regard de cette souffrance-là, celle de sa cheville n'était rien.

— Elle est de nouveau très enflée, commenta Caleb. Je ne voudrais pas que cela empire.

— Nous n'avons guère le choix, nota Katherine avec un petit sourire. On ne peut pas rester caché éternellement dans un champ de blé.

Et puis, focaliser son attention sur la marche, éviter de se tordre le pied l'aiderait à canaliser son attention — et à se sentir vivante, active.

— Bon, je vais d'abord aller voir si je peux trouver un moyen de transport, décida Caleb. Ça ne vous ennuie pas de rester seule un moment ici ?

— Pas du tout, ça ira très bien, répondit-elle en sortant une petite bouteille d'eau pour se désaltérer.

Aussi Caleb s'éloigna-t-il, Max sur les talons. La petite boule de poils, aussi, songea Katherine, semblait avoir placé toute sa confiance dans le valeureux cow-boy.

Sous l'aile protectrice de Caleb, elle avait esquivé les balles et échappé à des tueurs fous. Il avait réussi à les garder tous les deux en vie. Si elle avait eu de l'argent à investir sur un pur-sang, elle l'aurait nommé Caleb Snow.

De nouveau, elle plongea la main dans son sac et en sortit la photo de Leann tenant Noah, bébé, dans ses bras. Une boule se forma dans sa gorge. Elle aurait voulu pleurer. Libérer ce flot de larmes retenues. Evacuer toutes les émotions refoulées en elle, se laisser aller… Mais rien ne vint.

Elle était l'équivalent humain d'un désert aride.

*
* *

Au bout de dix minutes, Caleb localisa son quad, toujours sagement rangé au bord du chemin, le long du champ. Il enfourcha l'engin, installa Max entre ses jambes et démarra, savourant d'avance le sourire de Katherine quand elle le verrait revenir.

Lorsqu'ils arrivèrent en vue de l'endroit où elle les attendait, Max se dressa, les pattes avant en appui sur la colonne de direction. Il se mit à remuer la queue.

Preuve que cet animal avait bon goût, se dit Caleb.

Il aida Katherine à grimper derrière lui et ils se mirent en route.

Après un quart d'heure de trajet à travers champs, le moteur cala.

— Plus de carburant, maugréa Caleb.

Mais ce n'était pas grave. Ils n'étaient plus très loin de leur destination. Et, si jamais les *men in black* trouvaient leurs traces, eh bien, cela leur donnerait du fil à retordre.

— Moi non plus ! renchérit Katherine avec un sourire éclatant.

C'était comme si la totalité des étoiles du firmament se reflétait dans ses yeux. *Attention !* se mit en garde Caleb. *Ce n'est pas ton genre de poétiser…*

Avec une branche solide, il fabriqua une béquille pour Katherine.

— Prenez appui sur moi, lui proposa-t-il.

Ils poursuivirent le chemin à pied, Max trottinant derrière eux.

— Vous ne m'avez toujours pas dit où nous allons…, lança soudain Katherine.

— Il y a une vieille bâtisse tout au fond de la propriété, répondit Caleb. A l'origine, c'était la maison d'habitation. Ce n'est pas grand. Et elle est à l'abandon depuis des années. Personne n'y va jamais. D'ailleurs, elle est située dans un coin de la propriété tellement reculé que la plupart des gens ne la connaissent même pas. Ça me convient très bien. De temps en temps, j'y stocke de quoi y passer une nuit — des couvertures, ce genre de chose. Pour le cas où j'ai passé une longue journée à travailler dans le secteur et que je n'ai pas envie de rentrer.

— Et, je ne sais pas pourquoi, mais quelque chose me dit que cela doit arriver régulièrement ? souligna Katherine. Caleb, pourquoi ? Vous avez un ranch magnifique. Vous avez une vie de rêve !

Pas tout à fait, puisqu'il n'y a pas quelqu'un comme vous pour m'attendre quand je rentre le soir, corrigea-t-il mentalement.

L'adrénaline s'était dissipée et il commençait à être fatigué, lui aussi. D'autant que ses pensées ne cessaient de revenir obstinément sur Katherine.

Le reste du trajet s'effectua dans le silence.

Lorsque la bicoque se dressa devant eux, le soulagement envahit Caleb. Plus que quelques pas et Katherine pourrait enfin reposer sa jambe blessée.

Caleb ouvrit la porte et étendit une couette épaisse sur la plate-forme de bois qui lui servait de lit lorsqu'il dormait là — ce qui était arrivé fréquemment depuis le départ de Cissy.

Elle était partie si vite qu'elle n'avait pas pris le temps d'emporter toutes ses affaires. Des jouets de Savannah traînaient encore un peu partout, si bien que la maison était devenue pour lui comme un champ de mines, chacun d'eux lui rappelant douloureusement sa vie avec elles. Ainsi, l'hippopotame en peluche violette dont Savannah ne se séparait jamais. Qu'elle tenait serré contre elle lorsqu'elle regardait la télévision. Qui lui servait d'oreiller lorsqu'elle s'endormait.

— Caleb, comment se fait-il que vous ayez tant de choses ici ? insista Katherine en plantant son regard dans le sien.

— Mon ex avait une petite fille, avoua-t-il. J'ai eu le cœur brisé quand elles sont parties toutes les deux.

Katherine posa une main à plat sur sa poitrine.

— Je suis désolée. Elle n'était pas à vous ?

Caleb secoua la tête, refoulant le sentiment de regret au plus profond de lui.

— Après leur départ, je ne supportais plus d'être dans

la maison. J'avais l'impression d'étouffer tellement elle me semblait vide.

— Vous deviez beaucoup l'aimer.

Il hocha la tête.

— Alors, souvent, après le repas, je prenais mon cheval, Dawn, et je partais me promener. Parfois, je n'avais même pas le cœur de rentrer et je venais me réfugier ici. Tout le monde devait se faire du souci, je suppose. Alors, un soir, Matt m'a suivi — probablement à la demande de Margaret. C'est comme ça qu'il a découvert l'existence de cet endroit.

— Personne d'autre ne le connaît ?

— Non, excepté vous, maintenant.

Il la fit allonger sur la couette et changea les pansements de sa jambe. Pour sa cheville, il n'avait pas de glace. La bicoque était sans électricité. Heureusement, il avait acheté une chevillère élastique de contention.

Il ôta à Katherine sa sandale, enfila la chevillère sur son pied puis déroula le tissu épais sur sa peau de soie.

— Voilà, ça devrait vous soulager.

Cela semblait si… naturel de la toucher. Il ne retira pas tout de suite sa main.

Max tourna en rond pendant quelques secondes avant de se coucher sur le sol, à côté de Katherine.

— Le pauvre… Il a perdu tout ce qui lui était cher aujourd'hui, souligna Katherine. Il est à bout de forces.

— Vous aussi, répondit Caleb en caressant la tête de l'animal.

— C'est vrai que je pense continuellement à Noah. Je voudrais dormir, mais j'ai peur des images qui vont surgir sitôt que j'aurai les yeux fermés.

A ces mots, un souvenir envahit l'esprit de Caleb : lorsque Katherine lui était apparue dans les bois pour la première fois, crinière auburn échevelée, lèvres roses, terrorisée et seule.

Le malheur qui la frappait le frappait aussi. Il eut envie d'effacer son chagrin d'un baiser. Mais il se ravisa, car il serait incapable de s'en tenir là.

Il se dirigea plutôt vers le petit poêle à pétrole pour mettre de l'eau à chauffer. Margaret avait glissé quelques sachets de tisane parmi les provisions qu'il conservait dans son repaire. Sa fameuse tisane calmante. Caleb, pour sa part, était plutôt amateur de café, mais peut-être que la tisane aiderait Katherine à se relaxer ?

Il lui tendit le breuvage brûlant dans une timbale en fer-blanc.

— Qu'est-ce que c'est ? s'enquit-elle.

— D'après Margaret, une tisane qui a des vertus apaisantes.

— Vous avez perdu le sommeil après le départ de votre amie, n'est-ce pas ?

Pris de court, Caleb secoua la tête.

— Disons que, pendant quelque temps, je n'ai pas été au mieux de ma forme.

Mais il avait rebondi, plus vite même qu'il ne l'aurait cru, grâce à l'amour et au soutien de sa seconde famille : Margaret et Matt. Ils avaient été présents à chaque instant tandis qu'il remontait tant bien que mal la pente.

Curieusement, il se rappelait peu de détails concernant Cissy. Il aurait été incapable d'évoquer son odeur, par exemple, alors que le parfum fleuri et printanier de Katherine, nuancé d'une pointe de vanille, était — et resterait à jamais — gravé dans sa mémoire.

Un bruit de branches cassées interrompit subitement le cours de ses pensées.

Il jeta un coup d'œil à la ronde.

Bon sang, il n'avait même pas d'arme ! Il avait abandonné le fusil chez Katherine après avoir utilisé toutes ses munitions.

En deux enjambées, il vint s'étendre au-dessus d'elle, faisant de son corps une barrière. Il rabattit un tas de couvertures poussiéreuses au-dessus d'eux.

Peut-être n'était-ce qu'un animal…

La poitrine de Katherine s'abaissait et se soulevait, se pressant contre lui. Dans un flash, il revit les circonstances — à peu près similaires — dans lesquelles ils s'étaient rencontrés. Son corps accolé au sien, son visage, si proche qu'il lui aurait suffi de relever un peu le menton pour l'embrasser.

Mais là, il voulait beaucoup plus qu'un baiser. Il la voulait tout entière, corps et âme.

Seulement, avant de lui ouvrir son cœur, il avait besoin d'être certain d'une chose : qu'elle ne le piétinerait pas.

Le problème, c'était qu'il allait pour cela devoir prendre un risque et lui accorder ce qu'il redoutait tant de donner — sa confiance. Entre son père, Cissy et ses autres expériences malheureuses, il avait été si durement échaudé que croire de nouveau en quelqu'un relevait de la gageure.

Si seulement il avait fait part de ses sentiments à Katherine plus tôt…

A supposer qu'il parvienne à surmonter ses démons, pouvait-il véritablement envisager un futur avec elle ?

Ou l'abandonnerait-elle, comme les autres ?

11

La porte s'ouvrit lentement dans un grincement.

— Caleb ? Tu es là ?

Il reconnut instantanément la voix de Matt et repoussa les couvertures.

— Entre et ferme la porte.

Des lignes soucieuses marquaient les traits de son ami.

— Bonté divine ! Je me suis fait un sang d'encre.

Caleb se détendit.

— Je croyais que tu n'avais pas saisi l'allusion, au téléphone.

Caleb aida Katherine à se rasseoir, veillant à surélever sa jambe, et se tourna vers Matt.

— Que se passe-t-il ?

— A toi de me le dire. A la maison, c'est un défilé permanent de gens qui sont à ta recherche. Margaret est folle d'inquiétude.

— Ils s'attendaient sans doute à ce que je rentre chez moi. Qui est venu ?

— Le marshal, d'une part... Il passe voir s'il y a du nouveau plusieurs fois par jour. Je ne lui ai pas dit que je t'avais parlé, mais j'ai l'impression qu'il est au courant.

— La ligne doit être sur écoute.

— Je m'en doutais, je te l'avais dit.

— A ce propos, tu n'as pas apporté ton téléphone, au moins ?

— Non, dit Matt. J'ai jugé plus prudent de le laisser à l'écurie. Je me suis faufilé à l'extérieur par la porte de derrière.

— Bien joué, commenta Caleb. C'est par le biais de nos téléphones que les hommes de Kane nous pistaient. J'ai dû les détruire... Bon, et qui d'autre est venu au ranch ?

— Les hommes en costume, évidemment, répondit Matt. Ils sont revenus plusieurs fois. Ils sont descendus à l'auberge Dovetail.

— Tu as parlé d'eux au marshal ?

— Oui. Il m'a recommandé de ne surtout rien leur dire et de les ignorer.

Son regard alla de Caleb à Katherine avant de revenir sur son ami.

— Quoi qu'il en soit, je peux le joindre si vous voulez entrer dans ce programme de protection.

Matt arrêta un nouveau regard désabusé sur Katherine.

Elle releva fièrement la tête, mais ne souffla mot.

Elle avait vraiment du cran, songea Caleb. Encore un trait de caractère qui la différenciait de Cissy. Bon sang, cette femme était belle, sexy, volontaire, tenace. Elle avait tout pour elle. Si Caleb s'était écouté, il aurait chassé Matt séance tenante et se serait employé à rappeler à Katherine quelle femme merveilleuse elle était. Une femme à part entière. Pas juste une fugitive forcée d'errer de cachette en cachette pour déjouer les plans de criminels sans foi ni loi.

— Je n'ai pas l'intention de quitter de nouveau mon ranch, assena Caleb. Je refuse de continuer à fuir.

Le dénouement approchait. Mais, à la seconde où cette pensée lui vint, il songea aussitôt au revers de la médaille : ce serait la fin de la parenthèse avec Katherine. En silence, il se jura de lui prouver combien elle était attirante avant que cela ne se produise.

— Tu crois que c'est une bonne idée de rester ici ? interrogea Matt, rembruni.

Caleb haussa les épaules.

— Personne ne me délogera de chez moi.

— Mais je peux partir, moi ! intervint Katherine, l'air résigné à son destin. Ils se désintéresseront de vous.

Caleb fut touché, mais pas surpris que Katherine soit prête à se mettre plus en danger encore pour lui. Il l'avait vue à l'œuvre, elle aurait sans hésiter donné sa vie pour sauver son neveu. Encore une différence notable entre elle et Cissy. Cissy n'avait toujours pensé qu'à elle.

— Sans vouloir être irrespectueux, elle n'a pas tort, releva Matt. Peut-être que si elle s'en allait…

— Je n'en resterais pas moins suspect dans une affaire de meurtre, rappela Caleb.

— Ça, je le sais, malheureusement, souligna Matt d'un ton maussade en lançant une nouvelle œillade courroucée à Katherine.

— Ça suffit ! aboya Caleb, les nerfs à vif. Est-ce que tu as pu appeler le café où travaillait Leann ?

— Oui, répondit Matt, les traits rigides. J'ai parlé au patron et je lui ai envoyé par mail une photo de Kane que j'ai dénichée dans un magazine. Il l'a tout de suite reconnu. Il m'a dit qu'il passait à longueur de temps quand Leann y travaillait. Il ne l'a pas revu depuis l'accident.

— Mais qu'est-ce qu'un homme comme lui pouvait bien vouloir à ma sœur ? tempêta Katherine.

— J'ai la réponse à cette question, continua Matt. Le patron du café m'a passé une de ses collègues. Une serveuse. Elle s'est montrée très bavarde. Leann et elle pratiquaient parfois l'escalade ensemble. Elle était présente le jour de l'accident à Enchanted Rock. Ils l'ont tous vue lâcher prise et dévisser sans rien pouvoir faire…

Matt baissa les yeux un instant avant de continuer :

— Elle a précisé que Leann a pratiquement disparu de la circulation à partir du moment où son ancien petit ami a refait surface, il y a quelques mois.

— Quoi ? s'exclama Katherine. Ils sortaient ensemble ?

La main de Caleb vint se poser sur la sienne. Elle le remercia d'un sourire mal assuré.

— Il paraît qu'ils étaient de vrais tourtereaux. Il venait la voir au café, lui apportait constamment des cadeaux, des fleurs.

Le regard de Matt alla de Katherine à Caleb, puis s'arrêta de nouveau sur elle.

— D'après la serveuse, c'était le père de Noah.

Katherine se raidit nettement.

— Non. Ce n'est pas possible !

Caleb se voulut rassurant.

— Si c'est vrai, si c'est Kane le père, alors au moins Noah n'a rien à craindre.

— Mais c'est un monstre ! tonna Katherine. Qui sait de quoi il est capable ?

— Il a placé beaucoup de ses proches à des postes importants de sa société, souligna Caleb. Noah est son seul enfant. Il veut l'avoir près de lui, mais il ne fera pas de mal à son fils.

— Non… Il se borne à se servir de lui pour faire pression sur moi, ironisa Katherine amèrement.

Un sanglot s'étrangla dans sa gorge, mais elle se ressaisit aussitôt.

— Ça change la donne, déclara Caleb. Et ça explique qu'ils n'aient pas tué Noah quand ils se sont rendu compte que nous n'avions pas déposé le fichier. Mais, si la collègue affirme qu'elle était là quand Leann est tombée, au moins nous avons la certitude que c'était réellement un accident.

Il se tourna vers Matt.

— Tu peux m'attendre dehors ?

— OK.

Caleb installa Katherine plus confortablement sur le lit de fortune, l'embrassa sur le front, sur les paupières, sur les cheveux.

— Je vais jeter un coup d'œil aux environs, histoire de m'assurer que Matt n'a pas été suivi.

La respiration saccadée, Katherine hocha la tête.

— J'ai envie de donner le CD à Matt, confia Caleb. Voir s'il arrive à trouver quelque chose. Qu'en pensez-vous ?

Les yeux violets se levèrent vers lui, tourmentés.

— Si vous lui faites confiance, je suis d'accord.

— Bien. Essayez de vous reposer. J'en ai pour une minute.

Elle chercha son regard, visiblement confuse, accablée.

— Ce ne peut pas être Kane le père. Je ne reverrai jamais Noah…

— N'y pensez pas pour le moment. Quand vous fermerez les yeux, je veux que vous me visualisiez, moi. Je suis là… Je vous protégerai.

Si elle avait pu savoir à quel point il était sincère…

Il alla retrouver Matt sur le porche et tira la porte derrière lui.

— On doit élaborer un plan. Mais, d'abord, il faut qu'on se repose. On vient de passer deux journées exténuantes…

— Il fera bientôt nuit, indiqua Matt. Vous devriez être tranquilles pour ce soir. Mais il ne faut pas se leurrer : ils finiront par vous localiser. Et alors, ils débarqueront avec l'artillerie lourde.

— Je sais bien, soupira Caleb.

— Alors, quel est ton plan ? Comment comptes-tu te sortir vivant de ce guêpier ?

— On va se préparer. Demain matin, je veux que tu demandes aux garçons et à Margaret de ne pas venir pendant quelques jours. Cela devrait nous laisser assez de temps. Et je veux rencontrer le marshal — demain, à l'aube.

Sur ce, Caleb tendit le CD à Matt.

— Et occupe-toi de ça, aussi. Essaie de voir s'il n'y a pas un fichier caché ou quelque chose de suspect.

Matt prit le disque et contempla la jaquette pendant un moment.

— Tu te rends compte du pétrin dans lequel t'a fourré cette femme ?

Ami ou pas, Matt allait trop loin.

— Elle n'y est pour rien, répliqua sèchement Caleb. Quand j'ai décidé de l'aider, je l'ai fait en connaissance de cause. Et j'ai bien l'intention d'aller jusqu'au bout.

Matt ne répondit pas, mais il secoua la tête, la mine consternée.

— Ne change rien aux habitudes ce soir, lui intima Caleb. Il s'agit de ne pas leur mettre la puce à l'oreille. Pour le rendez-vous, organise-le dans la sellerie.

Matt acquiesça et s'enfonça dans les bois.

Après avoir vérifié qu'il n'y avait personne alentour, Caleb rentra à l'intérieur. Katherine était toujours éveillée, les yeux grands ouverts.

— Que vouliez-vous dire quand vous avez déclaré que vous ne repartiriez pas du ranch ?

La lumière du jour baissait. Caleb alluma la lampe tempête pour chasser les ombres qui envahissaient la pièce.

— Vous avez faim ? Voulez-vous que j'ouvre une boîte de soupe ? demanda-t-il, éludant délibérément la question.

— Non, merci. Et inutile de changer de sujet… Caleb, je ne veux pas que vous risquiez encore votre vie pour moi.

— Ne recommencez pas.

Les propos de Matt avaient dû la blesser.

— Ne prenez pas en mauvaise part ce qu'a dit Matt. Il…

— Il a raison, l'interrompit Katherine. Ils vous laisseront tranquille si je m'en vais. Je pourrai même dire que c'est moi qui ai tué Mlle Ranker s'il le faut.

Le désespoir rigidifiait ses traits tandis qu'elle se tenait immobile devant lui, une rougeur diffuse lui montant aux joues.

Il sourit.

— Personne ne vous croira. Vous n'êtes pas bonne menteuse. Et, de toute façon, l'analyse de la scène de crime apportera la preuve de notre innocence.

Elle s'avança vers lui, une lueur de défi brillant dans le regard.

— Ce n'est pas à vous d'en décider.

Elle se planta devant lui, le regard brûlant, vibrant d'intensité.

— Assez de chamailleries pour aujourd'hui. Caleb… C'est autre chose que j'attends de vous maintenant. Quelque chose de beaucoup plus agréable…

Il plongea ses yeux dans les siens.

— Vous croyez que c'est une bonne idée ?

— Je n'en sais rien, reconnut-elle. Mais c'est quand même ce que je veux. J'ai envie de vous. Jamais je n'ai autant désiré un homme. Est-ce que, vous aussi, vous me désirez ?

Elle se haussa sur la pointe des pieds et lui passa les bras autour du cou. Son regard s'était obscurci. Elle était tellement sexy… Une larme solitaire roula sur sa joue.

Caleb la sécha d'un baiser.

— Désolée. Je ne pleure jamais. La dernière fois que ça m'est arrivé… Cela remonte à si longtemps que je ne m'en souviens même pas.

— Ne soyez pas désolée. Il n'y a pas de honte à pleurer.

Caleb ne savait que trop bien ce que c'était que de garder ses émotions enfouies en soi. La façon dont cela vous rongeait de l'intérieur… lentement mais sûrement.

Katherine soupira.

— Comment peut-on désirer quelqu'un qui se lamente sur son sort ?

Comblant les quelques centimètres qui les séparaient encore, Caleb passa la main autour de sa taille et l'attira à lui. Une onde de chaleur le parcourut.

— Est-ce que… cela répond à votre question ? murmura-t-il d'une voix rauque en se pressant contre elle.

Le visage de Katherine s'éclaira, l'impatience luisant dans son regard, et il s'en fallut de peu que Caleb ne perde son sang-froid.

— J'ai besoin de tout oublier, juste pendant un moment, confessa-t-elle en se blottissant contre lui, ses bras venant s'enrouler autour de ses hanches. Le danger, l'enlèvement de Noah… Tout.

La sensualité qui émanait d'elle montait à la tête de Caleb plus vite qu'un verre d'alcool fort.

— Attendez…

— Quoi ? Vous ne voulez pas ?

— Ce n'est pas ça. Ça ne m'est pas arrivé depuis un certain temps et… je ne veux pas précipiter les choses.

Katherine recula d'un pas, le temps de retirer son T-shirt, sans quitter Caleb des yeux.

Elle portait un soutien-gorge de dentelle.

Caleb n'arrivait presque plus à respirer, tandis qu'elle se tenait immobile devant lui, les bras le long du corps.

— Vous êtes belle, Katherine. Mais pourquoi êtes-vous si

pressée ? On dirait que vous voulez en finir avant que nous n'ayons commencé.

— Faux, contra-t-elle en dégrafant son soutien-gorge et en le laissant tomber à ses pieds. Je veux que nous prenions tout notre temps, au contraire.

En une demi-seconde, Caleb combla l'espace qui les séparait. N'y tenant plus, il prit l'un de ses seins en coupe dans sa paume et, du pouce, en effleura la pointe qui, aussitôt, s'érigea sous sa caresse. Mon Dieu, comme il avait envie d'être en elle, d'onduler en cadence avec elle jusqu'à ce que tous deux explosent et qu'elle se pelotonne, pantelante, dans ses bras. Il la désirait comme il n'avait jamais désiré aucune autre femme.

Du menton, elle désigna son T-shirt et son jean.

— Vous avez besoin d'aide ? s'enquit-elle avec un petit sourire en coin qui fit battre son cœur.

Le T-shirt alla sans délai rejoindre les vêtements de Katherine sur le plancher. Elle n'attendit pas qu'il ait ouvert la fermeture à glissière de son jean. D'un geste prompt, elle se chargea elle-même de l'en débarrasser. Le caleçon suivit.

Son regard s'arrêta sur son sexe.

Luttant pour ne pas céder à la tentation de s'emparer d'elle sur-le-champ, Caleb la souleva dans ses bras et la déposa sur le lit avant de prendre un préservatif dans son portefeuille.

Ses muscles étaient tellement tendus que ses mains tremblèrent lorsqu'il voulut déchirer l'étui.

— Laissez-moi faire.

— Vous êtes si belle…

Elle se renversa contre l'oreiller pour le contempler.

— Alors, qu'attendez-vous pour me faire l'amour ?

Incapable de retarder davantage l'échéance, Caleb se positionna au-dessus de Katherine et plongea en elle d'un seul mouvement fluide. Il crut mourir de plaisir. C'était meilleur encore que tout ce qu'il avait pu imaginer. Leurs deux corps s'ajustaient à merveille — comme s'ils avaient été faits l'un pour l'autre.

— Encore, murmura-t-elle, le souffle court, s'agrippant à ses épaules.

Il voulait qu'elle crie son nom un millier de fois tandis qu'il la propulsait vers les cimes du plaisir.

Mais il se fit violence pour maîtriser son impatience — ce qui n'était pas dans ses habitudes.

— Non, pas tout de suite… Vous vouliez que nous prenions notre temps.

Il s'obligea à cesser d'aller et venir en elle tandis que les mains de Katherine se promenaient fébrilement sur son dos, sur ses bras. Puis elles revinrent s'arrimer à ses épaules et il inclina la tête pour prendre possession de sa bouche. Les lèvres soyeuses s'entrouvrirent et sa langue s'insinua entre elles, explorant longuement la cavité chaude et humide au goût de miel.

Les doigts de Katherine couraient le long de son échine, traçant un chemin de feu sur sa peau.

Le corps de Caleb s'embrasait d'une passion que seule Katherine avait le pouvoir d'assouvir.

Il l'embrassa avec voracité, sa langue se mêlant à la sienne en un ballet endiablé, puis il tempéra son ardeur pour la laisser prendre les commandes.

En cet instant, songea-t-il, il lui appartenait totalement. Et il en irait ainsi aussi longtemps qu'elle le voudrait.

Et, lui, que voulait-il ?

Chacune des caresses que lui dispensaient ses doigts délicats… Chaque assaut possessif de sa langue… Chaque onde de chaleur qu'elle déclenchait en lui…

Il voulait tout. Absolument tout.

Elle était celle qui détenait le pouvoir de libérer les émotions cadenassées en lui.

La langue de Katherine repartit de plus belle à l'assaut de la sienne tandis que ses ongles s'enfonçaient dans la peau de ses reins. Un long frisson le secoua.

— Caleb…, murmura-t-elle.

Pressant sa bouche sur la douce courbe d'un sein, il en

happa la pointe entre ses lèvres. Le gémissement que poussa Katherine attisa le brasier qui, déjà, faisait rage en lui.

Gagné par la fièvre, il accéléra le rythme de ses va-et-vient.

Non… Pas tout de suite… Pas encore.

Il agaça son téton entre le pouce et l'index jusqu'à ce qu'elle s'arque contre lui, ses cheveux auburn étalés en corolle sur l'oreiller. Son corps se mit à osciller en cadence contre lui, calquant son rythme sur le sien, avec toujours plus d'ardeur. Elle était au bord du vertige, il le sentait.

Bandant ses muscles, il continua à aller et venir, plus vite, plus fort, jusqu'à ce qu'elle se pâme dans ses bras. Alors seulement, il s'autorisa à s'abandonner à son tour à l'ivresse des sens, emprisonné dans le doux fourreau de sa féminité.

Il la serra convulsivement contre lui, le corps secoué de tremblements.

En cet instant, il n'y avait plus ni Caleb ni Katherine. Soudés comme ils l'étaient, ils ne faisaient plus qu'un… Un seul être. Un seul corps.

Elle était tellement *à sa place* dans ses bras. Mais resterait-elle ?

Jusqu'à demain, lui souffla cette insidieuse petite voix intérieure.

La douleur le terrassa. Il ne pouvait plus contenir ses sentiments grandissants pour Katherine. Tout serait bientôt terminé. Elle partirait. Et il ne la reverrait probablement jamais.

12

Seule la rumeur désormais familière de la forêt — gazouillements d'oiseaux, stridulations de criquets, bourdonnements d'insectes — rompait le silence qui régnait dans la pièce. Le corps encore vibrant, Katherine reposait dans les bras de Caleb, la tête blottie au creux de son épaule. Son souffle chaud la caressait.

Progressivement, le rythme rapide de sa respiration s'apaisa jusqu'à retrouver une cadence lente, régulière. Son cœur battait à l'unisson de celui de Caleb. Tout semblait aller de soi entre eux, tout était *évident*. La symbiose parfaite, à tous points de vue. Ils étaient comme deux maillons d'une chaîne — indéfectiblement unis.

Mais, subitement, une idée vint rompre le cours de sa rêverie. Quels que soient les sentiments qu'ils éprouvaient l'un pour l'autre, ceux-ci ne devaient pas entrer en ligne de compte, décida Katherine. Elle devait songer à Noah.

Kane lui avait-il donné ses médicaments ?

Et, s'ils survivaient à ce cauchemar, reverrait-elle jamais son neveu ? Logiquement, s'agissant de la garde d'un enfant, un père passait avant une tante. Et, riche et influent comme il l'était, nul doute que Kane obtiendrait gain de cause.

Katherine se souvint du maelström d'émotions qui l'avaient envahie lorsqu'elle avait découvert qu'elle allait être responsable de sa jeune sœur. La colère. La jalousie. Le ressentiment. Mais ce n'était pas ce qu'elle avait éprouvé en s'occupant de Noah. Elle était mûre. Prête à l'accueillir.

Même si Caleb refusait de l'admettre, il lui en voudrait

un jour de l'avoir pris au piège d'une famille qu'il n'avait pas fondée — qui n'était pas la sienne. Non… Si elle survivait, il lui faudrait consacrer toute son énergie à arracher Noah aux griffes de Kane.

— Tu as des regrets ? souffla la voix de Caleb à son oreille.

— D'avoir fait l'amour ? Non. Il fallait qu'on dépasse cette attirance pour pouvoir nous concentrer sur ce qui reste à accomplir. On va avoir besoin de toute notre tête demain. Pour toi comme pour moi, c'était difficile d'avoir les idées claires avant.

— Et maintenant ? s'enquit-il en lui jetant un regard soupçonneux.

— Maintenant, tout est limpide.

Arquant les sourcils, Caleb se redressa sur un coude. Son corps musclé scintillait dans la faible lueur de la lanterne.

Katherine avala sa salive. En un clin d'œil, elle fut comme aspirée par un vortex de désir si puissant qu'elle dut s'accorder quelques secondes pour reprendre son souffle, le temps que son pouls redevienne normal.

— Et qu'est-ce que ça signifie, exactement ? insista Caleb en la scrutant avec intensité.

— Il est hautement improbable qu'on s'en sorte vivants tous les trois. Au moins Noah aura-t-il une chance, si Kane est réellement son père…

Mais, si Caleb et elle s'en tiraient, pourraient-ils former une famille ? Caleb avait parlé en termes tellement affectueux de Savannah… Pourrait-il apprendre à aimer Noah ? Non. Caleb avait aimé Savannah parce qu'il était amoureux de sa mère. Il ne lui portait pas ces sentiments-là, à elle.

A moins que…

Non. Son imagination lui jouait des tours. Caleb ne pouvait être tombé amoureux d'elle en si peu de temps… Heureusement que son esprit pratique était là pour la rappeler à la raison ! Ils avaient dû fuir pour sauver leur peau, esquivé les balles, frôlé la mort. Et jamais, pendant cette cavale insensée, il ne lui avait fait faux bond. Alors, bien sûr qu'elle éprouvait des sentiments envers cet homme. *Son cow-boy.* Mais il ne fallait pas confondre gratitude et véritable attachement.

— Eh bien, si j'ai mon mot à dire, moi, je prétends qu'on s'en sortira, assena-t-il avec force.

Mais tout le monde avait un point faible, même un superhéros. Quel était le défaut dans la cuirasse de Caleb ? se demanda Katherine.

Les femmes en difficulté.

Elle avait eu *besoin* de lui. Comme Cissy avant elle.

Katherine coupa court à ces pensées. Elle refusait de comparer ce que Caleb et elle avaient vécu à la relation de Caleb avec son ancienne amie. Se le représenter avec quelqu'un d'autre était insupportable.

— Alors, quel est le plan pour la suite ? questionna-t-elle pour recentrer son esprit sur le sujet de fond.

— D'abord, entrer en contact avec le marshal.

— Et ensuite ? Le shérif ?

Caleb grimaça.

— Non. Il me mettrait aussitôt sous les verrous, ne serait-ce que pour me protéger.

— Ils ne nous lâcheront jamais, n'est-ce pas ?

— Non. Ils nous pourchasseront jusqu'à ce qu'ils aient réussi à nous éliminer.

— Alors, ne vaudrait-il pas mieux partir ? proposa Katherine. Se cacher ? Je viendrais avec toi.

Il haussa les sourcils.

— C'est vrai ?

— Oui, si cela pouvait faire que tu sois en sûreté.

Caleb tiqua.

— Dès que j'aurais le dos tourné, tu me filerais entre les doigts pour aller chercher Noah. Tu te soucies toujours des autres, mais qui prend soin de toi ?

— Je n'ai besoin de personne, prétendit Katherine.

— Bien sûr que si ! gronda Caleb. Plus que quiconque.

Comme Cissy, souffla la petite voix dans la tête de Katherine. Pourquoi cela lui faisait-il si mal ?

Elle commençait à voir clair dans les raisons pour lesquelles Caleb l'avait aidée.

— C'est le code d'honneur des cow-boys qui t'oblige à voler au secours des demoiselles en détresse ? interrogea-t-elle d'un ton plus dur qu'elle ne l'aurait voulu.

La mâchoire de Caleb se crispa.

— Ce n'est pas par obligation que je suis resté avec toi.

— Alors, pourquoi ?

Elle détestait se sentir aussi vulnérable. Peut-être était-ce pour cela qu'elle avait pris l'habitude de se tenir tellement sur son quant-à-soi…

Caleb ne répondit pas tout de suite.

— Je me débrouillais très bien toute seule avant de te rencontrer, mentit-elle.

Il déposa un petit baiser sur son front.

— Je sais. Mais pas moi. Et je me demande ce que je ferais sans toi, ici.

La fine carapace de glace qui protégeait le cœur de Katherine fondit.

— On ne saura peut-être jamais pourquoi ce type nous a dans son collimateur.

Elle se tut. L'angoisse qui lui étreignait le cœur se fit plus oppressante encore… comme si ses poumons se vidaient de leur air tandis qu'elle se noyait, entraînée vers le fond de l'océan par le secret de Leann, attaché à son cou comme un terrible lest.

— Peut-être que Matt trouvera quelque chose sur le CD, suggéra Caleb. On n'a pas vraiment eu le temps de l'explorer à fond.

Katherine soupira.

— J'ai beau me creuser la cervelle, je n'arrive pas à entrevoir de solution. Même le fait de parler avec ce marshal n'est pas sans risque… Qui nous dit qu'il n'est pas à la solde de Kane ? Mais, tu as raison, nous avons besoin d'une aide extérieure.

— Demain, je vais me lever avant l'aube pour rejoindre

Matt, annonça Caleb. Je pense que le mieux serait de dormir, maintenant… à moins que tu n'aies une meilleure idée, bien sûr.

Il lui décocha un regard lourd de sous-entendus en même temps qu'un sourire diabolique incurvait ses lèvres.

Seigneur. Un regard de lui, et elle était déjà en transe.

— Ce n'est pas impossible, reconnut Katherine. Et, soit dit en passant, je trouve que nous faisons merveilleusement bien l'amour.

— Raison de plus pour ne pas nous en priver, souligna Caleb en lui lançant une nouvelle œillade dévastatrice.

Cette fois, ils firent l'amour sans hâte, tendrement, conscients, peut-être, songea Katherine, qu'il leur fallait chérir et savourer ce moment comme un cadeau du ciel.

Ce ne fut pas de gaieté de cœur que Caleb quitta la douce tiédeur du corps de Katherine pour se lever et mettre de l'eau à chauffer pour le café. La moindre parcelle de son être le poussait à retourner se lover contre elle, dans le lit. Grâce à sa présence, il avait réussi à dormir quelques heures.

Il s'était pourtant attendu à ce que son retour au ranch déclenche une tornade de mauvais souvenirs. Mais non.

Katherine avait chassé ses démons, songea-t-il tandis qu'il entrouvrait sans bruit la porte pour faire sortir Max. Pendant que le café infusait, il remplit un petit bol de pâtée pour chien. La pauvre bête avait été trop stressée pour manger la veille. Elle s'était roulée en boule dans un coin et n'avait plus bougé jusqu'à ce qu'elle entende Caleb remuer.

Tendu, il consulta sa montre pour la troisième fois en cinq minutes. Le temps semblait s'être ralenti. Les minutes s'égrenaient avec une lenteur exaspérante.

Si seulement ils avaient su quelle information Kane recherchait… Mais non. Ils étaient dans le noir le plus complet.

Quant à sa situation personnelle… Jamais il n'aurait cru se laisser entraîner dans une relation aussi rapidement. Bon sang, après Cissy, il en était arrivé à douter de trouver l'amour un jour. Ce qu'il avait partagé avec elle, il s'en rendait soudain compte, n'entrait pas dans cette catégorie. L'amour, le vrai, c'était quand on faisait passer l'autre avant soi.

Toute sa vie, il avait cru ne pas trouver la femme qu'il lui fallait parce qu'il était trop occupé à assurer sa réussite professionnelle.

Mais était-ce le cas ?

Il était passé presque maître dans l'art d'éviter les relations.

Et si tout ceci était la conséquence directe de ton enfance perturbée ?

Dans sa hantise de ressembler à son père, qui sait s'il ne s'était pas inconsciemment fermé toutes les portes ?

Il s'était persuadé qu'il n'avait pas de temps à consacrer aux femmes, qu'il devait se concentrer sur son travail pour avoir une vie meilleure. L'argent ne faisait pas le bonheur, mais la pauvreté, non plus. Il en avait fait la triste expérience durant toute son enfance.

Si sa mère avait pu se payer une assurance, elle aurait été correctement soignée.

Si son père ne les avait pas abandonnés, elle n'aurait pas été seule à subvenir à ses besoins.

S'ils avaient eu plus d'argent, elle n'aurait pas eu à travailler aussi dur.

Si, si, si…

Etait-il à blâmer pour le fiasco auquel avaient abouti ses deux tentatives de vie de couple ? Pour Cissy ? Il pouvait se répéter éternellement qu'elle s'était servie de lui, mais lui avait-il réellement donné autant qu'il le croyait, lui ?

Désormais, il en doutait.

Car tout son chagrin, tous ses souvenirs tenaient plus à l'idée d'avoir perdu une famille que Cissy elle-même. Oui, c'était une famille qui lui avait manqué, pas sa petite amie. Ni Becca. Ni la demi-douzaine d'autres femmes avec qui il avait entretenu de brèves liaisons.

Peut-être parce qu'elles n'étaient pas Katherine Harper ? suggéra une petite voix, tout au fond de lui.

De toute façon, il ne serait plus jamais le même si quelque chose arrivait à Katherine.

13

Katherine n'avait pas dormi aussi profondément depuis bien longtemps. Etant donné les circonstances, c'était dangereux. Le parfum de Caleb imprégnait encore ses cheveux et les draps. Elle roula voluptueusement sur le côté, s'autorisant encore quelques instants de douce rêverie sensuelle.

Puis elle se leva et boitilla jusqu'au coin cuisine, essayant de ne pas trop penser à l'absence de Caleb.

Et s'il ne revenait pas ? s'avisa-t-elle soudain. Ils n'avaient pas envisagé cette éventualité, pas prévu de plan B.

Katherine rejeta résolument cette idée. Caleb allait revenir. Ils allaient trouver un arrangement. D'une façon ou d'une autre, ils s'en sortiraient. Oui, bientôt, ils verraient le bout du tunnel.

Elle songea à Leann. S'était-elle dit la même chose lorsqu'elle avait décidé d'affronter ces hommes seule ?

Quel fichier compromettant sa sœur avait-elle bien pu détenir pour que Kane se retourne aussi violemment non seulement contre elle, mais contre sa famille ?

Le délai de vingt-quatre heures que lui avait accordé Kane pour fournir le fichier était depuis longtemps écoulé. Ses hommes étaient quelque part, là, dehors, embusqués, prêts à frapper. Fichier ou pas, ils ne renonceraient pas avant de l'avoir mise définitivement hors jeu, Katherine en était certaine.

Caleb aussi était dehors, quelque part, en train de risquer une nouvelle fois sa vie pour elle. Il avait promis d'être de retour avant le lever du soleil… Pourquoi n'était-il pas encore là ? L'astre flamboyant embrasait déjà tout le ciel à l'est.

Katherine marqua une pause dans l'embrasure de la porte

et se tourna vers le lit. Ils y avaient fait l'amour jusqu'à ce que leurs corps soient rompus de fatigue et qu'ils sombrent dans un lourd sommeil.

Leurs ébats avaient été passionnés, intenses, exaltés mais aussi doux, tendres… Les qualificatifs lui manquaient pour décrire la façon dont leurs corps entremêlés avaient succombé à l'extase jusqu'à ne faire plus qu'un.

A la seule idée de perdre Caleb, la douleur était pire qu'un coup de poignard en plein cœur.

Katherine s'assit sur le plancher et se mit à caresser distraitement Max. Le café fort la revigora un peu.

Elle changea les pansements de sa jambe. Les plaies cicatrisaient plutôt bien, compte tenu des circonstances. Même sa cheville était moins enflée. Quelques jours de repos et il n'y paraîtrait plus.

Ses blessures externes guériraient. Quant aux autres… tout dépendrait de l'évolution de la situation.

Elle poussa un profond soupir. Où était Caleb ?

Laisser Katherine seule toute la matinée ennuyait Caleb. Mais Matt avait été retardé et cela avait décalé leur rendez-vous.

Les instincts de Caleb restèrent en alerte rouge pendant toute la durée de l'entretien avec le marshal. Mais était-ce à cause de ce dernier ou parce que Katherine était seule, sans personne pour la défendre en cas d'attaque surprise ?

Caleb rongea son frein jusqu'à l'issue de l'entrevue. Si le marshal était du côté de Kane, cette rencontre pouvait n'être qu'un subterfuge visant à isoler Katherine.

Matt n'avait rien trouvé non plus sur le CD, mais ce n'était pas un as de l'informatique. Caleb avait l'intention de demander à Katherine s'il pouvait le confier au marshal. Le Bureau des marshals aurait les ressources nécessaires pour détecter ce qu'un œil profane avait manqué. Problème : il fallait d'abord être sûr de pouvoir faire confiance aux fédéraux. S'il y avait une fuite au sein du département, leur remettre des preuves pouvait constituer une erreur magistrale. Fatale.

L'idée ne cessait de tarabuster Caleb. Mais il y avait trop de variables dans l'équation pour qu'il puisse prendre une décision.

Il tenait à en parler d'abord à Katherine.

Enfin, il arriva en vue de la vieille maison. L'estomac noué, il gravit les marches du porche. Avait-il eu tort de ne pas avoir emmené Katherine avec lui pour la cacher quelque part, plus près de lui ?

Non, évidemment. Il avait bien fait. Elle était plus en sécurité dans la bicoque. Au diable cette fichue situation qui le poussait à remettre en question la moindre de ses décisions !

Peut-être aussi était-ce à cause des nouvelles qu'il rapportait. Ou de cette petite voix qui ne cessait de le mettre en garde : Katherine allait partir. Forcément.

Il entra. Katherine était assise par terre, jouant avec Max.

Un immense soulagement envahit Caleb. Manifestement, Katherine aussi.

— Dieu merci, tu vas bien ! s'exclama-t-elle.

Il s'accroupit à côté d'elle et l'embrassa sur la tempe.

— Matt est arrivé très en retard. Il a eu l'impression qu'on le suivait. Je suis désolé que tu te sois inquiétée.

— Alors ? Comment ça s'est passé ?

— Matt n'a rien vu sur le CD. J'aimerais le faire passer au marshal, mais je voulais d'abord avoir ton accord.

Katherine alla jusqu'au comptoir, servit un café et revint le lui donner.

— Je ne sais pas. Tu en penses quoi ?

— Les experts en informatique des agences gouvernementales sont capables de craquer n'importe quoi. A nous de décider si nous leur faisons confiance ou pas. Mais… il y a autre chose que je dois te dire.

Les yeux violets s'agrandirent démesurément.

— Tu me fais peur.

— D'après le marshal, Kane pourrait avoir quitté le pays.

Elle le contempla, interdite.

— Comment est-ce possible ?

— Les fédéraux pensent qu'il a une propriété au Mexique, de l'autre côté de la frontière. Le marshal a plusieurs pistes, il se renseigne.

Katherine secoua la tête, visiblement découragée.

— A quoi bon nous acharner sur ce fichu CD ? Et puis, d'ailleurs, pourquoi tient-il tellement à le récupérer s'il peut franchir la frontière avec Noah et se cacher à l'étranger ?

Katherine arrêta son regard sur la porte.

— Et je suppose que nous sommes censés attendre bien sagement pendant que ces messieurs du gouvernement essaient de localiser Kane ? Mais ce salaud va en profiter pour nous faire tuer !

— Ils ont proposé de te placer sous protection, rappela Caleb.

Katherine laissa échapper un ricanement.

— C'est ça. Et je ne reverrai plus jamais Noah. Caleb… ce marshal, il sait ce que Kane cherche tellement à récupérer ?

— Il a dit que Leann détenait des preuves matérielles le reliant à un crime.

Katherine soupira lourdement.

— Je sais que je n'ai pas dépeint ma sœur sous son meilleur jour, mais c'était quelqu'un de gentil. Je n'arrive pas à comprendre comment elle a pu s'acoquiner avec un type comme lui.

— D'après le marshal, elle n'était pas au courant, précisa Caleb. Elle était jeune lorsqu'ils se sont rencontrés. Il l'a éblouie, couverte de cadeaux. C'était un homme d'affaires prospère. Tout semblait parfaitement légal. Quand elle a découvert qu'il avait une facette beaucoup plus sombre, elle était enceinte. Elle a disparu et elle a eu son bébé à son insu. Elle ne voulait pas lui dire qu'il était le père. Elle a conservé les preuves de son crime pour le cas où il referait surface. Et c'est ce qui s'est passé. Un beau jour, il a fait irruption dans le café. Elle était là. Elle a joué la comédie, feignant d'être contente de le revoir. Et, en sous-main, elle a pris contact avec les fédéraux. Elle se proposait de témoigner à charge contre lui afin de l'empêcher à tout jamais d'approcher Noah.

— Ça explique pourquoi elle se déplaçait tout le temps, fit remarquer Katherine. Ensuite, quand Noah est arrivé à l'âge d'entrer à l'école, elle a dû vouloir s'installer plus durablement. Savent-ils quel genre de preuves elle avait ?

— Elle leur a déclaré qu'elle pouvait produire des photos à l'appui de son témoignage.

Caleb ne put retenir un bref grognement.

— Je crois que tu devrais accepter leur proposition.

— Quoi ? Et laisser Noah aux mains de ce monstre ? se récria Katherine, manifestement outrée.

— C'est son fils. Kane ne lui fera pas de mal. Et, au moins, tu resterais en vie le temps qu'ils le coincent.

— S'ils y arrivent ! Et ensuite ? Quel serait mon avenir ? Vivre perpétuellement dans la peur ? Je ne sais pas où est cette photo qui prouve son implication dans un crime. Sans elle, je ne peux pas le faire tomber. Ce type est impitoyable ; tant que je serai vivante, il ne renoncera pas.

Elle avait malheureusement raison, songea Caleb.

— Et toi ? enchaîna-t-elle. Que comptes-tu faire ?

— Je te l'ai déjà dit. Je ne quitterai pas mon ranch.

Une expression incrédule se peignit sur le visage de Katherine.

— Mais enfin, ils te tueront. Ils n'auront même pas besoin de chercher !

— Mais non, tout ira bien. Tu es à bout de nerfs, tu n'as pas les idées claires.

— Dis tout de suite que je suis folle ! Ose me regarder en face et affirmer que j'ai tort.

Il baissa les yeux.

— Tu n'as pas tort. Mais j'ai l'intention de rester et de lutter. Kane peut m'envoyer autant de ses sbires qu'il veut, je saurai les accueillir, quitte à ce qu'ils repartent les pieds devant !

Katherine se mit à faire les cent pas.

— Je ne devrais pas avoir à me terrer comme une criminelle. Je n'ai rien fait de mal. Je ne peux probablement pas changer la donne, mais je peux au moins décider de la façon dont jouer mes cartes.

Pourquoi diable était-elle tellement obstinée ? Et tellement sexy…, pensa Caleb.

— Je te comprends, Katherine, mais, s'il t'arrive quelque chose, c'est terminé. *Game over.* Pour les jouer, ces cartes, il faut absolument que tu restes en vie. Que nous continuions à instiller le doute dans l'esprit de Kane à propos de ce fichier. Qu'il soit forcé de se cacher.

Ne voyait-elle pas qu'il essayait désespérément de la sauver ? Pourquoi fallait-il qu'elle soit tellement butée ?

Tu réagirais exactement comme elle, à sa place.

Elle le dévisageait, le menton relevé en manière de défi.

— Je croyais que ce qui s'était passé entre nous hier comptait. Pourquoi veux-tu que je disparaisse de ta vie à tout jamais ?

Ce n'était *pas* ce qu'il voulait. Loin de là. Mais il était prêt à dire n'importe quoi — pour sa sécurité.

— Ecoute, nous nous sommes laissé emporter par le feu de l'action. Mais je pense vraiment que tu devrais partir.

Mon Dieu, prononcer ces mots-là le mettait à la torture.

La douleur qui brilla dans les yeux de Katherine manqua l'achever. Il faillit retirer ce qu'il venait de dire, mais il se refréna. Il ne permettrait pas qu'elle reste pour lui. Il voulait qu'elle soit à l'abri, quelque part, là où personne ne pourrait l'atteindre.

— Alors, dans ce cas…, bafouilla Katherine. Je vais partir.

Sa lèvre inférieure trembla, mais elle ne pleura pas.

Combien de fois s'était-elle retenue devant lui ? songea Caleb. Son courage produisait toujours le même effet sur lui.

Elle attrapa son sac et se dirigea vers la sortie.

D'un bond, Caleb la dépassa et lui bloqua le passage.

— Où vas-tu ?

— Je n'en sais rien. Et, même si je le savais, je ne te le dirais pas !

Katherine avait du mal à respirer. C'était comme si on venait de lui arracher le cœur. Bien sûr, elle s'était doutée que leur histoire ne pourrait pas s'inscrire dans la durée, mais ce que Caleb venait de faire…

— Ecarte-toi de mon chemin.

— Katherine, écoute-moi. Je suis désolé… désolé. J'ai dit ça uniquement pour te convaincre d'entrer dans le programme de protection. Je n'en pensais pas un mot. Je suis tellement inquiet pour toi…

Evidemment, elle était tentée de le croire. De toute son âme. Personne, pas même le plus cynique des hommes, n'aurait pu feindre ce qu'ils avaient partagé de façon aussi convaincante. Sur le plan sexuel, à tout le moins. Jamais elle ne s'était sentie aussi désirée, aussi sexy… Aussi adulée. Comme si Caleb ne pouvait se rassasier d'elle. Le souvenir précis de chaque instant de leur nuit d'amour, de chaque geste était encore gravé dans sa mémoire. Son corps d'Apollon, baigné par le clair de lune et la lueur tremblotante de la lanterne, le goût de cannelle de ses lèvres…

Lorsqu'il était entré en elle, elle s'était sentie transportée, comme s'il la propulsait loin, très loin au-dessus de la terre. Elle s'était sentie plus vivante à ce moment-là qu'elle ne l'avait jamais été de toute sa vie.

Mais peut-être tout cela avait-il été purement physique pour lui ?

Ne disait-on pas des hommes qu'ils appréhendaient la sexualité différemment des femmes ?

Peut-être n'avait-il fait qu'assouvir son appétit sexuel ? Sans compter qu'il devait avoir l'habitude d'avoir toutes les femmes à ses pieds… Avec sa haute taille et sa large carrure, sa peau dorée et ses yeux de velours brun pailletés d'or, aucun doute : il devait faire des ravages parmi la gent féminine.

L'expérience avait probablement été plus extraordinaire pour elle que pour lui. Ou peut-être refusait-elle de croire à la possibilité qu'il lui porte des sentiments sincères et puisse un jour accepter son neveu comme si c'était le sien ? Car elle retrouverait Noah.

Les larmes lui brouillèrent la vue, mais elle les refoula.

— Je t'ai demandé de t'écarter de mon chemin, répéta-t-elle.

Il ne broncha pas, se contentant de la regarder.

— Je ne bougerai pas tant que tu ne me croiras pas.

Comment osait-il… alors qu'il venait de lui déclarer qu'elle ne représentait rien à ses yeux ?

— Alors, on est partis pour rester là toute la journée, tonna-t-elle.

La lueur malicieuse qu'elle commençait à bien connaître scintilla dans les yeux de Caleb.

— J'ai une idée de la façon dont nous pourrions passer le temps.

Elle croisa les bras. S'il croyait pouvoir la manipuler en…

— Qu'y a-t-il ? ironisa Caleb. Tu es à bout d'arguments ? Tu as peur de ne plus trouver de prétextes pour t'éloigner de moi ?

Il carra les épaules et la gratifia de l'un de ses sourires ravageurs.

Bon sang. Il savait s'y prendre pour l'amadouer. Mais s'il croyait qu'elle allait se laisser faire…

Elle éleva les bras pour le repousser mais, avant qu'elle ait eu le temps de comprendre ce qui lui arrivait, elle se retrouva contre lui, enveloppée par ses bras robustes.

L'air se chargea instantanément d'une tension nouvelle tandis qu'il sondait son regard — la dévorait des yeux. Il se pencha vers elle et l'embrassa si tendrement qu'elle en perdit le souffle.

— Je regrette de t'avoir dit ces choses que je ne pensais pas. J'ai été stupide.

— Ça, je te le confirme, dit-elle, radoucie, en se laissant aller contre lui.

— Tu me pardonnes ?

Il y avait bien peu de choses qu'elle n'aurait pas pardonné à cet homme.

Mais quelle importance, au fond ? Puisqu'elle serait prochainement là où Kane voulait qu'elle soit ?

14

— Je vais prendre contact avec le marshal Jones pour faire examiner ce CD, annonça Caleb. Peut-être qu'il en tirera quelque chose.

— Comment ? s'étonna Katherine. Nous n'avons plus de téléphone.

— Jones m'a donné ça, répondit Caleb en sortant un portable de sa poche. Il est sécurisé.

— Ce doit être vrai… Sinon, on aurait déjà reçu la visite des *men in black*, nota Katherine.

Caleb ouvrit les contacts du téléphone, effleura le nom « Marshal Jones » et porta le combiné à son oreille.

— Katherine est d'accord, pour le CD, indiqua-t-il, un peu anxieux à l'idée qu'ils allaient se défaire de leur seul et unique atout. Mais il me faut des garanties.

— Je vais le confier à quelqu'un d'extérieur aux services. Personne d'autre ne le verra, assura Jones.

— Je préfère ça. Vous avez quelqu'un en tête ?

— Oui. Un type au côté de qui j'ai combattu en Irak. Il a été exclu de l'armée pour conduite déshonorante parce qu'il avait refusé d'obéir à un ordre stupide. Disons qu'entre le gouvernement et lui ce n'est pas l'amour fou.

Exactement ce que Caleb avait envie d'entendre.

— OK. Alors, il m'a l'air d'être l'homme de la situation.

— Parfait, renchérit Jones. S'il y a quelque chose sur ce CD, il le trouvera. Et, quand on coincera Kane — parce qu'on finira par le coincer —, on aura les preuves pour l'envoyer définitivement derrière les barreaux.

A ces mots, Caleb jeta un œil à Katherine : elle nouait et dénouait ses doigts. Aussi, Caleb souleva Max d'une main et fit signe à Katherine de s'asseoir. S'occuper de l'animal l'aiderait peut-être à apaiser sa nervosité. Cela lui laisserait aussi le temps de prendre un peu de recul et de se rendre compte de l'amour authentique qu'il éprouvait pour elle.

Il reprit la conversation avec Jones.

— Et d'ici là ?

— On continue à rechercher Kane assidûment. Il commettra forcément une erreur. Mais il peut envoyer à tout moment ses sbires pour faire le sale travail. C'est pour ça que je ne peux pas garantir la sécurité de qui que ce soit si vous n'entrez pas dans le programme.

Caleb sortit sur le porche.

— Le kidnapping du petit était un leurre. Kane n'a jamais eu l'intention de faire du mal à son fils. C'est après nous qu'il en a. Depuis le début, ce qu'il veut, c'est récupérer ces preuves et réduire Katherine au silence.

— Vous avez peut-être raison, reconnut Jones. Ne courez pas de risque. Je peux faire renforcer la sécurité.

— Matt insistera aussi pour apporter sa contribution.

— Je préférerais que la vie de civils ne soit pas mise en danger, mais je sais que je ne vous arrêterai pas. Je vais parler au shérif Coleman et voir s'il peut nous épauler, lui aussi. Nous allons faire le maximum pour parer à toutes les éventualités, assura Jones d'un ton lourd de signification.

— Merci, fit Caleb. Je me sentirai plus tranquille, d'autant que je compte retourner prendre mes quartiers dans la maison. Ce sera mieux qu'ici, où tout peut arriver. J'emmènerai Katherine dès que la nuit sera tombée. Autant éviter de se déplacer de jour.

— Bien. Je vous tiens au courant dès que j'ai du nouveau concernant le CD, promit Jones. Si nous trouvons ce fichier, nous serons en mesure d'épingler Kane sitôt qu'il pointera son nez.

— Et le neveu de Katherine ? s'enquit Caleb.

— Il retournera auprès de sa tante, bien sûr.

— A part vos hommes, personne d'autre ne doit savoir que nous sommes au ranch, insista Caleb.

— Nous sommes d'accord. Inutile de chercher les problèmes. Nous avons bien assez à faire comme ça. Aucune autre agence fédérale ne sera au courant. Seulement moi, mes hommes et Coleman. L'endroit est relativement facile à sécuriser du fait qu'il n'y a qu'une seule voie d'accès. Je posterai une sentinelle près de la maison et une autre à l'entrée du ranch.

— Je remettrai le CD à l'agent qui sera de garde à la maison, ajouta Caleb avant de raccrocher.

Il pivota sur lui-même et rentra rejoindre Katherine.

Elle n'avait pas l'air très en forme. Repliée sur elle-même, la tête rentrée dans les épaules, elle caressait distraitement Max couché sur ses genoux. Tout, dans son attitude, indiquait qu'elle aurait voulu… disparaître. S'extraire de la réalité et de cet invraisemblable engrenage dans lequel elle s'était du jour au lendemain trouvée entraînée.

— C'est bien, tu vas pouvoir enfin dormir de nouveau dans ton lit, observa Katherine, s'efforçant d'orienter la conversation vers un sujet qui ne soit pas stressant.

Au fond, elle le savait : Caleb n'avait pas voulu la peiner. Mais, après la succession de chocs des derniers jours, elle avait besoin d'encore une minute. Et puis, le marshal avait beau dire, elle craignait que Kane ne débarque. Il n'était pas le genre d'homme à laisser inachevé ce qu'il avait commencé.

— J'avoue que je ne suis pas mécontent de retrouver mon lit, reconnut Caleb. A ceci près que c'est toi qui dormiras dedans. Moi, je monterai la garde, ajouta-t-il en ouvrant une boîte de haricots.

Lorsque ceux-ci furent chauds, il les lui tendit.

— Non, merci. J'ai grignoté une barre protéinée que j'ai trouvée dans les provisions ici.

Le tic-tac de l'horloge rappelait à Katherine le peu de temps qu'il lui restait — le peu de temps qu'il *leur* restait.

— Le marshal Jones a parlé de Noah ?

Caleb secoua la tête.

Katherine avait de plus en plus de mal à supporter cette pression. Elle laissa échapper un petit ricanement désespéré.

— Alors, je vais continuer à espérer qu'il va bien.

Caleb s'avança vers elle et l'embrassa. Avec chaleur. Elle n'opposa pas de résistance. Il sentait le café.

— Veux-tu que je te prépare une autre infusion calmante ? demanda-t-il avec un clin d'œil.

Elle redressa les épaules.

— Seigneur, non. Moi qui ne jure que par le café !

Un large sourire illumina le visage de Caleb.

— Tu es vraiment décidée à tenir bon, n'est-ce pas ?

— C'est l'impression que je donne. Mais, intérieurement, je suis une loque.

— Ça ne se voit pas.

Il l'embrassa de nouveau, la fit asseoir sur ses genoux et la serra contre lui comme s'il ne devait plus jamais la revoir — ou comme si l'un d'eux ne serait plus là le lendemain. Ou peut-être bien les deux…

La gravité de la situation apparut à Katherine dans toute son horreur. Une irrépressible vague de mélancolie la submergea.

— Caleb… promets-moi que, s'il m'arrive quelque chose, tu retrouveras Noah et tu l'arracheras aux griffes de ce monstre.

Il resserra son étreinte et enfouit son visage dans son cou.

— Je n'aurai pas à le faire. Tu seras là pour t'occuper de lui.

Elle tourna la tête juste assez pour plonger les yeux dans son regard brun.

— Promets-le-moi quand même.

Il la regarda d'un air où la tristesse et le regret se mêlaient à une détermination sans faille.

— Il ne t'arrivera rien. Ça, je peux te le promettre.

A l'intensité de son expression, il serait prêt à recevoir une balle à sa place si c'était le seul moyen de la protéger.

— Tiens, bois, dit-il en lui tendant sa tasse. La nuit approche. Bientôt, nous pourrons prendre une douche et manger un vrai repas à la maison.

— Ça semble trop beau pour être vrai. Encore que je n'aie pas exactement vécu un calvaire ici… comparativement à ce que nous avons traversé.

Ou aux affres par lesquelles elle passait à l'idée de ne plus jamais revoir Noah.

Caleb lui sourit, de son sourire de play-boy. Puis il se leva pour faire sortir Max et attendit Katherine, debout, près de la porte.

S'avançant derrière lui, elle remonta la main dans son dos, jusqu'à son cou. S'ils s'en sortaient vivants, auraient-ils un avenir commun, tous les trois ? Caleb ne lui garderait-il pas rancune, même inconsciemment, d'avoir bridé ses aspirations, brisé son rêve de fonder une famille en lui imposant un enfant qui n'était pas le sien ?

Ou parviendrait-il à aimer Noah comme il avait aimé Savannah ?

Caleb n'y voyait rien. Il connaissait ce sentier comme le fond de sa poche, mais il n'avait pas pris le temps de laisser ses yeux s'accoutumer à l'obscurité.

A tâtons, il chercha la main de Katherine puis s'enfonça dans la nuit noire.

Sans bruit, ils avancèrent au travers des bois qu'il aimait tant. Chaque arbre, chaque ruisseau faisait partie intégrante de lui. Il avait mentalement cartographié chaque centimètre carré de sa propriété.

Ils atteignirent sans encombre la maison, et Caleb tira le verrou derrière eux — mesure de sécurité dérisoire au regard de la puissance de feu que Kane était capable de mettre en œuvre mais qui aurait au moins le mérite de tranquilliser un peu Katherine.

— Qu'est-ce qui te paraît le plus tentant dans l'immédiat,

pendant que je vais donner le CD à la sentinelle de Jones ? Une douche chaude ou un bon repas ? s'enquit Caleb.

Katherine soupira.

— L'un ou l'autre. Les deux. Mais laisse-moi jeter un dernier coup d'œil à ce CD avant de le leur confier.

— Tu sais où est le bureau. Le mot de passe est TorJake, dit-il en lui tendant deux comprimés d'ibuprofène et une petite bouteille d'eau. Ensuite, tu pourras faire un brin de toilette pendant que je regarde ce qu'il y a dans le réfrigérateur.

Hochant la tête, elle avala les antalgiques avec une gorgée d'eau puis disparut dans le hall, le disque à la main.

Caleb se doucha rapidement dans la chambre d'amis avant de revenir dans la cuisine. Katherine avait posé le CD sur le comptoir, près de la cafetière. L'eau coulait dans la salle de bains principale.

Caleb sortit et se dirigea vers celui des gardes qui était posté près de la maison, dans un 4x4. A l'approche de Caleb, le vigile descendit du véhicule.

— Le marshal Jones attend ceci, dit Caleb en tendant le CD. Il m'a dit que vous seriez au courant.

— Oui, monsieur, répondit le garde.

Il ne mesurait pas plus d'un mètre soixante-quinze mais il était râblé, tout en muscles.

— Je vais le lui faire passer. Il y a un autre agent au bout de l'allée, près de l'entrée. Il prendra la relève pendant mon absence.

Caleb le remercia et retourna à l'intérieur.

Margaret avait empilé plusieurs boîtes Tupperware avec un mot posé dessus :

« Pour tenir le siège et vous empêcher de n'avoir que la peau sur les os quand je reviendrai, dans quelques jours. »

Caleb ne put retenir un sourire. Margaret avait préparé plusieurs de ses plats favoris. Un roast-beef et des pommes de terre confites au romarin, un grand plat de cannellonis à la viande et ce qui semblait être de la poitrine de bœuf fumée. Dans un autre récipient, il y avait de la purée et des légumes verts.

Caleb sortit le rôti de bœuf, dressa deux assiettes et les mit à chauffer au micro-ondes.

Katherine fit irruption dans la cuisine un instant plus tard, vêtue d'un T-shirt et d'un short à lui. En la découvrant ainsi habillée de ses propres vêtements, dans sa maison, Caleb eut un coup au cœur. Dieu qu'il la désirait !

Poser les yeux sur elle lui faisait le même effet que contempler l'immensité du ciel par une belle journée sans nuages.

Si seulement le temps avait pu se figer ; ce moment, ne jamais finir… Il ne voulait pas que leur histoire s'arrête.

Mais ce répit ne serait certainement que de courte durée. Il en avait le terrible pressentiment.

15

Après avoir mangé, ils avaient fait l'amour, si tendrement, si longuement que Katherine s'était endormie dans le cercle des bras de Caleb.

Longtemps après, elle ouvrit un œil. Le corps chaud de Caleb était couché en chien de fusil contre elle. Elle avait mal au pied. Sa gorge était sèche. Inutile d'espérer se rendormir. Le sommeil ne reviendrait pas.

Pouvait-elle bouger sans réveiller Caleb ?

Tout doucement, centimètre par centimètre, elle s'écarta de lui et se leva.

Dieu merci, Max n'aboya pas. Il faisait trop noir pour le voir, mais il devait être installé au pied du lit.

Sur la pointe des pieds, Katherine sortit de la chambre. Elle avait espéré ressentir un certain soulagement, une fois dans la maison, mais ce n'était pas le cas. Ses cheveux se dressaient sur sa nuque au moindre bruit.

Quelque chose lui frôla la jambe. Un petit cri de frayeur lui échappa.

Max ?

Plissant les yeux, Katherine devina la silhouette de l'animal qui s'éloignait.

Il faisait moins sombre dans la cuisine ; un rai de lumière filtrait par les persiennes.

Katherine consulta la pendule. Sa dernière prise d'ibuprofène remontait à plus de quatre heures.

Elle fit glisser deux comprimés dans sa main.

Comme elle tournait le robinet, elle jeta un coup d'œil dans la cour. D'où venait cette lumière ?

Le 4x4 était là, portières ouvertes. Phares allumés.

Où était le vigile ?

Un filet de sueur froide coula dans le dos de Katherine.

Elle se ressaisit.

Ne sois pas stupide, s'admonesta-t-elle. *Il y a un garde au bout de l'allée et un ici. Tu n'as rien à craindre.*

Peut-être était-il parti faire sa tournée d'inspection ?

S'avançant jusqu'à la porte, Katherine l'entrouvrit sans bruit et balaya la cour du regard. Rien d'anormal, en apparence.

La radio se mit à grésiller dans la voiture.

Katherine sortit sur le porche. Dehors, le moindre son paraissait tout à coup amplifié. Et, en dépit de la chevillère, la douleur se réveilla dans le pied de Katherine.

Elle claudiqua jusqu'aux marches, passant rapidement en revue les diverses possibilités. L'autre agent était-il à son poste ?

Peut-être s'étaient-ils retrouvés quelque part, à mi-chemin ?

Tous les sens de Katherine étaient en alerte maximum.

— Il y a quelqu'un ? chuchota-t-elle.

Rien. Pas un bruit. Tout semblait calme. Elle récita mentalement une brève prière. Son cœur battait à tout rompre. Elle avait la bouche tellement sèche qu'elle ne parvenait même pas à déglutir.

Elle s'avança jusqu'à l'angle de la maison.

C'était sans doute une fausse alerte, mais on n'était jamais trop prudent.

Rien.

Personne.

Katherine pivota sur elle-même pour rejoindre la porte de derrière. Avant qu'elle ait pu faire un pas, une main lui broya l'épaule, la tirant brutalement en arrière. Les doigts glacés lui rentraient dans les chairs, puissants comme un étau. Elle voulut crier, mais une autre main s'abattit sur sa bouche.

— Tttt. Mauvaise idée, ma jolie, souffla une voix masculine.

Elle la reconnut immédiatement. *Scarface.*

Rassemblant toutes ses forces, Katherine se débattit et lui envoya les coudes dans les côtes pour se libérer.

Elle reçut alors un coup très violent à l'arrière du crâne. Puis ce fut le noir complet.

Lorsque Caleb se réveilla, Katherine n'était plus là. Aussitôt inquiet, il bondit hors du lit. Puis il fit le tour de la maison — en vain. Katherine n'était nulle part. Le désespoir commença à gagner Caleb. Katherine ne pouvait tout de même pas l'avoir quitté ?

Il alla dehors.

Le vigile n'était pas là non plus.

Du remue-ménage dans l'écurie attira son attention. Son étalon hennissait et tapait du pied.

Qu'est-ce qui avait effarouché Samson ?

Tout ça ne lui disait rien de bon qui vaille.

Promptement, il sortit son portable et envoya un SMS au marshal. Qu'était-il arrivé à ses hommes ?

Caleb s'avança vers l'écurie. Katherine était en danger, cela ne faisait aucun doute. Il le sentait au plus profond de lui. La sonnette d'alarme tintait à pleine puissance dans sa tête quand il ouvrit la porte et approcha de Samson.

— Du calme, mon vieux, souffla-t-il pour calmer l'animal.

Kane.

Prenant de nouveau son téléphone, Caleb composa le numéro de Matt. Celui-ci répondit à la première sonnerie.

— Katherine a disparu. Je pense que Kane est ici.

— Bon sang !

— Où es-tu ?

— A Dallas, à l'hôpital, avec Jimmy.

Caleb pesta intérieurement. Au même instant, une haute silhouette émergea des bois, du côté nord.

— Il faut que je raccroche, Matt… Quelqu'un approche.

Bon, l'homme était grand, mais, s'il le fallait, il pourrait en venir à bout. Comme l'individu sortait de l'ombre, Caleb le reconnut. Le marshal Jones.

— Où sont vos hommes ?

— J'ai envoyé l'un d'eux donner le CD à mon contact. Et l'autre ne répond pas. J'étais garé sur la route, de l'autre côté des bois. Je suis venu dès que j'ai reçu votre message.

— Kane est ici. C'est la seule explication, déclara Caleb en jetant un coup d'œil à sa montre. Je ne sais pas quand il a réussi à enlever Katherine.

— Mon agent était à son poste il y a un quart d'heure, indiqua Jones. Ils ne peuvent pas être loin. Je vais encore essayer de le joindre par radio. Vous êtes sûr qu'il n'y a qu'une voie d'accès, n'est-ce pas ?

— Oui. Il y a quantité de chemins pour atteindre la maison à travers bois, mais aucun n'est carrossable. Vous pensez qu'ils tiennent aussi votre homme ?

— Oui, répondit Jones. Sinon, il m'aurait répondu.

— Les fumiers ! s'emporta Caleb.

Le faisceau de sa torche projetait un rond de lumière sur le sol, devant eux, tandis qu'ils approchaient de la lisière des arbres.

— Ils sont malins, observa Caleb. Ils se sont servis de quads. Ils ont étudié le terrain.

Il braqua soudain le rayon de sa lampe sur un point, par terre.

— Regardez ! C'est une empreinte de pas féminine.

— Les traces s'arrêtent ici, souligna Jones en se penchant.

Caleb promena le faisceau de la lampe vers l'est.

— Là… vous voyez ?

— Une empreinte masculine.

— Ce qui signifie que quelqu'un l'a portée, déduisit Caleb. Ils sont partis par là.

— Ils doivent avoir un véhicule caché quelque part, déclara le marshal. Bon, je fonce jusqu'à la route.

— OK, fit Caleb. Si votre homme était encore là il y a quinze minutes, on a une chance de les coincer. Je prends mon cheval pour leur couper la route.

*
* *

Katherine ouvrit les yeux. Sa vision était brouillée et elle avait terriblement mal à la tête. L'esprit confus, elle essaya de rassembler ses idées. Que lui était-il arrivé ?

Peu à peu, elle se rappela avoir été dehors, dans l'obscurité. Puis elle avait reçu un coup sur la tête et… à partir de là, c'était le trou noir. Elle ne se souvenait plus de rien.

Où était-elle ? Où était Caleb ?

La terreur s'empara d'elle.

Elle tendit le bras et rencontra un obstacle devant elle. Ecartant le bras d'un côté puis de l'autre, elle répéta l'opération. Elle était enfermée dans une sorte de compartiment exigu. Mais le compartiment était en mouvement. Elle était ballottée d'un côté, puis de l'autre, se cognait la tête.

Une gangue de glace lui emprisonna le cœur.

Une voiture. Elle était dans le coffre d'une voiture.

Oh ! mon Dieu ! Comment allait-elle sortir de là ? N'y avait-il pas une poignée de secours quelque part ?

Au moins ne l'avait-on pas ligotée… Elle pouvait bouger les bras et les jambes. Elle chercha à tâtons quelque chose — n'importe quoi — pour faire levier et ouvrir le coffre. Un outil ? Un cric, peut-être.

Peu à peu, ses idées se faisaient plus claires. D'autres détails lui revinrent.

La voix de Scarface…

Brusquement, dans un rugissement de moteur, la voiture fit un bond en avant comme si on avait brutalement accéléré. Le véhicule se mit à zigzaguer furieusement puis s'immobilisa dans un grand crissement de freins.

Il y eut un choc sourd. Une détonation retentit dans la nuit.

Une boule obstrua alors la gorge de Katherine. La peur l'assaillit.

Péniblement, elle se tortilla pour placer ses pieds face au coffre afin de pouvoir détendre ses jambes d'un coup lorsqu'il s'ouvrirait.

Le battement effréné de son cœur lui martelait la poitrine. Elle retint son souffle, luttant contre la panique.

Du calme, du calme… Patience.

Lorsqu'il y eut le déclic, elle était prête. Elle projeta les deux pieds en avant pour repousser la silhouette qui s'inclinait vers elle mais, à l'instant où elle l'atteignait, elle le reconnut.

— Caleb ?

Il referma ses bras autour d'elle, la sortit de son réduit et l'enlaça. Katherine ne comprenait plus ce qui se passait.

Pendant plusieurs secondes, Caleb ne parla pas, se contentant de la serrer contre lui, de l'embrasser. Puis il la souleva et la porta jusqu'à son cheval. A son tour, il sauta en selle derrière elle. La jambe de son jean était couverte de sang à hauteur de la cuisse, remarqua Katherine. Son cœur en sauta un battement. Caleb ne pouvait être gravement touché, non ? Puisqu'il était là… Puisqu'il l'avait sauvée ? Ses bras la ceignirent de nouveau, il prenait les rênes.

Scarface ne s'en était pas si bien sorti, lui, nota Katherine. Il était immobile, la tête sur le volant.

— Il est mort ? demanda-t-elle.

— Non, répondit Caleb en lançant son cheval alors qu'un véhicule arrivait, toutes sirènes hurlantes, derrière eux. Mais il va regretter de ne pas l'être quand le marshal l'embarquera.

La chaleur de Caleb dans son dos faisait le plus grand bien à Katherine, ramenant un semblant de normalité au chaos qu'était devenue sa vie.

Samson galopa sans discontinuer jusqu'à l'écurie.

Caleb s'occupa de sa monture puis, tenant Katherine étroitement serrée contre lui, il l'entraîna vers la maison.

— Je suis sortie pour voir où était passé le vigile, expliqua Katherine. Et, au moment où je m'apprêtais à rentrer, j'ai entendu *sa* voix. *Il* m'a saisie par-derrière et m'a assommée. Je suis désolée.

— Peu importe, la rassura Caleb. Ce qui compte, c'est que je t'aie retrouvée.

Il déposa un chapelet de baisers enfiévrés sur son front, ses cheveux, ses joues.

— Je ne veux pas te perdre, tu comprends ?

Il s'empara avec ferveur de ses lèvres.

Katherine frissonna. Elle aimait Caleb, ça ne faisait plus aucun doute. Mais que lui offrait-il ? Un engagement sincère ? Il avait déjà prouvé maintes et maintes fois qu'il serait toujours là pour elle. Il était la seule personne au monde à qui elle faisait aveuglément confiance.

— J'ai entendu un coup de feu, reprit-elle. Que s'est-il passé pendant que j'étais dans le coffre ?

— Scarface m'a tiré dessus. Mais, heureusement, il conduisait et la route est tortueuse. Sinon…

— Oh ! mon Dieu. Il a quand même réussi à te toucher, souligna-t-elle en baissant les yeux sur le jean de Caleb.

— Ce n'est rien. Une blessure superficielle. Je vais bien. Je lui suis tombé dessus avant qu'il ne puisse viser une seconde fois.

Katherine ne put retenir le sanglot qui montait du tréfonds de son être. Si quelque chose était arrivé à Caleb…

— Je vais bien, assura-t-il.

Elle enfouit son visage dans son cou, tremblante. Les bras de Caleb se refermèrent autour d'elle.

— Tu ne crois pas que nous devrions suivre Scarface ? L'interroger ? suggéra Katherine. Il sait peut-être où se trouve Noah ?

— J'en doute. De toute façon, Jones a dû le placer en garde à vue. A moins qu'il n'ait préféré le laisser partir pour le prendre en filature. Te mettre de nouveau en danger n'aidera pas ton neveu.

— Il ne s'agit plus de lui, désormais, n'est-ce pas ? C'est moi, et uniquement moi, maintenant, qui suis dans le viseur de Kane.

Caleb alla jeter un coup d'œil à la fenêtre.

— Raison de plus pour rester à l'abri, à l'intérieur.

*
* *

Lorsque Caleb eut nettoyé ses blessures et pansé la plaie de sa cuisse, il passa un jean propre et vint rejoindre Katherine dans la chambre. Il jeta un coup d'œil par la fenêtre.

— Ils sont peut-être là, dehors, à nous guetter, s'alarma Katherine, assise sur le lit. C'est ce que tu étais en train de te dire, n'est-ce pas ?

— Oui… Je vais reprendre contact avec le marshal et, ensuite, je m'occuperai de débusquer ce salopard. En attendant, on ne bouge pas d'ici. Il est hors de question que je laisse cette ordure faire du mal à la femme que j'aime.

— Que tu aimes ? souligna-t-elle en le gratifiant d'un sourire. Moi aussi, je t'aime, Caleb.

Quand Matt entra par la porte de derrière, Katherine ne put s'empêcher de sursauter violemment.

— Oh ! c'est vous. Je croyais que vous étiez à Dallas.

— Je suis venu vous aider.

— Vraiment ?

— Quand Caleb m'a dit qu'il vous avait retrouvée, j'ai décidé de rentrer pour vous prêter main-forte.

Puis il fit demi-tour vers la porte.

— Je dois m'entretenir avec Caleb…

Intriguée par l'attitude de Matt, Katherine se mit à préparer du café dans la pénombre. Ses yeux avaient eu le temps de s'habituer à l'obscurité. Elle jeta un coup d'œil à l'extérieur. Etaient-ils là, à l'affût ? Qui Kane lui enverrait-il la prochaine fois ?

Ils pouvaient être n'importe où. Peut-être juste là, tout près, à l'observer, à savourer le plaisir de jouer avec ses nerfs. Un frisson la parcourut. Elle devait convaincre Caleb de la laisser aller chercher Kane avec lui.

Un bruit, dans son dos, acheva de lui étriller les nerfs. Elle fit volte-face et se retrouva nez à nez avec Matt. Elle porta une main à sa poitrine.

— Désolé, c'est la deuxième fois en dix minutes que je vous fais peur.

Elle secoua la tête.

— Non, ce n'est rien. J'ai les nerfs à fleur de peau, avec tout ce qui s'est passé. Vous voulez un café ?

— Je peux me le servir. Asseyez-vous. Caleb m'a dit que vous deviez faire attention à votre cheville.

— Oui, mais elle va mieux. C'était pire hier.

Elle scruta Matt, perplexe. Il avait l'air de vouloir dire quelque chose.

— Tenez, déclara-t-elle en lui tendant sa tasse. Si ça ne vous ennuie pas, je vous laisse prendre le sucre ou le lait.

— Merci, mais je le bois noir.

Un point pour lui, songea-t-elle. Mais ils n'étaient pas exactement amis et ce n'était certainement pas pour évoquer ses préférences en matière de café qu'il était venu la rejoindre.

— Moi aussi, répondit-elle quand même.

Un pesant silence s'installa, que Matt rompit finalement.

— Ecoutez, je ne suis pas très doué pour ce genre de choses, mais…

Il marqua une pause.

Katherine avala une gorgée de café et attendit la suite.

Quelques secondes s'égrenèrent encore.

Quoi que Matt ait à lui dire, ce ne devait pas être un compliment. Elle se cuirassa, prête à subir les pires reproches. Après tout, elle avait affronté des menaces autrement plus redoutables.

Comme rien ne venait, elle finit par prendre son courage à deux mains et se lança :

— Je sais que vous ne m'appréciez pas, Matt. Mais, si vous me donniez une petite chance, je pense que nous pourrions être amis.

Voilà. C'était dit. La balle était dans son camp.

Elle croisa les bras et se prépara à la riposte.

— Vous n'y êtes pas du tout, confia Matt. En fait, j'étais venu vous présenter mes excuses.

— Non, je vous en prie. A votre place, j'aurais sûrement réagi de la même façon, vous savez. Caleb découvre une étrangère en mauvaise posture dans son ranch et il se met aussitôt en quatre pour lui venir en aide, au péril de sa vie. Si j'étais son ami, ça ne m'aurait pas plu, à moi non plus.

Matt eut un petit rictus.

— Il y a de ça, reconnut-il.

— Vous devez lui être très attaché.

— Il est un peu le frère que je n'ai jamais eu.

— Moi aussi, je l'aime, vous savez.

Katherine n'en crut pas ses oreilles. Venait-elle réellement d'avouer à Matt ses sentiments pour Caleb ? Pourtant, les mots étaient sortis tout naturellement. Dire à Caleb ce qu'elle ressentait pour lui était une chose. Mais le faire savoir au monde entier… c'était porter leur relation un degré plus loin. Etait-elle prête à franchir ce cap-là ?

Elle s'efforça de se calmer. Sa confession allait sûrement déclencher une levée de boucliers. Pourquoi ne pas laisser tomber ? Pourquoi tenait-elle à ce que Matt comprenne la nature de ses sentiments pour Caleb ?

Parce que Matt était comme un membre de la famille, pour Caleb. Parce qu'il occupait une place importante dans sa vie.

Au fond, elle espérait obtenir son aval.

— Je sais, répondit Matt. Et c'est réciproque. Je l'ai su dès que j'ai vu la façon dont il vous regardait.

Katherine en bafouilla.

— Oh… je ne savais pas.

— C'est bien pour ça que je me faisais tellement de souci.

— Vous le connaissez depuis bien plus longtemps que moi. Vous aviez déjà dû lui voir ce regard…

— Non. Jamais je ne l'avais vu comme ça… *justement*.

Le cœur de Katherine se mit à battre la chamade. Peut-être, alors, Caleb l'aimait-il vraiment ? Ce n'était pas son besoin d'aider les autres. Peut-être leur relation était-elle réellement différente de ce qu'il avait vécu avec les autres femmes…

Caleb entra dans la pièce avant que Katherine n'ait eu le temps de remercier Matt.

— Justement, quoi ?

16

Katherine tendit à Caleb une tasse de café.

— Tiens, je viens juste de le faire.

Il haussa les sourcils. Les coins de sa bouche s'étirèrent et il cligna de l'œil.

S'approchant de Katherine, il la prit par la taille.

— Si tu crois t'en sortir par une pirouette, tu te trompes. De quoi parliez-vous, tous les deux ?

Matt s'éclaircit la gorge et se tourna vers la porte.

— Je dois jeter un coup d'œil dehors.

— Je viens de penser à une chose, s'empressa d'enchaîner Katherine. J'avais complètement oublié le téléphone de Leann. Je peux entrer en contact avec Kane si nous trouvons un chargeur compatible.

— C'est vrai, mais je ne veux pas que tu touches ce téléphone. Tu vas rester à l'intérieur de cette maison, quoi qu'il arrive. Tu me le promets ?

Katherine croisa les bras.

— Je n'en peux plus de tourner en rond ! Au moins, quand nous étions en cavale, nous avions des distractions. Attendre ici sans rien faire, ça me rend folle.

Une vibration retentit. Caleb plongea la main dans sa poche et en sortit le portable sécurisé de Jones.

Katherine le contempla, suspendue à ses lèvres.

Caleb écouta attentivement pendant quelques instants puis raccrocha et se tourna vers Katherine, les yeux brillants.

— Ça y est. Ils ont trouvé le fichier. Leann avait des photos prouvant l'implication directe de Kane dans un meurtre.

— Génial ! Mais ça ne nous avance à rien tant que Kane court toujours. Il peut passer le restant de ses jours au Mexique avec Noah. Comment je vais récupérer mon neveu ? Je ne me résoudrai jamais à le laisser grandir sous l'influence de ce sale type.

Soudain, c'était comme si un poids énorme lui comprimait le cœur.

— Et Scarface ? ajouta-t-elle. Est-ce qu'il a parlé ?

— Oui, répondit Caleb. Il a avoué que Kane se cachait dans un entrepôt, non loin d'ici. Jones est déjà en route. Coleman arrive avec des renforts.

Un flot d'émotions submergea Katherine. La peur qu'ils n'arrivent pas à temps. L'infime espoir, aussi, que Noah soit libéré. Avec un peu de chance, tout serait terminé en quelques heures.

Une soudaine agitation à l'extérieur attira leur attention.

— Attends-moi ici ! lança Caleb à Katherine en courant vers le bureau.

Il revint, un pistolet à la main, et marcha droit sur elle.

— Je vais voir ce qui se passe. Mais plus question que je te laisse seule ici, sans défense. Tiens, c'est un calibre 38.

— Non, je…

Sans la laisser terminer sa phrase, Caleb lui plaça d'autorité le calibre 38 dans la main.

— Il faut d'abord l'armer, comme ça, dit-il en positionnant son pouce sur le chien. Ensuite, tu vises et tu appuies sur la gâchette. Ne bouge pas d'ici. Si quelqu'un que tu ne connais pas fait irruption dans la maison, n'hésite pas, tire.

Caleb embrassa rapidement Katherine sur le front.

— Il faut que j'aille voir si Matt va bien. Sois prudente.

Tournant les talons, il courut jusqu'à la porte et disparut.

Katherine baissa les yeux et déglutit avec peine.

Ils l'avaient localisée. La fin était proche. Elle tremblait de tous ses membres. La sueur perlait à son front et coulait sur ses tempes.

Elle ne pouvait pas laisser Caleb se jeter seul dans la gueule du loup. Il fallait qu'elle l'aide.

Ses yeux étant déjà accoutumés à l'obscurité, elle n'eut pas de mal à s'orienter dehors. Parvenue à l'angle, elle se courba en deux et se déplaça derrière la haie de buis qui ornait l'avant de la maison. La silhouette de Caleb se dessinait sur le porche, le bras droit tendu à l'horizontale, pistolet à la main.

Matt était à genoux devant la maison, pieds et poings liés. Un homme à la carrure d'un défenseur de football américain était debout derrière lui.

Oh ! mon Dieu. Non, songea Katherine.

— Il n'a rien à voir avec tout ceci. Laissez-le partir, tonna Caleb d'une voix étonnamment calme.

Comment faisait-il pour résister aussi bien à la pression ? Ses nerfs à elle étaient tendus comme des cordes de violon.

Le ronflement d'un moteur lui fit tourner la tête. Un gros SUV noir arrivait à toute allure.

— Votre ami n'a pas l'air de vouloir se lever, dit le défenseur en donnant un coup de pied à Matt.

Pourvu que Caleb ne réagisse pas à cette provocation, se dit Katherine.

Mille idées lui traversaient l'esprit. Que devait-elle faire ? Rentrer dans la maison et appeler le 911 ? Coleman n'était-il pas déjà en route ?

Deux hommes sortirent du SUV et Katherine se recroquevilla un peu plus sur elle-même. L'un des deux individus était l'autre kidnappeur, le comparse de Scarface. Katherine ne connaissait pas le second. Il était plus petit que les autres, mais vêtu avec élégance. Ses cheveux noirs et bouclés étaient soigneusement ramenés en arrière. Kane ?

— Posez votre arme sur le porche et nous vous laisserons peut-être la vie sauve, lança celui des deux que Katherine avait déjà vu.

Caleb ne broncha pas.

— Très bien. Vous ne nous laissez pas le choix, reprit le

joueur de football en abaissant le canon de son arme vers la tête de Matt.

Caleb éleva les deux mains en signe de capitulation.

— C'est bon. Vous n'avez pas besoin de faire ça.

Lentement, il se pencha et déposa son arme.

— Où est-elle ? demanda l'homme aux cheveux lissés.

Katherine reconnut l'accent qu'elle avait décelé au téléphone. C'était bien Kane.

— Je crains qu'il n'y ait que nous, messieurs, mentit Caleb.

— Je vous en prie. Ne me prenez pas pour un imbécile. Je sais que vous étiez avec elle. Elle est ici, quelque part.

Kane regarda autour de lui.

— Allons, allons, sortez de votre cachette !

Kane s'approcha de Caleb, le toisant de haut en bas. Il se tourna vers ses hommes et désigna Matt.

— Montrez-leur que nous ne plaisantons pas.

Une détonation déchira l'air.

Katherine manqua s'évanouir. Elle se retint de justesse de hurler. *C'est toi qu'il veut. Fais le moindre bruit et Kane aura gagné. Fin de l'histoire.*

Katherine se força à relever la tête pour jeter un regard à travers les buis, s'attendant à découvrir Matt étendu dans une mare de sang.

Mais l'homme avait dû tirer par terre. Personne n'était blessé.

Un mauvais sourire déforma les traits séduisants de Kane. Il émanait de lui une aura d'autorité et de pouvoir. Mais, sous ses dehors distingués, cet homme était le diable incarné, se rappela Katherine. Les larmes lui brûlèrent les yeux. Pourquoi Leann ne s'était-elle pas confiée à elle quand il en était encore temps ?

Parce qu'elle ne voulait pas qu'il te prenne pour cible, toi aussi.

Oh ! petite sœur.

Kane tournait lentement sur lui-même, la cherchant du regard.

— Alors ? Toujours pas décidée à venir vous joindre à nous ? Voyons un peu si je peux vous faire changer d'avis…

Revenant sur ses pas, il ouvrit la portière du SUV et en sortit une petite silhouette, qu'il prit dans ses bras.

Noah !

Le cœur de Katherine se serra atrocement. Que comptait faire Kane ? S'il avait demandé les médicaments de Noah, ce n'était pas pour le tuer ensuite.

Mais il pouvait abattre Matt. Et Caleb.

Elle devait intervenir.

Sans réfléchir, elle rangea le pistolet dans la ceinture de son short et se redressa, enjambant les buis. Elle n'était pas familiarisée avec les armes à feu, et ses mains tremblaient tant qu'elle n'avait aucune chance d'atteindre Kane. Mais si elle pouvait se rapprocher un peu… une seule balle suffirait pour débarrasser le monde de cet ignoble personnage. Ses hommes riposteraient probablement mais au moins Kane ne pourrait plus nuire à personne.

— Je suis là, espèce de salaud ! Inutile de vous en prendre à d'autres innocents.

Caleb fit mine de s'élancer vers elle, mais Kane l'arrêta en braquant son arme sur la tempe de Noah.

— Je vous conseille de ne pas jouer les héros, cow-boy, proféra Kane d'un ton toujours aussi posé. J'attends ce jour depuis longtemps. Vous ne voudriez pas me le gâcher, n'est-ce pas ? Personne ne sabotera mes plans. Personne ne m'enverra en prison.

Il se tourna vers Katherine.

— Ni votre idiote de sœur, ni vous ! Elle disait m'aimer. Et, pendant ce temps-là, elle traitait dans mon dos avec les fédéraux pour me faire tomber. Ce n'est pas ainsi qu'on se comporte avec les gens qu'on aime, n'est-ce pas ? Et vous ? Allez-vous le trahir, lui ? Voyons à quel point vous tenez à votre vertueux cow-boy.

Il fit un signe de tête à son acolyte, qui gravit les marches du porche et se plaça derrière Caleb. Il lui plaqua le canon de son arme dans le dos.

Katherine était épouvantée.

— Qu'est-ce que vous croyez ? rétorqua-t-elle, prenant sur elle pour ne rien laisser transparaître. Faites de lui ce que vous voulez, ça ne me fait ni chaud ni froid.

Seigneur, comment avait-elle réussi à prononcer ces mots-là alors qu'elle était morte de peur ?

Mais convaincre Kane qu'elle se moquait éperdument de Caleb était peut-être sa seule chance de le garder en vie.

Si elle parvenait à distraire Kane suffisamment longtemps pour dégainer son pistolet et tirer…

Il n'était plus qu'à trois mètres d'elle. Mais pas seul. Ses deux cerbères ne quittaient pas Katherine du regard.

Et puis, impossible de tirer tant qu'il tenait Noah. Dieu merci, celui-ci dormait. Il fallait absolument que Katherine éloigne Kane de son neveu et qu'elle l'incite à se concentrer sur elle.

— En plus, il ne sait rien. Mais moi, si ! Je sais quelle ordure vous êtes et j'en témoignerai au tribunal. Vous pourrirez en prison le restant de vos jours avec les crapules de votre espèce qui se croient au-dessus des lois.

— Les crapules ? répéta Kane, sa voix s'envolant dans les aigus. C'est ce que votre sœur vous a dit de moi ?

De la douleur se peignit sur ses traits, comme s'il aimait encore Leann.

— Ne la croyez pas, intervint Caleb. Je sais très bien ce que vous avez fait. Et j'irai à la barre, moi aussi !

Bon sang, mais ne comprenait-il pas sa manœuvre ? pesta Katherine. Il allait se faire tuer.

— C'est faux, reprit Katherine. C'est entre vous et moi, Kane. Posez Noah. Matt s'occupera de lui. Je ferai ce que vous voudrez.

— Mon fils ? Que je laisse *mon fils* à un étranger ? Votre sœur a essayé de me l'enlever. Je ne laisserai personne recommencer.

Sa voix frisait l'hystérie. Ses sonorités aiguës résonnaient dans la nuit.

— Mets-le K-O, ordonna-t-il au joueur de football.

D'un revers du bras, celui-ci abattit la crosse de son arme sur la tête de Matt, qui tomba en avant et ne bougea plus.

Etait-il inconscient ? se demanda Katherine avec effroi. Mon Dieu, il ne pouvait pas être mort ?

Un éclair zébra le ciel, suivi d'un roulement de tonnerre.

Si elle voulait stopper Kane, elle allait devoir agir vite.

Tout à coup, vif comme une panthère, Caleb fit volte-face et désarma le type qui était derrière lui. Tous deux roulèrent sur le sol.

Katherine en profita pour glisser la main dans sa ceinture et empoigner son arme. Elle pointa le pistolet sur le joueur de foot, tira. L'homme s'affaissa à côté de Matt. Avant qu'elle n'ait eu le temps de retourner l'arme contre Kane, il était sur elle. Il referma ses mains autour de son cou et serra…

Un coup de feu partit.

17

Toussant et hoquetant, Katherine risqua un regard du côté de Caleb. Lui et l'homme de main gisaient par terre. Il y avait du sang partout.

Caleb ! S'il te plaît… relève-toi. Relève-toi !

Il ne bougea pas.

Le désespoir envahit Katherine. S'il était mort… *Oh ! mon Dieu, non.*

Les larmes jaillirent de ses yeux. Elle se plia en deux. Le monde s'écroulait autour d'elle. Son monde. Elle avait enfin osé briser sa tour d'ivoire, tomber amoureuse. Et voilà qu'il était mort. Comme ses parents.

Comme sa sœur.

Leann.

Noah était malade. Mourrait-il, lui aussi ?

Une main agrippa l'épaule de Katherine, l'obligeant à se redresser.

— C'est vous qui l'avez tué. C'est votre faute ! Et, à cause de vous, j'ai dû lâcher mon fils. Je ne vous le pardonnerai pas.

Accablée, Katherine chercha Noah du regard. Il était dans le SUV. La portière était restée ouverte.

Katherine se tourna alors vers Matt.

— Il est vivant, souffla Kane à son oreille. Faites un geste, un seul, et je l'envoie rejoindre son ami *ad patres* ! Vous allez payer pour ce que m'a fait cette garce de Leann. Je l'aimais. Je la traitais comme une reine. Et regardez un peu ce qu'elle m'a fait…

D'un large mouvement de la main qui tenait l'arme, il

engloba la scène autour d'eux, puis appliqua le canon métallique contre la tempe de Katherine.

— Je n'aurais jamais rien su si elle n'était pas allée se tuer dans cet accident. C'est en fouillant dans ses affaires que j'ai découvert le pot aux roses. Personne ne me trahit sans en payer le prix. Personne, vous m'entendez ?

Katherine ferma les yeux.

— Allez, en avant ! gronda Kane en lui enfonçant le canon de l'arme dans le dos. Je vous réserve une petite surprise du côté des dépendances…

Il ponctua sa phrase d'un rire dément.

Seigneur. Ce type était un psychopathe, comprit Katherine. Il n'avait pas seulement l'intention de la tuer. Il avait besoin de la faire souffrir pour savourer sa vengeance.

— Vous allez rejoindre votre sœur chérie. Mais, avant, vous allez regarder votre cher ami… partir en fumée !

Katherine crut imploser. L'air, subitement, se raréfia. Elle chercha son souffle. Caleb ne pouvait être mort ! Les choses ne pouvaient se terminer ainsi. Noah n'allait pas être élevé par ce fou furieux, si ?

D'une bourrade, il la poussa dans un box de l'écurie. Elle atterrit sur une balle de foin mais se redressa aussitôt.

— Les flics seront là d'une minute à l'autre. Me tuer ne fera qu'aggraver votre cas. En revanche, si vous partez tout de suite, vous êtes libre… Ils ne vous retrouveront pas si vous quittez le pays.

— La ferme ! cria-t-il en lui tirant sans ménagement les bras en arrière.

Il lui attacha les poignets et ricana.

— Je vais t'apprendre quelque chose… Ta sœur te portait aux nues. Ça ne lui a pas porté chance. Elle était si belle…

Il secoua la tête.

— Elle aurait pu avoir tout ce qu'elle voulait avec moi. J'aurais décroché la lune pour elle.

Ses lèvres se pincèrent jusqu'à ne plus former qu'une mince ligne.

— Maintenant, vous allez tous mourir. Quel gâchis !

Katherine remuait, s'efforçant de dénouer les liens qui lui entravaient les poignets. La corde lui entamait les chairs, mais elle n'en avait cure.

— Attends, ma belle. Je reviens, lança Kane en s'éloignant.

Katherine redoubla d'efforts. Il fallait absolument qu'elle se libère avant qu'il ne réapparaisse. Mais les cordes étroitement serrées ne bougeaient pas.

Après une éternité, Kane fut de retour, traînant un corps inerte, ensanglanté.

Caleb.

— Voilà ! souffla-t-il, haletant. Plus qu'un… et je serai débarrassé de vous tous.

Bon sang, mais où était le shérif ?

Katherine contempla Caleb, guettant contre tout espoir un signe de vie.

Elle s'apprêtait à détourner les yeux lorsque la poitrine de Caleb parut se soulever et s'abaisser.

Se pouvait-il qu'il soit seulement inconscient ?

Ou voyait-elle ce qu'elle avait envie de voir ?

Pourtant, Caleb semblait ouvrir un œil et promener son regard alentour.

Non, elle ne rêvait pas !

Le cœur de Katherine se dilata d'espoir. Caleb était vivant !

Kane vint alors placer Matt à côté de lui. Katherine tira de plus belle sur les cordes.

Mais Kane sortit une boîte d'allumettes et revint lentement vers elle.

Attention ! se morigéna Katherine. Un faux mouvement et tout serait fini. Il fallait gagner du temps. Capter l'attention de Kane.

Depuis la botte de foin sur laquelle elle était assise, elle leva les yeux sur lui.

— Leann n'aurait pas voulu ça. Elle n'a jamais voulu vous faire du mal. Les fédéraux lui ont forcé la main. Elle vous aimait… Je le sais, elle me l'a dit.

Kane partit d'un rire dédaigneux. Il laissa courir un doigt le long de la mâchoire de Katherine.

Le plus discrètement possible, elle jeta un œil à Caleb. Il refermait les poings.

— Vous savez que vous êtes presque aussi belle qu'elle…, proféra Kane d'un ton odieusement doucereux. Evidemment, il vous manque sa liberté d'esprit. Vous êtes un peu coincée. Mais je suis sûr que je saurais vous faire gémir de plaisir… Peut-être qu'avant le feu d'artifice final…

Du dos de la main, il lui caressa la joue.

— Dommage que vous m'ayez obligé à de telles extrémités…

Son regard luisant était braqué sur elle.

D'un revers de main, il craqua l'allumette et la laissa négligemment tomber à côté de Caleb. Des brins de foin commencèrent à s'enflammer.

A l'instant où Katherine bougea, Caleb se rua sur Kane. En un tournemain, il le maîtrisa de quelques coups précis assenés sur la tête. Kane s'écroula sur Katherine, sans connaissance, la clouant au sol.

— J'ai cru que tu étais mort, souffla-t-elle, haletante.

— J'ai repris conscience pendant qu'il me traînait jusqu'ici. Oh ! chérie… J'ai eu tellement peur quand j'ai vu ce fumier s'approcher de toi avec une allumette.

Caleb la libéra, puis ils s'occupèrent de Matt et l'aidèrent à se relever. Mais Matt était désorienté et ne tenait pas sur ses jambes.

— Vite, aide-le à sortir, intima Caleb à Katherine en lui tendant le téléphone de Jones. Et appelle le 911. Il faut que j'éteigne ces flammes avant que le feu ne s'étende.

Katherine s'exécuta tout en soutenant Matt tant bien que mal et en l'aidant à s'asseoir sur l'herbe.

Quelques instants plus tard, Caleb la rejoignait, un extincteur à la main.

— C'est bon. J'ai réussi à contenir l'incendie.

— La police est en route, annonça Katherine avant de se tourner vers Matt. Il est encore vaseux, mais…

Elle s'interrompit : Max aboyait furieusement depuis le seuil de la sellerie.

Caleb regarda Katherine et posa l'extincteur par terre.

— Attends-moi là.

— Non ! Je viens aussi, insista-t-elle en jetant un coup d'œil hésitant à Matt.

De la main, celui-ci lui fit signe d'y aller.

Elle emboîta le pas à Caleb qui, déjà, entrait dans la salle, pistolet au poing. Kane était en train de tenter de filer par la porte du fond. Il fit volte-face.

D'un bond, Caleb se plaça devant Katherine, dégainant son arme. Kane leur fonça dessus. Ils n'eurent que le temps de s'accroupir. Une rafale de coups de feu balaya le mur au-dessus de leurs têtes.

Lorsque Katherine risqua un coup d'œil, Kane était à terre. Un filet de sang coulait de sa bouche. Il essaya de remuer les lèvres, puis son expression se figea.

Il était mort.

— Tu n'es pas blessé ? demanda-t-elle d'une voix blanche à Caleb.

— Non.

Max trottinait jusqu'à eux. Katherine le prit dans ses bras.

— C'est fini, Max.

Caleb l'aida à se relever.

— Allons chercher Noah.

Sa main se referma autour de la sienne tandis qu'il l'entraînait à l'extérieur.

Un nouvel éclair illumina le ciel et de grosses gouttes se mirent à tomber.

Katherine contempla, hébétée, la scène. Un véhicule avait disparu. Seul restait l'homme de main qui avait reçu une balle, étendu, sans vie, sur le sol.

Quand, enfin, elle souleva Noah dans ses bras, il était extrêmement pâle. Ses yeux marron étaient grands ouverts, remplis de larmes.

Caleb s'inclina vers lui.

— Ça va aller maintenant, bonhomme. On va t'emmener à l'hôpital.

Noah hocha faiblement la tête. Sa lèvre inférieure se mit à trembler tandis que les larmes s'amoncelaient dans ses yeux. Il était trop épuisé pour pleurer, comprit Katherine. Mauvais signe.

— Est-ce que les hommes ont apporté tes médicaments, mon chéri ?

Noah secoua la tête.

Sa respiration était rapide, superficielle. Il n'avait plus d'énergie, ce qui signifiait qu'il avait un besoin urgent de médicaments.

— C'est fini, tu es avec moi, maintenant… Tu ne crains plus rien, lui répéta Katherine encore et encore pour le rassurer.

Mais, de toute évidence, ses forces l'abandonnaient de minute en minute.

— Caleb, tu peux regarder dans la voiture pour voir si ses médicaments y sont ?

Caleb vida la boîte à gants et les compartiments du tableau de bord, fouilla le véhicule de fond en comble. En vain.

La pluie commençait à tomber dru et Katherine tenait toujours Noah contre elle, le berçant doucement, lui murmurant des paroles réconfortantes à l'oreille.

— On va bien te soigner. Ça ira mieux, lui assura-t-elle.

Il *fallait* qu'il aille mieux. Toute autre issue était inenvisageable.

Jetant un coup d'œil à Caleb, elle se raidit devant son expression soucieuse. Les yeux de Noah étaient en train de se révulser ; il perdait conscience.

— L'ambulance est en route ; Coleman, aussi, indiqua Caleb.

Les pleurs de Katherine se mêlaient à la pluie, traçant des rigoles sur son visage. Eperdue d'angoisse, elle couvrit le visage de Noah de baisers.

— Tiens bon, mon chéri… Reste avec moi… Noah ? Noah !

Ses épaules étaient secouées de sanglots, les torrents de

larmes qu'elle avait contenus toute sa vie se déversant librement sur ses joues.

— Où est cette fichue ambulance ?

Elle embrassa Noah sur le front. Son visage était livide, sa peau, froide et moite au toucher.

— Caleb. Seigneur… Il ne peut pas lui arriver quelque chose maintenant !

— Les clés sont sur le contact, dit-il d'un ton bref. Monte.

Il sauta sur le siège conducteur et démarra avant même qu'elle n'ait refermé la portière

— Matt, lança-t-il par la fenêtre. Ça ira ? Tu attends le shérif ?

— Ça va, ne vous inquiétez pas pour moi… Filez !

Caleb appuya sur l'accélérateur et remonta l'allée sur les chapeaux de roues. Ils étaient presque au bout lorsque le son strident d'une sirène et les flashs d'un gyrophare leur redonnèrent espoir.

Caleb fit des appels de phares, stoppa et, sautant à bas du véhicule, se posta en travers de la route, les deux bras croisés au-dessus de la tête pour signaler qu'ils avaient besoin d'aide.

L'ambulance s'arrêta devant le SUV dans un crissement de freins. Deux secouristes en émergèrent tandis que Katherine s'avançait en courant vers eux, Noah inanimé dans les bras.

— S'il vous plaît, vite… Il n'arrive plus à respirer. Il est asthmatique et il n'a probablement pas pris son traitement depuis plusieurs jours.

L'un des secouristes emporta Noah et courut vers l'arrière de l'ambulance, Katherine sur ses talons. L'homme s'affairait rapidement, efficacement.

— Je vais lui administrer une dose d'épinéphrine, expliqua-t-il en jetant un coup d'œil compatissant à Katherine.

Le bras de Caleb vint lui envelopper les épaules. Elle se laissa aller contre lui.

Une autre ambulance les dépassa à vive allure. *Matt.*

Elle se tourna vers Caleb.

— Vas-y. Va aux côtés de ton ami. Je suis là, avec Noah. Je sais que tu es inquiet pour lui.

Mais Caleb secoua la tête.

— Pas question que je te laisse ici toute seule.

Son code de cow-boy, encore et toujours.

— Ecoute, c'est ton meilleur ami. Et, moi aussi, je veux être rassurée sur son état. Je veux que tu y ailles, pour nous deux.

Dans les yeux de Caleb se lisaient les arguments qu'il se préparait à lui retourner.

— Je t'assure, insista Katherine. Vas-y. Je n'ai plus rien à craindre et Noah est pris en charge.

Le secouriste lui avait déjà placé un masque à oxygène et était en train de lui poser une perfusion.

— Nous le conduisons à l'hôpital. Vous pouvez monter avec nous, proposa-t-il à Katherine avant de se tourner vers Caleb. Vous pourrez nous rejoindre avec votre voiture.

— Je vais avec Noah ! lança Katherine à Caleb. Reste avec Matt. On se retrouve à l'hôpital, tout à l'heure.

— Je connais cet air buté, maugréa Caleb. Je préférerais venir avec toi, mais je m'incline.

Caleb fit demi-tour et reprit le chemin du ranch à toute allure.

Lorsqu'il arriva près de Matt, on l'avait déjà mis sous oxygène. La blessure de sa tête avait été nettoyée et la plaie n'était pas aussi sérieuse qu'il l'avait d'abord cru.

Son ami le regarda approcher, surpris.

— Qu'est-ce que tu fais ici ? Ce n'est pas moi qui ai besoin de toi.

— Essaie donc d'en convaincre Katherine.

La voiture de patrouille du shérif arriva et Coleman courut jusqu'à eux.

— Désolé d'arriver après la bataille. J'ai été appelé pour une urgence hors du comté. Quand je me suis présenté là-bas, ils sont tombés des nues et m'ont dit qu'ils ne m'avaient jamais téléphoné, expliqua-t-il en secouant la tête.

Il repoussa son chapeau en arrière.

— Le petit s'en est sorti ? Et Katherine ?

— Il s'en est fallu d'un cheveu, répondit Caleb. Je sais que vous allez avoir besoin de nos dépositions, mais il faut d'abord que j'aille les retrouver à l'hôpital.

Coleman lui assena une tape sur l'épaule et lui serra chaleureusement la main.

— Ça attendra jusqu'à demain. Et vous n'aurez pas à vous déplacer… Je passerai vous voir. A ce que je peux en juger, la nuit n'a pas été de tout repos pour vous, ici…

Il secoua la tête en regardant Matt.

— Oh ! et j'ai appelé la police de Dallas pour clarifier les choses. Vous n'êtes plus considéré comme suspect potentiel dans leur enquête de meurtre. Totalement blanchi. Et, ne vous en faites pas, je m'occupe de faire nettoyer tout ce bazar, ajouta Coleman en ouvrant le bras. Tout sera revenu à la normale quand vous rentrerez chez vous.

— Merci beaucoup, shérif.

Coleman lui donna une nouvelle tape sur l'épaule.

— Vous voulez que je vous conduise à l'hôpital ?

— Non merci. Ça ira.

Sur ce, Caleb monta dans son pick-up.

Il arriva à l'hôpital en un temps record. Katherine était au chevet de Noah.

Elle leva les yeux vers lui.

— Noah est tiré d'affaire. Il a déjà repris des couleurs.

Soulagé, Caleb avança une chaise et s'assit à côté de Katherine.

— Combien de temps comptent-ils le garder ?

— Ils ont dit qu'il pourrait peut-être sortir dès demain.

— C'est la meilleure nouvelle de la journée.

— Oui. J'ai eu tellement peur… Et Matt ?

— Ça va. Ils vont l'amener à l'hôpital, lui aussi. Il n'était pas d'accord, mais…

On frappa. Le marshal Jones passa la tête par l'entrebâillement de la porte.

— Katherine Harper ?

— Oui, c'est moi.

— Marshal, le salua Caleb.

Jones inclina la tête.

— Puis-je vous parler un instant dans le couloir, mademoiselle Harper ? s'enquit-il à voix basse.

— Oui, s'il peut venir avec moi.

— Aucun problème.

Un peu tremblante, elle se leva et sortit, Caleb sur ses talons.

— Que se passe-t-il ?

— Rien de grave, rassurez-vous. Je tenais simplement à vous faire savoir ce que nous avions trouvé sur le CD.

Elle porta une main à sa poitrine.

— Oui ?

— En fait, votre sœur avait filmé Kane en train de tuer un associé. Nous l'avions à l'œil depuis des années pour d'autres méfaits dont nous le soupçonnions d'être l'auteur, mais nous n'avons jamais réussi à le coincer. Il nous glissait toujours entre les doigts. Chaque fois que nous touchions au but, les témoins disparaissaient.

Katherine baissa la tête.

— Mais votre sœur a été plus maligne que lui. Elle s'est cachée pour protéger son fils. Lorsque j'ai pris contact avec elle, elle m'a dit que, s'il lui arrivait quelque chose, elle voulait que la garde de Noah vous soit confiée. Elle a ajouté qu'elle ne pouvait imaginer de meilleure mère que vous.

Les larmes se mirent à ruisseler sur les joues de Katherine.

— Je tenais à vous présenter mes condoléances ; je suis vraiment désolé qu'elle soit morte. Elle a montré un courage exemplaire. Si elle n'avait pas eu cet accident, elle aurait traduit Kane en justice.

Katherine se redressa, relevant le menton bien haut.

— Je vous remercie. Ce que vous dites là signifie beaucoup pour moi.

Jones inclina brièvement la tête.

— Vous n'avez plus rien à craindre désormais. Nous avons appréhendé ses acolytes alors qu'ils tentaient de fuir. Je pense qu'ils ne sont pas près de sortir de prison.

— Merci encore.

Lorsque Jones eut pris congé, Katherine et Caleb rentrèrent sans bruit dans la chambre.

Après s'être assurée que Noah allait bien, Katherine revint s'asseoir à côté de Caleb. Ses yeux étaient rougis par les larmes.

— Je n'ai pas eu le temps de te demander des nouvelles de Matt.

— Il était furieux que je ne sois pas resté auprès de toi.

Le front de Katherine se plissa.

— Je ne voulais pas que tu aies à choisir entre lui et nous. C'est ton meilleur ami.

— Et il le sera toujours. Tu croyais me rendre service en me repoussant comme tu l'as fait ?

— Oui. Noah était pris en charge et je voulais savoir, moi aussi, comment allait Matt.

— C'est vrai ?

Elle sourit.

— Evidemment que c'est vrai. Et puis, tu ne sais pas ce que c'est de se voir tout à coup imposer une famille quand on n'y a pas été préparé.

— Eh bien… à vrai dire, si, répliqua-t-il en lui décochant un large sourire. Et tu sais quoi ? Ça ne m'effraie pas le moins du monde. Quand on a pris une décision, on s'organise pour s'adapter à la situation, c'est tout. Je suis un grand garçon, tu sais.

Il l'attira à lui et elle s'abandonna sans résistance.

— Ma décision, c'est de ne plus jamais me séparer de toi, Katherine. Je t'aime…

Elle se mit à pleurer, chaque larme formant, au fur et à mesure qu'elle tombait, une petite tache sombre sur son T-shirt.

— Moi aussi, je t'aime.

— Tu ne m'as pas laissé finir… Je veux que vous veniez tous les deux vivre avec moi. Ma vie était… comme une coquille vide jusqu'à ce que je te rencontre. Si tu n'aimes pas la vie au ranch, ce n'est pas un problème. Nous achèterons une autre maison.

Katherine bafouilla.

— J'adore le ranch, mais… tu parles sérieusement ?

— Absolument. Et ce n'est pas tout. Je veux qu'on forme une vraie famille. J'entends par là que ce serait bien d'officialiser les choses… afin que la situation soit claire pour Noah.

Elle le contempla, apparemment abasourdie.

— Tu ne veux pas dire que…

— Si, c'est exactement ce que je veux dire.

Solennellement, il posa un genou à terre devant elle.

— Même si je devais vivre encore cent ans, je sais avec la plus absolue certitude que je ne rencontrerai jamais quelqu'un comme toi. Tu es tout ce que j'ai toujours désiré. Je veux me réveiller chaque matin à ton côté. Chasser tes craintes quand tu en auras, voir chacun de tes sourires illuminer ton visage. Enfin, en bref, je te demande d'être ma femme.

Elle le regarda, des larmes plein les yeux, pendant quelques instants, puis elle jeta ses bras autour de son cou et l'embrassa avec ferveur. Passionnément.

Il s'écarta d'elle une demi-seconde, le temps de murmurer :

— Continue comme ça et je te montrerai quel usage nous pouvons faire de ce lit vide, de l'autre côté du rideau, pendant que ce petit bonhomme se remet de ses émotions.

Il cligna de l'œil et sourit.

— Tu n'as pas répondu à ma question, rappela-t-il.

— C'est oui, Caleb. Oui, je veux t'épouser. Cent fois oui.

— Tant mieux, parce que j'ai l'intention de mettre en route un nouveau projet… si tu es d'accord, bien sûr.

Elle le dévisagea, perplexe.

— Un nouveau projet ?

Il la pressa contre lui et écrasa de nouveau ses lèvres sur les siennes.

— Oui. Je veux que Noah ait bientôt un petit frère ou une petite sœur.

Un sourire radieux éclaira le visage de Katherine.

— Moi aussi, ça me plairait beaucoup.

— Et je veux passer le restant de mes jours à t'aimer.

CYNTHIA EDEN

Le péril invisible

BLACK ROSE

HARLEQUIN

Titre original : RECKONINGS

Traduction française de BLANCHE VERNEY

83-85, boulevard Vincent-Auriol, 75646 PARIS CEDEX 13.
Service Lectrices — Tél. : 01 45 82 47 47
www.harlequin.fr

1

Quoi de mieux qu'un beau mariage ? songea Jamie.

Tout le monde aimait une belle noce. Du moins, tout le monde était supposé aimer ça. Et le mariage auquel Jamie venait d'assister était vraiment extraordinaire. La mariée, Ava McGuire, rayonnait de bonheur au bras de son époux, Mark Montgomery.

Jamie était d'autant plus heureuse pour eux qu'Ava avait vécu l'enfer avant cela. Et, précisément pour cette raison, Ava avait choisi de célébrer ses noces au ranch McGuire, théâtre des années plus tôt d'une tragédie familiale. Ava voulait désormais faire de ce lieu un havre de paix et de joie.

Aussi, quand on avait déclaré Ava et Mark mari et femme, un tonnerre d'applaudissements et de cris de joie avait retenti. Des sifflets admiratifs et des bravos avaient fusé lorsqu'ils s'étaient embrassés.

Oui, Jamie était vraiment ravie pour eux. Mais elle détestait le monde, la foule, le bruit… Et puis, cette famille réunie au grand complet, c'était tout ce qu'elle n'aurait jamais plus.

Cela faisait donc près d'une heure qu'elle trépignait d'impatience pour rentrer chez elle quand une voix lança :

— C'est le moment de lancer le bouquet !

Jamie sursauta. Scarlett McGuire venait de faire cette annonce en passant tout près de Jamie et là elle lui souriait d'un air d'excuse, comme si elle comprenait bien que Jamie aurait préféré marcher pieds nus sur la braise rougeoyante plutôt que d'attraper au vol ce fameux bouquet, promesse alors de mariage dans l'année.

Jamie ne put retenir un soupir. De toutes les femmes présentes à la cérémonie, c'était sans doute Scarlett qui la connaissait le mieux.

Alors, elle doit se douter que je vais m'éclipser discrètement…

Jamie essaya de s'écarter un peu de la trajectoire supposée du bouquet, mais d'autres femmes la poussèrent en avant, dans un nuage de parfum de prix. Jamie n'avait plus qu'à lever les bras pour imiter tout le monde, en se préparant à faire ricocher le bouquet si besoin.

Et besoin il y eut.

Jamie repoussa vigoureusement le bouquet alors qu'un rire masculin montait derrière elle. Les fleurs atterrirent dans les mains de la plus âgée des demoiselles d'honneur. Celle-ci poussa un cri de joie et fit un bond sur place, poing tendu, comme un footballeur qui vient de marquer un but.

Jamie sourit intérieurement.

Autour d'elle, la foule se faisait déjà moins pressante. Elle allait pouvoir se retirer discrètement et retrouver la sécurité de sa petite maison.

— Je n'avais encore jamais vu un tel smash sur un bouquet de mariage, dit tout à coup une voix grave et profonde à côté d'elle. C'était vraiment impressionnant. Vous avez dû être championne de volley, au lycée.

Jamie risqua un regard prudent sur sa gauche. Des problèmes en perspective… Un grand type avec de larges épaules et des cheveux bruns très épais, des yeux verts pétillants. Oui, des problèmes… C'était l'un des frères de la mariée. Davis McGuire regardait Jamie, un sourcil ironiquement levé. Ses cheveux étaient un peu plus sombres que ceux d'Ava. Sa sœur était très belle, et il était très beau, lui aussi, à sa façon. *Dangereusement beau*, précisa Jamie pour elle-même. Le visage de Davis n'était qu'angles, avec de hautes pommettes et une mâchoire bien carrée. Depuis qu'elle avait fait sa connaissance, Jamie n'était pas sûre de l'avoir vu sourire une seule fois. Et il la regardait toujours intensément. Une intensité… troublante…

J'ai déjà été émue de cette manière et cela a fini par des cicatrices que je porte encore…

Pourtant, elle n'avait pas particulièrement peur de Davis. Au contraire, même. Elle se sentait étrangement bien quand il était là. Comme rassérénée. C'était une impression plutôt curieuse.

Les mariés partirent dans un concert de bons vœux et de rires joyeux. Jamie leur fit de grands signes de la main, prise presque malgré elle par la joie qui se lisait sur le visage d'Ava. La pauvre avait traversé tant d'épreuves… Elle méritait bien que le bonheur vienne enfin.

Est-ce que nous ne le méritons pas tous, d'ailleurs ?

Le couple disparut, en route vers leur lune de miel. Un joli rêve, se dit Jamie avec un brin d'amertume. Une réalité pour certains. Pour les autres, il n'y avait que les cauchemars… Jamie frissonna.

Davis se pencha alors vers elle.

— Je déduis de tout ceci que vous ne tenez pas particulièrement à vous marier pour le moment ?

— Je… On peut dire cela, oui…

La voix de Jamie tremblait un peu, et elle se détestait de montrer ce genre de faiblesse en public. Elle carra ses épaules et se redressa de toute sa taille. Même avec ses talons, elle ne dépassait guère le mètre soixante-huit. En revanche, Davis McGuire atteignait allègrement le mètre quatre-vingt-dix et davantage peut-être. Il la regardait attentivement, la tête un peu penchée sur le côté.

— Vous êtes… particulièrement belle et élégante ce soir, docteur, la félicita-t-il, une lueur d'approbation très masculine dans les yeux.

Jamie portait une robe bleue parfaitement assortie à la couleur des siens.

— Et, en tout cas, reprit Davis, je n'oublierai jamais la façon dont vous avez renvoyé ce bouquet.

De nouveau, il sourit, d'un vrai beau sourire. L'impression de dureté, de danger qui émanait du visage de Davis s'estompa pour ne plus laisser place qu'à la beauté et à la régularité de ses traits.

Jamie l'avait rencontré peu de temps après qu'elle eut vissé sa plaque de vétérinaire. Davis et sa famille possédaient le ranch McGuire, lequel ne comptait plus que quelques chevaux de selle.

A plusieurs reprises, Davis avait appelé Jamie pour des soins et, à chacune de ces visites, elle avait brièvement bavardé avec lui. Davis n'était pas un rancher à temps plein. Avec ses frères, il dirigeait une société de sécurité à Austin. C'était un ancien militaire, drogué à l'adrénaline et qui avait besoin du danger pour se sentir exister.

— Jamie ? murmura-t-il. Il y a bien cinq secondes que je vous ai demandé si vous vouliez danser et vous ne m'avez toujours pas répondu. Ce n'était pourtant pas une question très difficile…

Un peu prise de court, Jamie laissa errer son regard sur la piste de danse bondée.

— C'est que… il y a vraiment beaucoup de monde… Je ne crois pas que…

Elle recula machinalement d'un pas.

— Je ne suis pas sûre que ce soit une très bonne idée, pas au milieu de tout ce monde…

Mais, avant qu'elle ne puisse tourner les talons et s'enfuir à toutes jambes, Davis lui prit la main. Ce fut comme une décharge électrique, qui aurait circulé directement de ses doigts à son cœur, et Jamie sursauta.

Le souffle un peu court, elle leva les yeux vers Davis. Il souriait toujours.

— Moi non plus, je n'aime pas beaucoup la foule. Mais je connais un endroit sympathique pour danser et je voudrais vous le montrer. Vous venez ?

Se surprenant elle-même, Jamie lui emboîta le pas. Depuis combien de temps ne s'était-elle pas conduite ainsi avec un homme ?

A cette pensée, elle se raidit.

— Non… Je ferais mieux d'y aller, lança-t-elle à Davis. J'ai des visites demain matin et…

— Est-ce que vous auriez peur de moi, par hasard ? lui demanda-t-il.

Déjà, il l'emmenait loin de la piste de danse.

— Bien sûr que non ! prétendit Jamie.

Elle savait très bien mentir. Trop bien même, ces derniers temps…

— Bon ! fit doucement Davis.

Il l'entraînait toujours, et sans lâcher sa main.

Ils arrivèrent au bord du splendide lac qui faisait la gloire du ranch. Les décorateurs avaient soigné cet endroit retiré comme le reste de la propriété : de petites guirlandes lumineuses astucieusement dissimulées dans les frondaisons donnaient l'impression que les étoiles s'étaient réfugiées dans les arbres. La musique parvenait jusqu'aux rives. Davis fit gracieusement pivoter Jamie et la prit dans ses bras.

— Voilà, lui dit-il, nous pouvons danser ici. Qu'en pensez-vous ?

— Je… euh… je ne suis pas certaine que mes talons me permettent de danser sur la mousse…

Davis s'accroupit alors devant elle et lui retira sa chaussure droite, puis ses doigts effleurèrent sa cheville gauche, comme une douce caresse sur sa peau. Jamie retint son souffle, et sa seconde chaussure alla rejoindre la première.

— C'est mieux ? s'enquit Davis.

— Pour le confort, on est certainement mieux pieds nus… Pour l'agilité, je ne vous promets rien.

Heureusement que la soirée n'était pas très froide…, pensa Jamie.

Davis rit, d'un rire étrangement communicatif et apaisant. Il posa délicatement les escarpins sur le sol et mit les mains à la taille de Jamie.

— Ne vous attendez pas à quelque chose de très élaboré, le prévint-elle.

Jadis, elle avait couru les soirées et pris des cours. Les

danses de salon n'avaient pas de secrets pour elle, alors. Mais c'était loin et les soirées dansantes plus loin encore…

— Il vous suffira de me suivre. Détendez-vous, lui conseilla Davis.

D'accord… Mais ce n'était pas si évident que cela de se détendre dans les bras de Davis McGuire, contre son corps dur et musclé.

Sa main droite tenait celle de Jamie et la caressait doucement.

— Vous sentez bon, lui murmura-t-il de sa voix profonde et grave, qui résonnait en elle comme le son d'un tambour.

— C'est… la lavande. Ma… lotion pour le corps, bredouilla Jamie.

Ce n'était pas vraiment la réponse suave et sophistiquée — non compromettante, aussi — qu'il eut fallu faire à Davis.

Mais Jamie avait renoncé depuis longtemps à la sophistication.

D'ailleurs, elle ne l'avait jamais tellement pratiquée.

Davis l'attira davantage contre lui.

— J'aime quand vous avez les cheveux lâchés comme ça, lui confia-t-il. D'habitude, vous les gardez serrés dans ce petit chignon, sur votre nuque… Je n'imaginais pas qu'ils étaient aussi longs…

Elle, elle ne s'était jamais doutée qu'il avait remarqué ses cheveux. Davis ne paraissait pas s'intéresser particulièrement à elle quand elle venait en visite au ranch pour soigner ses animaux. Bien sûr, à chaque fois, il mettait un point d'honneur à l'accueillir en personne, ce qui la surprenait bien un peu, puisqu'il travaillait dur à son agence de sécurité, à Austin, mais…

— Vous êtes bien loin, tout à coup, lui dit-il doucement.

Elle secoua la tête.

— Non, je suis bien là…

Elle posa sa tête contre le torse de Davis. Cela paraissait tout naturel. La musique était douce, romantique, et leurs deux corps ondulaient doucement l'un contre l'autre. Jamie n'avait pas peur, elle n'était pas même nerveuse. Non, elle était…

— Si je vous disais que j'ai envie de vous embrasser, murmura Davis, vous m'enverriez au diable ou bien…

Jamie se figea.

— Vous voulez m'embrasser ?

— Vous êtes belle, docteur. N'ayez donc pas l'air si surpris. Je pense qu'il y a beaucoup d'hommes qui aimeraient vous embrasser.

Jamie se recula un peu, sans toutefois lâcher Davis. Elle aimait le toucher. C'était vraiment curieux, car en règle générale elle fuyait plutôt le contact physique avec les gens.

— Là, il n'est pas question des autres hommes, mais de vous, souligna-t-elle.

Une lueur admirative passa dans l'œil de Davis.

— Vous êtes une femme très directe. J'aime ça. Je n'ai pas de temps à perdre en mensonges et en faux-semblants.

C'est dommage… Ma vie n'est faite que de cela, se dit Jamie.

— Vous êtes un homme secret, pourtant. Ne prétendez pas le contraire. Nous voulons tous être vus différemment de ce que nous sommes. Nous portons tous un masque.

Davis la serra un peu plus encore à la taille.

— Décidément, vous êtes très surprenante. Et rares sont ceux, hommes ou femmes, qui me surprennent.

La chaleur de ce grand corps masculin enveloppait Jamie, lui donnant envie d'être plus près de lui encore, de poser sa tête sur son torse, à nouveau, de se laisser aller.

— Oui, susurra-t-il, je veux vous embrasser…

Il regardait fixement sa bouche, et Jamie humecta nerveusement ses lèvres.

— J'en ai envie depuis très longtemps, poursuivit-il. Probablement depuis la première fois où je vous ai vue…

Jamie n'en revenait pas. Davis était-il sérieux, ou essayait-il simplement de l'attirer dans son lit ?

— Et vous, Jamie, de quoi avez-vous envie ?

Tiens, voilà qu'il l'appelait par son prénom, et non « docteur » ou tout simplement « doc » comme d'habitude, avec une sorte d'amusement dans la voix.

Oui, de quoi ai-je envie ? se demanda Jamie en plongeant ses yeux dans ceux de Davis.

Elle aimerait bien, une fois, rien qu'une fois, parvenir à dépasser ses peurs. Ecouter ses sensations. Se perdre entre les bras d'un homme et dans ses baisers. Faire comme les autres femmes, s'oublier…

Vas-y, fais-le !

Davis McGuire était un type bien. Il faisait partie des *bons*. Ses frères et lui aidaient les gens. Ils étaient tous d'anciens militaires. Davis avait été un Navy SEAL. Dur à la peine, mais grand cœur. De l'étoffe dont on fait les héros. Bien sûr, il pouvait faire peur, quand on imaginait de quoi il devait être capable face à un ennemi, mais…

S'il y avait bien quelqu'un à qui Jamie pouvait se fier, c'était lui.

Elle le sentait.

Quoique… Elle s'était si souvent trompée sur les hommes.

Davis se pencha vers elle.

— Un baiser…

Un. Cela semblait… correct, estima Jamie. A moins que le champagne ne commence à faire son effet.

Jamie se surprit à se hisser sur la pointe des pieds. A s'agripper aux larges épaules de Davis.

Leurs lèvres se touchaient presque.

Peut-être que c'était une erreur, peut-être qu'elle laissait les choses aller trop loin, mais…

Un baiser… Ça ne pouvait pas faire de mal.

Elle entrouvrit ses lèvres, les pressa doucement sur celles de Davis.

Un baiser…

Cela aurait pu n'être que doux, léger…

Et en aucun cas tout souffler, tout éparpiller autour d'eux, comme une explosion. Une telle flambée de passion ne pouvait être réelle. Cela n'existait pas, à part au cinéma. C'était…

C'était dévorant, réalisa Jamie.

Davis la serrait, l'enveloppait dans ses bras, sa langue sur la sienne et il l'embrassait, l'embrassait désespérément, comme s'il avait l'impression qu'il ne pourrait jamais se rassasier d'elle. Elle lui rendait son baiser de la même façon. Un besoin immense était né en elle. La passion grondait entre eux comme un torrent, et Jamie n'en revenait pas. Jamais elle ne pourrait assez se serrer contre Davis, jamais le toucher suffisamment. Elle connaissait le désir. Elle l'avait déjà ressenti, bien sûr. Mais là, c'était différent. C'était…

Davis l'embrassait, l'embrassait encore. Jamie cessa de penser et se laissa emporter.

La traque était terminée.

Elle avait été longue. Beaucoup, beaucoup de kilomètres. D'années aussi. Jamie l'avait quitté, avait fui loin de lui, lui avait menti.

Mais il avait retrouvé sa Jamie. Et il était plus que temps de la reprendre, d'affirmer les droits qu'il avait sur elle.

Il observait la petite maison. Elle était parfaitement visible avec toutes ces étoiles qui brillaient, au-dessus d'elle. Il n'y avait pas de voisins proches. Personne pour venir en aide à Jamie. Personne ne l'entendrait crier…

Il sourit. Serait-elle effrayée quand elle le reverrait, ou bien contente ? Probablement les deux à la fois… Jamie s'était mal conduite avec lui, alors, il devait la punir. Pour commencer…

Mais il l'aimait et elle l'aimait, c'était tout ce qui comptait.

Il s'approcha. C'était la première fois qu'il venait si près de la maison.

Parce qu'il est grand temps de reprendre ma Jamie.

Il baissa les yeux sur le paillasson, devant la porte. Celui-ci portait l'inscription « Bienvenue » avec une frise de fleurs. Si accueillant. C'était bien elle.

Il leva les yeux vers le carillon à vent qui pendait au-dessus de la porte. Avançant sa main, il l'effleura doucement, faisant résonner quelques tintements grêles dans l'air nocturne. Puis il essaya de tourner le bouton de porte. En vain, bien sûr. Jamie était trop prudente pour laisser sa porte ouverte quand elle quittait sa maison.

Il souleva le paillasson, espérant y trouver sa clé. Mais il n'y avait rien. Il n'allait cependant pas s'arrêter à cela. Il fit le tour de la maison, trouva une fenêtre dont l'appui était assez bas pour être enjambé.

Se penchant, il prit une pierre et la projeta dans la vitre, qui vola en éclats. Immédiatement, une puissante alarme sonore se déclencha.

Qu'est-ce que…

Un chien se mit à aboyer furieusement à l'intérieur de la maison et des canines nues apparurent derrière le verre brisé, comme si l'animal essayait de passer par la fenêtre pour l'attaquer.

Il détestait les chiens et Jamie le savait.

Que le diable l'emporte !

Il recula, tout en gardant un œil sur la bête qui grondait. Le déclenchement d'une alarme allait fatalement entraîner l'intervention de la police. Mais ni ce molosse ni tous ces systèmes de sécurité ne l'arrêteraient. Plus rien ne le pourrait. Son plan était en marche. Il était là et il allait récupérer sa Jamie.

Il l'avait recherchée longtemps, très longtemps, et elle ne le quitterait plus désormais. Il aimerait mieux la savoir morte que la laisser s'échapper de nouveau.

Davis poussa Jamie contre un tronc d'arbre. Les guirlandes lumineuses brillaient au-dessus d'elle et son corps répondait à ses baisers comme il n'aurait jamais osé espérer. Cette femme allait le rendre fou.

Il ne pouvait plus s'arrêter de l'embrasser. Le goût de ses lèvres le bouleversait. On aurait dit celui du champagne, marié à la plus exquise des confiseries. Davis en était grisé. Il avait désiré cette femme dès le moment où il l'avait vue. Ses cheveux blonds comme le soleil, ses yeux bleus qui pétillaient et puis ses lèvres pleines, sensuelles… Les premières, elles avaient retenu son attention. Jamie avait une bouche incroyable, aux courbes parfaitement dessinées. Davis l'avait tant voulue… sur la sienne.

Et, à présent, je l'ai…

Mais il ne s'était pas vraiment douté, jusqu'à cet instant, du choc atomique qu'il allait ressentir. Normalement, le self-control ne lui posait pas de problème. Mais là…

Il embrassa Jamie plus fort encore. Il savourait ses courbes parfaites, voluptueuses, serrées contre lui. Ses seins lourds, ses hanches… Ah oui, elle était…

Une sonnerie de téléphone.

Davis se figea. Puis il s'écarta, à regret. Jamie le repoussait doucement, une main sur le torse. Elle sortit son portable d'une poche dissimulée — vraiment très bien dissimulée — dans sa robe. Ses doigts tremblaient un petit peu. Manifestement, songea Davis, elle était aussi troublée que lui par leur baiser.

— Je… je suis désolée, je dois prendre cet appel, bredouilla-t-elle. C'est peut-être une urgence.

Davis le savait : Jamie avait toujours à cœur de répondre, d'être là, disponible, pour ses clients. Quelques mois auparavant, elle avait été appelée lorsque le marié — Mark Montgomery — avait découvert que son plus bel étalon avait été empoisonné. Grâce à l'intervention immédiate de Jamie, l'animal avait pu être sauvé. Aux alentours, tous les éleveurs et tous les propriétaires d'animaux de compagnie lui faisaient confiance. C'était la meilleure vétérinaire que l'on ait eue dans les parages depuis bien longtemps.

Davis s'écarta donc et reprit un peu son souffle en rajustant son pantalon, qui commençait à le serrer sérieusement.

La vétérinaire porta le petit appareil à son oreille.

— Oui ? Jamie Myers.

Un silence, puis :

— Non, je ne suis pas chez moi. Pourquoi ?

Elle fit nerveusement plusieurs pas en avant.

— Oui… Appelez la police, s'il vous plaît… J'arrive immédiatement.

Elle semblait effrayée.

— Jamie ? fit Davis.

Fébrilement, elle remit le portable dans la même poche et se précipita pour récupérer ses chaussures. Elle ne prit même pas le temps de les enfiler. Elle courut vers le parking qui avait été improvisé pour les invités sur une petite butte près de la propriété.

— Jamie, attendez !

Davis courut derrière elle, la rattrapa et lui prit le bras pour l'arrêter et la faire se retourner vers lui.

— Que se passe-t-il ?

— L'alarme s'est déclenchée à mon domicile. C'est peut-être un cambriolage. Je dois y aller.

Elle retira sa main.

— Excusez-moi ! Je…

— Mais ne vous excusez pas, voyons. Je viens avec vous.

Croyait-elle qu'il allait la laisser seule dans un moment pareil ? C'était bien mal le connaître.

— Mais non, voyons… Ce n'est pas la peine, je…

Il reprit sa main dans la sienne.

— Je veux vous aider. Prenez votre voiture et je vous suis dans ma camionnette, d'accord ? Et, lorsque nous serons arrivés chez vous, pas question que vous entriez sans moi…

Il avait vu trop de gens se mettre en danger de cette manière.

— Je veux m'assurer de votre sécurité.

— Pourquoi ? s'enquit Jamie.

Surpris par la question, Davis la dévisagea.

Elle insista.

— Pourquoi vous vous souciez de ma sécurité ?

Elle paraissait un peu abasourdie, elle aussi.

— Parce que vous comptez pour moi, confia Davis.

— Oh ! Voyons !

Elle rit, puis ajouta :

— Ce baiser était vraiment… extraordinaire.

Assurément, pensa Davis.

— Mais je dois y aller, conclut Jamie. Bonsoir, Davis !

Elle se mit à courir vers sa voiture. Elle le fuyait, littéralement. Il secoua la tête. Il ne pouvait pas la laisser foncer vers le danger, la tête la première.

Il se mit à courir derrière elle… et son frère Brodie lui emboîta le pas.

— Oh ! Oh ! attends un peu !

Brodie était le jumeau de Davis et beaucoup de gens le croyaient plus humain et plus accessible que lui. En réalité, ils n'étaient guère différents sur ce point-là, comme sur les autres.

— Il y a le feu quelque part ? demanda Brodie.

Davis le poussa hors de son chemin.

— Sais pas. Il se passe quelque chose chez le doc…

Il désigna Jamie qui, à force de prendre ses jambes à son cou, était déjà à sa voiture.

— Elle a reçu un appel de sa société de sécurité, ajouta Davis. Quelqu'un ou quelque chose a déclenché son alarme. Je vais avec elle.

Il courut pour monter dans sa camionnette et suivre Jamie.

— Tu as besoin de moi ? lui cria Brodie.

C'était comme ça entre les deux frères. Ils s'épaulaient toujours en tout.

— Pas pour l'instant. Je vais voir et je te raconterai.

Il fit un signe de la main à Brodie, sans se retourner.

— C'était un sacré mariage !

Et je n'arrive toujours pas à me figurer que notre petite sœur est mariée.

Douce et gentille Ava. Elle avait finalement trouvé le bonheur. Davis s'était inquiété pour elle pendant des années. Toute cette douleur, dans ses yeux, lui tordait le cœur. Mais c'était fini, désormais. Ava était heureuse et les démons du passé s'étaient évanouis. Davis n'en doutait pas : Mark Montgomery ferait tout son possible pour qu'Ava ne connaisse plus jamais le malheur et la souffrance. Mark aimait Ava. Elle était sa préoccupation numéro un dans l'existence et cela valait mieux pour lui, car, si cela n'avait pas été le cas, Davis l'aurait personnellement rappelé à ses obligations.

Il sauta dans sa camionnette, sans perdre de vue les feux arrière de Jamie. Elle roulait vite, bien trop vite. Il fallait qu'elle se calme.

— Doucement, ma jolie, doucement ! murmura Davis en mettant le contact.

Elle ne se rendait pas compte qu'il y avait du danger et qu'elle courait droit à sa rencontre. Le danger, Davis, il connaissait. Cela se cachait partout, le danger, même dans les endroits réputés les plus sûrs, même dans votre propre maison fermée à clé. Il ne fallait jamais baisser sa garde, jamais. Davis avait cru, dans son enfance, que son ranch était l'endroit le mieux protégé sur la terre. Et il l'avait quitté pour parcourir le monde et accomplir des missions de plus en plus risquées. A l'autre bout de la terre, il avait reçu la pire nouvelle de toute sa vie : ses parents brutalement assassinés dans leur propre maison. Ava en avait été le seul témoin et en avait été marquée à jamais…

Davis suivait Jamie sur la route. Cette femme était à la fois belle, intelligente et mystérieuse.

Parfois, je peux voir clairement de la douleur dans ses yeux… Et puis de la terreur aussi.

La même que celle qu'il avait pu lire dans ceux de sa sœur.

Il y avait quelque chose de sombre dans le passé de Jamie, qu'elle ne pouvait partager avec personne. Davis connaissait bien les symptômes de ce mal-là. Il savait, lui aussi…

Je ne veux plus que personne lui fasse du mal. Jamais.

Jamie n'était pas comme les autres femmes. Il y avait quelque chose de différent en elle. Et ce quelque chose attirait Davis, l'appelait même. Ce n'était pas uniquement du désir, même s'il était bien présent. Jamie apaisait Davis et même elle l'avait fait rire de nombreuses fois dans la soirée. Depuis la mort de ses parents, cela ne lui arrivait plus très souvent. Jamie, décidément, était différente.

Perdu dans ses pensées, Davis s'était laissé un peu distancer. Il dut accélérer pour rejoindre Jamie. Il voulait être à ses côtés quand elle arriverait chez elle. Elle n'était pas forcément habituée aux menaces. Lui, si.

La camionnette avala les kilomètres.

La maison de Jamie était un petit cottage mais installé sur un très grand terrain.

Davis s'engagea dans l'allée qui menait à sa porte. Il n'y avait aucun véhicule de police. Jamie et lui étaient donc les premiers.

Déjà, Jamie bondissait de son véhicule et courait vers sa porte.

Bon sang !

Davis s'élança à son tour.

— Jamie, stop ! lui cria-t-il.

Le cambrioleur était peut-être toujours sur les lieux.

Jamie se tourna vers lui. Dans la nuit résonnaient la sonnerie de l'alarme et l'aboiement frénétique d'un chien.

— Il vaut mieux attendre la police, conseilla Davis à Jamie.

Elle jeta un coup d'œil derrière son épaule.

— Je dois m'assurer que ce n'est pas lui.

Lui ?

Elle se retourna.

— Il ne fallait pas venir, lâcha-t-elle avant de se remettre à courir.

Mais, cette fois, Davis ne se laissa pas distancer et il arriva à la porte en même temps que Jamie. Elle déverrouilla la serrure, ce qui eut pour effet de stopper le hululement de l'alarme. Dès qu'elle ouvrit, un grand chien brun se rua en avant, mais, quand il vit sa maîtresse, ses aboiements furieux se muèrent en petits cris plaintifs, tandis qu'il frottait sa tête contre les jambes de la jeune femme.

— Tout va bien, Jinx. Je suis là.

Davis profita de ces effusions pour entrer le premier dans la maison, tout en gardant un œil sur Jamie. Rien ne semblait avoir été touché. Pas de meubles renversés, pas d'objets brisés ou dérangés… Mais il y avait des morceaux de verre sur le sol. Davis leva la tête. Une vitre avait été brisée.

Davis s'en approcha.

— Votre visiteur a dû la casser pour s'introduire dans la maison, expliqua-t-il à Jamie. Mais l'alarme s'est certainement déclenchée… et le chien a probablement aboyé et lui a montré les dents.

Toujours penchée sur lui, Jamie caressait l'animal.

— Jinx est un excellent chien de garde… Il…

Comme mû par un mystérieux appel, le chien se redressa, bondit sur le seuil et disparut dans la nuit.

— Jinx ! appela sa maîtresse.

Davis se mit à courir derrière le fidèle animal. A l'évidence, Jinx avait flairé une piste. Le cambrioleur était-il toujours là ? Peu probable. Il avait dû fuir dès que l'alarme avait retenti. Pourtant… Le chien entraînait Davis vers les bois qui jouxtaient le terrain de Jamie sur la droite.

Un bruit de moteur, de moto apparemment, troublait le silence de la nuit.

Mais oui, il était toujours là ! réalisa Davis. Le cambrioleur avait dû se cacher quelque part dans l'obscurité. Attendait-il le retour de Jamie ?

Dans ce cas, conclut Davis, ce n'était pas un voleur. Plutôt un agresseur.

Davis avait presque atteint les arbres quand le phare de la moto l'aveugla. Puis Jamie se mit à crier. L'engin venait droit sur Davis. Au moment d'être renversé, Davis fit un bond de côté et la moto passa sans le toucher.

Instantanément, Davis se remit sur ses pieds pour tenter d'y voir quelque chose. Malheureusement, le conducteur portait un casque intégral noir. Le chien poursuivait la moto, mais, bien sûr, il ne pourrait pas la rattraper.

Jamie courut vers Davis.

— Vous êtes blessé ?

Elle arriva à sa hauteur.

— Oh ! je suis tellement désolée !

Elle lui toucha le bras.

— Je n'ai pas voulu cela ! Je ne voulais pas que quelqu'un soit blessé. Je…

Davis prit les mains de Jamie dans les siennes. Elle se tut. Le grondement du moteur de la moto s'éloignait de plus en plus.

— Jamie, demanda Davis, que se passe-t-il ?

— Vous… vous avez vu : un cambrioleur !

A d'autres. Un cambrioleur n'aurait pas agi ainsi. Et puis, ce tremblement dans la voix de la vétérinaire en disait long. Elle mentait.

— Vous n'avez rien de cassé ? s'enquit-elle encore.

Davis secoua la tête.

— Non, il ne m'a même pas effleuré…

Manifestement, le motard avait simplement souhaité fuir. Mais avant, il voulait quoi ?

Davis avait bien l'intention d'en avoir le cœur net.

— Que se passe-t-il, Jamie ? reprit-il doucement. Que vous arrive-t-il, vraiment ?

Elle s'écarta ostensiblement de lui, les bras croisés comme une protection sur son ventre, les épaules affaissées. Son chien bondit vers elle et se pressa contre sa jambe. Elle le caressa machinalement, comme absente. Puis elle tourna son regard vers la maison. Les lumières y étaient toujours allumées. Le grondement du moteur de la moto avait disparu et il n'y avait toujours aucun signe des policiers.

Elle est trop isolée ici, jugea Davis.

Que se serait-il passé si elle était rentrée seule, avec ce cinglé qui l'attendait dans l'ombre ?

Davis serra les poings en pensant à ce qui aurait pu arriver.

Jamie ne répondit pas directement et soupira :

— Je n'aurais pas dû vous laisser jouer le bon Samaritain, mais plutôt…

Davis avança sa main pour caresser Jamie. Elle tremblait.

— Vous savez, lui dit-il, toujours très doucement, j'ai

l'impression qu'il y a tellement de secrets qui vous entourent que cela forme un écran entre nous.

Comme figée, immobile, Jamie répliqua :

— Je ne pense pas que vous voulez connaître tous mes secrets maintenant, non ?

Oh que si, je le veux ! rectifia Davis intérieurement. *Et je n'aurai de cesse que je les aie tous découverts, l'un après l'autre.*

— Je ne veux même pas les connaître, mentit-il.

Jamie marcha vers la maison, et Jinx, après un regard à Davis, la suivit en courant.

Davis scruta les alentours dans la nuit. Le danger était là, il guettait Jamie. Davis pouvait presque le sentir. Et, quels que soient les ennuis vers lesquels elle courait, il n'allait certainement pas la laisser les affronter seule.

Elle n'était pas seule ! Pas seule ! Pas seule !

Ses mains gantées se crispaient sur les poignées du guidon de la moto. Il avait escompté que Jamie regagnerait sa maison sans que personne ne l'escorte. Surtout pas une sorte de fier-à-bras dans une camionnette. Ce type n'avait aucun droit de se trouver avec elle.

Qu'il n'aille surtout pas s'aviser de toucher ma Jamie !

Il lâcha un juron dans la nuit.

Les voitures de police approchaient avec leurs sirènes et il quitta la route pour prendre un chemin de terre.

Là, il se cacha entre les arbres, les laissant passer, toutes sirènes hurlantes. Elles étaient deux et se rendaient forcément chez Jamie, car le petit cottage était la seule habitation le long de cette route retirée.

Il jeta un coup d'œil sur sa montre, dont il poussa le bouton d'éclairage. Il sourit. Il avait fallu bien du temps à la police pour arriver après le déclenchement de l'alarme. Si Jamie avait été seule, il aurait pu profiter d'un long moment, oui, très long… suffisamment pour bien la punir.

Il faudrait qu'il s'en souvienne, lors de sa prochaine visite à Jamie. Car il allait revenir et elle ne lui glisserait pas toujours entre les doigts. Il allait lui mettre la main dessus et il ne la lâcherait plus.

2

— Vous n'êtes pas obligée de rester seule ici.

La proposition de Davis prit Jamie au dépourvu. Les policiers venaient de quitter sa maison. Ils avaient pris sa déposition, ils avaient cherché des indices dans le cottage, tout autour et sur les limites de la propriété. Mais ils ne s'étaient pas montrés très optimistes sur leurs chances d'identifier le mystérieux visiteur.

« Sans doute un petit voyou, un jeune qui a cru faire un coup facile », avait lâché l'un d'eux en haussant les épaules.

Jamie aurait bien aimé qu'il s'agisse d'un petit malfrat inconnu d'elle. Mais…

— Jamie, pourquoi vous ne viendriez pas dormir au ranch cette nuit ?

De nouveau, la voix de Davis sortit Jamie de ses pensées.

Elle se tourna vers lui, légèrement perdue.

— Nous avons beaucoup de chambres d'amis, insista-t-il. Et, pour que les choses soient bien claires, ce n'est pas une invitation à partager mon lit.

Jamie s'empourpra.

— Je vous propose seulement un abri sûr pour la nuit, reprit Davis. Vous ne pourrez pas faire réparer cette fenêtre avant demain. Pas de retour possible à la normale dès ce soir, donc…

« La normale », c'était vraiment un mot étrange, se dit Jamie.

— C'est très gentil à vous, Davis. Mais ce ne sera pas nécessaire. Je peux condamner provisoirement la fenêtre en y clouant quelques planches. Ça ira très bien…

Les yeux verts de Davis parurent s'assombrir.

— Et s'il revient ?

— J'ai une arme à feu, indiqua Jamie.

Elle avait eu un peu honte en allant en acheter une, mais après tout on était au Texas. Tout le monde avait des armes. Elle n'avait jamais tiré auparavant… et, bizarrement, elle s'était sentie nerveuse ces dernières semaines, faisant des cauchemars la nuit. Alors, pour se rassurer, elle avait fréquenté un stand de tir. Ses progrès y avaient été rapides.

Davis battit des cils et la fixa, l'air dubitatif.

— Vous ouvririez le feu sur un être humain ?

Jamie n'avait pas de réponse certaine à cette question.

Espérons que cela ne se produira jamais.

Le chien tournait en rond dans la pièce. Il les regardait avec ses bons yeux, puis se coucha dans un petit jappement plaintif.

— Je ne peux pas laisser Jinx tout seul, rappela Jamie. Mais ça va aller, ne vous inquiétez pas…

Elle marcha vers la porte, songeuse.

Davis et elle s'étaient embrassés. Cela avait été extraordinaire et voilà que…

— C'est l'histoire de ma vie, soupira Jamie. Les catastrophes se déclenchent comme un fait exprès autour de moi.

« Jamais tu ne seras heureuse, Jamie, jamais ! Et jamais tu ne seras à un autre ! »

Ces mots retentissaient en elle, forts et clairs, comme si celui qui les lui avait jadis crachés au visage était là, dans la pièce. Jamie en eut la chair de poule.

Davis s'avança alors vers elle et lui dit doucement :

— Vous croyez que je ne vois pas que vous avez peur ?

Ses genoux faisaient-ils tant de bruit que cela, en s'entrechoquant ?

— Et ce n'est pas seulement à cause de ce qui s'est passé ce soir, n'est-ce pas ? insista Davis. Il y a autre chose…

Il leva doucement la main vers le visage de Jamie et, involontairement, elle tressaillit.

Davis se figea.

— On vous a fait du mal.

Bien plus que vous ne pouvez l'imaginer.

— Bonsoir, Davis. Merci de m'avoir raccompagnée. Et… je suis désolée pour tout ce dérangement.

Une lueur de colère passa dans les yeux de Davis, et Jamie faillit reculer peureusement. Faillit seulement. Car Davis était du « bon côté » de la barrière.

— Ne vous excusez pas, Jamie. Je regrette de ne pas être parvenu à mettre la main sur ce type. C'est à moi d'être désolé.

Il pinça les lèvres.

— Et je le suis. Je regrette de ne pas avoir pu me lancer à sa poursuite, mais je ne voulais pas vous laisser seule. Il pouvait avoir un complice caché quelque part près d'ici, alors je n'ai pas voulu prendre le risque, pas quand j'ai compris ce qui se passait vraiment.

Jamie exhalait un air presque glacé.

— Pourquoi vous ne me dites pas ce qui se passe ? demanda Davis. Je vois bien que vous êtes effrayée.

— On est entré chez moi par effraction, rappela Jamie. N'importe qui serait effrayé à ma place.

Davis attendit un instant, puis poussa un soupir.

— Bonne nuit, répéta Jamie.

Davis claqua dans ses doigts.

— Jinx ?

Il parlait d'une voix basse, à la fois douce et impérieuse. Instantanément, le chien se coucha à ses pieds.

Jamie fronça les sourcils. D'ordinaire, Jinx n'obéissait qu'à elle et encore, une fois sur deux.

— Je vais mettre votre chien dans ma camionnette. Emballez donc quelques affaires pendant ce temps.

Mais…

— Je vois bien que vous êtes terrifiée, répéta Davis. Alors de deux choses l'une. Ou bien je reste ici avec vous, ou bien vous venez avec moi, au ranch.

En fait, Jamie n'avait pas envie de rester chez elle. C'était plutôt étrange, car elle aimait bien cet endroit. Mais une menace semblait rôder. C'était trop isolé.

Cela lui avait justement plu à cause de la tranquillité… au départ. Désormais…

Il est peut-être caché, aux aguets… A m'attendre…

— Le ranch est vaste, souligna Davis. Vous n'y serez pas dérangée. Et puis, si vous ne venez pas avec moi, je sais que je ne pourrai pas fermer l'œil de la nuit. Je ne veux pas rester debout et m'inquiéter à chaque seconde.

Jamie ne put s'empêcher d'esquisser un sourire.

— Je ne pensais pas que vous vous inquiéteriez autant, murmura-t-elle, embarrassée.

Davis la dévisagea, puis ses yeux se posèrent sur sa bouche.

— Détrompez-vous.

Jamie déglutit. La tension s'étirait entre eux comme un câble trop tendu… lourde et chaude.

— Allez, venez, fit Davis.

Jamie acquiesça.

Jamais encore Davis n'avait invité une femme à venir passer la nuit au ranch. Il aurait trouvé ça… incongru. C'était sa maison de famille. Son jumeau Brodie y vivait avec son épouse Jennifer, et Davis songeait depuis quelque temps à s'installer ailleurs, pour leur laisser le champ libre.

Avant que Jennifer n'entre dans la vie de Brodie, il n'y avait que les jumeaux qui vivaient au ranch, le reste de la famille préférant en rester éloignée, à cause des terribles souvenirs qui, selon eux, imprégnaient toujours les lieux. Ava, en particulier, n'y voyait plus aucun rappel d'événements heureux, mais uniquement du sang et l'ombre de la mort… Toutefois, c'était en train de changer. Ils étaient tous en train de se fabriquer de bons moments pour le futur, qui prendraient le pas, enfin, sur les mauvais.

— On dirait que la réception est terminée, remarqua Jamie en descendant de sa voiture.

Elle avait suivi Davis jusqu'au ranch. Il lui avait offert de l'emmener dans sa camionnette, mais elle avait absolument tenu à garder son propre moyen de transport.

— Il n'y a plus personne dans le parking…

— Il est plus de minuit, indiqua Davis. Il fallait bien que la fête se termine à un moment ou à un autre.

Et, désormais, sa petite sœur était mariée. Elle avait bien grandi, la « petite » Ava…

— Oui. Je suppose que oui, dit Jamie en refermant sa portière.

A sa suite, Jinx sauta au sol. Et, avant que Jamie ait pu prendre son sac, Davis se pencha et s'en saisit. En se redressant, il croisa le regard de la jeune femme.

— Comment pourrais-je vous remercier pour tout ça ? demanda-t-elle.

Davis eut envie de sourire.

Oh ! j'aurais bien quelques idées.

Mais il garda cette remarque pour lui. Il avait à cœur de se montrer un gentleman. Pas question de rendre Jamie plus nerveuse qu'elle ne l'était déjà, ni de brûler les étapes.

Après ce baiser extraordinaire, elle sait à quoi s'en tenir quant à mon désir pour elle.

C'était tout juste s'il avait pu se retenir de la prendre là, contre ce tronc d'arbre, à quelques dizaines de mètres des autres invités. Il avait souvent pensé au moment où il l'embrasserait, au goût qu'auraient ses lèvres… Mais il était loin d'imaginer cet embrasement-là. Une flambée passagère, ou au contraire le début de sentiments profonds ?

Il porta le sac de Jamie jusqu'au petit cottage des invités.

— Vous pouvez garder Jinx dans la maison, lui dit-il. Nous aimons les animaux, ici.

Le cottage se trouvant à quelque distance de la maison principale, Jamie s'y sentirait certainement plus à l'aise. Le ranch étant particulièrement bien surveillé et sécurisé, elle n'avait en tout cas rien à craindre.

Davis déverrouilla la porte d'entrée de la maisonnette, coupa l'alarme et fit signe à Jamie d'entrer. Elle hésita un instant, mais pas Jinx, qui se rua tout de suite à l'intérieur.

— Merci, lança Jamie en repoussant d'un geste gracieux la mèche de cheveux qui lui tombait sur le visage. C'est vraiment gentil à vous de m'héberger… Je veux dire… Vous me connaissez à peine, et…

— Je vous connais très bien ! rectifia Davis.

Jamie pénétra dans la petite maison.

— Vous croyez me connaître. Nous croyons tous que nous connaissons les gens, mais ce n'est qu'en surface. Nous ne laissons transparaître que ce que nous autorisons les autres à voir.

Avant de quitter sa maison, Jamie avait enfilé un jean et un chemisier de toile dont elle ne rentrait pas les pans sous sa ceinture. Le pantalon mettait en valeur la courbe de ses hanches, remarqua Davis.

Il se força à relever les yeux et à n'admirer que le visage de Jamie.

Elle, elle le regardait aussi, la tête légèrement penchée de côté.

— Qu'y a-t-il, derrière ce beau masque que vous portez en permanence ? lui demanda-t-il tout à trac. Que dissimulez-vous ?

Il était sincèrement curieux de le savoir. Pourquoi Jamie semblait-elle tant tenir à rester à l'écart ? Pas mal d'hommes, dans la région, s'étaient intéressés à elle, mais elle n'avait jamais donné suite à leurs avances. Davis avait d'ailleurs bien cru qu'elle l'enverrait paître, lui aussi. Pourtant, elle lui avait rendu son baiser avec tant de passion, sous les branches, qu'il en était resté stupéfait.

— Il n'y a rien de bien intéressant à savoir, répondit Jamie. Merci encore…

Ah, elle se défaussait ? Parfait !

Il fit mine de tourner les talons, s'arrêta et laissa tomber nonchalamment :

— Vous voyez le bouton, là, sur le panneau ? Si quelque chose vous inquiète, pressez-le et j'arriverai en quelques minutes.

Jamie hocha la tête.

— Je m'en souviendrai.

— Vous voulez qu'on en reparle ? lança Davis très tranquillement.

— Que voulez-vous dire ?

Elle devait le savoir, car elle rougit fortement.

— Je parle de ce baiser qui m'a laissé brûlant de désir pour vous.

Jamie s'empourpra de plus belle.

Qu'elle était jolie, quand elle rougissait.

— Si vous n'aviez pas reçu cet appel, que croyez-vous qu'il se serait passé ?

Lui, il savait ce qu'il aurait *voulu* qu'il se passe, mais pour le reste…

— Je vous aurais souhaité une bonne soirée, tout comme je vous souhaite une bonne nuit à présent, contra Jamie.

Davis eut un léger temps de surprise, puis esquissa un sourire embarrassé. Il allait partir. Elle l'avait mouché.

— Davis, je ne veux pas vous attirer d'ennuis, confia Jamie. Croyez-moi, j'en traîne suffisamment à ma suite.

Il se retourna.

— Vous savez, ils ne me font pas tellement peur. Je m'en suis même fait une petite spécialité, en quelque sorte.

Jamie plissa les yeux.

— Vos frères, votre sœur et vous… vous êtes des gens bien, une famille tellement correcte…

Davis ne put s'empêcher de rire, d'un rire un peu curieux, qui sonnait comme rouillé à ses propres oreilles.

— Oh ! Jamie ! Si correcte que ça, vraiment ?

Elle parut surprise.

Il continua :

— Avant que vous ne me coiffiez d'une auréole, laissez-moi être franc avec vous. J'ai envie de vous, en ce moment même, à en trembler… Ça fait des mois que je fantasme sur vous. Vous tenir dans mes bras tout à l'heure a décuplé mon désir. Je vous veux…

Il plongeait ses yeux dans les siens, pour mieux la convaincre.

— Et ne me prenez pas pour un rêveur, un poète, un romantique ou je ne sais quoi…

Il savait ce qu'il voulait et, en général, l'obtenait.

Il ne respectait pas toujours les règles, mais ne craignait rien, ni personne. Il marchait à l'adrénaline.

— Et vous, Jamie, qu'en dites-vous ?

Il avait besoin de le savoir. Il s'approcha d'elle. Si elle ne voulait pas de lui, si elle le repoussait, s'il s'était fait des idées, il renoncerait.

Bien sûr, ils s'étaient embrassés et il avait eu l'impression que la planète avait explosé à cet instant précis. Mais peut-être Jamie n'avait pas ressenti la même chose. Peut-être…

— Je ne m'attendais pas à ce que j'ai ressenti, confia-t-elle, employant le mot même qui était venu à l'esprit de Davis.

Ses longs cils étaient baissés, cachant ses yeux à la vue de Davis.

— Peut-être parce qu'il y a longtemps que je m'efforce de ne plus rien ressentir du tout, ajouta-t-elle.

Je veux découvrir tous tes secrets, Jamie.

Elle restait une énigme, mais une énigme qu'il voulait résoudre au plus vite.

Il lui prit le menton entre le pouce et l'index, et lui releva doucement la tête.

Elle murmura :

— Moi aussi, j'ai envie de vous. Mais tout cela va un peu trop vite pour moi… Et je ne peux plus me permettre de faire des erreurs.

Trop vite ? s'étonna Davis. Jamie n'avait sans doute pas compris qu'il la désirait depuis plus d'un an. Que chaque fois qu'elle annonçait sa visite au ranch McGuire, il s'arrangeait pour être présent. Que, quand il la savait en ville, il lâchait tout ce qu'il avait en cours pour arranger une rencontre prétendument fortuite… Lui, il avait déjà beaucoup attendu. Trop. Il était plus que temps d'activer les choses.

— Ce ne serait pas une erreur, assura-t-il, en se penchant

vers Jamie, ses lèvres à quelques centimètres des siennes. Ce serait merveilleux.

Puis il l'embrassa. Ce ne fut pas un baiser brûlant de passion, comme il l'aurait voulu, mais léger, presque effleuré, une façon, douce et simple, de lui souhaiter bonne nuit. Un apéritif, aussi, pour ce qui ne manquerait pas de suivre ; elle avait reconnu qu'elle le désirait. Ce n'était pas tombé dans l'oreille d'un sourd. Chacun des deux aurait, finalement, ce qu'il voulait.

— Bonne nuit, Jamie.

Il lui sourit.

— Faites de beaux rêves…

Puis il tourna les talons, vite, avant de ne plus pouvoir résister à ce qui le consumait.

Jamie referma la porte après le départ de Davis. Elle s'appuya, dos au battant, et toucha ses lèvres de ses doigts. Elle pouvait encore savourer le goût et la pression de la bouche de Davis sur la sienne.

Cela faisait bien longtemps que quelque chose de ce genre ne lui était pas arrivé. Elle n'avait eu aucun amant depuis des années. C'était bien trop risqué de se fier à un homme, bien trop dangereux. Pour l'homme aussi, d'ailleurs, en un certain sens.

Mais…

« Faites de beaux rêves. »

Oui, on pouvait toujours rêver…

Jamie n'était pas rentrée chez elle !

Il fulminait sur sa moto, en observant la petite maison plongée dans l'obscurité. Il avait pris le risque de revenir, certain de l'y trouver seule.

Mais la voiture de Jamie n'était pas devant le cottage. Il n'y en avait aucune, du reste. Tout était sombre et silencieux.

Où es-tu ?

Il coupa son moteur, mit la moto sur sa béquille et s'approcha à pied, avec précaution. Cette fois, il s'y prit avec davantage de méthode.

En quelques minutes, il désactiva le système d'alarme. Puis il fit le tour de la maison pour retrouver la fenêtre dont il avait brisé la vitre, plus tôt dans la soirée. Quelqu'un y avait cloué des planches. Probablement ce type, avec sa camionnette. Personne n'aurait dû pouvoir approcher Jamie.

Comme si des planches pouvaient m'arrêter !

Il n'eut qu'à ramasser une pierre et à briser la vitre d'une autre fenêtre. Le verre explosa en mille morceaux, puis… plus rien. Le silence. Pas d'alarme, pas d'aboiements, cette fois, mais… pas de Jamie non plus.

Où es-tu, mon amour ?

Il passa son bras à travers les débris, se coupant un peu. Puis il ouvrit le contrevent et enjamba l'appui de fenêtre.

La maison était plongée dans l'obscurité, mais le léger parfum de lavande de sa locataire y flottait toujours. Il n'avait jamais pu l'oublier, cette odeur, malgré les années. C'était presque comme si Jamie se tenait là, devant lui.

Il appuya sur un interrupteur et scruta les lieux. C'était donc là son repaire ? Tout y était propre, net et bien rangé, chaque chose à sa place. Jamie n'avait pas changé, elle était toujours aussi organisée. Elle avait des étagères bourrées de livres et des tableaux sur les murs. C'étaient ses œuvres à elle, il le savait. Elle avait fait des croquis de lui, jadis… En ce temps-là, elle dessinait les membres de sa famille, sa maison, à peu près tout ce qui faisait sa vie. Mais, désormais, elle semblait ne plus rien croquer de très intime. Il n'y avait pas de photos non plus.

Il fit le tour des différentes pièces : livres de recettes bien rangés dans la cuisine, cuillères en bois dans des pots, rien de bien personnel non plus.

Puis il passa dans la chambre. Le parfum de lavande y était encore plus perceptible. Un grand lit en merisier, impeccablement fait.

Il ouvrit le premier tiroir de la commode, effleura quelques jolis dessous de soie, des bas, des soutiens-gorge avec de la dentelle. Tout cela était très beau.

J'espère que tu ne portes pas cela pour quelqu'un d'autre, Jamie.

Son poing se crispa sur la soie d'un caraco. Il lui avait dit, il y avait longtemps de cela, qu'elle ne serait jamais à personne d'autre qu'à lui, qu'ils étaient indéfectiblement liés et que personne au monde ne pourrait les séparer. Pas même Jamie elle-même.

Il ne lui pardonnerait pas ce qu'elle avait fait. La blessure resterait ouverte, pour toujours. Mais il passerait dessus. Une fois qu'il l'aurait bien punie, ils pourraient recommencer une nouvelle vie, tous les deux.

Il lâcha le léger vêtement et avança la main vers la table de nuit. Là, il y avait une photo dans un cadre. Dessus, Jamie souriait. Mais elle n'y était pas seule…

Il reconnaissait l'homme à côté d'elle, son bras nonchalamment passé autour des épaules de Jamie. Il souriait aussi, l'imbécile !

Celui-là, au moins, est mort. Mais il me défie encore !

Il posa le cadre sur la table de nuit et abattit dessus son poing fermé. De nouveau, il saigna un peu.

C'était celui qui lui avait pris sa Jamie, qui les avait séparés, éloignés l'un de l'autre, toutes ces années. Et elle avait toujours une photo de lui ? Décidément, le temps du châtiment était venu.

Il mit la photo dans sa poche, puis fureta de nouveau. Tout cela n'était pas réel. Ce n'était pas la vraie maison de Jamie. C'était une illusion, un mirage…

… qui allait partir en fumée !

— Cours, Jamie. Cours !

Elle fixait bouche bée, horrifiée, la scène qui se déroulait devant elle.

— Il a un revolver, cours !

Mais elle ne le pouvait pas. Elle était comme rivée au sol. Lorsque l'arme se mit à cracher, elle hurla, hurla encore, et encore, et…

Jamie se dressa sur son lit, le cœur battant à tout rompre, tandis que le cauchemar s'évanouissait.

« Faites de beaux rêves… »

Ses doigts se crispèrent sur le drap. Il y avait beau temps qu'elle n'en faisait plus d'autres que cauchemardesques. Les souvenirs du passé la hantaient sans relâche. Elle ne pouvait rien faire pour leur échapper.

Elle tourna son regard vers la fenêtre. Les premières lueurs de l'aube filtraient à travers les rideaux. Encore une nuit de passée. Le jour qui venait serait meilleur, il fallait l'espérer. Les mauvaises nuits, c'était son lot à elle.

Oui, cette journée serait meilleure.

On était dimanche, jour de fermeture de sa clinique vétérinaire. Elle n'avait donc pas besoin de se précipiter en ville pour soigner ses patients à quatre pattes.

Jinx vint se frotter à sa jambe en jappant plaintivement. Elle se pencha pour lui gratter la tête.

— Tout va bien, mon chien, le rassura-t-elle. Tu sais ce que c'est : avec le sommeil reviennent les cauchemars.

Elle avait espéré qu'avec le temps ils s'estomperaient. Mais, apparemment, les mauvais souvenirs ne voulaient pas mourir.

Des coups, frappés à la porte, la firent sursauter. Ils redoublèrent, encore plus forts.

— Jamie !

C'était la voix de Davis et elle l'aurait reconnue entre mille. Beaucoup de gens le confondaient avec son frère Brodie, mais pas elle. Elle avait remarqué tout un tas de petites différences entre eux : les yeux de Davis étaient bordés de petites rides d'expression, sa voix était un rien plus profonde et plus chaude, et…

— Jamie !

Elle bondit hors du lit et alla ouvrir. D'une main qui tremblait encore un peu, elle tourna tous les verrous. Elle avait dormi avec ses vêtements sur elle, trop nerveuse pour se déshabiller.

— Il y a un problème, lui dit d'emblée Davis, le visage grave.

Toutes les petites rides au coin de ses yeux semblaient s'être accentuées.

— Un problème ? fit Jamie.

— Il s'agit de votre maison. Quelqu'un qui passait sur la route ce matin a appelé les pompiers. Il y a eu un incendie, Jamie. Votre maison a brûlé !

C'était terminé. La maison tout entière n'était plus qu'une ruine noircie par la fumée. Jamie observait silencieusement la scène. Les pompiers fouillaient encore les cendres chaudes.

— Je ne comprends pas que l'alarme n'ait pas fonctionné, murmura-t-elle pour elle-même.

Elle se sentait… vide. Tout avait été détruit. L'odeur âcre de la fumée emplissait l'air.

Jamie secoua la tête. Ce n'était pas un cauchemar, hélas, c'était la réalité. Cette maison… Elle avait tant travaillé pour s'en faire un vrai foyer. Elle avait fleuri chaque fenêtre, avait passé des heures à jouer à la balle sur la pelouse avec Jinx.

— J'ai appelé votre société de sécurité, indiqua Davis.

Il se trouvait juste à côté d'elle.

Il ne l'avait pas quittée un seul instant depuis qu'il était venu lui annoncer la nouvelle.

— Ils n'ont effectivement reçu aucun signal. Je ferai mon enquête, mais je pense que l'alarme était débranchée quand le feu s'est déclenché, les câbles coupés, probablement.

Jamie ne put masquer sa surprise.

— Coupés ? Vous voulez dire que ce n'était pas un accident ?

— J'étais avec vous, hier, quand vous avez inspecté toute la maison. La chaudière, le four, tout était normal à ce moment-là. Les pompiers pourront certainement nous donner les causes du départ de feu, quand ils les auront trouvées, mais pour qu'une construction comme celle-ci s'envole en fumée de cette manière…

D'un geste de la main, il désigna les murs noircis, les cendres.

— Et le fait que l'alarme ne se déclenche pas, juste après que ce cinglé a essayé de s'introduire chez vous…

Il pinça ses lèvres.

— Non, je ne pense pas que cela puisse être un accident.

Le ventre de Jamie se noua douloureusement.

— Il a dû revenir plus tard, une fois que la voie a été libre, continua Davis. Peut-être qu'il a mis le feu pour couvrir les indices d'un cambriolage. Une façon d'effacer toutes ses traces.

C'était possible, songea Jamie. Il y avait chez elle un écran plat de bonne qualité, un ordinateur, un lecteur de DVD, une tablette informatique… Oui, cela pouvait toujours intéresser un cambrioleur.

Elle frissonna.

A moins que la raison soit tout autre…

Est-ce qu'il m'a retrouvée ?

Cela faisait si longtemps. Elle avait bien cru être en sécurité. Non, ce n'était pas vrai. En fait, elle avait espéré l'être.

Davis toucha doucement son bras.

— Jamie ? Y a-t-il quelque chose que vous ayez oublié de me dire ?

Jamie n'accordait pas sa confiance facilement. Elle savait trop ce qu'elle risquait, à se fier aux autres. Mais…

Dois-je lui raconter ?

Elle ne savait pas du tout.

Elle carra ses épaules.

— Pardon, bredouilla-t-elle, je ne… Je voudrais aller parler aux pompiers.

Avait-elle vraiment tout perdu ou quelque chose avait-il pu être sauvé de l'incendie ?

Elle fit quelque pas en avant et alors…

Il y avait une photo sur le sol, à quelque distance de la maison, ce qui lui avait évité d'être brûlée.

Jamie se pencha pour la ramasser. Le soleil faisait briller le cliché. Dessus, Jamie souriait.

C'était il y a si longtemps…

Elle fourra précipitamment la photo dans sa poche en retenant ses larmes. C'était le seul souvenir qu'elle avait conservé de sa vie d'avant. Jamais ce cliché n'aurait dû se trouver dehors, il était en bonne place sur sa table de nuit. Il n'avait aucune valeur particulière, sauf pour elle, et il était impensable qu'on ait pu vouloir le lui dérober.

Non, ce n'est pas un cambriolage. On a cherché à me faire du mal.

Dans ce cas, elle n'avait pas le choix. Elle devait tout raconter à Davis. Elle devait lui dévoiler les secrets les plus sombres de sa vie.

3

Jamie était de retour au ranch McGuire et, cette fois, ce n'était pas pour une fête. Elle avait presque tout perdu, à l'exception des affaires qu'elle avait apportées pour passer la nuit dans le cottage. Tout le reste avait disparu en l'espace d'un instant.

Davis faisait les cent pas devant elle.

— Vous allez rester ici avec moi. Vous y serez en sécurité.

Ils étaient dans la maison principale. Davis l'avait amenée là après qu'elle avait passé des heures à contempler le désastre, cherchant des réponses dans les ruines de sa maison et n'en trouvant aucune.

— Vous savez, je peux me payer une chambre d'hôtel, répondit-elle, à quelques pas de lui. Et la maison était assurée. Je vais m'en sortir, vraiment…

Il y eut un silence.

Jamie leva les yeux sur Davis, qui la fixait.

Vas-y !

— Mais il y a quelque chose dont j'ai besoin, reprit-elle.

C'était la raison pour laquelle elle avait accepté de retourner au ranch avec Davis. Pour qu'ils puissent parler. Seul à seule.

Elle prit une grande inspiration car elle avait horreur de revenir sur son passé. Mais avait-elle le choix ?

— Je veux vous engager, lui dit-elle enfin.

Les sourcils sombres de Davis se haussèrent en signe d'interrogation.

— Tout le monde dans la région sait à quel point McGuire Security fait du bon travail, commença-t-elle en se rappelant tout ce qu'elle avait appris sur leur société depuis son arrivée dans le coin.

Quand la police avait échoué à retrouver les assassins de ses parents, Davis et ses frères avaient monté leur propre entreprise d'investigation privée. Ils s'étaient fait une réputation qui dépassait les frontières du Texas pour s'étendre dans tout le Sud, et jusque sur la côte Est.

Chacun des frères McGuire avait servi dans l'armée et ils mettaient leur entraînement à profit pour débusquer les meurtriers. Les traquer sans répit.

Et les talents de Davis pouvaient désormais la sortir d'affaire, conclut Jamie.

— La police va rechercher le voleur, répondit-il lentement, en détachant les mots. Je sais que vous ne lui faites pas trop confiance, mais…

— Vous aviez raison, le coupa Jamie. J'ai effectivement des secrets. Et je dois m'assurer qu'aucun d'eux ne va se réveiller et me faire du mal.

Pendant le trajet vers le ranch, elle avait évalué les possibilités qui s'offraient à elle. Elle avait bien tenté de trouver d'autres options, mais il y en avait vraiment peu.

Davis était le meilleur choix. De loin.

Il vint vers elle d'un pas souple, presque gracieux, comme un félin s'approchant doucement de sa proie.

— S'il ne s'agit que d'un voleur, reprit-elle, un type qui a mis le feu à ma maison pour être sûr qu'on n'y trouve pas d'empreintes, eh bien, je considérerai que je m'en sors plutôt bien…

Elle accompagna cette déclaration d'un petit rire amer.

Ils étaient seuls dans la maison. Jamie avait aperçu Brodie, le frère jumeau de Davis, quand ils étaient arrivés. Il se dirigeait vers les écuries. Elle ne voulait pas partager cette histoire avec quelqu'un d'autre que Davis. C'était déjà assez dur comme ça de devoir tout lui raconter.

Mais je dois être certaine. Je dois savoir…

— Je ne me suis pas toujours appelée Jamie Myers,

avoua-t-elle. J'ai été quelqu'un d'autre. Quelqu'un dont la vie n'avait rien à voir avec celle que j'ai aujourd'hui. Mon nom était Jamie Bridgeton.

Davis ne dit rien, ne chercha pas à la pousser plus loin, se contentant de la regarder. D'attendre...

Elle se mordit la lèvre. Elle n'avait jamais raconté tout cela à quiconque.

— J'ai fait une bêtise. Il y a longtemps. La pire de ma vie. Et cela m'a coûté... mon ancienne vie.

— Qu'avez-vous fait ?

Il n'y avait pas une once de jugement dans la voix de Davis. Sans doute parce qu'il ne savait pas exactement de quoi il s'agissait.

— J'ai fait confiance à la mauvaise personne. Je suis tombée amoureuse de celui dont il ne fallait pas. Henry Westport.

A l'époque, Henry lui avait semblé paré de toutes les qualités. Elle le connaissait depuis des années ! Ils allaient à l'école ensemble, elle avait grandi avec lui. Elle aurait dû percer à jour son côté sombre mais...

Elle n'avait pas compris. Pas avant qu'il ne soit trop tard.

— J'avais dix-sept ans quand ça s'est produit, reprit-elle en détournant les yeux pour cacher sa peine encore vive. Dix-sept ans quand j'ai compris que Henry cherchait à contrôler ma vie. Il me coupait de tous ceux que je connaissais. Et je l'ai quitté, pour la première fois...

Machinalement, elle se frotta les côtes. Cette blessure-là ne faisait plus mal. Aucune ne la faisait plus souffrir d'ailleurs, mais elles étaient bien là, rappels silencieux de son histoire.

Elles seraient toujours là.

— J'ai rompu avec lui, répéta-t-elle, les yeux toujours perdus au loin, presque de dos à Davis.

C'était vraiment plus facile de lui parler ainsi, comme si elle racontait l'histoire de quelqu'un d'autre, une autre fille, pas elle.

— J'ai mis fin à notre liaison et le lendemain... il a fait irruption dans ma chambre. Il m'a poignardée. A six reprises.

— Quoi ?

Il y avait tant de fureur dans ce simple mot de Davis, tant d'indignation aussi, que Jamie fit volte-face vers lui. Il n'avait pas bougé d'un centimètre mais ses yeux étincelaient de rage.

— La police l'a arrêté. Et on m'a recousue…

Elle fit une pause, se rappelant les heures interminables à l'hôpital où on la droguait pour qu'elle souffre moins. Elle avait alors cru le cauchemar terminé. Mais il y avait eu pire, et il lui fallait en cet instant aborder ce dont elle avait le plus honte.

— J'ai pensé que j'en avais fini avec tout ça. Mais… les affaires de mon père périclitaient, il avait perdu beaucoup d'argent. Et le père de Henry, eh bien… il était riche. Je n'ai même pas compris qu'un accord avait été conclu entre eux. Pas au début en tout cas.

Peut-être n'avait-elle pas voulu le comprendre…

— Le juge s'est mis à dire que Henry n'avait que dix-sept ans, à peine quelques mois de moins que moi, et qu'il allait suivre une psychothérapie car il était terriblement perturbé. Perturbé !

Elle répéta le mot, fronçant les sourcils comme elle l'avait fait la première fois que le juge l'avait prononcé. « Perturbé… » Le terme était bien trop faible ! Henry était entré chez elle par effraction et l'avait poignardée en hurlant que personne ne pourrait la sauver, qu'elle était faite pour lui et lui seul, qu'elle aurait dû le savoir depuis toujours.

«Tu vas bien finir par comprendre, Jamie ! »

Si son frère n'avait pas fait irruption, Henry l'aurait tuée.

Elle avala sa salive.

— Quelques semaines plus tard, j'ai découvert que mon père avait reçu une somme substantielle de la famille de Henry à titre de dédommagement. Mon père m'a juré que c'était dans mon intérêt, qu'il avait parlé avec le juge et qu'il valait mieux pour moi un arrangement à l'amiable. Pourquoi aller en justice et me soumettre à un pénible procès ? Henry était visiblement malade, donc il allait recevoir le traitement adéquat. Moi, je devais privilégier mes études, tourner la page, me préoccuper de mon avenir…

Elle employait les paroles mêmes de son père et cela sonnait bizarrement dans sa bouche. Il lui avait vraiment dit tout cela et chaque mot était comme un clou qu'il lui aurait enfoncé dans la peau. Non, pas comme un clou…

Comme le couteau de Henry.

Quand son père lui avait parlé, elle était encore sous le choc, incapable de réagir. Elle n'avait demandé qu'une chose : quand Henry allait-il sortir ?

Son père n'avait pas répondu…

Et, plus tard, elle avait découvert que cela n'avait, en fait, aucune importance…

— Ensuite, que s'est-il passé ?

La voix de Davis était si rude que Jamie en trembla.

Davis exhala un lourd soupir.

— Jamie, je ne voulais pas vous… Regardez-moi.

Elle obtempéra.

— Vous me faites confiance ? s'enquit-il.

J'ai déjà fait confiance à la mauvaise personne.

— Je crois que oui, reprit Davis. Je crois que c'est parce que vous me faites confiance que vous me racontez cette histoire.

Jamie secoua la tête. Elle n'était pas prête à refaire les mêmes erreurs.

— Je ne fais plus confiance à personne. Mais j'ai besoin de vos services. J'ai besoin de…

Il fallait qu'elle aille jusqu'au bout, désormais… Davis ne la lâchait pas des yeux.

— Henry m'a retrouvée quelques mois plus tard. J'allais entrer à l'université et il est venu me voir. Il avait un revolver cette fois, précisa-t-elle d'une voix blanche alors que sa main se refermait sur la photo qu'elle avait dans sa poche. Mon frère, Warren, était avec moi. Il s'est battu avec Henry pour que je puisse m'enfuir. Il m'a crié de courir. Mais c'était mon frère. Je ne pouvais pas l'abandonner. Je l'aimais…

Alors elle était restée là et avait voulu attraper le revolver…

— Henry a tiré sur mon frère, reprit-elle, et il allait en faire de même avec moi lorsque la police du campus est arrivée et l'a emmené. Mais il n'était pas sous les barreaux depuis deux minutes que ses parents débarquaient, parlant d'un acte commis sous le coup d'une crise de folie et promettant de lui faire donner les meilleurs soins, de lui assurer une complète guérison… Pendant ce temps, mon frère était sur la table d'opération, luttant pour sa vie.

Elle sortit la petite photo et Davis tendit la main pour la voir. Elle la lui passa, puis continua :

— Je me suis rendue au poste de police, je voulais être sûre que, cette fois, Henry ne s'en tirerait pas avec simplement des soins. Il m'a dit… il a hurlé, plutôt, que je ne lui échapperais jamais, qu'il trouverait un moyen de me garder… Qu'il éliminerait tous ceux qui se mettraient entre nous, comme il avait éliminé mon frère.

Jamie déglutit de nouveau. Les mots avaient du mal à passer la barrière de ses lèvres sèches. La douleur était comme une griffe d'acier, ravageant son ventre. Voilà pourquoi, d'habitude, elle se taisait sur son passé. En parler faisait trop mal.

— Jamie ?

— Mon… mon frère n'est pas sorti vivant de la salle d'opération… Il est mort pour me protéger, et Henry, pendant ce temps, hurlait derrière les barreaux que tous ceux que j'aimais mourraient eux aussi, que rien ne l'arrêterait jamais, qu'il continuerait à me poursuivre.

Davis se raidit.

— Est-ce que Henry a été enfermé ?

— Crise de folie…, soupira Jamie. Tous les psychiatres ont affirmé qu'il avait eu une crise.

« La place de mon fils n'est pas en prison… » Combien de fois avait-elle entendu Garrison Westport prononcer ces mots ?

— On l'a interné dans un quartier de haute sécurité, indiqua-t-elle en se mordant les lèvres.

Elle aurait tant voulu se sentir protégée, hors de son atteinte. Mais elle n'avait plus confiance. Et d'ailleurs, elle avait été trahie. Cela, Davis n'avait pas besoin de le savoir, pour le moment du moins.

— Je ne pouvais pas rester au même endroit car, un jour ou l'autre, il allait sortir et chercherait à me retrouver.

Cela avait été sa peur constante : se réveiller un beau matin et le voir penché sur elle, un couteau à la main.

— Donc, je suis partie. La police m'a aidée. Peut-être qu'ils avaient pitié de moi… On m'a donné un nouveau nom, une nouvelle vie. Je me suis cru en sécurité.

Et peut-être que Henry finirait par se calmer…

Davis secoua la tête, l'air incrédule.

— Et vous avez porté ce fardeau toute seule, pendant tout ce temps ?

— Oui. La photo que vous tenez… elle se trouvait sur ma table de chevet, encadrée. Et elle a échappé aux flammes, par une sorte de miracle…

Un muscle joua sur la mâchoire de Davis.

— Vous pensez que c'est un message ?

— J'ai peur qu'il me retrouve et j'ai… j'ai besoin que vous fassiez des recherches, que vous creusiez cette histoire pour trouver la vérité. C'est bien votre métier, non ? Je vous en prie, je paierai ce qu'il faudra, mais je dois savoir si Henry est reparti à ma recherche. Si je dois fuir de nouveau. Si je…

Davis prit sa main dans la sienne.

— Fuir ne sert à rien.

Facile à dire pour lui, qui n'avait pas un tel démon à ses trousses !

— Je trouverai ce qui se passe, promit Davis. Mais jurez-moi que vous ne vous enfuirez pas une nouvelle fois.

Comment aurait-elle pu faire pareille promesse ? Et Davis dut s'en apercevoir à l'expression de son visage car il ne la poussa pas plus loin.

— Donnez-moi quelques jours, reprit-il. Le temps de comprendre ce qui se passe exactement.

— Quelques jours, d'accord.

Elle n'aurait pu lui en accorder plus. Car, si Henry était dans la région, s'il avait retrouvé sa piste…

Elle fuirait, aussi loin que nécessaire.

— Et voilà son histoire, fit Davis en s'appuyant sur le mur, face à ses frères.

Brodie laissa échapper un sifflement pensif tandis que Sullivan, le cadet, se contenta de secouer la tête.

— Elle veut que nous découvrions qui a provoqué cet incendie, continua Davis. Et je lui ai dit que nous acceptions de mener cette recherche.

Sullivan haussa les épaules, manifestement sceptique.

— On ne peut pas exclure que l'incendie ait été provoqué par un simple voyou qui aurait voulu supprimer les preuves de son cambriolage. Rien ne dit que ce soit ce type sorti de son passé, ce Henry…

— Henry Westport, précisa Davis.

Sullivan hocha la tête.

— Oui, on n'est pas sûr que ce soit lui l'incendiaire. Et, si jamais ce n'est pas lui, ce serait une très mauvaise idée de lui apprendre où se trouve Jamie. S'il a tourné la page, il ne faudrait pas la lui remettre en tête… Avant que nous l'approchions, je vais faire une petite enquête sur lui, sur ses déplacements récents. S'il est dans la région, il ne me faudra pas vingt-quatre heures pour le savoir.

Sullivan avait parlé avec détermination et réflexion. Davis pouvait compter sur lui. Sur eux. Il le savait. Leur soutien était indéfectible.

— Elle va rester ici en attendant, renchérit Brodie. Avec les nouvelles mesures de sécurité que nous avons mises en place, elle ne peut pas être mieux protégée qu'au ranch.

— Entièrement d'accord, commenta Davis. Jamie m'a dit qu'elle voulait se trouver un hôtel dans les parages. Mais c'est une mauvaise idée. Aucun de ces établissements n'est sûr.

Jamie y serait bien trop exposée. Si je veux pouvoir garder un œil sur elle, elle ne doit pas s'éloigner.

J'ai besoin qu'elle soit tout près.

— Est-ce qu'on a d'autres détails sur cette affaire ? intervint Sullivan en s'approchant de la fenêtre et en jetant un regard au dehors.

— Je vous ai dit tout ce qu'elle m'a révélé, assura Davis.

Sullivan continuait à regarder par la fenêtre. Qu'est-ce qui pouvait bien retenir ainsi son attention ? se demanda Davis.

A son tour, il s'approcha et suivit la direction du regard de son frère. Jamie était dehors. Elle passait près de l'écurie. Le soleil tombait sur ses cheveux, les rendant encore plus brillants, alors qu'ils cascadaient sur ses épaules.

— C'est une belle femme, commenta Sullivan avec simplicité.

La mâchoire de Davis se serra et il reconnut ce sentiment bizarre qui faisait bouillir son sang : la jalousie.

Bas les pattes, frérot !

— Je me demandais, reprit lentement Sullivan, si tu avais une implication personnelle dans cette affaire…

Du pouce, il désigna Brodie qui restait silencieux.

— Ces derniers temps, insista Sullivan, vous avez tendance à transformer toutes nos enquêtes en affaires personnelles. Je ne peux pas tourner le dos cinq minutes sans que quelqu'un tombe amoureux ou se fasse mettre le grappin dessus. Ça finit par m'inquiéter un peu.

— N'importe quoi ! jeta Brodie. Jennifer et moi, nous nous fréquentions bien avant son affaire. Je ne t'en avais pas parlé parce que je ne suis pas du genre à me vanter quand une fille sort avec moi.

— Admettons…, lâcha Sullivan avec un sourire suffisant, ce qui lui valut un regard furieux de Brodie.

Mais Sullivan n'en parut pas troublé. Il se tourna vers Davis et reprit :

— Donc, disons que je suis simplement curieux. Est-ce que c'est juste une affaire comme une autre pour toi ?

Davis se souvint de la façon dont Jamie avait réagi lorsqu'il l'avait embrassée. La tenir dans ses bras, c'était ce qui se rapprochait le plus du paradis. Puis il pensa à la rage qui l'avait saisi lorsqu'il avait appris son passé.

— C'est plus que cela.

Sullivan écarquilla les yeux, l'air effaré.

— Comment ? Non, ne me dis pas ça. Je te mettais simplement en boîte ! Je voulais juste…

— Jamie est une amie de la famille, biaisa Davis. Quand il s'agit d'un ami, on ne peut pas dire que ce soit une affaire comme une autre.

En fait, il aurait bien voulu que Jamie soit davantage pour lui qu'une amie de la famille… Ce qu'il espérait au final, il ne le savait pas encore clairement mais, puisqu'il connaissait désormais le passé de Jamie, il lui faudrait marcher sur des œufs. La dernière chose qu'il voulait, c'était effrayer Jamie.

Je suis resté trop longtemps dans l'ombre… A la regarder, à attendre le meilleur moment pour l'approcher.

Mais, chaque fois qu'il s'était trouvé près d'elle par le passé, il n'avait su que dire. D'habitude, il avait des phrases toutes faites pour aborder les filles. Pourtant, quand Jamie plongeait son regard bleu dans le sien, il en perdait ses moyens.

Me voilà dans le pétrin.

— Une amie de la famille ? répéta Sullivan en détachant chaque mot. Pas ta maîtresse ?

Davis lui décocha un regard furibond.

— Contente-toi d'enquêter sur cette histoire !

— Justement, ça fait partie de mon enquête ! répliqua Sullivan du tac au tac.

Sullivan, dit « Sully », était un ex-marine et, bien que le plus jeune d'entre eux, c'était peut-être le plus endurci. Davis se faisait souvent cette réflexion. La mort de leurs parents avait transformé Sullivan, lui donnant un côté sombre et intense dont il ne se départait plus.

Il darda Davis de son regard.

— Si tu fréquentes une jeune femme dont l'ex est un malade

mental, qu'est-ce que tu deviens du même coup ? Une cible ! Un obstacle sur le chemin de ce fou.

Davis toisa son frère. Pour écarter tout danger de celui de Jamie, il était prêt à s'interposer.

— Donc, est-ce que tu couches avec elle ? insista Sullivan sans ménagement.

A ces mots, Davis se rua sur lui. D'autres avaient peut-être peur de Sullivan, pas lui. Sully était toujours son petit frère, même s'ils avaient la même taille et que Sully lui rendait plusieurs kilos.

Il le plaqua au mur.

— Un peu de respect ! rugit-il. Cette femme a connu l'enfer, alors tu vas la traiter avec un minimum d'égards. Je sais bien que tu traverses une drôle de période en ce moment, même si tu ne nous en parles pas…

Sullivan baissa les yeux.

Tu ne pensais quand même pas que cela m'avait échappé, dis ?

— Mais tu vas faire attention ! exigea Davis. Sinon, frère ou pas frère, je vais te casser la figure. Jamie est vulnérable, elle est au bord d'un précipice où elle peut tomber à tout moment. Je te défends de faire quoi que ce soit qui pourrait la bouleverser.

Sullivan inclina la tête.

— Ça va, j'ai compris…

Davis le relâcha et le suivit des yeux alors qu'il rajustait sa chemise. Et soudain, il ne put s'empêcher de demander :

— Qu'est-ce qui t'arrive, mon vieux ? J'ai l'impression que tu t'éloignes de plus en plus de nous, ces derniers temps.

Sullivan était tellement à vif, tellement coléreux…

Son frère esquissa pourtant un sourire.

— Vous ne croyez tout de même pas que vous avez le monopole des sentiments, non ? Vous êtes tous très heureux, vous abordez l'avenir avec confiance. Mais moi… moi…

Il garda un instant le silence, puis ajouta :

— Aucun de vous ne sait ce que j'ai perdu !

De quoi parlait-il ?

Davis lança un regard interrogateur à Brodie, qui semblait l'ignorer lui aussi.

— Laisse tomber, murmura Sullivan, carrant ses épaules en passant devant Davis. Elle m'a oublié. Donc, tout est pour le mieux. Je vais m'occuper de ce Henry Westport. S'il se trouve à moins de trois cents kilomètres d'Austin, tu le sauras vite. En attendant, eh bien… protège ta chérie au mieux, garde-la hors d'atteinte.

Sullivan sortit, refermant la porte derrière lui. Il lui arrivait rarement de passer la nuit au ranch. A cause de la mort de leurs parents ? se demanda Davis. De quelque chose d'autre ? Ou de quelqu'un d'autre ?

— Qu'est-ce que c'est que cette histoire ? maugréa Brodie.

Davis secoua la tête.

— Je pensais que tu en savais plus que moi là-dessus.

— Rien du tout, soupira Brodie.

Son regard, ce fameux regard vert que se partageaient les frères McGuire, devint pensif.

— Mais j'aurai le fin mot de l'affaire, promit Brodie. Et, si je n'arrive pas à faire parler Sully, je lui envoie la grosse artillerie.

La grosse artillerie…, releva Davis. C'était leur sœur Ava que Brodie désignait ainsi. Aucun des frères n'avait jamais pu lui résister. De tous les McGuire, c'était elle la plus solide, bien que physiquement la plus délicate. Elle avait traversé des épreuves inimaginables mais en était sortie plus forte, plus déterminée que jamais à rechercher le bonheur, sans laisser les ombres du passé s'accrocher à elle et la faire sombrer.

Pendant des années, des rumeurs avaient couru sur Ava. On racontait qu'elle était impliquée dans le meurtre de ses parents. Ce n'étaient que sottises, Davis le savait bien et il s'était battu avec quiconque osait répéter devant lui ces insinuations venimeuses.

Désormais, ils entraient enfin en possession d'indices pouvant les mener aux véritables meurtriers, ces hommes qui avaient assailli leurs parents si férocement, criblant de balles leur mère, puis leur père.

« Je ne vous dirai rien, quoi que vous puissiez faire. Rien, jamais. »

Ava avait confié à Davis que c'étaient les dernières paroles de leur père, alors qu'il faisait face aux tueurs.

— A quoi tu penses ? lui demanda Brodie sans prévenir.

Par la fenêtre, Davis regardait fixement Jamie au-dehors.

— Je me disais qu'elle ressemble beaucoup à Ava, au fond. Délicate d'aspect, mais ferme comme de l'acier en dedans.

— Je ne veux pas qu'elle souffre, murmura Davis.

Il pouvait se confier à Brodie… D'ailleurs, il ne parvenait jamais à lui cacher grand-chose. Son jumeau et lui étaient comme les deux parties d'un même corps.

Brodie et lui… Un lien très fort les unissait. Ils avaient toujours été solidaires. Davis était même entré chez les Navy SEALS pour pouvoir encore y veiller sur son frère. Après tout, il était son aîné de cinq minutes. Et cinq minutes, ça comptait, non ?

C'est à moi de le protéger.

La main de Brodie s'abattit affectueusement sur son épaule.

— Avec nous, elle sera en sécurité. On a bien tiré Jennifer de ses ennuis, ajouta-t-il en évoquant celle qui était devenue sa femme, et qui avait débarqué dans leurs vies en traînant à sa suite une véritable cargaison de secrets et de dangers. Nous protégerons Jamie tout aussi bien.

C'était vrai, ils…

Soudain, de l'autre côté de la fenêtre, Jamie se mit à courir en direction de la maison.

Davis se précipita pour lui ouvrir. Il atteignit la porte au moment où Jamie grimpait sur le seuil. Ses joues étaient rouges de sa course, et ses yeux pleins d'inquiétude.

— Que se passe-t-il ? s'enquit Davis, inquiet, en attirant Jamie à lui.

Tendu, prêt à l'action, il était déjà en alerte.

— J'ai eu un appel de ma messagerie, expliqua Jamie.

Je dois filer tout de suite au ranch des Hollow, leur jument est entrée en travail. C'est beaucoup trop tôt, ajouta-t-elle en secouant la tête. Elle n'est pas supposée avoir son poulain avant plusieurs semaines. Je dois y aller et y rester jusqu'à ce que la pauvre bête soit hors de danger, mais je voulais vous prévenir avant.

Jamie tourna tout de suite les talons et redescendit à la hâte les escaliers du perron.

— Je passe à la clinique pour prendre mon matériel, jeta-t-elle par-dessus son épaule. Ensuite, je serai au ranch des Hollow, en cas de besoin !

Mais Davis se lança à ses trousses et parvint à la voiture juste avant elle.

— Mon chou, je vous accompagne.

Les yeux de Jamie s'agrandirent de surprise. Parce que ce terme tendre avait échappé à Davis — et c'était la deuxième fois que ça lui arrivait — ou parce que cela déroutait Jamie qu'il tienne à venir avec elle ? se demanda Davis.

— Tant qu'on n'en sait pas plus, reprit-il d'une voix plus posée, je préfère vous garder à l'œil, pour votre sécurité.

Jamie déglutit visiblement. Ses lèvres tremblaient, ses prunelles se dilataient. De toute évidence, la tension envahissait Jamie. Davis se détesta d'être la cause de ce malaise, mais il voulait que Jamie reste sur ses gardes, à tout moment.

— Vous pensez… qu'il peut être dans les parages ? demanda-t-elle d'une voix mal assurée.

— Je n'en sais rien encore, reconnut Davis. Mais, tant que je n'ai pas une idée plus précise de la situation, je ne veux rien risquer, et surtout pas que *vous* risquiez quoi que ce soit… Laissez-moi vous accompagner, Jamie. Je vous promets de ne pas vous déranger dans votre travail, mais ainsi j'assurerai votre sécurité.

Jamie hocha la tête en signe de consentement.

— Et prenons ma camionnette, ajouta Davis. Sur ces routes de campagne, ce sera mieux que votre voiture.

Davis fit au revoir à Brodie, qui était sorti sur le porche à sa suite.

Puis Davis démarra, quittant à toute vitesse avec Jamie le ranch McGuire.

Il ricanait intérieurement, savourant son plan machiavélique. Jamie avait toujours aimé les animaux. Presque trop… Il le savait pertinemment.

A une époque, Jamie avait recueilli un énorme chien errant qu'elle avait pris en grande affection. Un peu comme le chien de chasse qu'elle avait désormais. C'était une chienne, elle l'appelait Lucy. Et cette Lucy la suivait partout…

Et puis, un jour, Lucy avait disparu. Jamie s'était écroulée en larmes. Elle avait cherché cette chienne pendant des jours entiers, mettant des affiches partout, parcourant la région sans relâche.

Mais Lucy n'était jamais revenue. Et il y avait une bonne raison à cela. C'était lui qui l'avait heurtée avec sa voiture, sans l'avoir voulu. Lucy s'était précipitée sous ses roues et il n'avait pas eu le temps de freiner. Les animaux, c'était la faiblesse de Jamie. Et ça le serait toujours…

A l'abri des regards, il gardait les yeux fixés sur l'entrée de la clinique dont le soir couchant obscurcissait les contours.

Allez, Jamie, reviens… Je t'attends… Viens me retrouver…

Il n'était évidemment pas question qu'il reparte sans elle. Les minutes s'écoulaient… Il attendait… Et alors…

Une camionnette déboucha dans le parking.

Il sourit.

D'un bond, Jamie sortit du véhicule.

Il avait déjà la main sur la portière. Cette fois, il avait pris une voiture. Pour emmener Jamie…

Elle entrait dans le bâtiment.

Mais… Jamie n'était pas seule.

L'homme qui l'accompagnait la nuit précédente, ce grand

type aux cheveux bruns, lui courait derrière. Il se rapprochait, beaucoup trop. Posait la main au creux de ses reins…

Il serra les poings.

Jamie avait un nouvel amant. C'était certain vu la façon dont cet homme la touchait. Possesseur. Protecteur.

C'est moi qui devrais faire ça ! Moi !

Il lui avait dit une fois qu'ils étaient faits l'un pour l'autre, et qu'il ne la laisserait pas partir.

Il lui faudrait se débarrasser de cet imbécile.

Jamie ne t'appartient pas, elle est à moi. Pour toujours !

Il était resté trop longtemps éloigné d'elle et elle s'était tournée vers quelqu'un d'autre.

Non, ce n'était pas possible. Non !

Jamie sortit en courant du bâtiment, sa trousse à la main.

L'homme était encore à son côté.

Ils sautèrent dans la camionnette et partirent.

Tu n'iras nulle part. Je te tiens !

4

Davis fronça les sourcils tandis que Jamie s'expliquait de nouveau auprès de Stephanie Hollow.

— Je ne comprends vraiment pas… Mon assistante m'a appelée pour me dire que votre régisseur avait téléphoné et qu'il était très inquiet pour Shade, parce qu'elle était en travail et qu'il fallait que je vienne tout de suite.

Stephanie repoussa une mèche rousse derrière son oreille et secoua la tête.

— Mais non, je vous assure, tout va bien. Shade est encore loin du terme, comme vous le savez, du reste…

Stéphanie paraissait tout à fait sincère, nota Davis. Ses yeux bruns reflétaient la franchise et l'incompréhension.

— Je ne sais pas ce qui s'est passé, mais cet appel ne provient pas d'ici. D'ailleurs, notre régisseur n'est pas là en ce moment. Il est en visite dans sa famille, au Colorado.

Davis pestait intérieurement. Le ranch Hollow était isolé et il avait fallu faire une longue route, très sinueuse, pour parvenir jusque-là.

Apparemment, pour rien.

Sauf que quelqu'un avait voulu attirer Jamie dans cet endroit, c'était manifeste.

— Bon, fit la vétérinaire, je ne comprends pas, moi non plus. Au moindre problème, n'hésitez pas à m'appeler. Vous savez que je viendrai tout de suite.

Stephanie Hollow acquiesça, l'air toujours réellement ennuyé.

— Je suis vraiment navrée que vous ayez fait tout ce chemin pour rien.

Son regard glissa en direction de Davis.

— Je veux dire… tous les deux. Je ne savais pas que vous étiez ensemble…

— Oh ! nous ne…, commença Jamie.

— Nous ne regrettons pas du tout la balade, la coupa Davis en passant son bras autour de ses épaules, d'un air de propriétaire. Et puis, c'est tout de même mieux comme ça… Il vaut mieux que la jument soit en bonne santé, n'est-ce pas ? Content de t'avoir vue, Stephanie !

Sur ce, il entraîna Jamie vers la camionnette, ouvrit la portière côté passager et poussa la vétérinaire à l'intérieur. Puis il fit rapidement le tour du véhicule, se mit au volant et démarra sans attendre.

— Qu'est-ce qui vous prend ? lui demanda Jamie. Stephanie va le répéter à tout le monde.

— Chérie…, commença-t-il, les yeux fixés sur la route.

Le petit nom affectueux flotta un instant dans le silence. Il n'était pas homme à prononcer ce genre de qualificatifs à la légère et ne l'avait jamais été.

— Nous avons suffisamment d'autres problèmes pour ne pas nous préoccuper de quelques ragots.

Il rejoignit l'embranchement de la route.

— Et, si les gens pensent que nous sommes ensemble, ma foi, c'est très bien. Ça justifie que l'on me voie auprès de vous, sans que l'on sache que vous nous avez engagés, mes frères et moi.

Jamie se crispa nettement.

— Vous avez dit *des problèmes*… Vous pensez que ce n'était pas une erreur ?

— Vérifiez, lui dit-il. Appelez votre secrétariat.

Mais cela ne faisait aucun doute : quelqu'un avait voulu pousser Jamie hors du ranch et l'amener jusque-là. Délibérément.

Jamie sortit tout de même son téléphone portable et appuya sur une touche.

Au bout de deux secondes à peine, elle lança à son interlocuteur :

— C'est moi. Je reviens du ranch Hollow. Ils m'ont dit là-bas que personne ne m'avait demandé de passer.

Un silence, puis :

— Vous êtes sûre de ça ? D'accord… Oui, merci…

Elle raccrocha et se tourna vers Davis.

— Sylvia confirme qu'un homme a appelé, qu'il s'est présenté comme le régisseur de Stephanie et qu'il a dit que Shade était entrée en travail. Comment est-ce possible ? Je veux dire : si c'est Henry… comment a-t-il pu savoir ?

Davis retint un soupir.

— Vous aviez un ordinateur, chez vous, n'est-ce pas ?

— Oui, un portable.

— Je suppose qu'il contenait les dossiers de vos patients ?

Jamie acquiesça.

— Ne cherchez plus. Il y a trouvé toutes les informations qu'il recherchait : votre emploi du temps, vos rendez-vous, le nom des propriétaires des animaux que vous soignez… Il a tout ça en sa possession et il peut s'en servir contre vous.

— Vous… vous croyez vraiment qu'il s'agit de Henry ?

— Je ne vois aucune raison de penser que ce n'est pas lui.

Davis jeta un rapide regard à Jamie.

— A moins qu'il y ait autre chose, dans votre passé, dont vous ne m'ayez pas parlé ?

Jamie ouvrit la bouche et murmura :

— N… non… non.

Il y avait bien autre chose, comprit Davis.

— Jamie, s'il y a une autre menace contre vous, quelle qu'elle soit… il faut me le dire. Maintenant !

Elle tourna la tête vers lui.

— Eh bien, je… Oh ! attention !

Mais son cri vint trop tard. Un autre véhicule fonçait droit sur eux. Jusqu'au dernier moment, il avait été dissimulé par la courbe de la route. Il les percuta à la hauteur de la portière, côté conducteur. Le choc fut incroyablement violent, et le bruit du métal froissé et du verre pulvérisé, effroyable. L'airbag se déclencha instantanément, enveloppant Davis dans une sorte d'épais nuage blanc.

Il écrasa le frein avec le pied tout en essayant de maintenir solidement la direction, mais il n'y avait rien à faire : la camionnette entama une série de tonneaux.

Jamie ne criait plus, ne parlait plus…

Des chocs, encore, contre les arbres du bas-côté de la route. Encore du verre qui éclatait, des airbags qui se déclenchaient… Et puis, enfin, le silence.

Il étouffa un cri de victoire. Son cœur battait à tout rompre.

Il bondit hors de sa voiture et courut vers la camionnette accidentée. Elle était renversée sur le côté.

Il avait délibérément cherché à percuter le côté conducteur. C'était ce type qu'il voulait tuer, ou au moins mettre hors d'état de nuire. Pas Jamie.

Elle va bien. Elle était côté passager. Elle n'a rien…

Mais il n'avait pas imaginé que la camionnette ferait une série de tonneaux. Il n'avait pas pensé à cela… et tout était tellement silencieux soudain…

Son pied botté écrasait des morceaux de verre et de métal. Il rabattit sa cagoule de laine sur son visage, au cas où… où quelqu'un passerait par là, où l'homme vivrait encore, où…

Je ne vois pas Jamie !

Il s'approcha encore de la camionnette. L'homme, en revanche, était parfaitement visible. Il paraissait avoir été assommé par le choc. Du sang coulait sur ses yeux clos. Son airbag s'était déclenché.

Il passa sa main entre les morceaux du pare-brise pour écarter tout ce plastique gonflé.

Jamie…

Un moteur de voiture ronfla au loin.

Il dégagea quand même le visage de Jamie. Elle avait les yeux fermés, elle aussi.

Il avança vers elle sa main gantée. Respirait-elle ? Il le fallait… Il fallait qu'elle reste en vie…

Il n'avait pas voulu lui faire de mal. C'était la faute de cet imbécile, là, à côté d'elle !

Tout de même, il aurait bien dû se montrer plus prudent. Percuter moins fort la camionnette, s'arranger pour qu'elle ne fasse pas tous ces tonneaux.

Il passa ses doigts sur la gorge de Jamie. Ces fichus gants le gênaient. Il aurait aimé caresser sa peau soyeuse.

Il tendit encore davantage le bras, cherchant la pulsation révélatrice, à la carotide.

Enfin ! Il la trouvait !

Elle était vivante !

— Ecarte-toi d'elle !

Le conducteur de la camionnette n'était plus évanoui. Il essayait frénétiquement de s'extraire du métal plié. Et Jamie remuait, elle aussi. Elle gémissait doucement.

Je te reverrai bientôt, Jamie. Bientôt…

— Que… qu'est-il arrivé ? murmura Jamie en ouvrant difficilement les yeux.

Un homme avec une cagoule de ski avait essayé de la toucher en passant son bras à travers les débris du pare-brise. Elle avait hurlé et il s'était enfui. Alors, elle avait tenté de s'extraire de sa prison de métal. Elle luttait et…

— Jamie, ça va ?

Elle se figea. Le battement sourd de son cœur emplissait ses oreilles, fort comme le tonnerre.

— Il est parti, indiqua Davis d'une voix déjà plus assurée. Il est remonté dans sa voiture mais je doute qu'il aille très loin… A la façon dont il nous a heurtés, l'avant de son véhicule doit être bien enfoncé, lui aussi.

Jamie ne pouvait s'empêcher de trembler.

— J'ai perdu mon téléphone, continua Davis. Et je suis… coincé. Mais je vais sortir de là. Donnez-moi juste une minute.

Il y eut un grand bruit de métal froissé. Puis Davis émergea de l'épave de la camionnette.

— Davis ?

Jamie essaya de se tourner en tous sens pour croiser son regard. Les airbags déployés la gênaient. Elle voulut les repousser. Ses jambes étaient coincées sous les tôles. Elle tentait frénétiquement de s'en extirper.

— Davis !

Il ne répondait pas. Etait-il déjà aux trousses de l'agresseur encagoulé ?

— Ne me laissez pas, je vous en prie !

Pas ainsi, prise au piège, sans défense.

Il a posé sa main sur moi. Il m'a touchée.

Si je n'étais pas revenue à moi, est-ce qu'il m'aurait tuée ?

Une nausée tordait son estomac.

Davis apparut devant la portière passager. Jamie lâcha un petit cri de surprise.

Davis avait seulement fait le tour de la camionnette.

— Vous n'avez rien ? s'enquit-il.

Elle maugréa.

— Ne disparaissez plus comme ça !

Dans un grand craquement, il écarta sa portière, qui faillit lui rester dans la main. Mais Jamie n'était pas dégagée pour autant. Le capot enfoncé l'enserrait toujours, ses jambes restaient coincées sous le tableau de bord plié.

— Vous êtes blessée ? lui demanda Davis une nouvelle fois.

— Je ne crois pas. Vous, par contre, vous saignez.

Il avait une entaille à l'arcade sourcilière, mais balaya sa remarque d'un geste. Puis il essaya de tordre la tôle pour la libérer.

— Chérie, je ne vous fais pas mal ?

Elle aimait qu'il l'appelle comme ça. Avec cette petite émotion dans la voix, si chaude… Cela sonnait comme une vraie marque de tendresse, comme s'il tenait à elle. Elle avait tant besoin de cela, qu'on la protège.

— Je ne pense pas que je sois blessée, le rassura-t-elle.

J'ai seulement eu peur. Il était juste en face de moi. Il portait une sorte de cagoule de ski, complète, qui couvre le visage. J'ai vu sa main s'avancer vers moi.

Elle réprima un nouveau frisson puis s'arc-bouta contre le tableau de bord plié, dans un effort désespéré pour s'en extraire.

— Il peut revenir, dit-elle. D'un instant à l'autre. Il faut que je sorte de là !

Elle ne voulait pas être prise au piège si cela arrivait ou, pire encore, s'il s'attaquait à Davis. C'était lui qu'il avait visé, délibérément, en fonçant sur la camionnette. Une attaque aussi brutale qu'inattendue.

Elle aurait pourtant dû s'y attendre. Henry n'avait aucun égard pour personne. Il fonçait, droit devant, pour obtenir ce qu'il voulait.

Et ce qu'il voulait, elle le savait, c'était qu'elle souffre.

La tôle froissée gémit lamentablement et, tout à coup, Jamie dégagea ses jambes. Elle serait tombée à la renverse de la camionnette si Davis n'avait pas été là. Il la récupéra dans ses bras et se mit à courir en la portant toujours, même si elle pouvait tout à fait marcher seule.

— Il faut nous éloigner, lui expliqua-t-il. Cela sent l'essence, ça pourrait s'enflammer d'un coup.

C'était vrai. Jamie le laissa l'emporter vers l'autre côté de la route, qui était couverte de débris épars. Comment avaient-ils pu se tirer de là vivants ? Jamie n'en revenait pas.

Une voiture se rapprocha.

Jamie se serra nerveusement contre Davis. Et si c'était lui ? S'il revenait ?

Davis la posa à terre, puis la fit passer derrière lui, pour l'abriter de son corps.

Jamie trépignait. Davis n'allait pas se sacrifier pour elle ? Il leur fallait une arme… Il fallait…

Un crissement de freins la fit sursauter.

Elle jeta un œil par-dessus l'épaule de Davis.

— Que se passe-t-il ?

Stephanie bondissait hors de son SUV.

— Vous êtes blessés ?

Elle se mit à courir vers eux.

Les épaules de Jamie s'affaissèrent de soulagement. Ce n'était pas l'homme à la cagoule, mais la gentille Stephanie Hollow.

Davis lui emprunta son téléphone portable et appela les secours. Il expliqua à l'opérateur ce qui s'était passé, avec calme et précision.

Stephanie s'approcha de Jamie et lui toucha doucement l'épaule.

— Qu'est-ce que je peux faire ?

— Tout va bien, ne vous inquiétez pas, lui répondit Jamie. Seulement des égratignures. Quelques muscles froissés, peut-être. On verra ça demain.

Mais ils étaient en vie, Davis et elle. Rien d'autre n'importait.

C'est Henry qui a fait ça. Henry est après moi. Il me l'avait dit : je ne pourrai pas lui échapper.

Et, de toute évidence, il ne la poursuivait pas seulement parce que, dans son cerveau malade, il les croyait faits l'un pour l'autre.

Il la traquait parce qu'il voulait la tuer.

— Les flics ont retrouvé sa voiture abandonnée sur la route de Gunter, annonça Sullivan à Davis avec un air indéfinissable. Je suppose qu'il avait laissé un véhicule de rechange dans les parages ou peut-être même qu'un complice l'attendait.

Davis acquiesça.

— Ils cherchent des empreintes digitales sur ma camionnette. On verra bien ce que ça donnera.

— Voilà, c'est fait !

L'infirmière venait de lui poser la dernière agrafe sur le bras. Elle lui sourit.

— Comment va Jamie… Mlle Myers ? lui demanda-t-il tout de suite.

Il aurait voulu rester auprès de Jamie, mais on les avait séparés dès leur entrée à l'hôpital. En fait, sur les lieux mêmes de l'agression, dès l'arrivée des secours, il y avait eu un désordre indescriptible et Davis avait dû batailler pour demeurer avec Jamie.

— On est en train de l'examiner, répondit l'infirmière.

C'était une toute jeune femme d'une vingtaine d'années aux cheveux très sombres, coupés à la dernière mode.

— Vous pouvez l'attendre, si vous voulez…

Mais Davis ne voulait pas l'attendre, il voulait être avec Jamie.

Il laissa l'infirmière quitter la salle de soins, puis fixa son frère droit dans les yeux.

— Au moment du choc, lui dit-il, je suis resté étourdi quelques secondes, et je n'ai repris mes esprits que lorsque la camionnette s'est immobilisée sur le bas-côté. Il était là… Il essayait de tendre le bras vers Jamie à travers les débris du pare-brise. Elle, elle avait les yeux fermés. J'ai bien cru…

Davis serra les poings. Les agrafes résistèrent à la pression.

— J'étais coincé par la tôle froissée et j'ai eu peur… peur qu'il la tue, là, devant moi.

Un muscle tressautait nerveusement sur la joue de Sullivan.

— En tout cas, ce n'est pas un simple cambrioleur. On peut en être sûr maintenant.

Davis hocha la tête.

— C'est évident. Ni l'intrusion dans la maison de Jamie, ni l'incendie n'avaient le vol comme mobile. A cela s'ajoute maintenant cette tentative de meurtre sur la route. Quelqu'un traque Jamie sans répit, conclut Davis.

Sullivan parut sur le point d'ajouter quelque chose, puis d'y renoncer. Il secoua la tête.

— Quoi, qu'est-ce qu'il y a ? lui demanda Davis.

Il s'avança vers Sully.

— Dis-le !

— C'est ta portière qu'il a cherché à atteindre, pas celle de Jamie. C'est peut-être plutôt toi que l'on traque.

Davis poussa un soupir.

— Je n'ai rien de sérieux.

— Et tu as beaucoup de chance, parce qu'il ne plaisantait pas. J'ai vu les lieux et la façon dont cela s'est passé. Il a essayé de te tuer, frangin. Et alors, que serait-il arrivé à ta précieuse Jamie, hein ?

Sullivan se passa une main dans les cheveux.

— Non, reprit-il, il faut qu'on examine posément la situation, point par point et… tous ensemble. Parce que, dans cette histoire, je me méfie des apparences. Je pense que ta Jamie te ment… ou qu'elle te cache une partie de la vérité.

— Pas du tout ! protesta Davis.

— J'ai commencé à fouiller dans la vie de ce Henry Westport. Selon toute vraisemblance, il se trouve toujours dans le Connecticut et, apparemment, c'est devenu un citoyen modèle, depuis des années. Il s'occupe d'œuvres de charité, aide les gens en difficulté…

— Les apparences peuvent être trompeuses, rappela Davis. Les gens montrent ce qu'ils veulent bien montrer. Nos côtés sombres, on préfère généralement les dissimuler.

Sullivan acquiesça.

— Je ne te le fais pas dire. Il est tentant de venir à la rescousse d'une jolie femme, mais nous devons examiner tous les aspects de la question. Avant que tu sois trop impliqué, nous devons nous assurer que cette fille est fiable. Je ne tiens pas à te voir te…

— Sully ! s'emporta Davis. Jamie est traquée par un cinglé ! Que ce soit ce Westport ou un autre, elle est en danger et elle a besoin de nous !

Rien d'autre ne comptait pour Davis.

— Et maintenant, je vais aller la retrouver. A ce propos… j'aimerais assez que tu cesses de la soupçonner à tout bout de champ.

Il connaissait bien son frère.

— Parce que, moi, je la crois et j'ai confiance en elle. Ça te suffit ?

Sur ce, il passa devant Sully pour se diriger vers la porte. Mais son frère marmonna.

— Eh bien, non, pas vraiment. Pas alors que ta vie est menacée et que tu nous amènes cette femme au ranch. Tu trouves que la famille n'en a pas assez vu comme ça ? Moi, je n'ai pas confiance en elle. Je crois qu'elle nous cache quelque chose. Plus j'entends les histoires qu'elle raconte et plus je...

Depuis le couloir résonnèrent des bruits de pas précipités.

Davis ouvrit précipitamment la porte.

Oh ! bon Dieu, non !

Il sortit dans le couloir. Jamie courait vers l'ascenseur. Elle y était presque. Elle avait tout entendu !

— Tu ferais peut-être bien de la laisser filer, murmura Sullivan.

Pas question !

— Et toi, répliqua Davis, tu ferais bien d'arrêter avec ton scepticisme permanent. Je ne sais pas ce qui t'arrive. Tu n'étais pas comme ça, avant. Tu n'étais pas le glacial salaud que tu joues maintenant.

Les mots étaient durs, Mais Sullivan était allé trop loin. On ne touchait pas à Jamie. Davis se rua derrière elle.

— Attendez !

Elle était déjà dans la cabine. Elle se retourna pour lui faire face. Davis piquait un véritable sprint le long de ce couloir. Jamie pressa un bouton. Déjà les portes se refermaient.

— Non !

Davis fit un bond en avant et allongea son bras, main levée pour couper le faisceau de la cellule photoélectrique. Les portes s'ouvrirent de nouveau.

Jamie recula au fond de la cabine. Ses yeux semblaient agrandis par quelque chose qui ressemblait à de la souffrance... et à de la peur.

Peur ? De moi ?

— Vous savez bien que je ne vous veux aucun mal, dit-il en entrant dans l'ascenseur à son tour.

Il jeta un coup d'œil par-dessus son épaule : Sullivan les observait sans rien dire, au milieu du couloir. Davis lui lança un regard d'avertissement et de défi, avant d'appuyer sur un bouton pour fermer les portes de l'ascenseur.

— Allons, fit-il à Jamie. Sullivan ne sait pas de quoi il parle. Ne lui prêtez pas attention…

— Il a été très clair pourtant, murmura Jamie. Je suis tellement désolée, Davis. Vous avez été blessé à cause de moi, vous auriez pu mourir. Tout ça parce que je vous ai entraîné dans mon cauchemar.

Davis balaya ses objections. Ce n'était pas du tout le genre de choses à lui dire si on espérait le convaincre.

— Vous croyez qu'un peu de danger va me faire peur ? J'en vis, vous savez…

Il s'approcha de Jamie, presque à la toucher. Leurs deux corps n'étaient qu'à quelques centimètres l'un de l'autre.

Pas question de se laisser impressionner… Le danger, il connaissait cela mieux que personne. C'était un vieil ami.

— Vous ne savez pas tout, c'est vrai, murmura Jamie.

— Eh bien, dites-moi tous vos secrets, alors. Commencez par le premier. Les autres suivront.

Les portes se rouvrirent derrière lui, mais il ne broncha pas. Jamie secoua la tête.

— Je vous en ai déjà trop dit, articula-t-elle d'une voix un peu rauque, qui touchait profondément Davis. Je vous ai entraîné dans cette histoire. Comme la première fois. Avec lui…

Lui ?

— Mais c'est fini, trancha Jamie. J'y mets un terme dès à présent. Je… je romps notre contrat. Vous n'aurez qu'à m'envoyer une facture pour ce que je vous dois.

Elle pressa le pas pour passer devant lui.

Une facture ? Davis la suivit. Ils étaient dans le hall de l'hôpital et elle se hâtait en direction des grandes doubles portes de verre qui donnaient sur la rue.

Davis éleva la voix.

— Parce que vous croyez qu'on peut tout payer, rien qu'en honorant une facture ?

Jamie s'arrêta net, se retourna vers lui et secoua la tête.

— Non, bien sûr… Vous avez failli mourir… Et votre camionnette est en morceaux.

Elle se raidit.

— Je paierai pour tout ça, j'ai de l'argent de côté. Pour ça et pour tout ce que je vous dois.

A ces mots, la colère gagna Davis. Il s'avança vers Jamie, les mâchoires serrées. Il devait vraiment avoir l'air impressionnant car le vigile à l'entrée lui lançait des regards soupçonneux.

Il se pencha à l'oreille de Jamie pour n'être entendu que par elle.

— Il va continuer à vous traquer, vous le savez… Que comptez-vous faire ? Vous n'êtes pas fatiguée de toujours fuir ?

— Si, reconnut-elle. Mais je le suis encore davantage de voir les gens pour qui j'ai de l'affection souffrir par ma faute. J'aurais dû y penser quand je vous ai engagé. Je vous ai mis dans la gueule du loup et j'en suis navrée.

— Je peux m'arranger de la gueule du loup…

Bon Dieu, plutôt deux fois qu'une !

Il avait eu plus que sa part et traversé plusieurs fois l'enfer, aussi bien chez les SEALS qu'avec McGuire Security.

— Vous n'avez absolument pas besoin de vous inquiéter pour moi, Jamie.

— Eh bien, justement, répondit-elle avec un sourire triste, je m'inquiète. Je crois que je commence à tenir un peu trop à vous, Davis. Et cela, je ne peux tout simplement pas me le permettre.

Mais… pourquoi ?

— Alors, je vais vous dire au revoir.

Et… elle se hissa sur la pointe des pieds pour l'embrasser sur la bouche. Pas un baiser passionné ou dévorant. Non, un baiser doux et tendre.

Avec un goût de regret.

Un baiser pour tout ce qui aurait pu être…

— Prenez soin de vous, Davis. De votre famille, comme vous savez si bien le faire, mais de vous aussi.

Dans ses yeux bleus passaient des ombres de tristesse et de mystère.

— Et ne vous inquiétez pas pour moi. Je survivrai.

Elle virevolta et se hâta vers la porte, que gardait le vigile. Un battement de cœur plus tard, elle n'était plus là.

Davis était resté un instant interdit. Il se secoua. Non, non, pas question qu'elle s'en aille !

Il se rua à sa suite, mais avec comme du plomb aux pieds.

Jamie s'engouffra dans un taxi, qui démarra immédiatement.

Croyait-elle vraiment se débarrasser de lui ? Sachant qu'elle était en danger, en plus, il aurait été assez méprisable pour l'abandonner ? C'était une insulte de la pire espèce.

Davis héla le taxi qui suivait, sauta sur le siège arrière et lança au chauffeur :

— Vous voyez ce taxi, devant vous ? Suivez-le. Nous ne devons perdre la femme qui est dedans sous aucun prétexte.

Il n'était pas du genre à fuir devant le danger, ni à abandonner une femme en détresse. Pas question de laisser Jamie affronter seule ce cinglé. Et Davis n'aimait pas ces ombres, dans ses yeux. Ces rappels de douleur n'avaient rien à faire dans tout ce bleu-là.

Il allait confondre cet homme qui la traquait, partager tous ses secrets et la protéger.

Le taxi s'élança à la poursuite de Jamie.

Davis était aveugle, songea Sullivan en le suivant du regard.

Il avait pris le deuxième ascenseur, était arrivé dans le hall quelques secondes après Davis et Jamie. Il avait même pu entendre les mots d'adieu qu'elle avait prononcés. Il avait été témoin de leur baiser.

Davis aurait bien dû la laisser s'en aller. Mais, visiblement, il n'en avait pas l'intention.

Malgré les apparences, la cuirasse de Davis avait un défaut, que Sullivan connaissait bien. Davis voulait toujours sauver le monde ou, au moins, tous ceux qui étaient en détresse. Avec une femme comme Jamie, les instincts protecteurs de Davis s'étaient évidemment réveillés.

Mais Sullivan, lui, le savait : une apparente fragilité pouvait dissimuler tout autre chose. Les femmes qui jouaient ce jeu-là pouvaient être redoutables. Davis s'était laissé prendre au piège que lui tendait — peut-être — Jamie.

Au début aussi, Sullivan avait apprécié la jolie vétérinaire. Désormais, ses réflexes de méfiance étaient en alerte.

La famille représentait tout pour lui, depuis toujours. Et, si son frère était en danger, ceux ou celles qui lui voulaient du mal allaient le trouver en travers de leur route.

Comme il était le plus jeune, beaucoup de gens croyaient que les autres McGuire le protégeaient. Ils se trompaient grandement. Sullivan veillait sur les siens depuis des années. Gardant leurs secrets et, même, gardant les siens pour mieux les protéger.

Il allait continuer à monter sa garde silencieuse. Il fallait que quelqu'un soit le rempart et le ciment de leur fratrie.

Il fallait que quelqu'un les protège de tous ces dangers qu'ils ne voyaient pas venir.

5

— Vous auriez pu économiser le prix de la course !

La voix de Davis cueillit Jamie à sa descente du taxi. Elle n'en fut nullement surprise. Elle avait remarqué la voiture qui la suivait, tout le long de la route qui menait au Ranch McGuire.

Davis se tenait à quelques mètres, devant le portail.

— Un seul taxi aurait suffi à nous ramener ici tous les deux, acheva-t-il.

Jamie désigna le portail.

— Voulez-vous taper le code, s'il vous plaît, que je puisse entrer, récupérer mon chien et ma voiture ?

Ensuite, elle sortirait de sa vie.

Il marcha droit vers elle.

Jamie se raidit, mais Davis leva simplement la main pour pianoter sur le tableau.

— Prenons tous les deux mon taxi pour monter jusqu'à la maison, lui proposa-t-il. Ce sera plus simple.

— Très bien…

En fait de simplicité, tout ce qu'elle souhaitait, c'était retrouver Jinx et reprendre sa voiture. Après ça, il faudrait réfléchir pour se trouver un point de chute.

Avant qu'elle ait pu régler sa course, Davis la battit de vitesse. Il tendit un billet au chauffeur et lui fit signe de partir.

Jamie se tendit un peu plus, mais ne fit aucun commentaire. Elle monta dans l'autre taxi et n'ouvrit pas la bouche durant le très court trajet.

Une fois le second chauffeur reparti, Davis prit la parole.

— Brodie est là. Il vous a vue dans le moniteur de contrôle

et il vous aurait ouvert. Il y a toujours quelqu'un pour surveiller l'entrée. La prochaine fois, sonnez, tout simplement.

Mais il n'y aurait pas de prochaine fois.

— Je m'en vais, rappela-t-elle à Davis. Vous n'aurez plus à vous inquiéter de moi.

Elle se dirigea vers le cottage des invités, pour aller reprendre son chien.

Davis la rattrapa par le bras.

— Je m'inquiète. Pour vous. Quelqu'un a essayé de vous tuer, au cas où vous l'auriez oublié.

Il était pourtant difficile d'effacer le souvenir du choc, de la tôle froissée et du plexiglas en mille morceaux.

Jamie leva les yeux vers ceux de Davis.

— C'est là où vous vous trompez. Il a essayé de *vous* tuer. La cible, c'était vous. Simplement parce que vous étiez avec moi. C'est entièrement ma faute. Je vous ai fait entrer dans son collimateur, sans réfléchir à ce que je faisais. Et je m'en veux à un point que vous ne pouvez imaginer.

Dans sa tête résonnait encore l'affreux vacarme du métal plié. Elle avait crié pour prévenir Davis, mais trop tard. A ce souvenir, ses yeux s'emplirent de larmes.

— Je vous en prie, laissez-moi m'en aller.

Mais Davis ne la lâcha pas, au contraire. Il lui mit ses deux mains sur les épaules.

— Et si je ne veux pas ?

— Comment ?

— Si je ne veux pas vous laisser partir ? Si j'en ai assez de me retenir, si je veux prendre ce que je désire depuis si longtemps ?

Les intentions de Davis, ses sentiments, rendaient Jamie nerveuse. Depuis un an qu'ils se connaissaient, c'était à peine s'il lui avait adressé dix fois la parole. Bien sûr, ils s'étaient vus très souvent, mais ordinairement il se contentait de lui sourire ou de grommeler une vague salutation.

— Je ne sais quoi vous dire, enchaîna Davis comme s'il lisait dans ses pensées.

L'embarras rendait sa voix un peu rauque. C'était terriblement sexy, songea Jamie.

— Je crains trop de vous effrayer, confia Davis.

Mais elle n'avait pas le moins du monde peur de lui. Elle avait plutôt peur *pour* lui.

— Vous croyez que je ne m'étais pas aperçu que vous fuyiez quelque chose, même avant le mariage d'Ava et tous ces événements ?

Il accentuait encore la pression de ses mains sur les épaules de Jamie.

— Je pouvais le voir clairement dans vos yeux bleus. Chaque fois que quelqu'un s'approche trop de vous, vous avez comme une ombre qui passe sur votre visage, comme si vous étiez perpétuellement sur vos gardes.

Elle qui essayait toujours d'être aimable avec chacun…

— J'ai entendu des histoires à propos de types qui vous ont fait des avances et que vous avez chaque fois repoussés.

— Quoi ? Mais…

Comment savait-il ?

— L'épouse de mon frère Grant, Scarlett, est amie avec votre assistante, précisa-t-il.

Jamie en resta bouche bée.

— Ne lui reprochez rien, c'est moi qui lui ai demandé de la questionner. Je voulais savoir si j'avais complètement raté mon coup avec vous.

Jamie écarquilla les yeux.

— Vous vouliez… mais depuis quand ?

— Depuis la première fois que je vous ai vue. C'était ici, au ranch, à l'écurie. Vous étiez venue soigner Lady. Je me suis avancé vers vous, vous m'avez regardé et, tout à coup, j'ai tout oublié.

C'était impossible, pas l'imposant, le sûr de lui Davis. Jamie avait cru qu'il ne l'avait pas remarquée. Elle se souvenait, elle aussi, de cette première fois. Elle venait alors de comprendre que Davis et Brodie étaient jumeaux.

Sauf que Brodie ne me faisait aucun effet, tandis que

Davis… Je le regardais et je voyais tout ce qui me manquait dans la vie…

La passion.

Le désir qu'elle avait de faire fondre toute cette glace qui enserrait son propre cœur.

Mais Davis ne s'était pas davantage attardé avec elle cette fois-là, que les suivantes. Il lui avait à peine parlé.

Elle avait, elle aussi, entendu raconter bien des histoires sur son compte. Peut-être même avait-elle un peu insisté pour les connaître. Et, ironie du sort, elle avait utilisé la même « source » que Davis : son assistante, Sylvia Jones. Celle-ci était visiblement une sorte d'experte pour tout ce qui touchait aux McGuire.

« Il y a des gens qui disent que c'est un tueur, à cause de toutes les choses top secrètes qu'il a faites, chez les SEALS. Tout ça, tout ça… » lui avait confié Sylvia avec de grands gestes. « C'est le genre silencieux, intense, si vous voyez ce que je veux dire. »

En fait, Jamie ne voyait pas vraiment. Elle était restée à l'écart de tous les types d'hommes possibles depuis un peu trop longtemps.

Sylvia avait ajouté :« Et puis, il a un de ces regards perçants, vous avez remarqué ? On se sent toute nue quand il pose les yeux sur vous. »

Ce regard était fixé sur Jamie en cet instant. Avec effectivement une intensité incroyable. Un abyme et une caresse à la fois.

— On vous a fait du mal, je le sais, reprit-il doucement. Je connais cette ombre dans vos yeux. Je l'ai déjà vue dans ceux de ma sœur.

Jamie aurait voulu détourner le regard, cacher ces ombres révélatrices dont Davis parlait. Mais elle en était incapable.

Il poursuivit.

— J'ai essayé de prendre mon mal en patience, d'attendre le moment propice. Au mariage, j'ai senti que j'avais ma chance. Nous avons dansé ensemble, nous nous sommes embrassés…

Elle n'avait pas dansé depuis si longtemps qu'elle ne se souvenait même plus, quand et avec qui cela lui était arrivé pour la dernière fois. Elle n'avait pas pour autant baissé sa garde. C'était bien trop dangereux.

— Et puis, votre passé est remonté à la surface. Il veut vous enlever à moi, Jamie.

Davis se pencha vers elle.

— Ne le laissez pas faire, vous entendez ? Il ne faut pas…

— Ah ! Davis !

Une porte qui claquait, des pas. Davis jura entre ses dents.

— Mon frère, chuchota-t-il à l'oreille de Jamie. Le grand spécialiste de l'entrée en scène quand il ne faudrait pas…

Cependant, Davis ne lâcha pas Jamie et ne se retourna même pas.

— Sullivan m'a appelé, annonça Brodie en s'approchant. Bon sang, ça va tous les deux ?

— Ça va, répondit Davis, laconique, sans cesser de fixer Jamie. Quelques agrafes. Rien de grave.

— Pour cette fois…, commenta Jamie à voix basse. Mais la prochaine ?

Elle secoua la tête.

— Excusez-moi, Davis. Je dois y aller, maintenant.

Elle s'écarta de lui, toute droite, et se hâta vers le cottage et son chien.

Pas une fois elle ne se retourna. Elle avait appris à ne pas le faire, même alors qu'elle mourait d'envie de rester avec Davis.

— Mais enfin, Brodie ! s'écria Jennifer en rejoignant les jumeaux. Je ne t'avais pas dit de leur laisser une minute ? Regarde ce que tu as fait ! Elle se sauve maintenant, alors que Davis était à deux doigts de l'embrasser !

Si seulement c'était vrai…, songea Davis.

Il suivait la jeune femme du regard tandis qu'elle s'éloignait. A l'évidence, ce n'était pas à regret. Jamie était déterminée à le laisser sur le bord de son chemin. Pourtant, avec ce cinglé à ses trousses, elle avait plus que jamais besoin de ne pas être seule.

— Je m'inquiétais pour lui, marmonna Brodie, l'air embarrassé. Au téléphone, Sullivan disait qu'il avait failli se faire tuer. Alors…

Il s'avança vers son frère et, avec une tendresse un peu gauche, il entoura ses épaules de son bras.

— Eh bien, dans ce cas-là, tu m'appelles, moi, tout simplement, lui conseilla doucement Davis.

— Toi aussi, tu pouvais m'appeler pour me dire que tout allait bien, répliqua Brodie, apparemment gêné.

— Ça va, je te dis, insista Davis. Il faut plus que quelques égratignures pour m'arrêter, tu le sais bien…

— Et plus qu'une camionnette complètement écrabouillée aussi, je suppose ? riposta Brodie, les lèvres un peu pincées. Grant est passé sur les lieux du choc. Il a pris des photos et me les a envoyées.

C'était toujours comme ça, songea Davis. Chaque fois que l'un des frères avait des ennuis, la famille faisait corps autour de lui. Et Grant, leur aîné, était souvent le premier à réagir. A la mort de leurs parents, déjà, il avait pris la barre en main, une bonne fois pour toutes.

— Tu ne vas pas laisser cette femme s'en aller ? demanda Jennifer à Davis.

La belle-sœur de Davis était une sorte d'énigme depuis qu'elle était entrée à McGuire Security. En apparence, elle avait tout d'une mondaine, d'une jeune femme protégée par son milieu. Ils n'avaient tous découvert la vérité que plus tard. Jennifer avait été un agent secret, opérant sous couverture. Lorsque ladite couverture avait été déchirée, Brodie l'avait tirée d'affaire, une première fois. Et, quand le danger s'était représenté une seconde fois, elle s'était tout naturellement tournée vers lui, de nouveau. Et ils étaient tombés amoureux.

Désormais, Jennifer travaillait avec eux et, quand il s'agissait d'aller rechercher des informations, elle leur damait le pion à tous.

Davis le savait : comme Sullivan, Jennifer venait de fouiller le passé de Jamie. Mais cette enquête pouvait un peu trop attirer l'attention sur Jamie.

— Davis, reprit Jennifer en secouant la tête, Jamie va prendre son chien, s'en aller et se fourrer dans Dieu sait quelle sale histoire ! On en est déjà à un incendie et à une tentative de meurtre… Quoi ensuite, une nouvelle agression ?

— Je ne peux pas la forcer à rester avec moi, maugréa Davis entre ses dents. Elle vient de me signifier qu'elle me laissait tomber.

C'était la première fois que cela lui arrivait et il n'aimait pas ça du tout.

— Non, vraiment ?

La bouche de Jennifer formait un « O » de surprise et son étonnement pouvait se lire plus clairement encore dans ses yeux noisette.

— Eh bien, si elle n'était pas en danger, je la trouverais plutôt sympathique, moi, cette Jamie, lança Jennifer, tout sourires. Envoyer paître un des frères McGuire, chapeau !

Davis lui adressa un regard sans aménité. Brodie aussi. Mais cela ne l'impressionna pas du tout. Elle continua à sourire, toute pimpante avec ses cheveux sombres impeccablement tirés en chignon sur sa nuque et sa peau bronzée qui brillait sous le soleil.

— Eh bien, quoi ? Ça ne vous fait pas de mal qu'on vous remette les pieds sur terre de temps en temps. Cela devrait vous forcer à réagir.

Davis estimait avoir parfaitement les pieds sur terre. Il était inquiet pour Jamie. Voilà tout.

— Je veux la protéger, se défendit-il. Personne ne le fait. Je…

Jennifer le prit alors par le bras et le poussa en avant. Pour un aussi petit gabarit, elle avait une force étonnante.

— Eh bien, empêche-la de partir ! Arrête de jouer les durs et demande-lui de rester avec toi. Ne lui parle même pas de ce type qui la traque, mais de toi et d'elle. Demande-lui de rester ici cette nuit. Je serais bien surprise qu'elle refuse. Je le sais d'expérience : vous autres, les McGuire, vous pouvez vous montrer charmants lorsque vous voulez quelque chose.

Mais Davis ne voulait pas charmer Jamie, ni lui mentir. Il voulait…

— Davis ! Elle monte dans sa voiture, là…

Oh ! bon sang !

Il se mit à courir.

Jinx aboyait depuis le siège arrière et Jamie était en train de s'installer au volant.

Davis atteignit enfin le véhicule et posa une main sur le bras de Jamie. Elle se raidit.

— Une nuit. Rien qu'une nuit…

Bien sûr, il voulait plus, tellement plus, mais chaque chose en son temps.

— Vous ne mettrez personne en danger en restant dormir ici un soir de plus, insista-t-il. Le soleil est en train de se coucher. Vous seriez en sécurité ici, et moi aussi.

Jamie leva ses cils, longs, si longs… Cette femme avait des cils interminables.

— Une nuit, répéta-t-il. Quel mal y a-t-il à cela ? Vous serez dans le cottage, personne ne vous ennuiera.

Jamie paraissait hésiter. Cela se lisait dans ses yeux.

Ne la presse pas trop… Laisse-la réfléchir…

— Vous pourrez toujours me laisser tomber demain, lui dit-il.

Jamie se mordit la lèvre et Davis en fut troublé. L'avait-il peinée ? Il aurait voulu effacer cette peine de son visage. Il y avait tant de choses qu'il voulait faire pour elle.

La mettre en sûreté d'abord. Et puis effacer cette ombre dans ses yeux.

Elle gardait toujours le silence. Jinx geignait doucement sur le siège arrière.

— Vous n'êtes même pas sûre de trouver une chambre d'hôtel à cette heure-ci, souligna Davis. Nous avons beaucoup de place, ici. Et personne ne peut passer nos barrières de sécurité.

Reste, s'il te plaît. Reste avec moi.

Il y eut un long, un interminable moment d'attente et puis elle acquiesça.

Davis retint à grand-peine un profond soupir de soulagement.

Bon sang, Jennifer s'y entendait pour jouer à pile ou face ! Elle devait être redoutable au poker.

Il cracha au sol, en colère. Jamie n'était pas retournée à sa clinique vétérinaire. Elle était partie… sans doute avec cet homme qui la suivait partout.

Il connaissait son identité désormais. Il avait fait des recherches et appris d'un flic bavard qu'il s'appelait Davis McGuire. Apparemment, ce McGuire dirigeait une sorte d'agence de détectives privés à Austin. Peut-être n'était-il avec Jamie que pour son travail. Peut-être qu'elle louait ses services. Cela pouvait s'expliquer.

Mais je suis toujours fâché contre toi, ma tendre Jamie.

Parce qu'elle lui avait menti, parce qu'elle lui cachait des choses. Elle allait souffrir à cause de ça… mais au début, seulement.

Il avait commencé à fouiller dans le passé de Davis McGuire.

Il n'était pas le seul à être la proie de démons familiers. Chacun les siens… Certains démons étaient seulement plus puissants que d'autres… De quelle force étaient ceux de Davis ?

Il était très impatient de le découvrir. Certains démons pouvaient conduire jusqu'aux frontières ultimes de la raison… et parfois au-delà : dans la folie.

La nuit était tombée. Une nouvelle nuit, cloutée de millions d'étoiles. Jamie se tenait sous le porche du cottage des hôtes et les admirait. Quand elle était petite, elle adorait faire un vœu devant les étoiles. Elle fermait simplement les yeux et n'avait plus qu'à espérer quelque chose, très fort. Elle avait longtemps cru que ces vœux-là se réaliseraient un jour. Et puis, elle avait appris que ce n'était qu'une illusion. Il y avait des choses qu'un souhait ne pouvait changer. Alors elle avait cessé de faire des vœux sous les ciels nocturnes constellés d'étoiles.

Mais en cet instant, elle était bien tentée… oui, vraiment tentée d'en faire un, de nouveau. Juste un et un seul.

Elle scruta les étoiles.

Je voudrais…

Une latte de bois craqua derrière elle, et elle se retourna, instantanément glacée.

— Je suis désolé, fit Davis, dans le halo de lumière qui venait de l'intérieur du cottage. Je ne voulais pas vous effrayer, mais seulement m'assurer que tout allait bien avant d'aller me coucher.

Le cœur de Jamie se mit à battre plus fort dans sa poitrine.

— Vous avez besoin de quelque chose ? demanda encore Davis.

Jamie déglutit. Pouvait-elle répondre : *oui, de toi ?*

Une femme avec davantage d'expérience aurait sans doute pu le faire. Une qui aurait eu confiance en elle. Mais Jamie n'était pas de celles-là… Elle n'avait pas eu d'amant depuis si longtemps… et cela s'était terminé d'une façon horrible. Tragiquement. Depuis, elle avait eu bien trop peur pour recommencer. Mais…

Je veux que Davis soit là, qu'il reste là, tout contre moi.

Et il était là, à côté d'elle, si proche qu'il pouvait la toucher, l'embrasser.

— Bon… eh bien, si vous avez besoin de quoi que ce soit, cette nuit, vous savez que je ne suis pas loin. N'hésitez pas à m'appeler.

Jamie poussa un soupir intérieur.

Cesse d'avoir peur ! Tu as accepté de rester une nuit, une dernière nuit. Alors pourquoi tu n'aurais pas ce que tu désires, cette nuit ?

— C'est de toi que j'ai besoin, lâcha-t-elle.

Sur le point de partir, Davis s'arrêta net. Il se figea, sans se retourner.

— Je n'ai pas dû… bien entendre, murmura-t-il, la voix rauque.

— Tu as très bien entendu.

Jamie arrivait tout juste à parler. Ses joues étaient en feu, ses genoux s'entrechoquaient. Mais elle était déterminée à aller jusqu'au bout. Davis avait clairement montré qu'il la désirait. Ce baiser qu'ils avaient partagé, là, à deux pas, près du lac, l'avait mise sens dessus dessous. Pourquoi ne pas prendre ce qui s'offrait à elle ?

Cette nuit seulement.

Davis l'avait convaincue de rester au ranch. C'était à elle, désormais, de le convaincre de rester auprès d'elle. Une nuit, rien qu'une nuit. Et puis, ils s'en iraient, chacun de leur côté. Sans regret, sans regarder en arrière. Rien que de bons souvenirs. Elle avait bien besoin d'en avoir quelques-uns dans sa vie.

Davis se tourna lentement vers elle. La moitié de son visage était encore dans l'ombre et son profil qui se découpait lui donnait un air dangereux.

— Et pourquoi… as-tu besoin de moi, Jamie ?

Sa voix semblait plus profonde et plus chaude. Il s'avança lentement vers Jamie, comme un félin. Elle ne bougea pas, volontairement. Elle le laissa approcher puis prit son courage à deux mains. Pour un instant, elle allait s'efforcer d'être cette femme parfaitement sûre d'elle-même qu'elle imaginait.

— Parce que j'ai envie de toi, Davis. Je veux être à toi, cette nuit.

Jamais elle n'avait rien voulu aussi fort, ni personne. Jamais encore elle ne s'était enflammée, comme avec Davis.

— Reste avec moi. S'il te plaît.

— Jamie…

Il avait prononcé son prénom dans une sorte de grognement sourd et profond. Jamie en eut des frissons jusque dans la colonne vertébrale. Comme une réponse à un appel primitif, sauvage. Davis la voulait, autant qu'elle le voulait. Le désir flamboyait dans ses yeux verts. La tension sexuelle entre eux était évidente. Pourtant, Davis ne la touchait pas encore et elle le voulait plus que tout. Ses bras sur elle. Qu'il l'attire contre lui… Elle le voulait.

Mais il ne bougeait toujours pas.

— Tu veux bien de moi ? susurra-t-elle.

Il n'était plus temps de faire la fière ou la coquette. De toute façon, elle n'avait jamais appris à tricher avec ses sentiments.

— Plus que tu ne crois, répondit Davis de cette voix grave et chargée d'émotion qui bouleversait Jamie.

Une voix qui s'accommodait certainement très bien de la pénombre d'une chambre à coucher…

Jamie sourit à Davis et s'avança vers lui. Elle posa la main sur son torse. Il se tendit nettement.

— On ne joue plus, murmura-t-il, J'espère que tu sais exactement ce que tu fais.

Jamie tremblait intérieurement.

— Je te veux, toi, confia Davis dans un souffle. Tout entière, sans frein et sans pudeur. Offerte et donnant tout ce que tu peux donner.

Cette fois, elle tremblait pour de bon.

— Je veux te prendre si complètement que nous nous perdrons l'un dans l'autre. Mais attention : je ne suis pas du genre à me contenter de quelques soupirs dans le noir.

Jamie n'avait jamais cru une chose pareille.

— Et quel genre d'homme es-tu donc ? chuchota-t-elle.

— Le genre qui va te faire crier de plaisir. Qui va t'en donner tant et tant que c'est à peine si tu vas pouvoir le supporter.

Il s'approcha enfin et la toucha. Il fit glisser ses longs doigts sur la joue de Jamie, sur son cou, là où son pouls battait si fébrilement.

— Et, quand tu croiras que tu n'en peux plus, nous irons plus loin encore, ajouta-t-il.

Cela paraissait merveilleux !

— Qu'est-ce que tu attends ? lança Jamie.

Alors, tout le contrôle qu'il exerçait visiblement sur lui-même se fendilla et explosa en morceaux. Il se pencha, saisit Jamie dans ses bras et l'embrassa. Comme il l'en avait prévenue, ce ne fut pas léger et gracieux, mais brutal et animé d'une passion farouche. Exactement le baiser qu'elle attendait.

Il l'entraîna à l'intérieur, referma sur eux la porte du cottage, pianota rapidement le code de sécurité qui devait en verrouiller l'accès. Puis il poussa Jamie contre le mur le plus proche et reprit sa bouche, la clouant à la paroi de bois en la tenant par les poignets, bras écartés. Ses lèvres et sa langue entamaient une sorte de danse de séduction. Jamie se cambra contre lui et poussa un gémissement rauque, du fond de la gorge. Elle portait un jean et lui aussi, mais elle pouvait apprécier toute la force de son érection pressée contre elle. Il la désirait tout autant qu'elle.

Mais soudain, il recula.

— Davis…, murmura-t-elle.

Il prit le T-shirt de Jamie par le rebord, le lui retira en le faisant passer par-dessus sa tête et le lança sur le canapé. Elle ne portait plus qu'un soutien-gorge bleu clair et, comme le regard de Davis se posait sur sa poitrine, elle retint son souffle, d'appréhension. Elle avait des cicatrices : une au-dessus du sein gauche, une sur la cage thoracique, deux sur l'estomac et deux sur les flancs. Des estafilades qui rappelaient son passé. Elle aurait tant aimé que Davis ne les voie pas… Il fit un pas en arrière et l'enveloppa tout entière de son regard vert, ardent.

— Tu es belle, lui dit-il, la voix rauque.

Et elle le crut. Ses craintes s'évanouirent.

Davis la regardait avec un désir farouche, comme s'il n'avait jamais autant voulu un corps de femme. Son regard la glorifiait.

Il défit son soutien-gorge et l'envoya rejoindre le T-shirt. Puis il se pencha et embrassa les seins de Jamie. Déjà, des vagues de plaisir se succédaient en elle. Ses pointes sensibles, érigées, se dressaient sous les lèvres de Davis, sa langue, ses doigts. Il hissait son désir toujours plus haut. Elle se plaqua contre lui. Elle voulait que tout ce tissu entre eux disparaisse, qu'il n'y ait plus rien qui les sépare. Elle voulait cette flèche dure et ardente contre elle, en elle. Elle avança entre eux des mains fiévreuses, lui déboucla d'autorité sa ceinture de cuir, ouvrit la fermeture Eclair.

— Attends. Pas trop vite…, murmura-t-il.

Mais elle voulait justement que cela aille vite. Elle le voulait en elle et tout de suite. Peu importait où et comment. Contre le mur. Sur le canapé. A même le sol. Elle le voulait. Point final.

— J'y pense depuis si longtemps, chuchota-t-il, l'air éperdu. Si longtemps…

Elle voulait le découvrir aussi. Voilà pourquoi elle lui retirait fébrilement ses vêtements. Elle voulait le découvrir, le toucher et…

Soudain, elle fut soulevée de terre. Davis la portait comme si elle n'était pas plus lourde qu'une plume. Légère, oui peut-être, mais en feu à l'intérieur.

Davis la mena jusqu'à la chambre et jusqu'au lit. Il l'y déposa délicatement puis s'écarta et commença à retirer ses vêtements.

Il enleva sa chemise. S'interrompit.

— Moi aussi, j'ai des cicatrices, lui dit-il doucement.

Comme si cela comptait pour elle, comme si…

La chemise vola dans un coin. Davis avait un corps de statue. De larges épaules. Des abdominaux d'acier. Jamie en resta bouche bée, stupéfaite.

— Cela ne t'ennuie pas ? insista Davis.

Il voulait sûrement parler de ses cicatrices. Un peu hagarde, Jamie considéra les balafres blanches. Certaines paraissaient avoir été faites par des couteaux. Jamie les connaissait car elles étaient très semblables aux siennes. D'autres paraissaient plus importantes, peut-être causées par une arme à feu ?

— Non, cela ne m'ennuie pas du tout, murmura-t-elle en posant ses doigts sur le ventre dur.

Doucement, elle caressa une balafre.

— Je suis juste désolée que tu aies souffert. Je ne veux pas que tu souffres.

— Ce n'est pas le cas en ce moment, confia-t-il en souriant.

Il se pencha pour embrasser Jamie dans le cou. Elle frémit jusqu'aux orteils.

De nouveau, elle avança sa main vers la boucle de ceinture, mais Davis la prit de vitesse. Il se débarrassa à la hâte de son jean et retira ses chaussures. Nu, il se pencha de nouveau et embrassa Jamie dans le cou.

C'était à son tour à elle de retirer, avec lenteur, sensuellement, son jean. Le pantalon de toile tomba en tas sur le sol, et Jamie resta en culotte devant Davis.

— Tu es belle, si belle ! répéta-t-il.

Il mit ses mains sur les hanches de Jamie et l'embrassa à pleine bouche, tandis qu'elle s'accrochait à ses épaules. Ils tombèrent ensemble sur le lit, leurs jambes emmêlées.

Davis déposa une pluie de baisers brûlants sur le cou de Jamie. Elle se tendit comme un arc, plus que prête.

— Maintenant, Davis, maintenant !

— Non, pas encore…

Il la caressait, l'embrassait. Il l'avait prévenue qu'il serait passionné et sauvage, et il l'était. Jamie s'agrippait au drap, le froissait dans ses poings, perdant tout contrôle. La façon dont Davis la touchait et la goûtait, tout entière, la rendait folle. Elle ne pourrait peut-être pas le supporter jusqu'au bout.

Et puis, Davis s'écarta.

— Non ! s'écria Jamie.

Elle se souleva un peu sur le matelas.

Davis allait simplement chercher une protection dans la poche de son jean. Il déchira l'emballage et revint vers elle. Elle noua ses jambes autour des hanches étroites de Davis, et il entra en elle.

Leurs yeux se cherchèrent et ne se quittèrent plus. La faim désespérée et la passion se lisaient dans le regard de Davis. Et il pouvait certainement lire la même chose dans le sien, songea Jamie. Le désir la consumait tout entière.

Les coups de boutoir de Davis devinrent de plus en plus frénétiques. Jamie planta ses ongles dans les épaules de Davis, cambrée vers lui pour l'avoir plus profondément en elle. Elle s'offrait et prenait complètement, en toute liberté. Sans peur et sans hésitation. Rien que le plaisir.

Et le plaisir les saisit ensemble, simultanément. Jamie cria le prénom de Davis, le corps secoué par l'orgasme. Accrochée, enchaînée à lui, le monde pouvait bien s'écrouler.

Il hurla son nom, lui aussi, et se libéra en elle, tout en prenant follement sa bouche.

Le cœur de Jamie battait jusqu'à ses oreilles.

Peu à peu, cette rumeur s'apaisa.

Davis enveloppa Jamie de ses bras sans cesser de la regarder. Elle essayait de trouver quelque chose à dire, mais n'y parvenait pas. Tout son être vibrait encore de plaisir et l'émotion la submergeait. Aussi, elle ne dit rien. Elle plongea ses doigts dans l'épaisse chevelure de Davis et l'attira à elle pour l'embrasser.

Alors le désir revint sur eux, comme une vague.

6

— Je suis désolée, murmura Jamie, c'est ma faute…

Davis ouvrit les yeux. Les rayons du soleil perçaient à travers les rideaux.

Davis tourna la tête vers Jamie. Elle était recroquevillée en chien de fusil contre lui, le drap remonté haut sur sa poitrine. Ses paupières étaient closes, mais sa tête remuait sans cesse et en tous sens sur l'oreiller.

— Désolée…, marmonna-t-elle encore. C'est ma faute… Je… je lui ai dit… pardon…

Soudain, elle s'écria :

— Non, ne fais pas ça, Warren, non !

Warren ?

Puis elle se mit à hurler, un long cri de terreur.

— Jamie !

Davis lui mit la main sur l'épaule, la secoua doucement.

— Chérie, réveille-toi, ce n'est qu'un cauchemar.

Elle poussa un soupir et ouvrit les yeux, tout grand. D'abord elle regarda Davis avec horreur, sans le reconnaître apparemment. Puis elle cilla plusieurs fois et son visage prit une expression moins effrayée.

— Je suis désolée, dit-elle de nouveau, le souffle court. J'aurais dû te prévenir que ça m'arrivait.

Le drap tomba, révélant ses seins parfaits, mais Jamie s'écarta de Davis avant qu'il puisse les admirer davantage.

Jamie sauta du lit en emportant le drap avec elle.

— Je ne fais pas vraiment de jolis rêves, dit-elle dans une vaillante tentative de prendre la chose avec humour.

Elle mordillait sa lèvre inférieure, encore gonflée de leurs baisers.

Davis l'avait prise et reprise tant de fois, cette bouche et ce corps, aussi, jusqu'à s'y perdre.

— J'aurais pu te suggérer de partir plus tôt, continua Jamie. Tu n'aurais pas assisté à ça…

Davis leva un sourcil surpris, mais il n'esquissa pas un geste pour sortir du lit.

— Ce n'est qu'un cauchemar, souligna-t-il. Cela arrive à tout le monde.

Il en avait eu son compte, lui aussi. Mais, intrigué, il ajouta :

— C'est ce que tu fais d'habitude ? Tu chasses tes amants avant l'aube ?

Curieusement, alors même qu'il posait la question, il fut piqué par la jalousie. Il n'avait pas vraiment envie que Jamie évoque les hommes qui avaient eu la chance de lui donner du plaisir avant lui. Ceux qui avaient pu voir, sur son visage, cette expression si intense, ceux à qui elle s'était donnée aussi sauvagement qu'à lui, ceux…

— Des amants ? répéta-t-elle.

Elle secoua la tête.

— J'aurais dû te parler de ça, aussi. Je n'ai pas vraiment beaucoup d'expérience dans ce domaine.

Davis cligna des yeux, éberlué. Jamie l'avait rendu fou la nuit précédente. Elle était l'amante la plus extraordinaire qu'il ait jamais connue !

— Après Henry, il y en a eu un autre, précisa-t-elle. J'étais à l'université. On est restés ensemble quelques mois, et puis…

Elle fit un geste vague.

— Et puis, c'était fini. Après ça, je n'ai plus eu d'amant. C'était mieux comme ça. Plus sûr.

Plus sûr, releva Davis. *Etrange façon d'envisager les choses.*

— Je suppose qu'avec toi…, reprit Jamie.

Elle baissa les yeux vers le lit qu'ils avaient ravagé.

— Avec toi, j'ai eu envie de prendre le risque. J'avais davantage envie de toi que de sécurité.

A ces mots, Davis se leva. Nu, il marcha vers elle.

— Tu peux avoir les deux, tu sais. Moi et…

Il effleura, caressa doucement de ses doigts l'épaule nue de Jamie.

— … et la sécurité que je peux t'assurer.

Les lèvres de Jamie s'entrouvrirent, mais Davis enchaîna tout de suite :

— Je ne veux pas que ce qui s'est passé entre nous cette nuit n'ait lieu qu'une seule fois.

Il voulait, désespérément, que Jamie soit à lui encore et encore et toujours.

— Je ne veux pas non plus que tu continues à fuir ton passé. Ta vie est ici. Tu y as ton cabinet, ta clientèle…

Tu m'as, moi !

— Nous pouvons trouver ce type, Jamie, et l'arrêter.

Elle ne semblait pas convaincue.

— Et si quelqu'un est blessé, ou pire, à cause de moi ?

La culpabilité dans la voix de Jamie tordait le cœur de Davis.

— D'abord, ce ne serait pas *à cause de toi*. Tu n'es pour rien dans cette affaire. Il y a simplement un cinglé qui fait une fixation sur toi. Tu étais une adolescente. Tu n'as pas…

— Ce n'est pas ce qu'ils ont dit, l'interrompit Jamie.

Davis fronça les sourcils.

— Quoi ?

— Tu ne sais pas vraiment qui je suis, en fait.

— Si, je le sais, assura Davis. Tu es intelligente et dévouée aux animaux. Les gens du coin t'aiment et je sais que tu t'es attachée à eux, toi aussi.

— Tout le monde a un côté sombre, même moi, confia Jamie.

Davis n'était pas d'accord. Il voulut le lui dire, mais de nouveau Jamie le devança.

— J'ai failli tuer Henry.

Davis secoua la tête. Sullivan avait creusé cette piste, mais rien n'indiquait que Jamie se soit vengée de Henry.

Elle poursuivit :

— Après qu'il eut tiré sur mon frère, je lui ai pris son arme.

Henry se tenait là, devant moi, il me regardait et il souriait. Il souriait ! Avec mon frère qui perdait son sang, à côté… Il m'a dit : « Je t'ai retrouvée. C'est ce que tu voulais, non ? » Comme si cela me faisait plaisir, qu'il me traque !

— Jamie…, fit Davis.

— J'avais l'arme à la main, le doigt sur la détente, et je crois que j'aurais pu le tuer. Mon index était comme engourdi, mais j'allais appuyer. La sécurité du campus est arrivée. Ils nous ont encerclés et emmenés.

Jamie baissa les yeux sur ses mains et les considéra un moment comme si elles ne lui appartenaient pas vraiment.

— Tu ne tueras point, c'est le premier commandement, n'est-ce pas ? Eh bien, moi, j'étais prête à tuer. Si ces gens n'étaient pas arrivés, j'aurais tiré, c'est sûr.

Davis prit les mains de Jamie dans les siennes.

— Henry te terrorisait. Ta réaction a été normale.

Davis connaissait cela mieux que personne. De par son expérience de la guerre, il savait jusqu'où on pouvait être poussé, jusqu'au point où l'instinct de survie prenait le pas sur tout le reste.

— Tu voulais vivre, tu voulais…

— Je voulais qu'il souffre comme moi j'avais souffert, lança Jamie. Je voulais lui faire du mal !

Le sourire de Jamie était triste et amer.

— Tu vois, Davis, je n'ai pas qu'une face lumineuse.

— Comme tout le monde, la rassura Davis.

Il aurait voulu effacer toute la souffrance de Jamie.

— Tu crois que je vais te juger pour ça ? Bien sûr que non ! Moi aussi, j'ai fait des choses que je ne risque pas d'oublier. A la guerre, c'est tuer ou être tué. J'ai eu ma part d'enfer et les cauchemars qui en découlent.

Si quelqu'un pouvait comprendre les mauvais rêves qui hantaient Jamie, c'était bien lui.

— Tu es forte, continua-t-il, puisque tu as pu survivre à cette souffrance. Mais tu n'as plus à fuir à présent, car nous allons affronter cet homme qui te poursuit. Et le mettre hors d'état de nuire.

Il fallait qu'elle y croie !

Le combat qu'elle menait intérieurement pour cela se lisait clairement sur son visage.

— Et s'il se retournait contre toi ? demanda-t-elle.

Si seulement !

Davis était plus que prêt à le recevoir. Et à lui régler son compte, une bonne fois pour toutes.

— Il ferait une lourde erreur, Jamie. Je ne le laisserai pas te faire du mal.

Ne comprenait-elle pas ? Ne voyait-elle pas combien il avait besoin d'elle ? Jamie lui était devenue si importante qu'il ne supportait pas l'idée de la perdre.

— Reste ! lui dit-il sur un ton un peu trop bourru.

Il aurait dû user de persuasion, faire du charme. Mais cela lui ressemblait si peu.

— Reste avec moi.

Jamie semblait encore hésiter et il y avait toujours de la peur dans ses beaux yeux.

Mais…

Elle finit par acquiescer.

De retour dans son cabinet, Jamie était de plus en plus certaine d'avoir fait une erreur. Elle aurait dû fermer sa clinique, céder sa clientèle à un autre vétérinaire et quitter la ville. Plus personne n'aurait été inquiété et, elle, elle aurait été libre de refaire sa vie ailleurs, dans une autre région. Mais…

Mais je ne veux pas quitter Davis. Voilà.

Quelque chose était arrivé durant cette nuit qu'ils venaient de passer ensemble. Il n'était pas seulement question de plaisir, même si le corps de Jamie vibrait encore en certains endroits de sa personne. Il y avait eu bien davantage. Elle s'était sentie proche de Davis, suffisamment pour lui confier ses craintes les plus profondes, et il les avait comprises et acceptées.

Personne avant lui ne l'avait fait. Personne ne lui avait dit qu'elle était *normale*.

Il lui avait presque ordonné : *Reste !*

Avec Davis, Jamie se sentait chez elle, arrivée comme un bateau rentrant au port après une longue traversée. Sa maison était partie en fumée et, pourtant, elle était toujours bien dans ces parages et elle le devait avant tout à Davis.

— Dites-moi… euh…, commença Sylvia, son assistante, en se passant une mèche de ses cheveux roux derrière l'oreille. Il y a une raison particulière pour que Mackenzie McGuire passe toute la matinée dans la salle d'attente ?

Jamie lança un coup d'œil par-dessus le comptoir de réception et son regard croisa celui de Mac. Elle ne le connaissait pas bien, ce frère-là. Il était rarement au ranch. Comme le reste de sa fratrie, il était grand, avait de larges épaules, des cheveux sombres et un regard vert très intense.

— Il… il assure ma protection rapprochée, avoua Jamie du bout des lèvres.

Elle avait bien essayé d'expliquer à Davis qu'elle n'en avait pas besoin, en tout cas pas en permanence, mais il n'avait rien voulu entendre. Il voulait qu'elle ait une protection rapprochée pendant qu'il enquêtait sur Henry.

— Une protection ?

Sylvia croisa le regard de Mac à son tour et lui fit un petit signe amical de la main.

Il inclina légèrement la tête en réponse, sans sourire.

Sylvia reprit :

— Je suis au courant pour l'incendie mais pas pour…

Elle posa doucement sa main sur l'épaule de Jamie.

— Vous savez, si vous avez besoin de quoi que ce soit, je suis là… Vous pouvez venir habiter chez moi si vous voulez. Ce n'est pas très grand, mais ce sera toujours mieux que de dormir dans un motel, comme vous avez dû le faire la nuit passée.

Pas vraiment dans un hôtel. Et dans un lit, avec Davis…

— Je suis votre amie, vous savez, continua Sylvia. Vous pouvez compter sur moi.

— Merci beaucoup, fit Jamie.

Sylvia était toujours là quand Jamie avait besoin d'elle. Agréable, ouverte et sympathique. Et ce, depuis leur première rencontre, qui avait eu lieu dans un supermarché du coin, longtemps avant que Jamie n'ait l'opportunité de l'engager comme assistante.

Sylvia n'avait pas une once de méchanceté en elle. Elle se montrait toujours avenante envers tous ceux qu'elle rencontrait.

Même Mac McGuire, songea Jamie.

Sylvia ouvrit l'agenda de la vétérinaire.

— Il y a pas mal de visites à domicile aujourd'hui.

Ce n'était pas plus mal, se dit Jamie. Cela l'aiderait peut-être à libérer son esprit de la pensée omniprésente de Henry.

— D'après sa secrétaire, Henry Westport était au moment des faits dans la propriété de sa famille à Travers, Connecticut, annonça Sullivan en marchant de long en large devant le bureau de Davis.

Ils étaient en réunion au siège de McGuire Security. Il y avait là Davis, Sullivan, Brodie et Jennifer.

— Avant cela, continua Sully, la secrétaire jure ses grands dieux que Westport n'avait pas quitté New York depuis plus d'un mois. Apparemment, il est engagé dans un grand projet pour venir en aide aux SDF, un projet qui lui prend presque tout son temps.

— La secrétaire ment peut-être, fit remarquer Jennifer. Ce ne serait pas la première fois qu'une employée le ferait pour dédouaner son patron.

La porte s'ouvrit et Grant entra. Davis lui avait déjà exposé la situation.

— J'ai passé quelques coups de fil et épluché les listings des compagnies aériennes et des aéroclubs, indiqua Grant. A moins d'avoir été particulièrement discret, Henry Westport n'a pas pu quitter Travers, en effet. Pas en avion, en tout cas. Ni par un vol commercial, ni privé. Toujours d'après mon enquête, il se trouve en ce moment au siège social de la Westport Industries et pas en train d'allumer des incendies au Texas.

Grant ne faisait que corroborer les informations déjà fournies par Sullivan, mais Davis ne parvenait pas à voir Henry comme innocent. Son instinct lui criait le contraire : Henry Westport était une sérieuse menace pour Jamie.

— Alors, il a dû engager quelqu'un, s'entêta Davis. Après tout, il peut se le permettre : il en a les moyens.

Des moyens qui avaient déjà servi à racheter sa liberté.

— Il a repéré Jamie et a mis un contrat sur elle pour ne pas intervenir en personne.

— Ça n'a rien d'impossible, en effet, reconnut Brodie, qui était assis sur le canapé du bureau, à côté de Jennifer. Dans ce cas, il faudrait surveiller ses comptes. S'il a effectivement mis un contrat sur la tête de Jamie, il doit y avoir une trace de la dépense quelque part.

— Et il faut faire vite, renchérit Davis en se levant et en s'approchant de la fenêtre. Mais pour le moment, même si Westport a fait faire le sale boulot par un autre, tous les indices et tous les soupçons convergent vers lui. C'est Henry, et personne d'autre, qui fait une véritable fixation sur Jamie. C'est lui qu'il faut empêcher de nuire.

— Il y a des choses que tu ignores sur Jamie, intervint Sullivan d'une voix si atone et si calme que tous se tournèrent vers lui, même Davis.

Son visage était absolument neutre, sans expression.

— J'ai passé toute la nuit sur son dossier, ajouta Sully, les lèvres pincées. Les choses ne sont pas aussi simples que tu as l'air de le croire.

— Henry a poignardé Jamie six fois de suite, répliqua Davis. C'était une agression délibérée. J'ai vu les cicatrices…

Sullivan l'interrompit :

— D'après le témoignage des parents de Henry Westport, Jamie provoquait systématiquement leur fils. Elle aurait joué à ce petit jeu pendant des mois, le faisant entrer délibérément dans de véritables crises de rage.

— Stop !

Davis serrait les poings.

— Bon sang, Sully, tu blâmes la victime ? Ça ne te ressemble pas. Tu…

— Lorsque son frère a été tué, elle a dit aux policiers, sur la scène de crime même : « C'est ma faute. Je suis la coupable. »

Davis se souvenait des mots fiévreux que Jamie avait prononcés dans son sommeil.

— Elle voulait dire que ce qui arrivait était le résultat de ses erreurs, pas qu'elle était l'assassin. Elle n'était qu'une gamine alors, elle avait à peine dix-sept ans.

— Est-ce qu'elle a mentionné devant toi un certain Sean Nyle ?

— Pas que je me souvienne. Je devrais ?

— A l'époque, c'était son petit ami, indiqua Sully.

« Après Henry, il y en a eu un autre. J'étais à l'université. »

Les mots de Jamie revinrent à l'esprit de Davis.

— Tu veux savoir pourquoi Henry Westport a été remis en liberté ? insista Sully. A cause du témoignage de l'ex-petit ami, Sean Nyle. Jamie lui aurait avoué qu'elle manipulait Henry pour jouer avec ses sentiments. Elle détestait ses propres parents et elle voulait qu'il l'aide à quitter sa famille. Elle lui aurait demandé elle-même de la taillader pour plus de vraisemblance mais pas trop profondément.

— Ça suffit ! aboya Davis. Je ne veux plus rien entendre !

Et le silence s'installa, lourd et inconfortable.

— Comment peux-tu être aussi affirmatif ? demanda calmement Sullivan.

Il s'approcha de Davis.

— Je ne suis pas sûr de comprendre ce qu'il y a exactement entre vous. On peut voir que vous n'êtes pas des étrangers l'un pour l'autre, mais de là à paraître obsédé par elle comme tu l'es… Moi, je ne fais que répéter ce que j'ai lu dans les dépositions de Henry et de Sean. Ils ont visiblement été sous son emprise, eux aussi. Ils disent qu'ils auraient fait n'importe quoi pour elle. Cela ne te rappelle rien ?

Davis agrippa vivement Sullivan par le devant de sa chemise.

— Qu'est-ce que tu veux dire, au juste, hein ? Tu ne la connais même pas !

— Et toi, pas beaucoup plus ! objecta Sullivan. Bon Dieu, Davis, je veux juste te conseiller de te calmer un peu et de faire attention. Tu as failli y rester quand ce type t'a accroché sur la route. Et, elle, elle s'en est tirée avec quelques égratignures.

Brodie s'interposa, les sépara et se tint à côté de son jumeau.

Toujours de mon côté, pensa Davis.

— Tu as changé ces derniers temps, fit remarquer Brodie à Sullivan. Je ne sais pas pourquoi, mais je peux m'en rendre compte. Tu n'étais pas comme ça avant. Tu voulais être utile à la communauté, aider les gens. Comme nous tous.

— Je le suis toujours, mais la famille est ce qui compte le plus pour moi. Je veux savoir dans quoi chacun d'entre nous est impliqué. Les gens mentent, ils vous font croire…

— Moi aussi, j'ai menti, au début, intervint Jennifer, d'une voix très calme. J'ai prétendu être quelqu'un que je n'étais plus, et depuis si longtemps que je ne savais plus même qui j'étais vraiment.

Une grande tristesse se lisait sur son visage, remarqua Davis.

— Les gens peuvent mentir pour bien des raisons, continua-t-elle. Pour se protéger. Parce qu'ils sont désespérés. Parce qu'ils n'ont pas d'autre choix.

Visiblement embarrassé, Sullivan se passa une main dans les cheveux.

— Je ne parlais pas de toi, Jennifer, tu le sais bien. Tu fais partie de la famille à présent.

— Ce n'était pas le cas au début.

Brodie s'empressa de la rejoindre. Il lui mit tendrement la main sur l'épaule et regarda Sullivan d'un air de défi.

Jennifer poursuivit :

— J'étais une étrangère pour vous tous, sauf Brodie, et,

quand je suis entrée dans sa vie, j'y ai apporté tellement de danger que j'ai pensé le perdre.

Sa main alla se poser sur celle de Brodie.

— Mais il s'est battu pour moi et moi, pour lui. Nous avons réussi. Si vous aviez été au courant de mon passé depuis le début…

Elle poussa un lourd soupir et s'adressa à Sullivan.

— Tu lui aurais conseillé de se détourner de moi, à lui aussi ?

— Je…, commença Sully.

Brodie l'interrompit :

— De toute façon, je n'aurais pas accepté.

Puis il se pencha et embrassa Jennifer sur la tempe, avec tendresse.

— Rien ne m'aurait éloigné de toi, pas même ma famille.

Davis ressentait exactement la même chose.

— Je crois ce que m'a dit Jamie, affirma-t-il.

Il avait lu dans ses yeux qu'elle disait la vérité.

A son tour, il s'adressa à Sullivan :

— Tu me dis que ce Sean Nyle est allé à la police la dénoncer comme une sorte de femme fatale ? Eh bien, moi, je te dis que tu ferais mieux de vérifier le compte bancaire de ce type !

Lui aussi, il avait ses soupçons et ce n'étaient pas les mêmes que Sully.

— Les Westport avaient approché la famille de Jamie avec de l'argent, déjà. Ils ne regardent pas à la dépense. Je suis convaincu qu'ils ont fait la même chose avec ce Sean Nyle. Ils ont fait rechercher Jamie, ils l'ont trouvée et ils se sont servis de sa relation avec ce Sean, contre elle. Alors trouvons-le, cet ex. J'adorerais avoir une petite conversation avec lui ! Et avec Henry, aussi.

Quoique… Ce n'était pas d'une conversation dont rêvait Davis avec Henry. Plutôt de lui écraser son poing dans la figure.

— Bien ! lança Grant, en les regardant tous intensément. L'un d'entre nous doit se rendre à Travers. Il faut vérifier si Henry fait toujours une fixation sur Jamie, s'il est effectivement resté dans le Connecticut ou s'il s'en est parfois discrètement échappé pour venir par ici. Savoir s'il traque réellement Jamie ou pas.

Jennifer secoua la tête.

— Si on l'affronte directement, et s'il n'est pas celui que nous recherchons, nous risquons de réveiller le démon endormi. Il faut garder secret l'endroit où se trouve Jamie, pour ne pas mener directement Henry jusqu'à elle.

Voilà bien la dernière chose que voulait Davis.

— C'est un premier pas, lui répliqua Grant. Henry semble avoir un alibi, nous devons le vérifier et garder un œil sur lui. Nous assurer qu'il ne se cache pas quelque part dans l'ombre, autour d'ici. Je vais y aller, si vous êtes d'accord. Je le verrai, mais lui ne me verra pas.

— Et, moi, je vais suivre la trace de ce Sean, annonça Davis en s'efforçant de masquer la rage dans sa voix.

Deux anciens amants. Deux hommes qui avaient fait souffrir Jamie. *Sa* Jamie.

— Mais j'ai déjà sa trace, indiqua Sullivan.

Davis en fut surpris.

— Il est à Houston, enchaîna Sullivan.

— Si près que ça ? s'exclama Davis.

Et on voulait lui faire gober qu'il s'agissait d'une coïncidence ?

— Il y est installé depuis six mois, précisa Sullivan. Il y a ouvert une clinique vétérinaire.

Comme Jamie à Austin, à peu près un an auparavant.

Les yeux de Davis s'étrécirent.

— Je crois que je vais aller y faire un tour, articula-t-il lentement.

Il allait tirer les vers du nez de ce Sean Nyle, d'une façon ou d'une autre.

— Vous savez, j'apprécie beaucoup votre… protection, commença Jamie avec précaution.

Elle se trouvait avec Mac sur le parking de sa clinique, de

retour d'une visite à Belmont Ridge, une ferme qui lui confiait les soins de ses vaches laitières.

— J'imagine que ce ne doit pas être bien excitant pour vous, comme travail.

— Pourquoi avez-vous peur de moi ? demanda Mac abruptement.

Jamie baissa les yeux, embarrassée.

Mac insista :

— Je m'en aperçois bien, vous savez. C'est la première fois que vous me regardez dans les yeux depuis que j'ai pris ma garde, ce matin.

Le visage de Mac s'éclaira, très brièvement, d'un de ses rares sourires.

— Contrairement à ce qu'on a pu vous raconter, je ne mords pas, vous savez.

Jamie n'en était pas si sûre. Sylvia lui avait appris que Mac était un ancien des Delta Force et qu'il était réputé le plus féroce des frères McGuire. Durant leur adolescence, il n'avait jamais raté une occasion de se battre.

— Je n'aime pas que l'on prenne des risques pour moi, expliqua Jamie avec réticence. Je me sens mal, à vous savoir dans les parages.

— Des risques ? répéta Mac en riant. Mais c'est toute ma vie ça, les risques !

Son sourire avait quelque chose de carnassier et ses yeux étaient plus sombres que ceux de Davis.

— Mon frère veut que vous soyez en sécurité et c'est pour ça que je suis là. Rien de fâcheux ne vous arrivera, avec moi dans les parages.

Mac l'avait accompagnée jusqu'à Belmont Ridge et au retour. Ou plutôt il l'avait suivie, dans son propre SUV. Jamie jeta un œil au véhicule en question. Le souvenir de la camionnette accidentée de Davis s'imposa à son esprit.

— Et vous ? S'il vous arrivait quelque chose à vous ? s'enquit-elle.

— Aucune chance, dit très simplement Mac.

L'inaltérable confiance en soi des McGuire ! pensa Jamie.

— Malgré ce que vous avez l'air de penser, vous n'êtes pas indestructible, vous savez. Et aucun de vos frères ne l'est. On peut toujours vous tirer dessus, vous poignarder, vous blesser ou vous tuer de beaucoup de manières… aussi facilement que n'importe qui.

Voilà pourquoi elle avait évité le regard de Mac jusque-là. Non parce qu'elle avait peur de lui, mais parce qu'elle se sentait coupable. Elle avait accepté de rester dans les parages, pas d'entraîner d'autres qu'elle dans des dangers à n'en plus finir.

Même s'ils adoraient ça…

— Alors, je…

L'arrivée à toute vitesse d'un véhicule la coupa dans sa phrase. Les pneus grondaient sur l'asphalte. C'était un gros SUV blanc. Il freina à une vingtaine de mètres d'eux.

Davis ?

Jamie courut à sa rencontre. S'il avait pris la peine de venir jusque-là, au lieu de simplement l'appeler, il se passait quelque chose de grave.

Davis ouvrit sa portière et vint rapidement vers Jamie, lui aussi.

— Qu'est-il arrivé ? demanda-t-elle, très inquiète, en le prenant par les deux bras. Est-ce que tout va bien ? Henry s'est de nouveau attaqué à toi ?

— Non, ça va…

Il jeta un regard circulaire autour de lui et fit un signe de tête à Mac.

— C'est juste que… il fallait que je te parle avant de partir.

— Partir ? Où vas-tu ? s'alarma Jamie.

Davis lui avait demandé de rester, quelques heures auparavant, et voilà qu'il s'éloignait d'elle ? L'estomac de Jamie se noua.

Je n'ai pas pu me tromper ! Pas après cette nuit !

— Sean Nyle, lâcha Davis.

Aussitôt, Jamie se figea.

Davis insista :

— C'était lui, le petit ami suivant, hein, Jamie ? Celui avec qui ça n'a duré que quelques mois ?

Elle le fixa, le cœur chaviré.

Il sait tout !

7

Jamie jeta un œil par-dessus son épaule. Mac était assez près pour tout entendre de sa conversation avec Davis, mais il était probable que, si Davis avait découvert le nom de Sean Nyle, tous les McGuire ne tarderaient pas à tout savoir des zones d'ombre de son passé.

— Oui, c'est lui, avoua-t-elle simplement.

— Il a dit au tribunal que tu t'étais confiée à lui, que tu lui avais dit…

Jamie prit Davis par le bras.

— Attends. Pas ici, s'il te plaît… Entrons.

N'importe qui pouvait les écouter sur ce parking et les choses étaient déjà assez humiliantes comme cela.

Sans plus dire un mot, Jamie tourna les talons et se dirigea vers l'entrée de la clinique, suivie de Davis.

A son entrée, Sylvia leva les yeux vers elle et lui sourit gentiment. Mais son sourire se figea quand elle vit Davis.

— Tout va bien ? s'enquit-elle.

Pas vraiment.

— Oui, oui, très bien.

Jamie se força à sourire.

— Davis et moi, nous devons avoir une petite conversation.

En passant devant le bureau de son assistante, Jamie se pencha machinalement pour gratter la tête de Jinx. Le brave chien restait toujours auprès des deux femmes, à la clinique, et son seul contact suffisait à apaiser Jamie.

Mais, quand elle entra dans son bureau, elle n'y resta pas seule avec Davis. Mac leur emboîta le pas.

— Euh… pourriez-vous…, commença-t-elle.

Elle voulait lui demander d'attendre dehors, mais après tout, puisqu'il assurait sa protection, n'était-il pas légitime qu'il entende ce qu'elle avait à dire, lui aussi ?

C'était seulement qu'elle souffrait dans sa dignité, bien mise à mal, et qu'elle détestait d'avoir à dévoiler ses tourments à ces deux hommes, même si l'un d'eux était devenu son amant.

— Non, rien, murmura-t-elle finalement. Entrez, Mac, je vous en prie.

Elle referma la porte sur eux. Ce cabinet de consultation, c'était le dernier refuge qu'il lui restait. Elle y avait disposé, çà et là, quelques effets personnels, dont la fameuse photo d'elle avec son frère, retrouvée près de sa maison incendiée. Jamie la plaça dans le tiroir du haut de son bureau. Il faudrait lui trouver un nouveau cadre, pour pouvoir se souvenir de ce que cela faisait d'être aimée sans la moindre restriction.

Il n'a jamais douté de moi.

Et, elle, elle n'avait jamais douté de lui.

Elle ne s'assit pas à son bureau. Au contraire, elle en refit le tour et s'adossa au plateau, les bras croisés.

— Que penses-tu savoir maintenant ? demanda-t-elle à Davis.

Elle aurait sans doute dû lui parler de tout cela avant, mais elle n'avait pas voulu que Davis doute d'elle. Après tout, Sean n'avait plus rien à faire dans sa vie.

— Je sais que tu étais avec lui pendant ta deuxième année à l'université, répondit Davis.

Oui, alors qu'elle souffrait énormément, en deuil de son frère et cherchant désespérément sa place. Elle voulait être comme les étudiants, qui avaient l'air heureux. L'air normal.

Mais je n'étais pas comme eux.

Malgré tous ses efforts pour l'être.

— Après votre rupture, Nyle est allé voir les Westport, reprit Davis. Dans les documents auxquels j'ai eu accès, il dit qu'il avait besoin de partager ce que tu lui avais confié.

Jamie retint un soupir. Des *on-dit*, c'était ainsi que la justice définissait normalement ce genre de choses. Mais l'argent avait un tel pouvoir…

Davis continua :

— Tu lui as dit que « tout était ta faute ».

Il n'y avait aucune émotion, dans les yeux de Davis, non plus que dans sa voix, remarqua Jamie. Il la regardait avec beaucoup d'attention.

— Toujours d'après Sean Nyle, tu as avoué avoir manipulé Henry Westport. Tu étais en colère contre tes parents parce qu'ils n'avaient jamais fait attention à toi.

Cela, elle ne pouvait le nier. Ses parents s'apercevaient à peine de sa présence à la maison. Ils n'avaient d'yeux que pour Warren. Mais elle avait été très proche de son frère, et lui, d'elle. Presque autant que Davis et Brodie. Aussi, tant que Warren avait été là, elle avait supporté sans trop en souffrir que leur père soit toujours absent et que leur mère ait quasiment en permanence un verre à la main.

Davis poursuivit :

— C'est pourquoi tu aurais concocté un plan, pour qu'ils te remarquent enfin. Tu aurais poussé Henry à s'introduire chez vous, dans votre maison.

— Bien sûr, et je lui ai dit de me poignarder, aussi !

Jamie passa sa main sur son flanc gauche, juste à l'endroit de sa cicatrice.

— Je lui ai bien recommandé de ne toucher aucune partie vitale. Je lui ai montré où il devait porter ses coups et je lui ai juré de ne jamais le dénoncer, en lui promettant que j'affirmerai seulement avoir été attaqué par un mystérieux homme masqué !

A mesure qu'elle déroulait cet ironique exposé, la colère, en elle, le disputait au dégoût.

— Bref, j'avais tout manigancé, mais finalement j'ai changé d'idée et j'ai désigné Henry comme seul coupable. Je l'ai accusé de tout alors qu'il ne faisait qu'appliquer mon plan.

C'était ce que Sean Nyle avait voulu démontrer. Mais Sean était un fieffé menteur. Jamie ne le savait que trop.

Elle se força à soutenir le regard inquisiteur de Davis.

— Et Henry est devenu fou de rage lorsqu'il a appris que je l'accusais. Pauvre, pauvre Henry… Il est venu me voir à l'université pour me forcer à avouer mon forfait. Mais voilà, mon frère… mon pauvre, mon loyal frère, lui, a cru les mensonges. Il a cru que c'était moi, la victime. Et il a été mortellement touché lorsque l'arme de Henry a fait feu ; accidentellement, bien entendu, car Henry n'avait pas voulu blesser quelconque, ce n'était pas sa faute…

Elle leva son menton vers Davis d'un air de défi.

— C'était la mienne !

Davis soutenait toujours son regard et toujours sans la moindre émotion visible. Il avait seulement les yeux brillants.

— C'est ce qu'affirme Nyle, admit-il tranquillement.

Jamie jeta un coup d'œil en direction de Mac. Décidément, les frères McGuire s'y entendaient pour afficher un visage de marbre. Si seulement elle avait su, elle aussi, dissimuler aussi complètement ses sentiments…

Elle revint concentrer toute son attention sur Davis.

— Et tu crois à cette histoire ? Tu crois que je suis folle et que je t'ai manipulé ? Que j'ai mis le feu à ma propre maison, aussi, peut-être ? Et que j'ai engagé quelqu'un pour venir fracasser ta voiture ?

Davis se pencha et lui saisit les mains.

— Je voudrais entendre *ta* version des faits.

Mac s'éclaircit la gorge.

— Moi aussi, dit-il sobrement, j'aimerais bien.

Jamie retint un soupir. D'autres l'avaient entendue. Ils ne l'avaient pas crue pour autant.

Et elle ne voulait pas en dire plus en présence de Mac. Elle voulait se confier à Davis, seul. Il était l'homme avec qui elle avait connu une expérience bouleversante et fusionnelle, la nuit précédente. Et là… Là, il la regardait comme un étranger, d'un regard si froid !

Elle le toisa.

— Tu crois Sean Nyle ?

Davis ne répondit rien.

— J'ai besoin de le savoir.

Elle n'aurait pas dû se fier à son impression de la nuit précédente. Pourtant, elle n'avait jamais été aussi confiante. C'était sans doute son destin de se tromper sur les gens. Sans doute aurait-elle dû rester à l'écart des amis trop proches et des amants.

Elle s'était justement tournée vers l'art vétérinaire parce que les animaux ne font pas de mal et qu'ils ne parlent pas.

— Je veux entendre ce que tu as à dire, répéta Davis.

Jamie avala la boule dans sa gorge et commença :

— Sean et moi étions amis depuis des mois. Il savait parfaitement qui j'étais, comme tout le monde à la fac. Je n'avais pas changé de nom et je n'étais pas allée me réfugier bien loin.

Parce qu'elle avait une bourse dans cette université, et pas ailleurs, une bourse qu'elle s'était battue très durement pour obtenir. Elle pensait alors qu'une partie au moins de son ancienne vie pourrait être préservée.

Comme elle se trompait !

— Et puis, nous sommes devenus amants.

Un muscle tressautait sur la joue de Davis. C'était le seul signe visible d'une quelconque émotion en lui.

— Ça n'a duré que quelques mois. Je… je ne ressentais rien auprès de Sean.

Elle s'en était même inquiétée : si jamais c'était la même chose avec tous les hommes, si ses émotions étaient mortes sous les coups de Henry ?

J'avais trop peur pour éprouver aucune autre émotion.

— Après notre rupture, j'ai cru que nous allions rester amis, qu'il nous resterait cela au moins.

Car les choses s'étaient passées plutôt en douceur. Pas de disputes. Ils avaient paru s'apercevoir ensemble que leur couple ne fonctionnait pas. Aucun drame. La fin de quelque chose et voilà tout.

— Je n'ai appris ce qu'il avait fait qu'*après*, confia Jamie.

Il l'avait bel et bien trahie.

— Je l'ai vu sur le campus, dans une voiture de sport flambant neuve. J'ai aussi appris que ses frais d'inscription étaient payés pour les quatre ans à venir. Alors, je l'ai affronté, directement.

Car on avait commencé à murmurer autour d'elle et à la regarder d'un drôle d'air.

— Il m'a dit qu'il avait eu un choix à faire, qu'il pensait n'avoir fait de mal à personne et qu'il espérait que je comprenais.

Il l'avait même regardée comme si elle était plutôt dans l'obligation de se mettre à sa place et, quand elle s'était mise à pleurer, il avait paru effaré, comme s'il croyait réellement qu'il n'avait pas pu faire de peine à quiconque.

— Il est toujours sous les verrous, m'a-t-il dit. Il parlait de Henry… Il ne peut plus te faire de mal, c'est lui qui a besoin d'aide. Comme si tous les mensonges que Sean avait proférés à mon sujet ne comptaient pas. Mais, moi, je savais que Henry était tout près de sortir de prison et que la première chose qu'il ferait serait de revenir s'attaquer à moi.

Jamie marqua une pause. Elle était découragée et épuisée.

Mac fit un pas vers elle.

— Vous voulez dire que les parents de Henry Westport ont payé Sean afin qu'il propage une version de l'histoire favorable à leur fils ?

— Je veux dire qu'ils l'ont payé pour mentir et aussi qu'ils ont acheté la liberté de leur fils. Et je sais qu'ils ne s'arrêteront pas là, jusqu'à ce que ma vie, ou ce qu'il en restera, soit brisée. Quant à mes parents…

Cela faisait mal, tellement mal !

— Ils ont approuvé la version de Sean. Ils ont dit qu'ils m'avaient vu agir ainsi par le passé et qu'ils auraient dû se douter…

Elle se revoyait dans le bureau du procureur, se demandant quelle mouche les piquait.

Tout le monde s'était détourné d'elle.

Alors, elle était partie.

Elle considéra ses mains.

— Vous savez, je n'y aurais pas cru, moi non plus. Mes parents me jugeaient responsable, mes petits amis disaient que je les avais manipulés. Non, je n'y aurais pas cru.

J'avais le sang de mon frère sur les mains.

— Je suis partie, c'était la seule chose à faire.

Elle leva les yeux vers Davis.

— C'est ce que tu devrais faire, toi aussi. Partir, te détourner de moi, sans regarder en arrière.

Il avait toujours les yeux fixés sur les siens.

Dis, que vois-tu quand tu me regardes ?

Elle essaya de conserver un visage parfaitement lisse, sans expression, comme Davis. Il allait lui tourner le dos, elle ne voulait pas afficher sa souffrance.

— S'il te plaît, Mac, sors ! ordonna Davis.

Son frère sembla hésiter.

— Je ne crois pas…, commença-t-il.

— J'ai besoin de parler à Jamie, seul à seule.

Il voulait parler ? s'étonna Jamie. Et à elle seule ?

— Mais je t'ai tout dit.

Elle avait essayé de le convaincre de son innocence. Tout le monde s'était retourné contre elle. Quand tant d'argent et de pouvoir était en jeu, comment aurait-il pu en être autrement ?

Elle aussi, elle avait un peu enquêté sur Henry, puisqu'il était sorti de l'hôpital psychiatrique.

Il était désormais considéré comme un citoyen modèle. Il dépensait des millions en actions caritatives depuis qu'il était devenu l'un des adjoints de son père et son successeur désigné.

Mais, moi, je le verrai toujours comme le fou qui m'a lardé de coups de poignard, le monstre aux yeux de dément qui ne s'arrêtait pas de frapper, malgré mes supplications.

Mac se dirigea vers la porte.

— Je suis juste dehors, si vous avez besoin de moi, indiqua-t-il.

Il lança à Jamie un bref regard, avant de sortir.

Un regard de sympathie ?

— Vous m'appellerez quand vous aurez fini.

Puis il se tourna vers son frère.

— Va doucement, d'accord ? lui dit-il. Doucement…

Puis il quitta la pièce, laissant Jamie seule avec Davis.

Elle ne bougeait plus, trop effrayée pour parler.

— Grant ! Attends !

Sullivan traversa en courant le hall de l'aéroport et prit le bras de son frère. Celui-ci se retourna, surpris, les sourcils froncés.

— Sully ? Mais qu'est-ce qui t'arrive ?

— C'est moi qui vais dans le Connecticut.

Ce n'était pas ce qui était prévu. Sully avait changé d'idée, moins d'une demi-heure auparavant.

Parce que mes frères ont raison : je suis en train de mal tourner.

Trop d'amertume, de colère, trop de temps passé à se morfondre de ce qu'il ne pouvait avoir.

— Depuis quand ? lui demanda Grant, le visage sévère. Toi, tu es supposé recueillir des informations sur Internet.

— Je le ferai, mais au Connecticut.

Où il pourrait aussi, et surtout, enquêter lui-même sur les Westport.

— Ecoute, je dois y aller, plaida-t-il auprès de Grant. Davis est persuadé que Jamie n'est que la victime dans cette affaire et je…

Il secoua la tête.

— Je dois voir par moi-même s'il a raison ou tort.

Il devait absolument se faire une opinion définitive.

— Comme ça, toi, tu pourras rester auprès de Scarlett.

Parce que Grant avait une femme qui l'aimait, une femme qui ne redoutait pas ses éventuelles zones d'ombre.

— Je dois y aller, insista encore Sullivan. S'il te plaît !

Grant hésitait encore. Il soupira.

— Mais qu'est-ce que tu nous caches, Sully, à la fin ?

Une erreur que j'ai commise. Une lourde erreur.

Parce que, contrairement à Davis, il n'avait pas accordé toute sa confiance à la femme qui venait à lui. Il avait préféré écouter les on-dit.

Ce qui est fait est fait. C'était ailleurs, et autrefois.

— Je dois prendre cet avion, Grant. Crois-moi.

Son frère acquiesça enfin.

— Bon… mais sois tout de même prudent.

— Est-ce que je ne le suis pas toujours ? répliqua Sully.

— Non, pas toujours, justement… Parce que tu fuis quelque chose et, ça, nous pouvons tous le voir.

Peut-être que je ne fuirai pas toujours, peut-être que je ferai face, finalement.

— C'est dur pour nous tous, continua Grant. Plus nous en apprenons sur ce qui est arrivé à nos parents… et plus c'est confus, obscur.

Sullivan hocha la tête. Découvrir la vérité sur le meurtre de leurs parents allait-il les rendre plus forts ou les déchirer ?

C'est bien pour ça que je garde pour moi la plupart de mes secrets. Je ne veux pas faire de mal à mes frères ou à ma sœur. Je n'ai jamais voulu cela.

Mais le comprendraient-ils ? Ou bien le jugeraient-ils traître à la famille ?

L'appel aux passagers à se présenter en salle d'embarquement retentit dans tout le hall.

— Tu ferais mieux d'y aller, dit Grant d'un ton bourru. Et fais bien attention à toi.

Sullivan salua Grant et se hâta vers le comptoir. Un jour, il dirait à ses frères et à Ava toute la vérité, mais le moment n'était pas encore venu.

Mac quitta le bureau de Jamie, et Davis referma soigneusement la porte derrière son frère. La tension nerveuse faisait vibrer chaque fibre de son corps. Il y avait tant de douleur dans la voix de Jamie, quand elle leur avait fait sa confession…

Et c'est moi qui en suis la cause, moi qui l'ai forcée à se montrer vulnérable. Moi qui l'ai… exposée !

— Je vais aller voir Sean, lui annonça-t-il.

Jamie tressaillit.

— Mais pourquoi ? Pour qu'il te confirme quelle manipulatrice je suis ?

— Parce qu'il est à Houston et qu'il pourrait bien être celui qui se cache derrière les agressions dont tu as été victime.

— H… Houston ?

Jamie pâlit tout à coup, affreusement. Elle dut s'accrocher au rebord du bureau.

— Mais… depuis quand ?

— Depuis six mois environ, et moi non plus je n'aime pas l'idée de le savoir si près, pas alors que ces agressions se répètent. Sa présence dans la région ne peut pas être une coïncidence, je n'y crois pas une minute. Il fallait que je sache, avant d'aller le voir, et que je l'apprenne de toi.

Jamie sursauta encore, comme s'il l'avait frappée.

— Tu voulais… voir mon visage, entendre ma voix, et tâcher de deviner si, oui ou non, je disais la vérité, lança Jamie.

Davis ne bougea pas.

— Comme tu le sais, j'ai été un SEAL…

Elle hocha la tête.

— Je me suis trouvé dans quelques-uns des coins les plus dangereux de la planète. J'ai capturé des hommes recherchés dans le monde entier, j'ai assisté à leurs interrogatoires.

Il poussa un soupir.

— Bref, j'ai appris à voir clair dans le jeu des gens.

Il s'était initié au langage du corps et des expressions, celui qui trahissait les plus habiles et dévoilait les coupables, mais aussi les innocents.

— Bon… et alors ? fit Jamie, les sourcils froncés. Tu es devenu un détecteur de mensonges vivant, c'est ça que tu veux dire ?

— Je veux dire que je sais reconnaître quelqu'un qui ment et quelqu'un qui dit la vérité. J'y suis devenu très habile.

Il avait été le premier à déceler que Sully leur mentait. Et il allait devoir le dire aux autres… Il fallait que la fratrie sache ce que Sully cachait.

— Alors, tu m'as testée, tu m'as fait passer un examen ? reprit Jamie.

Elle s'avança vers lui, le menton levé.

— Et quel est le verdict ? Est-ce que j'ai dit la vérité ? Ou est-ce que tu seras un malheureux de plus à avoir cru mes mensonges ?

Ses yeux lançaient des éclairs bleus et le rouge lui montait aux joues, remarqua Davis. Jamie était très en colère et il ne pouvait guère l'en blâmer. Lui-même, il se haïssait d'agir ainsi.

— Je n'ai pas changé d'avis, lui dit-il fermement. Je pense que tu as traversé de grandes épreuves, trop lourdes pour n'importe qui. A mon avis, on t'a fait bien trop de mal.

— Comment… tu… tu me crois ?

— Cela ne te ressemble pas de demander à ton petit ami de te poignarder six fois de suite, ni de rester là à regarder mourir ton frère.

Jamie l'écoutait et ses lèvres tremblaient.

— J'ai vu ton visage, Jamie, quand tu regardes cette fameuse photo et je peux entendre ta douleur quand tu parles ainsi du passé.

Jamie observait ses propres mains, sans lever les yeux, comme si elle pouvait y lire quelque chose.

Tout doucement, Davis lui prit le menton entre le pouce et l'index, et lui fit relever la tête.

— Que ce soit bien clair entre nous, je te crois.

— Et… si…

Jamie se dégagea doucement et s'éclaircit la gorge.

— Si Sean te dit d'autres mensonges ?

Elle secoua la tête.

— Tout le monde s'est tellement détourné de moi… Je ne veux pas que tu me regardes avec les mêmes yeux qu'eux.

Je ne te regarderai jamais ainsi. Jamais.

Tout allait très vite, plus vite que Davis ne l'aurait cru. Et il était pris comme une mouche dans une toile d'araignée. Mais pas par une quelconque manipulation ou même par une séduction concertée. Il voulait être avec Jamie, simplement.

— Pas de danger, assura-t-il.

— Comment peux-tu en être sûr ? murmura-t-elle.

Davis caressa la joue de Jamie.

— Parce que j'ai confiance en toi.

Il se pencha et l'embrassa. Il aurait eu envie de bien plus, oui, beaucoup plus. Mais il était temps de prendre la route de Houston.

— Surtout dors au cottage cette nuit encore, lui recommanda-t-il. Je reviens très vite. Mac veillera sur toi, tu n'as pas à t'inquiéter.

— Ce n'est pas pour moi que je m'inquiète…

Elle chercha son regard.

— Je ne veux pas qu'il t'arrive quelque chose, dit-elle avec feu. Ce serait terrible pour moi.

Davis sourit.

— Ma douce, je ne suis pas un homme si facile à atteindre.

Il n'exagérait pas : il fallait plus qu'un Sean Nyle pour l'abattre.

Le temps était venu d'une petite confrontation directe.

Trois heures plus tard, Davis arrêtait son SUV devant un bâtiment neuf, avec une pelouse bien taillée en façade.

Une étincelante plaque de cuivre annonçait :

Dr Sean Nyle. Clinique vétérinaire.

Il n'y avait que deux voitures sur le petit parking. C'était sans doute une toute petite journée pour le bon docteur Nyle.

Davis prit le temps de bien observer le pimpant bungalow de briques rouges, éclairé par de nombreuses et larges fenêtres.

Quand il poussa la porte, une jolie blonde leva les yeux vers lui.

— Bonjour ! lui dit-elle.

Puis elle s'interrompit, visiblement surprise.

— Mais… où est votre animal ?

Davis s'approcha du comptoir avec un large sourire.

— Je suis un vieil ami de Sean, de passage en ville. Je voudrais lui faire une surprise, nous étions à la fac ensemble…

La secrétaire lui rendit son sourire avec un air complice et désigna le couloir.

— C'est le dernier bureau à droite, il sera certainement ravi.

Davis la remercia avec chaleur et prit la direction indiquée. Il n'était pas fâché de rencontrer enfin l'ordure qui avait détruit la vie de Jamie.

On frappa légèrement à la porte. Jamie sursauta, puis leva les yeux de la pile de papiers disposée devant elle, sur son bureau.

— Entrez !

La porte s'ouvrit sur le visage inquiet de Sylvia.

— Jamie, demanda-t-elle, est-ce que tout va bien ?

La vétérinaire se força à sourire.

— Mais oui, aucun problème.

Un cauchemar permanent, plutôt.

Sylvia secoua la tête d'un air incrédule.

— Pas de problème ? Avec votre maison incendiée et l'accident… Oui, je suis au courant de cette histoire d'agression en voiture. Vous savez, les gens parlent…

Jamie avait du mal à continuer de sourire.

Sylvia referma soigneusement la porte.

— Ecoutez, Jamie, nous sommes amies, n'est-ce pas ?

— Oui, bien sûr !

Aussi proches, assurément, que les meilleures amies qu'elle avait eues.

— Bien, alors, je vous parle en amie. Je suis là. Si vous avez besoin de quelque chose, de parler ou de quoi que ce soit d'autre…

Sylvia pencha la tête de côté.

— Si vous voulez vous décharger un peu de ce poids qui pèse sur vos épaules et me dire… enfin, ce qu'il en est vraiment…

Jamie prit une profonde inspiration.

— Sylvia, je…

Je ne peux rien vous dire. J'ai eu assez de mal comme ça à l'avouer à Davis.

Elle se força à sourire encore.

— Je suis très touchée de votre sollicitude, Sylvia. Sincèrement. Mais je vais bien, je vous assure.

Elle ajouta encore :

— Je vous remercie beaucoup de vous en inquiéter.

Sylvia hocha la tête et se glissa dehors. Mac en profita pour entrer.

Jamie lui lança un regard peu amène.

— Eh oui, j'écoute aux portes, reconnut Mac, l'air fataliste. Ça fait partie de mon travail, même si ce n'est pas très poli.

Jamie se força à se détendre un peu.

Mac reprit, tranquillement.

— Vous savez, vous n'êtes pas obligée de faire face toute seule au monde entier.

Non ? Même si c'était faux, c'était agréable à entendre, se dit Jamie.

— Il y a tellement longtemps que je fais ça que je ne pourrais certainement plus faire autrement, soupira-t-elle.

— Vous devriez essayer, conseilla Mac. Vous croyez toujours qu'on vous juge et qu'on vous blâme. Oh ! bien sûr, certains le font… J'ai vu ça dans ma propre famille. Avec Ava. Les ragots et les regards de travers ne lui ont pas été épargnés. Mais on a vu aussi de braves gens se ranger à ses côtés. Les gens vous surprendront, parfois. Alors vous ne devriez pas leur fermer votre porte avant de savoir ce qu'ils vous veulent vraiment.

Il lui fit un petit salut désinvolte.

— Sur ce, je retourne écouter de l'autre côté de la porte.

Jamie voulut parler, mais elle ne trouvait pas exactement les mots. Finalement, ils lui vinrent aux lèvres.

— Mac ?

Il la regarda.

— C'est de Sylvia que vous vouliez parler ?

Il secoua la tête.

— Pas seulement. Vous pensiez que Davis vous avait déjà jugée coupable, n'est-ce pas ? Alors, vous gardiez tous vos secrets bien enfouis. Mais peut-être vaut-il mieux, au contraire, les laisser éclater au grand air comme des bulles de savon. Sinon, vous risqueriez peut-être de perdre quelque chose de bien plus important.

— Et si ce n'était pas seulement des secrets que j'avais à perdre ?

Je ne vais pas perdre Davis, n'est-ce pas ? Pas déjà ?

— Comme je vous le disais…, reprit Mac en ouvrant la porte. Laissez toujours une chance aux gens.

Jamie acquiesça. Oui, elle voulait donner sa chance à Davis. Elle voulait tout lui donner, tout au monde.

8

Davis ouvrit à la volée la porte du dernier bureau.

— Sean Nyle ! lança-t-il.

Le vétérinaire ouvrit des yeux ronds.

— Vous êtes celui que je cherchais, dit Davis en claquant la porte derrière lui.

Sean se leva d'un bond. Il était plus petit que Davis d'une tête et plus léger que lui d'environ quinze kilos. Ses cheveux blonds brillaient d'un éclat métallique sous la lumière fluorescente.

— Qui êtes-vous ? Et comment avez-vous pu entrer ici ? Est-ce que Candace vous a laissé…

Il fit un geste en direction du téléphone, mais Davis fut plus rapide que lui et s'en empara.

— Oui, Candace m'a envoyé à vous, afin que nous puissions avoir une gentille petite conversation tous les deux. Je suis ici pour vous parler d'une femme que vous avez connue il y a quelques années et qui s'appelait alors Jamie Bridgeton.

Sean pâlit.

— Sortez d'ici ! Je n'ai rien à vous dire !

— Vraiment ? Comme c'est dommage… Parce que, moi, j'ai pas mal de choses à vous demander.

Le vétérinaire serra les dents.

— Je vous ai déjà dit à tous tout ce que je savais !

A tous ? Intéressant…

— Tout ! reprit Sean d'une voix rageuse. C'était le marché ! Je vous disais tout et, vous, vous me payiez.

— Donc, vous avez été payé…

Sean déglutit.

— Je… Vous…

— Eh non, je ne vous ai pas payé, fit Davis avec une sourde colère. Parce que moi, voyez-vous, je ne travaille pas pour les Westport.

Tout le sang parut se retirer du visage de Sean.

— Vous l'avez vendue, une fois encore, gronda Davis. Je m'en doutais… Vous êtes venu à Houston pour échapper au scandale, puisque vous aviez couché avec la femme de votre associé, non ?

C'était ce qu'avaient révélé les papiers du divorce de Sean sur lesquels Davis avait pu mettre la main.

— Cette affaire vous a coûté presque toutes vos économies et vous vouliez repartir à zéro. Vous êtes donc venu ici et que s'est-il passé alors ? Vous avez retrouvé Jamie ?

— Je vais appeler la police, menaça Sean. Si vous ne sortez pas de mon bureau à…

— Quelqu'un a mis le feu à la maison de Jamie, et le même ou un autre lui a foncé dessus avec sa voiture. La camionnette dans laquelle elle se trouvait s'est retournée quatre fois.

Sean parut s'affaisser et se laissa lourdement tomber dans son fauteuil.

— Je… je ne pensais pas qu'ils lui feraient du mal. Ils ne lui en avaient pas fait auparavant.

La colère envahissait Davis. En une enjambée, il fut devant le bureau, son visage à quelques centimètres de celui du vétérinaire.

— Auparavant ? Vous voulez dire la première fois où vous avez trahi Jamie ? Quand vous étiez payé par les Westport pour raconter n'importe quoi sur elle ! Espèce de menteur !

— Menteur…, répéta Sean, visiblement effondré, les yeux rivés sur le plateau de son bureau. Je… non, je… Mais qui êtes-vous par rapport à elle ? Son amant ?

Oui !

— Je suis celui qu'elle emploie pour découvrir qui lui en veut à ce point. Et, en cet instant, je suis prêt à parier que c'est vous !

— Non ! Je ne lui ferais rien de mal ! Je ne l'ai jamais physiquement agressée, protesta Sean dont la pomme d'Adam tressautait, trahissant son affolement. Nous nous connaissons depuis des années ! Nous…

Davis le coupa :

— Vous avez dit au procureur du Connecticut que Jamie manipulait Henry Westport. Qu'elle avait tenté ce jeu-là avec vous aussi. Vous avez dit à la cour qu'elle avait été négligée par ses parents, qu'elle…

— Arrêtez ! supplia Sean en levant la main, puis en la passant sur ses yeux. Je n'ai rien oublié de tout ce que j'ai dit. Je me le rappelle chaque jour, croyez-moi. Vous êtes détective privé, n'est-ce pas ? Je savais bien que la vérité finirait par éclater.

Il fallut à Davis toute sa maîtrise de lui-même pour ne pas empoigner Sean par-dessus son bureau.

— Vous étiez payé pour mentir !

— J'étais payé pour raconter une histoire, nuança piteusement Sean. C'est ce que j'ai fait. Je n'ai blessé personne. Jamie ne risquait rien. Henry Westport devait continuer à recevoir des soins et moi, ajouta-t-il avec un sourire amer, j'allais pouvoir finir mes études. Mes factures seraient réglées, comme par magie. Franchement, tout ce que je devais faire, c'était…

— C'était faire passer Jamie pour un monstre, compléta Davis.

Le sourire de Sean disparut.

— Elle m'a haï après cela. Tous les étudiants… Ils en ont tous entendu parler. Des rumeurs ont commencé à courir sur son compte. On a rayé la carrosserie de sa voiture, on est entré dans sa chambre par effraction… Ils… ils l'ont tourmentée alors qu'elle n'avait rien fait de mal.

Non, rien du tout.

— Jamie est partie à la suite de ça, poursuivit Sean, passant la langue sur ses lèvres sèches. Elle s'est… volatilisée. Et je ne l'ai plus jamais revue. Jusqu'à il y a six mois. J'étais venu au Texas pour une convention et voilà que je l'ai croisée. Ses cheveux sont plus clairs et plus longs maintenant, mais je la reconnaîtrais partout. On n'oublie pas une femme comme elle.

Et on ne devrait pas la trahir non plus…, songea Davis.

— Dès que vous l'avez aperçue, vous vous êtes mis en contact avec les Westport ?

Sean se trémoussa, clairement mal à l'aise.

— Non, non, je n'ai pas…

— Vous voulez dire, pas tout de suite, c'est bien ça ? insista Davis.

Ne pas le frapper, ne pas le frapper.

— Mais, dès que vous avez décidé d'ouvrir un cabinet ici, vous l'avez fait ? poursuivit Davis. Quand il vous a fallu des fonds pour mener votre projet à bien. Vous saviez exactement qui appeler pour vous financer. Il vous suffisait de donner la bonne information à la bonne personne… et toucher le jackpot, encore une fois.

Comme il détestait cet immonde salaud !

— Je ne les ai pas appelés, fit Sean en soutenant le regard de Davis. Je sais, vous pensez que je suis un moins que rien et vous avez peut-être raison, mais je vous assure que je ne les ai pas contactés. C'est Garrison qui s'est pointé un jour chez moi. Il pensait que je savais peut-être où se trouvait Jamie.

Garrison Westport, le père de Henry, comprit Davis.

— Et c'était quand, ça ? tonna-t-il.

— Il y a un mois, répondit Sean.

Davis se pencha par-dessus le bureau.

— Bon, admettons, vous n'avez pas appelé. Mais, quand Garrison Westport a fait son apparition, vous avez été bien content de lui dire ce que vous saviez !

— J'avais besoin de cet argent, murmura Sean en secouant la tête. Alors… oui, c'est vrai ! Je lui ai dit tout ce que je savais. Et il m'a payé.

— Le prix du sang, hein ! gronda Davis en saisissant Sean par le col. Ce malade de Henry l'a pratiquement tuée quand elle avait dix-sept ans. Et pourquoi vous l'avez replacée dans sa ligne de mire ? Simplement pour du fric ?

— Non ! Ça ne s'est pas passé comme ça ! Garrison disait vouloir s'assurer qu'elle était en sécurité…

En sécurité !

— D'ailleurs, je n'ai rien dit directement à Henry et puis, après son traitement, il était censé aller mieux et avoir surmonté ses problèmes. C'est bien pour cela qu'il est allé dans cet hôpital, pour…

Davis le coupa sèchement.

— Quand son père est venu vous questionner à propos de Jamie, ça ne vous a pas mis la puce à l'oreille qu'il vous parle de sa sécurité ? Il savait peut-être que son fils en avait toujours après Jamie. Il voulait peut-être même aider son très cher Henry à la retrouver, hein, qu'est-ce que vous en dites ?

L'horreur se peignit sur le visage de Sean.

— Je n'y avais pas pensé.

— Arrêtez vos sornettes ! Vous ne vous en êtes pas soucié, c'est tout. A présent, Jamie a perdu sa maison et elle a failli y laisser la vie.

Davis aurait voulu écraser ce minable, le réduire en miettes. Au lieu de cela, il s'appliqua à se calmer et lâcha Sean, reculant d'un pas. Bien sûr, il aurait pu le frapper jusqu'à ce que cette ordure s'évanouisse. Cela lui aurait fait un bien fou. Mais ce n'était pas une bonne idée.

Cela n'aiderait pas Jamie.

Au lieu de cela, il reprit donc :

— Les Westport ne sont pas les seuls à avoir des relations. Et celles qu'ils ont dans le Connecticut ne sont plus aussi efficaces au Texas…

Davis accompagna ses propos d'un regard furieux à Sean.

— Quelque chose me dit que vous allez trouver Houston très inhospitalier, dorénavant. Et pas seulement Houston mais le Texas tout entier. Je serais vous, je ferais ma valise. Tout de suite. Quittez les lieux et ne vous approchez plus de Jamie, jamais.

— Co… comment ? Vous me menacez ? Mais vous n'avez pas le droit…

— Je le prends, rétorqua froidement Davis. Vous avez commis une grave erreur et je ferai tout pour vous la faire regretter.

Sur ce, Davis tourna les talons et se dirigea vers la porte.

Il le savait : c'était Sullivan, et non Grant, qui avait pris l'avion pour le Connecticut. Et il fallait qu'il appelle son jeune frère au plus tôt. Il fallait le mettre au courant de la visite de Garrison et…

— Vous avez une relation avec elle ! lui lança Sean. Je le vois bien, rien qu'à la façon dont vous prononcez son nom.

Davis se raidit. Puis il se retourna, lentement. Très lentement.

Ne pas le frapper.

— Vous l'avez dans la peau, hein ? reprit cette ordure de Sean. C'est ce qui se passe avec elle, c'est ce qui m'est arrivé. Je ne m'en suis même pas aperçu, qu'elle avait pris tant de place dans ma vie. Mais, elle, elle ne ressent certainement rien pour vous. Elle n'a rien ressenti pour moi et ce sera pareil avec vous. Je crois qu'elle est incapable d'aller vers qui que ce soit. L'agression de Henry l'a changée. Elle est trop refermée sur elle-même maintenant. Je ne crois pas qu'elle soit capable d'aimer. Pas même qu'elle en ait envie…

Bon… Peut-être bien que Davis allait ôter à ce vétérinaire véreux toute envie de faire des phrases. Il serra les poings.

— Et c'est pour ça que tu as menti, pas vrai, salaud ? Parce qu'elle t'a envoyé paître et que tu ne l'as pas bien pris. Alors tu t'es dit : pourquoi ne pas me rappeler à son bon souvenir et prendre de l'argent au passage ?

Sean Nyle fit un pas en arrière. Il semblait effrayé.

Mais déjà Davis traversait la pièce, se saisissait de lui et le plaquait contre le mur.

— Je suis précisément le type d'ennemi dont tu préférerais bien te passer, espèce d'ordure…

Sa voix était basse, gutturale.

— Je n'ai pas passé les dix années qui viennent de s'écouler dans un bureau à me demander ce que je pourrais bien imaginer comme saloperie qui m'apporterait un peu de distraction. J'ai été SEAL. J'ai vu de mes yeux des choses que tu ne peux même pas imaginer… l'enfer sur terre !

Le vétérinaire se mit à trembler convulsivement, sans pouvoir s'arrêter.

— Et cet enfer, je vais te l'amener jusqu'à ta porte, si tu t'avises encore une fois, une seule fois, de faire du mal ou du tort à Jamie. A te donner des cauchemars dont tu ne te débarrasseras jamais, aussi fort que tu essaies !

— Docteur Nyle ? demanda une voix féminine. Est-ce que… Oh, mon Dieu ! Mais que se passe-t-il ?

La secrétaire venait manifestement de comprendre que Davis n'était pas un vieil ami de Sean.

D'ailleurs, Davis lança au vétérinaire :

— Nous nous reverrons, car j'ai bien l'intention de te faire payer chacune de tes saloperies envers Jamie.

— Je suis désolé, je… je…

— C'est un peu tard pour ça. Si j'ai un conseil à te donner, c'est de t'assurer que ce cinglé qui la harcèle ne touche jamais à un seul de ses cheveux. Sinon…

Davis fixait Sean droit dans les yeux. Une terreur folle se lisait sur le visage du vétérinaire.

— J'appelle la police, docteur ? glapit la secrétaire.

— Excellente idée ! commenta Davis d'un air aimable, en s'écartant de Sean. Faites donc ça et demandez à parler directement à l'inspecteur Carl Musata. C'est un ami. Il sera très intéressé par la complicité du Dr Nyle avec un assassin.

— Quoi ? hurla la secrétaire.

Davis dédia au vétérinaire un sourire carnassier.

— Nous nous reverrons !

Puis Davis tourna les talons car, s'il restait, il risquait de se laisser aller à ses mauvais instincts et de donner à cette lavette de Sean la correction qu'il méritait.

En outre, passer la nuit dans une cellule du commissariat

de Houston n'entrait pas dans ses projets immédiats. Il voulait retrouver Jamie au plus vite.

Il sortit donc de la clinique vétérinaire pour rejoindre son véhicule de location.

Dehors, la lumière du soleil, très vive pour cette période de l'année, lui fit cligner des yeux. Il pianota sur le clavier de son téléphone et instantanément Sullivan décrocha.

— Tu as avalé un chronomètre, observa celui-ci. Je viens juste d'atterrir.

Davis n'avait pas de temps à perdre.

— Le père de Henry a fait rechercher Jamie !

— Oh ! lâcha Sully à l'autre bout de la ligne.

Davis le mit rapidement au courant des derniers développements de l'affaire.

— Sean connaît le nom d'emprunt de Jamie et il a passé le renseignement à Garrison Westport. L'autre n'a même pas eu besoin d'engager un privé. Une simple recherche Internet et le tour était joué.

— Qu'est-ce qu'il lui veut ? demanda Sully. Je croyais que c'était le fils qui faisait une fixation sur elle.

Tout en se glissant au volant, Davis répondit, avec ironie :

— Il paraît qu'il « s'inquiétait » d'elle.

Sullivan jura sourdement et enchaîna :

— Tu crois que Garrison Westport couvre les agissements de son fils ? Qu'il sait que Henry pense toujours à elle ?

Bien sûr que oui !

— Ce que je veux savoir, confia Davis, c'est où ce père modèle se trouve en ce moment. Je veux que tu gardes un œil sur lui en permanence, Sully.

Davis, lui, allait retourner auprès de Jamie sans tarder.

— Je vais aussi appeler Mac. Je veux qu'il fasse particulièrement attention et qu'il ne quitte pas Jamie d'un pouce. Le type qui la menace est une bombe à retardement sur pieds et je ne veux pas…

Davis exhala un lourd soupir.

— Je ne veux pas qu'il se fasse exploser sur elle.

*
* *

Il lâcha un juron sardonique. Bon sang, Jamie avait un amant ! Un homme qui tenait visiblement beaucoup à elle. Et qui ne reculait pas devant la violence, au besoin.

Un homme qui était en travers de son chemin, à lui.

Davis McGuire se croyait invulnérable. Avec ses frères, ils se croyaient toujours au-dessus du lot commun.

Mais ils se trompaient. Ils étaient des hommes comme les autres. Et les hommes, ça pouvait être blessé, ça pouvait saigner et mourir. Comme n'importe qui…

L'attaque surprise, sur la route, quand il avait foncé sur la camionnette, avait été une erreur. Il aurait mieux fait de finir le travail et d'achever ce salaud qui lui avait volé sa Jamie. Il n'avait pas prévu que ce McGuire s'en relèverait aussi vite.

On ne m'y prendra plus !

Il allait chercher la moindre des faiblesses de ce Davis, et celles de tous les McGuire, puisque Jamie les avait fait entrer dans le jeu. Elle cherchait un réseau de protecteurs, mais, lui, il se moquait bien qu'elle ait une véritable armée à ses côtés.

Il l'avait retrouvée et ne perdrait plus sa trace. Elle allait payer, souffrir en retour de chaque tourment qu'elle lui avait infligé. Elle ne s'en tirerait pas comme ça. Pas cette fois, pas encore.

Elle savait s'y prendre pour jouer les innocentes et s'attirer la protection des hommes. Mais, lui, il voyait clair dans son jeu. C'était une menteuse, qui n'aimait personne et ne pensait qu'à elle-même.

Il se moquait comme d'une guigne de son nouvel amant. Elle se servait de lui, l'utilisait, comme elle avait utilisé l'autre imbécile…

Tous ces crétins qui la prenaient pour une innocente créature, une victime.

Elle était bien davantage !

Et elle est à moi !

Chaque centimètre de sa vicieuse petite personne est à moi !

— Vous êtes sûre que tout ira bien ? s'enquit Mac, d'une voix hésitante.

Il se tenait devant Jamie, sous le porche du cottage des invités.

Elle lui sourit. Elle découvrait en Mac un personnage attentionné et courtois, bien moins féroce qu'elle n'avait pensé. Il avait été une ombre silencieuse à ses côtés durant toute la journée, dans la plus parfaite discrétion, et il paraissait même impressionné par elle. Elle ne s'attendait pas à ce qu'un ancien Delta Force se montre particulièrement aimable et chaleureux, et Mac n'était guère démonstratif, mais il s'était conduit en parfait gentleman toute la journée.

— Mais oui, le rassura-t-elle.

Elle fit un geste circulaire autour d'elle.

— J'ai toute la protection que peut offrir le ranch McGuire. Comment pourrais-je être davantage en sécurité ?

La lumière s'alluma sous le porche et éclaira le visage de Mac, dont l'expression passa rapidement de la sollicitude au chagrin, comme sous l'effet d'un souvenir.

— On ne l'est jamais complètement, répondit-il sombrement. Même ici…

Jamie n'avait guère parlé avec Mac du sort terrible de ses parents, mais elle le savait : leur assassinat avait atteint profondément tout le clan. La douleur était toujours là, elle se lisait clairement sur le visage de Mac.

— Je suis désolée de ce qui est arrivé à vos parents, lui dit Jamie. Vraiment…

Mac eut un sourire doux-amer.

— Vous savez, on a toujours l'impression qu'on a le temps. On dit « plus tard » ou « j'ai le temps ». Mais, quand il n'y a plus de « plus tard », on se retrouve…

Mac n'acheva pas sa phrase.

Jamie croisa ses bras sur son ventre. Il y avait tant de choses qu'elle aurait voulu dire à son frère, si elle l'avait pu…

— J'ai entendu parler de l'arrestation de Ty Watts, reprit-elle doucement.

Les journaux locaux n'avaient parlé que de cela durant des jours. Ty Watts était le régisseur du ranch de Mark Montgomery et il avait harcelé Ava en secret. Elle l'obsédait depuis longtemps et Ty était déterminé à la prendre à Mark, de gré ou de force. Morte ou vive…

Jamie avait été horrifiée par toute cette histoire. Elle ne comprenait que trop la terreur et l'horreur qu'avait dû ressentir Ava.

Mac serra les dents.

— Ty est sous les verrous à présent et il n'en sortira pas de sitôt !

— C'est vrai que…

Jamie hésita, ne voulant pas avoir l'air de colporter des ragots, mais la question la préoccupait.

— C'est vrai que Ty était présent la nuit où vos parents ont été tués, et qu'il a vu les tueurs ?

C'était ce qui se disait et même que Ty Watts avait offert de parler à la justice en échange de sa libération.

Un marché que les McGuire avaient refusé.

— Ty Watts est un menteur et un assassin, répondit Mac, les lèvres pincées. On ne peut pas se fier à ce qu'il veut nous dire, mais… nous avons eu un moyen indirect d'en savoir davantage.

— Un moyen indirect ? releva Jamie.

— Son compagnon de cellule.

Perplexe, Jamie haussa les sourcils.

— En payant, expliqua Mac, on peut obtenir beaucoup de choses des gens.

Cela, Jamie le savait bien. De l'argent avait changé de mains et sa vie avait basculé.

Mac reprit :

— Notre homme est resté assez longtemps dans la cellule de Ty et l'a poussé à se confier. Ty prétend bien avoir été au ranch cette nuit-là, à espionner Ava, mais en fait il n'a rien à dire de concret sur ce qui s'est réellement passé et il n'est évidemment pas question de traiter avec lui, quand la sécurité de notre sœur est en jeu.

Jamie pensa à ses propres parents, au regard de sa mère, accusateur, lors de l'enterrement de Warren. En regardant le cercueil descendre lentement dans la fosse, Jamie avait eu l'impression d'être morte, elle aussi. Immobile, inerte, elle était restée là, incapable de bouger. Elle avait quitté le cimetière la dernière, après ses parents, après tout le monde, seulement soutenue par le personnel des pompes funèbres.

Un peu plus tard, le US marshal lui avait conseillé de changer de vie, de quitter la ville et de couper le contact avec sa famille.

Bah, quel contact, de toute façon ? J'ai suivi son conseil et je suis partie sans me retourner.

Mais son passé l'avait rattrapée.

— Bonne soirée, Jamie, dit Mac en s'inclinant légèrement.

Puis il tourna les talons.

— Mac…, le rappela Jamie. Est-ce que Davis vous a appelé aujourd'hui ?

Elle, elle n'avait aucune nouvelle. Elle avait essayé de lui téléphoner, mais il était sur messagerie. Peut-être parce qu'il était en train d'interroger Sean.

Mac se retourna.

— Euh… oui…

Il y avait une certaine tension dans sa voix.

— Il va bien ? s'enquit Jamie.

— Il est sur le chemin du retour, il va passer vous voir.

Jamie en fut intensément soulagée.

— Il a des choses à vous dire, ajouta Mac de cette même voix un peu embarrassée dont il usait avec elle depuis leur retour au ranch.

Une voix qui signifiait clairement qu'il savait ce que Davis avait à lui dire, et qu'elle n'allait certainement pas aimer cela.

Elle dévisagea Mac, puis, soudain, elle comprit.

Sean m'a trahie, de nouveau. Il a révélé où je me trouvais !

C'était ainsi. Les gens ne changeaient pas. Bons ou mauvais, ils demeuraient les mêmes.

— Bien… Bonne fin de soirée, répéta Mac.

Jamie referma et verrouilla consciencieusement la porte. Mais elle ne se dirigea pas vers la chambre. Elle prit son ordinateur portable, un nouveau, qu'elle avait envoyé Sylvia lui acheter en remplacement de celui probablement dérobé par l'incendiaire, et elle l'alluma. Puis elle revint immédiatement à sa recherche, celle qui l'occupait déjà dès qu'elle avait un moment de libre à la clinique. Cette recherche portait sur Henry Westport.

Je veux voir où tu es, Henry. Et ce que tu fais.

Sullivan observait le portail de la vaste et imposante propriété des Westport.

Tout y disait la prospérité et la puissance des occupants des lieux. Il y avait un véritable contrôle de sécurité à l'entrée, avec des vigiles et des caméras de surveillance pointées dans toutes les directions.

Henry Westport était supposé se trouver là, quelque part dans la maison de maître, dans ses dépendances ou sur le vaste domaine, mais Sullivan n'avait pas encore décelé un seul indice de sa présence, non plus que de celle de son père, Garrison.

Mais la soirée n'était pas encore très avancée et Sully n'avait de toute façon pas l'intention de bouger de là avant d'avoir vérifié, de ses propres yeux, que Henry se trouvait bien dans le Connecticut…

… ou au Texas, à guetter Jamie dans l'ombre.

Sullivan s'installa confortablement et mit son plan au point.

On frappa quelques coups discrets à la porte. Jamie releva vivement la tête et cligna des yeux.

Elle fixait cet écran d'ordinateur depuis des heures, compulsant des sites, des articles de presse, des nouvelles récentes et anciennes…

Elle consulta l'horloge de l'ordinateur : il était près de minuit.

Quelques coups retenus sur le bois du panneau, de nouveau. Cette fois, Jamie se leva pour aller voir.

— C'est moi, Jamie !

A cette voix, elle n'eut plus aucune hésitation et se précipita pour aller tirer tous les verrous. Elle ouvrit et se jeta dans les bras ouverts de Davis en s'écriant :

— Oh ! je suis si contente que tu sois de retour !

Davis semblait un peu figé, un peu gêné et Jamie regretta son impulsivité. En faisait-elle trop ? Ou bien… Davis avait-il appris de Sean quelque chose qui le faisait douter d'elle ?

Elle essaya de s'écarter. Mais ses craintes devaient être vaines, car Davis la serra plus fort et soupira :

— Moi aussi, je suis content d'être rentré.

Jamie se sentait bien, au chaud dans ses bras.

Heureuse…

Il m'a manqué. Il n'est parti que quelques heures, mais comme il m'a manqué…

Ils rentrèrent dans le cottage et Davis referma la porte sur eux. Son regard tomba sur le nouveau portable. L'écran en était levé et Davis pouvait lire le titre de l'article que Jamie était en train de consulter :

L'HÉRITIER DES WESTPORT TOURNE LE DOS À SON SOMBRE PASSÉ.

— Les gens aiment ça, les histoires de résurrection, de nouveau départ, commenta Jamie avec un sourire un peu contraint. Du moins, c'est ce qu'on m'a toujours dit.

A l'évidence, la journaliste à l'origine de ce papier avait été favorablement impressionnée par Henry. Elle décrivait son « combat pour recouvrer toute sa dignité » sans jamais préciser pour quelle raison exacte Henry avait reçu des soins psychiatriques. Le meurtre, le harcèlement de Jamie, tout cela passait à l'as.

— Tu devrais peut-être t'asseoir, lui conseilla Davis.

A quoi bon ? Elle le savait déjà : Davis n'était pas porteur de bonnes nouvelles.

— Je préfère rester debout, répondit Jamie. Tu peux tout me dire, tu sais. Quoi que ce soit, je peux l'entendre, je t'assure.

Davis inspira profondément.

— Sean Nyle t'a trahie, de nouveau.

Oui, elle le savait.

Davis poursuivit :

— Sean a une clinique vétérinaire flambant neuve, une belle voiture…

Oh ! ce n'était pas la première, songea Jamie avec dégoût.

— Et il m'a dit qu'il t'avait vue, il y a quelques mois, à une convention à Houston, ajouta Davis.

Le ventre de Jamie se noua. Elle, elle ne l'avait pas vu. Elle s'était cru en sécurité, en assistant à un événement purement régional comme celui-là. Elle s'était même dit qu'elle prenait trop de précautions, qu'il n'était peut-être plus nécessaire de se cacher. Comme elle se trompait !

Davis continua :

— D'après Sean, Garrison Westport l'a contacté il y a environ un mois. Il voulait se renseigner sur toi. Sean Nyle lui a dit tout ce qu'il savait.

— Pour un bon prix, je suppose, murmura Jamie.

Et dire qu'elle avait eu confiance en lui, un temps, et qu'elle avait cru, de bonne foi, qu'il était toujours un peu attaché à elle !

Elle se pencha vers Davis.

— Tu sais, ça fait mal de constater que l'on s'est trompée à ce point — et deux fois de suite — sur une personne.

Oh ! bien sûr, Sean, lui, ne s'était pas jeté sur elle avec un couteau, mais il n'avait pas hésité à la vendre au complice d'un tueur et les parents de Jamie avaient agi de même.

— Pourquoi ? soupira-t-elle. Est-ce que je suis si peu importante que l'on peut m'échanger comme une marchandise ? Est-ce que je compte pour rien ?

Elle s'était maintes fois posé la question depuis ses dix-sept ans. Mais jamais elle n'aurait imaginé la prononcer à voix haute et devant quiconque. C'était sa plaie ouverte et secrète, sa honte, sa…

Davis la saisit par le bras.

— Tu comptes beaucoup, lui dit-il fermement. Et Sean, lui, ne vaut pas une nèfle. Un moins que rien qui ne mérite pas une seconde que tu t'attardes sur son sort. Toi, Jamie, c'est autre chose. Tu es intelligente, forte et honnête. Une belle personne, et qui compte.

Emue par les paroles de Davis, Jamie leva les yeux vers lui.

Il poursuivit :

— Durant toutes ces années, je n'ai pensé qu'à retrouver les meurtriers de mes parents. Rien d'autre n'avait d'importance dans ma vie et je pensais sincèrement que, tant que les assassins ne seraient pas punis, cela ne changerait pas. Et puis, je t'ai vue. Tu marchais dans le soleil, vers l'écurie, de l'or dans tes cheveux…

Jamie en eut le souffle coupé, incapable de prononcer un mot.

— Alors, ma vie a commencé à changer, confia Davis. Et plus j'apprenais à te connaître, plus ce changement s'approfondissait. Je ne voulais plus que ma vie soit uniquement tournée vers les morts.

Jamie acquiesça. Elle, elle ne voulait plus que sa vie soit uniquement hantée par la peur.

— Je voulais absolument faire ta connaissance, reprit Davis, et être avec toi.

Sa main glissa sur le bras de Jamie, lui donnant la chair de poule.

— Et je le veux toujours. Oui, tu comptes pour moi, tu comptes énormément…

Son regard sur elle était intense, chargé d'émotion.

Pour la première fois depuis… si longtemps que Jamie préférait ne pas en faire le compte, une lueur d'espoir s'immisça en elle. Un petit espoir que les choses pourraient enfin s'améliorer.

— J'aurais tant aimé… te rencontrer plus tôt, murmura-t-elle.

— Mais tu m'as rencontré, chérie, et je ne m'en irai pas. Jamais.

Jamie dévisagea Davis et sa décision fut prise en un instant. Elle ne fuirait plus, ne se cacherait plus, ne regarderait même plus en arrière. Elle ferait face et affronterait les menaces.

Elle serait heureuse.

Tout cela parce que Davis était auprès d'elle et qu'il lui ouvrait une fenêtre sur un avenir meilleur, qu'elle désirait de toutes ses forces. Une vie normale, sans douleurs, sans peur et sans trahisons. Une vie tournée tout entière vers le beau et vers le bon.

Vers l'amour, peut-être.

Des yeux de Davis, ceux de Jamie descendirent vers ses lèvres, si sensuelles. Il l'avait embrassée, avait caressé chaque millimètre de son corps et lui avait donné tant de plaisir que son corps tremblait à ce seul souvenir. Elle en voulait encore. Elle *le* voulait encore.

Alors, elle se hissa sur la pointe des pieds et embrassa Davis. Elle y mit toute sa passion, toutes les émotions qui brûlaient en elle et auxquelles elle ne parvenait pas toujours à donner un nom. Mais le feu était bien là, qui faisait rage entre eux, comme sous l'effet d'une décharge électrique.

Bien sûr, Jamie pouvait regretter de ne pas avoir rencontré Davis plus tôt et de ne pas avoir eu une vie meilleure.

Mais elle pouvait aussi savourer chaque seconde passée en sa compagnie.

Elle fit glisser sa langue sur la lèvre inférieure de Davis, puis la mordit légèrement. Il eut un petit grognement sensuel et elle sourit.

— Oh ! je suis contente que tu sois là, avec moi, contente !

Et que tu ne veuilles pas t'en aller, jamais…

Ils allaient relever tous les défis ensemble.

Davis l'attira à lui. Du bout des orteils, elle toucha ses bottes. Elle portait un pantalon de jogging et un T-shirt ; lui, un jean et un polo noir, qui faisaient apparaître sa peau encore plus dorée, ses cheveux plus sombres.

Il était beau, en noir.

Mais elle se recula, elle laissa descendre sa main et prit la sienne. Puis elle se dirigea vers la chambre à coucher, sans lâcher Davis. Elle savait exactement ce qu'elle voulait, et il n'était plus temps de compulser des articles à propos des fantômes du passé.

Elle voulait Davis.

Alors, dès qu'ils furent dans la chambre, elle commença à se déshabiller. Ses doigts ne tremblaient pas et elle dévorait Davis des yeux, tandis qu'elle retirait son T-shirt, puis son soutien-gorge.

Les yeux de Davis s'assombrissaient de plaisir et son souffle s'accélérait. Le désir qui se lisait dans ses yeux galvanisait Jamie, la rendant plus forte.

Elle baissa son pantalon, sa culotte et se tint devant lui, complètement nue, les seins glorieusement offerts et les bras simplement le long du corps.

Le regard de Davis passa sur elle, comme une caresse, lui transmettant directement son excitation.

Elle s'avança vers lui et posa ses mains sur son torse, puis elle remonta le polo noir pour pouvoir directement caresser sa peau. Quelle force, en lui ! Elle aimait effleurer ses muscles durs.

Elle repoussa le polo plus haut encore et pressa ses lèvres sur le torse puissant. De ses lèvres, elle effleura un téton, puis le suça.

— J'ai pensé à toi à chaque seconde, sur la route du retour, lui dit Davis, la voix rauque. La voiture n'avançait pas assez vite. J'avais besoin de te voir.

Il ancra ses mains sur les hanches de Jamie.

— Te toucher…

— Tu peux me toucher, à présent, murmura Jamie.

Qu'il la touche, oui, tout de suite. Et partout…

Est-ce que ce serait aussi bon, cette fois-ci ? Ils étaient tant affamés l'un de l'autre, la première fois. Aussi délicieux, aussi fort ? se demanda Jamie.

Davis l'embrassa à pleine bouche et l'attira contre lui. Elle se plaqua contre son membre érigé, dur et puissant.

— Je veux te toucher encore et encore, lui dit-il d'un air éperdu.

Et, tout à coup, il se laissa tomber avec elle sur le lit, leurs jambes emmêlées.

— Je te veux… sauvagement !

Une vraie sauvage, Jamie était tout près de le devenir. Elle n'essayait même plus de se contrôler. Elle aidait fébrilement Davis à se libérer de tous ses vêtements, pour être, enfin, tout contre lui, peau contre peau.

Il la caressait…

Elle l'embrassait…

Il la faisait gémir.

Elle descendit le long de son corps, l'explorant de ses mains, de sa bouche et le faisant haleter. Elle aussi avait le souffle court, quand elle le chevaucha, ne faisant encore entrer en elle que la pointe de son sexe et se laissant glisser, remuant les hanches, en savourant pleinement son plaisir.

— Je veux tout de toi, chéri, lui souffla-t-elle.

Davis la renversa sur le dos et se plaça au-dessus d'elle, puis d'un seul mouvement il s'enfonça en elle.

Elle s'arc-bouta.

Entre eux, la passion flambait toujours davantage, et il n'y avait rien que Jamie pût faire pour refréner cette faim qu'elle avait de Davis. De toute façon, elle ne le voulait pas. Les jambes nouées autour des hanches droites de son amant, elle se lovait contre lui, l'accompagnait en rythme, encore et encore…

Elle ne frissonnait pas de plaisir, elle explosait.

Elle mordit l'épaule de Davis pour tenter de museler le cri qui montait dans sa gorge. L'orgasme venait et la rendait folle, pantelante, contre Davis, grondant et roulant en elle, comme l'orage et…

— Tu es belle, si belle… si merveilleuse…

Il l'embrassait dans le cou, la serrait contre lui… entrait, toujours plus loin, plus profond. Elle tanguait au rythme de ses hanches et, quand il leva la tête, elle put y lire le plaisir éclatant, triomphant.

C'était meilleur que la première fois, plus fort…

Plus brûlant…

Leurs deux corps luisaient de sueur, leurs cœurs battaient à tout rompre.

Jamie se cambra encore, clouée au matelas…

Je le sens toujours, en moi et sur moi. Il m'environne…

Jamie contemplait béatement le plafond de la chambre, dans l'obscurité, repue d'amour. Elle serait certainement moulue le lendemain, mais elle s'en moquait, elle était bien.

Heureuse.

Et puis, il y avait cette émotion qui montait en elle…

Elle sourit. Ses paupières se faisaient lourdes. C'était bon d'être dans les bras de Davis.

Soudain, elle rouvrit les yeux tout grands.

— Mais… tu devrais retourner à la maison principale, s'écria-t-elle, inquiète.

Davis caressa doucement son épaule.

— Pourquoi ? Tu veux que je m'en aille ?

— N… non…

Elle ne le voulait à aucun prix.

— Mais… si je fais encore des cauchemars…

Elle ne voulait pas se mettre à hurler devant Davis.

— Eh bien, si tu en fais, je serai là.

Une boule monta dans la gorge de Jamie.

— Les mauvais rêves ne peuvent pas te faire vraiment du mal, tu sais, lui rappela Davis.

— Ce ne sont pas que des rêves, objecta Jamie.

Des sortes de murmures mauvais, qui s'effaçaient quand revenait le jour.

Mais si le jour ne revenait pas ?

— Je serai là, dit Davis d'une voix fermement tranquille.

Il était clair qu'il ne redoutait ni les cauchemars ni les souvenirs. Que pouvait bien redouter Davis McGuire ?

Jamie ferma les yeux.

Après tout, elle l'avait prévenu. Et s'il voulait quand même rester avec elle…

Un petit sourire retroussa ses lèvres.

Eh bien, elle aussi, elle le voulait…

9

Les pieds de Sullivan s'enfonçaient dans l'épaisse moquette du siège de la Westport Industries. Par chance — ou plutôt grâce à un plan soigneusement préparé —, Garrison Westport traversa justement le hall à cet instant précis.

— Ah, Garrison ! lui lança Sully. C'est vous que je venais voir.

Westport et l'aréopage de cadres supérieurs en complet-veston qui l'accompagnait tournèrent la tête avec un bel ensemble.

Sullivan leur sourit aimablement. Il portait un complet, lui aussi, pour la circonstance, ce qu'il détestait. Mais l'occasion l'exigeait, c'était indispensable pour passer le barrage de sécurité.

— Est-ce que nous nous connaissons ? demanda Garrison, les yeux légèrement froncés.

— Pas encore, répondit Sullivan en souriant de plus belle.

L'industriel lui rendit son sourire du bout des lèvres.

— Pouvez-vous appeler mon assistant ? Oliver… Il vous proposera un rendez-vous et…

— C'est Sean Nyle qui m'envoie, le coupa Sullivan avec netteté.

Le sourire professionnel de Garrison Westport se figea instantanément.

— Ça ne prendra que quelques minutes, assura Sullivan.

Il désigna l'ascenseur.

— Pourrions-nous monter dans votre bureau… seuls ?

Westport s'épongea le front avec son mouchoir.

Tiens ! Déjà en sueur ? Il ne fait pourtant pas si chaud.

— Je m'en occupe, monsieur, dit l'un des hommes en complet-veston.

Sans doute le fameux Oliver, l'assistant.

Mais Garrison levait déjà la main.

— Non, non, laissez, je… je vais recevoir monsieur.

Il inclina la tête en direction de Sullivan et se dirigea rapidement vers l'ascenseur.

— Si vous voulez bien me suivre.

Le supposé Oliver essaya de les rejoindre, mais Sully l'arrêta d'un geste, la main à la hauteur de la poitrine.

— Désolé, cet entretien est strictement privé et il commence tout de suite. Vous voudrez bien monter dans le suivant…

Les portes de l'ascenseur se refermèrent sur le visage stupéfait de l'assistant.

— Je ne sais pas ce que Sean Nyle vous a raconté, dit Garrison, mais c'est bien simple : j'ai fait une donation à son profit à son université, pour l'aider dans ses études, parce que j'appréciais ses qualités et je…

Avec un lourd soupir, Sullivan se pencha pour presser un bouton, immobilisant la cabine d'ascenseur entre deux étages.

— M… mais… qu'est-ce que vous faites ? s'alarma Westport, qui perdait encore un peu plus de sa superbe.

Sullivan croisa les bras et se retourna vers Garrison.

— Je l'ai dit, je veux un entretien privé. Vos sbires sont probablement en train d'alerter la sécurité et j'aime bien parler sans être interrompu. Alors, je pense que nous ne sommes pas plus mal ici qu'ailleurs pour discuter.

La bouche de Garrison Westport s'ouvrait et se refermait, comme celle d'un poisson rouge.

Sullivan le détaillait. L'industriel devait être au début de sa soixantaine, mais ses cheveux ne grisonnaient qu'à peine et seules quelques rides marquaient son visage. Il aurait pu aisément passer pour un homme de vingt ans de moins.

Il était grand, physiquement très entretenu et… en cet instant, il transpirait beaucoup.

La peur faisait souvent cet effet-là, songea Sullivan.

— Q… qui êtes-vous ? demanda Garrison.

— Quelqu'un qui sait ce que vous avez fait.

Toujours donner l'impression au suspect que tu en sais plus long que tu ne veux bien le dire.

Sullivan avait appris cela d'un inspecteur de police d'Austin, dont il avait cru s'être fait un ami. Il s'était aperçu par la suite que Shayne l'avait trahi.

Mais c'était une autre histoire…

— Je n'ai rien fait, balbutia Westport, rien du tout…

— Je vais vous rafraîchir la mémoire. Vous avez vu récemment Sean Nyle à Houston. Vous l'avez payé pour qu'il vous dise tout ce qu'il savait sur Jamie Bridgeton.

Il était bien inutile de tourner davantage autour du pot. L'industriel savait déjà où Jamie se cachait, la mentionner directement ne la mettrait pas plus en danger qu'elle ne l'était déjà.

Garrison Westport battit des paupières.

— Je ne sais pas de quoi vous parlez…

— Vous croyez que je vais avaler ça ? répliqua Sullivan. Vous avez dit à Sean Nyle que vous vous inquiétiez de savoir si Jamie était bien en sécurité, et puis vous avez mis une bonne somme sur la table, pour savoir où elle se trouvait exactement.

— Jamais, jamais de la vie !

Sullivan leva un sourcil ironique.

— Peut-être que je vais devoir appeler une journaliste de mes amis…

Il ne connaissait aucun journaliste dans tout le Connecticut.

— Pour voir ce qu'elle pense de la situation, et aussi des traces que vous avez dû laisser quand…

— Il fallait que je réponde à la menace que cette femme faisait peser sur ma famille ! prétendit Garrison.

La menace ?

Garrison poursuivit de la même voix haletante :

— Il fallait que je trouve où elle se cachait, car, si elle ne cessait pas son harcèlement, j'allais devoir le faire cesser, moi !

Ce type avait du culot, pensa Sullivan. Non seulement, il

n'avait cessé de menacer Jamie, mais il répétait sa menace, et devant témoin encore.

Mieux vaut pour Westport que Davis ne soit pas là, s'amusa Sully intérieurement.

— J'ai reçu… certains envois, expliqua Garrison. Des lettres et des colis, qui ne pouvaient venir que d'elle.

Il regarda Sullivan d'un air furieux.

— C'est elle qui ne veut pas enterrer le passé !

— Quels colis ? Qu'y avait-il dedans ?

— Je ne pardonne rien, cracha encore Garrison. L'argent n'achète pas le pardon.

Intéressant, mais confus…

— Dans ces colis, il y avait des fleurs fanées, des roses… fanées, vous voyez ce que ça veut dire… mortes ! J'ai fait rechercher de quel fleuriste ça pouvait provenir et je l'ai trouvé. Il m'a dit qu'une femme blonde les lui avait fait envoyer. Une blonde qui avait payé en liquide…

— Et cette blonde, pour vous, ce devait forcément être Jamie. Il ne vous est pas du tout venu à l'idée que votre fils avait pu harceler d'autres femmes blondes qu'elle ? avança Sullivan.

Garrison détourna le regard.

Eh oui, si Henry avait d'autres femmes…

— Je voulais qu'elle cesse, reprit l'industriel, et qu'elle nous laisse tranquilles.

— C'est alors que vous avez découvert qu'elle vivait au Texas depuis des mois. Ça ne pouvait donc pas être elle qui était venue voir votre fameux fleuriste pour vous envoyer des fleurs fanées !

Si toutefois elles avaient bien existé, ces fameuses fleurs, ce dont Sullivan n'était pas du tout convaincu.

Garrison Westport garda le silence, les lèvres pincées.

— A propos, reprit Sullivan, vous êtes revenu de voyage ce matin, par un vol privé. Où êtes-vous allé ?

Sullivan avait patiemment « cuisiné » le chauffeur de l'industriel pour le savoir.

Pas au Texas, par hasard ? A faire de la vie de Jamie un enfer ?

— Ça ne vous regarde pas, répondit sèchement l'industriel. Faites immédiatement redémarrer cet ascenseur ou je vous fais jeter en prison.

— La maison de Jamie a été incendiée, reprit Sullivan, sans s'émouvoir. Et un chauffeur a percuté la voiture dans laquelle elle se trouvait. Intentionnellement, bien sûr.

Il a percuté mon frère, pour être tout à fait exact.

— Vous comprenez donc la raison de ma curiosité... puisque vous saviez où se trouvait Jamie et que vous vous trouviez précisément au Texas, il y a un mois, lorsque tout ceci a commencé...

L'espace d'un instant, la peur brilla dans les yeux de Garrison Westport.

— Elle... elle va bien ?

— D'où reveniez-vous par vol privé, ce matin ? Où étiez-vous ? insista Sullivan.

— En voyage d'affaires à La Nouvelle-Orléans.

— Je peux vérifier, vous savez...

Westport détourna encore le regard.

— Eh bien, vérifiez !

— Et votre fils, où est-il ?

Décontenancé, l'industriel recula d'un pas.

Sullivan poursuivit :

— D'après son assistant, Henry est ici, débordé de travail... Seulement, c'est faux, n'est-ce pas ? Ne vous fatiguez pas, j'ai déjà vérifié... Il semble que l'on n'ait pas vu Henry au bureau depuis pas mal de temps.

— Laissez mon fils tranquille ! maugréa Garrison.

— Alors peut-être qu'il pourrait laisser Jamie en paix, lui aussi ?

— Vous vous trompez, il n'est pas... Il n'est pas au Texas.

— Bon. Où est-il, alors ?

L'industriel poussa un soupir excédé.

— Mais enfin, qui êtes-vous, à la fin ? Le petit ami de cette fille… ou quoi ? Si elle vous a envoyé ici me menacer…

— Je ne vous menace pas, je vous pose des questions, nuance. Vous n'avez peut-être pas fini d'en entendre, vous savez. La police est à l'œuvre, là-bas, au Texas. Elle enquête sur ces agressions. Il n'est pas exclu qu'elle remonte bientôt jusqu'à vous.

Et, si par hasard elle n'en avait pas l'idée, les McGuire se chargeraient de l'orienter.

Sullivan se pencha vers Garrison.

— Henry n'est plus un enfant maintenant et vous ne pourrez pas éternellement réparer à coups de gros chèques les dégâts qu'il provoque.

— Ce n'est pas lui, je vous assure, dit Westport en rougissant comme une tomate. Il… il est retourné à la clinique. Après… un de ces envois de fleurs fanées venant d'elle, il s'est mis à reparler de cette fille, à se torturer de nouveau. Mais cette fois, Henry a compris ce qui se passait, et de lui-même il a pris la décision de retourner se faire soigner. Alors non et non, il n'est pas là-bas en train de la harceler !

De ses mains un peu tremblantes, Garrison tira sur les revers de son veston.

— Il est à Grace Meadows pour essayer de retrouver tout son équilibre mental. Cette femme a toujours eu une influence désastreuse sur lui. Elle lui a tourné la tête et fait faire des choses qu'il ne…

— Ne vous fatiguez pas, le coupa Sullivan, vous ne croyez pas vous-même les salades que vous racontez.

Grace Meadows, voilà qui était intéressant, se dit-il en même temps. Ce serait son prochain arrêt.

Soudain, Garrison se pencha en avant et appuya fébrilement sur le bouton de redémarrage.

Sullivan le laissa faire : il en avait assez appris.

Aussitôt que les portes s'ouvrirent, l'industriel bondit hors de la cabine et se mit à glapir :

— Sécurité !

Sullivan secoua la tête d'un air fataliste.

— Pas la peine, dit-il nonchalamment, je suis déjà parti…

Puis, redevenant instantanément sérieux, et même grave, il pointa son doigt en direction de Garrison Westport.

— Mais nous nous reverrons, j'en suis sûr…

L'industriel pâlit affreusement sous son hâle de golfeur.

Les portes se refermèrent.

La maison n'était plus qu'une ruine, dont Jamie observait tristement les débris calcinés. Elle n'avait pas de rendez-vous durant l'après-midi. Aussi avait-elle pris le temps de venir découvrir ce qu'il en restait.

Davis était avec elle. Il l'avait prévenue que cela allait être dur, et ça l'était. Retrouver sa maison comme ça…

Je peux recommencer ailleurs, avoir une autre maison.

La voix de Davis la sortit de ses pensées.

— D'accord… non, non… Dis-moi simplement ce que tu as trouvé à cet endroit… Comment tu l'appelles… Grace Meadows, c'est ça…

Jamie se retourna, détachant ses yeux des cendres et des deux seuls murs encore debout. Davis parlait au téléphone, il faisait les cent pas à quelques mètres de là, le portable à l'oreille.

— Oui… c'est ça, Sully. Rencontre-le et fais-toi ta propre idée. Je te rappellerai… A très vite…

Davis raccrocha et replaça le petit appareil dans sa poche.

Quand elle croisa son regard, Jamie se mit à trembler. Sullivan était dans le Connecticut, mais Henry, lui, n'y était pas. Il était là, quelque part, autour d'elle, il…

— Sully vient de parler à Garrison Westport, confirma Davis. Garrison a avoué avoir vu Sean Nyle, pour lui demander des renseignements sur toi.

La mâchoire de Davis se serra.

Il continua :

— Mais pas de trace de Henry. D'après son père, il a décidé de lui-même d'entrer dans un asile psychiatrique du nom de

Grace Meadows. La famille ne communique pas là-dessus, mais il est censé y être depuis des semaines.

Jamie frotta ses bras glacés.

S'il n'y est pas, c'est qu'il est ici, à me guetter... à me traquer comme un animal.

— Sullivan va le savoir très vite, précisa Davis. Il est en route pour la clinique.

Jamie se tourna de nouveau vers la maison en ruines. Jinx aimait jouer sous les arbres, là-bas...

— Dis-moi, reprit Davis, as-tu eu un quelconque contact avec les Westport ? Enfin, je veux dire... depuis...

— Je n'ai pas parlé au père ni au fils depuis huit ans. Depuis la fois où j'ai demandé à Garrison Westport ce qu'il pensait qu'il arriverait lorsque la « thérapie » de Henry serait achevée.

L'industriel l'avait toisée avec mépris.

« La vie de mon fils ne doit pas être gâchée par une erreur de jeunesse. »

Jamie en était restée abasourdie. Elle avait donc été une *erreur de jeunesse* ? Et la mort de son frère ? C'était une *erreur* également ?

— Je sais bien que la psychiatrie fait des miracles, reprit Jamie, mais je ne peux pas non plus oublier que Henry Westport m'avait affirmé que jamais de la vie il ne me laisserait tranquille. Qu'il me trouverait et que je n'aurai pas de repos. Je crois profondément à ce qu'il m'a dit. J'ai toujours su que dès sa sortie Henry me chercherait.

Et il l'avait fait...

Jamie marcha vers les arbres. L'homme à la moto s'était caché là, ce fameux soir. Si elle était rentrée chez elle toute seule, aurait-on retrouvé ses cendres le lendemain, parmi celles de sa maison ?

— J'ai appelé la police ce matin, indiqua Davis, en suivant Jamie. La voiture qui nous a percutés était volée. Ils cherchent des indices dessus, mais je n'ai pas beaucoup d'espoir. Si tu te souviens, le type portait des gants noirs...

Jamie s'en souvenait, en effet. Ainsi que d'une cagoule de laine noire.

— Je n'ai pas pu voir ses yeux, dit-elle, le regard toujours perdu vers la ligne d'arbres.

— Comment ça ? fit Davis.

— C'est allé trop vite, expliqua Jamie. J'ai juste entrevu ses mains gantées qui s'avançaient vers moi, et puis la cagoule... Elle devait être percée au niveau des yeux, mais je ne les ai pas vraiment vus.

Si elle avait pu les voir clairement, elle aurait certainement pu reconnaître Henry.

Elle se tourna vers Davis.

— Ça devait pourtant être Henry. Qui d'autre voudrait me faire autant de mal ? Je n'ai jamais été suffisamment proche de quiconque.

A part de Davis...

— Je n'ai fait de mal à personne. Qui pourrait m'en vouloir suffisamment pour...

Davis la prit dans ses bras.

— Non, tu n'as rien fait de mal et rien de tout ça n'est ta faute, rien du tout. Peu m'importe ce que racontent les Westport.

Jamie referma ses bras sur Davis et le serra fort. Derrière lui gisaient les ruines de sa maison et...

— Quelqu'un vient, dit-elle, immédiatement inquiète.

Un SUV bleu empruntait l'allée, lentement, presque silencieusement, tant le régime de son moteur était bas.

Davis s'écarta de Jamie et regarda, lui aussi, le véhicule qui s'approchait.

— Le capitaine des pompiers ? suggéra Jamie. Il devait passer aujourd'hui.

— Non, Quint serait venu dans son 4x4 de service, objecta Davis.

Il fit quelques pas en direction du SUV. Il était tendu, prêt au combat, nota Jamie.

— Bon Dieu, fulmina-t-il, je lui avais dit de rester à l'écart !

Puis il se rua vers le SUV, dont le conducteur venait d'ouvrir la portière. Jamie pouvait distinguer ses cheveux, son visage anguleux…

Un visage qui lui était familier.

Tout son sang se glaça.

— Sean ?

Elle avait murmuré ce prénom, comme si elle ne pouvait y croire elle-même… Ce n'était pas possible, Sean ne pouvait pas être là. Pas lui.

Mais pourtant, il se tournait vers elle et même il souriait.

Jamie secoua la tête.

Et Davis abattit son poing en plein dans la mâchoire de l'intrus.

Sullivan se gara sur le parking réservé aux visiteurs de la clinique de Grace Meadows. L'endroit était agréable, environné de vertes collines. On aurait dit un décor de film.

En revanche, la clinique ne paraissait pas très bien sécurisée. Il n'y avait visiblement pas de vigiles pour garder ses accès et presque pas de caméras de surveillance autour du périmètre. Leur échapper serait facile.

Encore fallait-il qu'un pensionnaire veuille sortir d'ici, songea Sullivan.

Il avait fait rapidement quelques recherches sur l'établissement, avant de venir le visiter. Grace Meadows n'accueillait que des résidents tout à fait volontaires. On ne restreignait donc pas leurs mouvements. Ils pouvaient aller et venir à leur guise.

Etait-ce ainsi que Henry avait pu aller… jusqu'au Texas ?

Sullivan n'avait encore trouvé aucune preuve d'un tel déplacement mais, avec tout l'argent des Westport, il n'aurait pas été difficile de le dissimuler.

Il ne fallut à Davis que quelques minutes de flirt avec la préposée à l'accueil pour se voir accorder le droit d'entrée et, même, le numéro de la chambre de Henry.

Sullivan traversa le beau hall d'entrée et s'engagea dans le couloir qui y menait. Des fleurs partout, le sourire sur les lèvres de tous ceux qu'il croisait, des écrans géants aux murs. Tout cela ne ressemblait en rien à un asile psychiatrique tel qu'il le concevait.

Enfin, il se trouva devant la porte indiquée…

… où se tenait un garde du corps.

Tiens, tiens, intéressant.

L'homme leva la main pour l'arrêter.

— M. Westport ne veut pas de visites.

— Mais je ne suis pas un visiteur comme les autres, lui répondit Sullivan, tout sourires. Une sorte de conseiller, plutôt…

— Non, vous n'êtes pas ça, répliqua l'homme en prenant une pose agressive, du haut de ses cent vingt kilos de muscles. Vous êtes un visiteur non désiré, monsieur McGuire, et vous allez partir maintenant.

Apparemment, Garrison avait posté ses chiens de garde. Sachant que Sullivan ne manquerait pas de se rendre à Grace Meadows, il avait certainement voulu s'assurer que Sullivan ne pourrait pas parler à Henry.

Il croit vraiment m'arrêter de cette manière ? L'innocent…

Sully avait déjà prévu cette situation.

Il consulta sa montre. Cinq… quatre… trois… deux… un…

La sirène du détecteur d'incendie se déclencha tout à coup, stridente, à casser les oreilles.

Mais la montagne de muscles ne bougeait toujours pas.

Sully lui dit donc d'un ton aimable :

— Je crois qu'il vaudrait mieux que nous sortions tous… Il va falloir que vous ramassiez Westport et que vous filiez dare-dare avec, parce que, s'il inhale ne serait-ce qu'un tout petit peu de fumée, vous allez vous retrouver au chômage.

Le garde du corps jeta un coup d'œil par-dessus son épaule, et ce fut l'instant que Sullivan attendait. Il se rua sur lui et les deux hommes volèrent à travers la porte. L'occupant de la chambre poussa un cri de surprise et sauta sur ses pieds.

— Tiens, bonjour, Henry…, commença Sullivan.

Mais il s'interrompit et écarquilla les yeux de surprise.

— Qu'est-ce que…

*
* *

— Je t'avais dit de ne plus t'approcher d'elle ! hurla Davis.

Littéralement projeté par la violence du coup de poing, Sean alla s'écrouler contre la portière de son SUV.

— Et tu viens chez elle ? continua Davis en levant sa main. Tu…

— Arrête ! lui cria Jamie en lui retenant le bras et en le serrant fort. Qu'est-ce que tu fais ? Mais arrête !

Davis se retourna : Jamie le regardait avec horreur.

— Tu ne peux pas l'agresser comme ça, lui dit-elle, l'œil sombre. Ce n'est pas toi, ça !

Oh si, ma chérie, c'est moi, et je m'attaquerai à tous ceux qui te veulent du mal.

C'était la première fois qu'il lui montrait le côté plus sombre de sa personnalité.

— Est-ce que tu attires toujours les types violents, Jamie ? lança ironiquement Sean.

Davis levait déjà le poing, de nouveau.

— Mais arrête ! le pressa Jamie. Il n'en vaut pas la peine, voyons !

Elle le retenait par l'avant-bras.

Davis observa l'homme qu'il dominait d'une bonne tête. Il avait la lèvre éclatée et du sang coulait sur son menton.

— Je… je voulais seulement m'assurer qu'elle allait bien ! prétendit Sean.

Il essuya le sang qui coulait de sa lèvre fendue et s'adressa à Davis.

— Je voulais savoir si l'histoire que vous m'avez racontée était vraie ou si…

Sean jeta un coup d'œil sur les ruines calcinées et baissa les yeux d'un air décomposé.

— Bon Dieu, je n'aurais pas cru…

Ses épaules s'affaissèrent.

— J'espérais que c'était un mensonge.

Davis abaissa lentement son poing.

— Et tu as fait tout ce chemin pour…

— Parce qu'il fallait que je sache, répondit Sean. Que je sache si j'ai vraiment fait de toi une cible, Jamie.

Il la regarda.

— Et c'était vrai. Je suis tellement, tellement désolé.

Jamie ne bougeait pas.

— Tu n'as pas changé, continua-t-il. Tu es toujours aussi belle. Et tu me détestes plus encore qu'avant, n'est-ce pas ?

Davis se campa devant Sean.

— Tu l'as vendue ! Tu as guidé ce cinglé et son ordure de père jusqu'à sa porte !

— J'avais besoin de l'argent qu'ils m'offraient ! justifia piteusement Sean. Je n'avais rien, rien du tout ! Et je ne croyais pas que Garrison Westport ferait du mal à Jamie. Tout ce qui l'intéresse, c'est que son fils n'ait pas d'ennuis. Alors… je l'ai aidé.

Il se pencha vivement vers la gauche, visiblement pour que Jamie le regarde, qu'elle renoue le contact avec lui. Mais, même cela, Davis ne le lui permettrait pas. Il s'interposa visuellement. Il ne voulait pas même que Sean puisse regarder Jamie.

— Henry a changé ! s'époumona Sean. Il ne ferait plus de mal à personne, aujourd'hui. Il s'occupe de dizaines d'œuvres de charité et il…

— Il a tué mon frère et tu le sais très bien, intervint Jamie d'une voix tremblante. Il a aussi essayé de me tuer.

Davis ne pouvait supporter cette douleur dans sa voix. Il ne quittait pas Sean des yeux. Il attendait le moindre geste agressif de sa part pour frapper de nouveau.

Mais Sean s'écarta du SUV. Il se dirigea vers la ruine calcinée qui avait été la maison de Jamie et il la regarda comme s'il n'en croyait pas ses yeux.

— Tout ce que j'ai fait, murmura-t-il, les yeux baissés sur les cendres froides, c'est lui dire que je t'avais vue à un congrès de vétérinaires, ici au Texas, que tu portais un autre nom… Je… je m'étais renseigné sur toi pendant cette convention. J'ai appris que tu vivais près d'Austin et je le lui ai dit. Ce type a tellement d'argent et de relations qu'il n'a pas eu de mal à trouver lui-même tout le reste. Si je n'avais pas pris son argent, c'est un autre qui l'aurait renseigné !

Davis jeta un regard à Jamie. Elle était très pâle. Davis aurait voulu la prendre dans ses bras et la serrer très fort.

— Et combien as-tu pris ? demanda Jamie en faisant un pas, puis deux, en direction de Sean. Combien vaut ma vie ? Je voudrais le savoir.

Sean se tourna vivement vers elle.

— Je suis absolument désolé.

Et tout à coup, sans prévenir, il se rua vers elle.

Il n'alla pas loin. Davis l'étendit à terre d'un seul coup de poing. Jamie s'interposa encore, prenant le bras de Davis.

— Non, Davis, non ! Je m'en occupe, ne t'inquiète pas !

Mais Davis ne voulait que cette ordure fasse du mal à Jamie et il le voyait bien : chaque mot que Sean prononçait heurtait profondément Jamie.

Elle lâcha Davis et se pencha sur Sean.

— Combien ? répéta-t-elle.

Son ex-petit ami se remit péniblement sur ses pieds et lança un regard de haine à Davis.

— Vos amis flics vous défendront aussi quand je porterai plainte contre vous pour coups et blessures ?

— Essaie, tu verras bien, répondit l'ancien SEAL en haussant les épaules.

Jamie s'interposa de nouveau entre les deux hommes.

— Tu n'as rien à faire ici, Sean ! lui dit-elle. Rentre chez toi. Tu as fait suffisamment de dégâts dans ma vie.

Alors, sans explications supplémentaires, Sean baissa la tête et lâcha :

— Cinquante mille. Il m'a payé cinquante mille dollars pour lui dire ce que je savais, puis me taire. Je ne devais en parler à personne. Cinquante mille dollars, ça peut acheter pas mal de silence.

— Sauf que tu as parlé, grogna rageusement Davis.

Sean regarda Jamie. Il y avait de l'émotion dans ce regard, de la douleur, observa Davis.

Sean fit un pas vers Jamie.

— Quand ton copain, là, m'a dit ce qui t'était arrivé, je ne pouvais plus me taire. Te faire du mal, ça ne faisait pas partie de notre accord…

Il ne fallait pas le passer, pour commencer, cet accord ! maugréa Davis intérieurement.

— C'était… il y a longtemps, reprit Sean. Je veux dire… beaucoup d'eau a coulé sous les ponts. Henry n'est plus le même… Garrison dit qu'il est allé au bout de sa thérapie.

— Certains ne changent jamais, répondit Jamie sans ciller.

Et, toi non plus, tu ne changes pas, imbécile ! ajouta Davis *in petto. Puisque tu l'as trahie, cette fois encore !*

— Je voudrais… réparer…

Sean semblait désespéré.

— Je t'en prie, dis-moi comment faire… Je voudrais effacer un peu le mal que je t'ai infligé.

Mais Jamie dévisageait son ex-petit ami comme s'il était un parfait étranger, remarqua Davis. Et peut-être était-ce en effet ce qu'il était devenu, pour elle, puisque désormais elle savait tout sur le personnage peu reluisant qu'il était.

— Je t'en prie, Jamie, dis-moi, insista encore Sean. Enfin, on a été… amoureux, tous les deux. Tu sais bien que je ne te mettrais pas en danger intentionnellement.

Jamie eut cette fois un rire bref et amer. Froid, aussi.

— Que tu aies été mon petit ami ne compte absolument pas, et je suppose que Henry s'en fiche, lui aussi.

Elle secoua la tête.

— Non, il n'y a rien que tu puisses faire. Va-t'en !

Et de nouveau, elle se tourna vers les ruines de sa maison.

— C'est toi qui devrais partir, assura Sean en faisant un pas vers elle. Ecoute… Je t'ai apporté vingt mille dollars en liquide. Ils sont à toi, Jamie. Prends-les et sauve-toi. Prends un nouveau départ. Cette fois, je ne dirai rien à personne, je te le jure…

— Non, je ne veux plus fuir.

Davis se figea.

— C'est ici que je veux vivre.

Avec moi ? se demanda Davis, plein d'espoir.

— Je ne veux plus me retourner constamment pour voir si on me surveille, confia Jamie. Je veux que ça s'arrête. Que Henry ne puisse plus me nuire. Parce que j'ai suffisamment gâché ma vie à cause de lui.

Sa voix était ferme et déterminée. Elle relevait la tête, comprit Davis.

— Je ne veux plus avoir peur, jamais. J'ai fui une première fois et j'ai tout perdu. C'est Henry qui aurait dû souffrir et payer, pas moi.

Elle avait les poings serrés et les yeux brillant de larmes, mais c'était de colère, cette fois, supposa Davis.

— C'est lui qui aurait dû être puni et tout perdre, tonna Jamie.

Ses mots étaient vibrants d'une fureur parfaitement légitime et qu'elle avait retenue trop longtemps. Il fallait que celle-ci éclate.

— Je jure que je ne perdrai rien de plus. C'est lui, cette fois, qui va payer. Je suis sûre que c'est lui qui me harcèle et je vais le prouver.

Oui, nous le prouverons, songea Davis. *Je suis avec toi.*

— Il ne se cachera pas derrière son père cette fois, maugréa Jamie. Et il paiera pour ce qu'il a fait.

Elle poussa un soupir et ajouta :

— Cette fois, je ne perdrai pas la partie.

Sullivan ouvrait des yeux ronds. Et l'homme qui lui faisait face n'était pas moins surpris que lui.

Il avait les cheveux bruns de Henry Westport, ses yeux très bleus. Sa taille, sa complexion…

Mais ce n'était pas lui.

— Sortez d'ici ! hurla le garde du corps en se saisissant de Sullivan.

Puis il se tourna vers l'occupant de la chambre.

— Il faut sortir d'ici, Henry. Vous avez entendu l'alarme ?

Le prétendu Henry acquiesça. Mais il n'était décidément pas l'homme dont Sullivan avait consciencieusement étudié les photos en préparant son enquête. Le frère de Davis se retint au chambranle de la porte pour empêcher le cerbère de l'entraîner.

— Vous n'êtes pas Henry Westport !

La mâchoire était plus carrée et les sourcils n'avaient pas exactement la même forme que ceux de l'héritier. Son nez était un peu plus long. Des petites différences, mais bien réelles.

Il lui ressemble, mais ce n'est pas lui !

— Bien sûr que si, je le suis ! prétendit l'homme, que l'intrusion, comme l'alarme, rendait très nerveux. Et il y a le feu, il faut sortir d'ici !

— Il n'y a pas le feu et vous n'êtes pas lui, répliqua Sully, impavide.

Une doublure, engagée pour tenir le rôle de l'héritier, plus que probablement. Etait-ce Garrison Westport qui avait monté cette petite comédie pour que son fils puisse aller et venir à sa guise ? Ou bien Henry lui-même ?

— Je suis Henry Westport, répéta la doublure, avec un zeste d'accent de la Nouvelle-Angleterre, très vraisemblablement imité. Nous devons sortir d'ici. Vous…

Ce fut le moment que choisit son garde du corps pour tenter d'expulser Sullivan de la chambre. Cent vingt kilos de chair tombèrent sur Sully. Mais l'ancien marine savait utiliser la force et le poids d'un adversaire contre lui. Il le déséquilibra habilement, et le colosse alla percuter le mur, la tête la première. Il s'écroula au sol, assommé pour le compte.

Sullivan sourit aimablement à Henry.

— Bon, reprenons. Qui diable êtes-vous et où est le *véritable* Henry Westport ?

L'homme recula et chercha nerveusement du regard une issue. Il n'y en avait aucune.

Sullivan s'approcha de lui.

— Cela peut se passer très simplement, lui dit-il, toujours du même ton aimable. Vous me racontez tout ce que je veux savoir, ou bien…

Sully roula un peu ses muscles de façon ostentatoire.

— Ou bien dans cinq minutes vous allez me supplier de vous écouter.

— Je suis là depuis un peu plus d'un mois, avoua précipitamment l'homme.

Toute trace d'accent chic avait disparu de sa voix.

— Ils me paient pour ça, je remplace un type qui a besoin de prendre un peu l'air. Je l'ai déjà fait, c'est de l'argent facilement gagné. Sinon, c'est un peu comme au théâtre.

Mmm… Pas tout à fait…, nuança Sully intérieurement.

— Je suis acteur, vous comprenez…, continua l'homme. Ça aide un peu entre deux contrats, ça met du beurre dans les épinards. Et puis, un type riche qui veut se balader en toute tranquillité… Où est le mal ?

Je pourrais vous l'expliquer, mais on manque de temps.

— Bon… Où est le vrai Henry Westport ?

L'acteur passa sa langue sur ses lèvres trop sèches.

— Ça, je n'en ai pas la moindre idée.

10

Il pesta intérieurement. Le nouvel amant de Jamie était un problème qu'il devrait éliminer assez vite… Mais, en faisant quelques recherches, il s'était aperçu que ce n'était pas un seul McGuire qu'il avait sur le dos, mais bien toute la famille !

Tous d'anciens militaires, devenus enquêteurs privés, pas vraiment des proies faciles. Il devrait être prudent et les tenir un peu à l'œil.

Du regard, il suivit les voitures qui s'éloignaient. Ils avaient tous défilé devant la maison incendiée, les uns après les autres. Jamie s'était même approchée de sa cachette.

Avait-elle senti qu'il était tout près ? Lui n'avait pas osé bouger pendant qu'elle se rapprochait.

Le vent avait soulevé les cheveux de Jamie. Ils étaient désormais d'une nuance plus claire de blond, plus dorée. A cause du soleil du Texas ?

Elle avait plus de formes, aussi, mais ses yeux restaient les mêmes : si grands, si bleus, si innocents, si… menteurs.

Il avait entendu ce qu'elle avait dit à Sean Nyle. Et sa colère, aussi.

La sienne était montée et il lui avait fallu faire un grand effort pour garder son sang-froid. Mais se démasquer à cet instant aurait été une folie.

Il était seul contre tous. Mieux valait les attaquer un à un.

Et enlever Jamie, d'abord, pour s'en servir comme d'un appât.

Il savait exactement comment s'y prendre.

Sean Nyle avait démontré son utilité, depuis des années.

Bien sûr, c'était une larve, mais une larve utile et il allait l'être encore une fois.

Il attendit que tous les véhicules aient quitté les lieux, puis il sortit de sa cachette. Ses muscles étaient raides et le sang qui circulait de nouveau dans ses veines lui donnait des fourmillements. Combien de temps était-il resté immobile ? Il ne le savait pas.

Il était revenu sur une simple impulsion. Il avait voulu retrouver l'endroit où Jamie avait vécu, pour être encore un peu proche d'elle, en quelque sorte. Et, tout à coup, elle était apparue.

Il y aura toujours un lien entre nous, toujours.

Il fallait qu'elle le comprenne, qu'elle se rende compte qu'aucun homme ne pourrait jamais la comprendre aussi bien que lui.

Et qu'aucun d'eux ne devait toucher à ce qu'ils partageaient tous les deux.

Il vaudrait d'ailleurs mieux pour eux qu'ils ne s'y risquent pas.

Il fit démarrer sa moto et l'enfourcha. Il connaissait un raccourci qui lui permettrait d'arriver sur la route principale avant eux. Il avait bien fait d'étudier la carte de la région avec soin. Cela rendait sa traque plus facile.

Je vais commencer par toi, Sean, bien que tu ne te mettes pas vraiment en travers de mon chemin.

Mais mieux valait tuer d'abord la proie la plus facile.

Davis gara son véhicule sur le parking de la clinique vétérinaire de Jamie. Ils n'avaient pas échangé un mot de tout le trajet. Jamie était restée les yeux dans le vague, regardant sans même probablement le voir le paysage défiler. Elle semblait à des millions de kilomètres de là. Davis aurait voulu la ramener à la réalité, et à lui. L'arracher à ses fantômes.

Elle se tourna vers lui.

— Je pensais tout ce que j'ai dit. Je ne veux plus m'enfuir, jamais. Je suis fatiguée d'avoir peur.

Et, moi, je ne veux plus que tu aies peur, jamais.

Elle lui sourit, de son lent sourire à briser les cœurs.

Tiens ! Depuis quand ai-je donc un cœur qui peut se briser ? songea Davis.

— Merci, lui dit-elle.

Il secoua la tête.

— Il ne faut pas me remercier, tu sais.

— Si, je te remercie d'avoir ri au mariage.

Davis fronça les sourcils. A quoi faisait allusion Jamie ?

— Je t'ai entendu rire, expliqua-t-elle, son sourire s'élargissant. Lorsque je faisais tout mon possible pour renvoyer le bouquet de la mariée. Je me suis tournée et je t'ai vu. Ce n'était pas la première fois, bien sûr, mais je me suis dit : il est là. Un peu comme si tu m'attendais.

Oui, je t'attendais…

— Tu m'as aidée, ces derniers temps, plus que je ne saurais dire.

Son sourire devint plus triste, plus amer.

— Et moi, en échange, que t'ai-je apporté, Davis ? Rien que du danger. Ce n'est pas vraiment équitable.

Il se pencha pour l'embrasser, un simple effleurement des lèvres, juste de quoi avoir envie de faire davantage.

Il voulait être et demeurer auprès d'elle. La protéger était devenu comme une seconde nature pour lui.

Il voulait la mettre en sécurité et éliminer toutes les menaces qui pesaient sur elle.

Il allait donc retourner voir Sean Nyle.

Je lui avais dit de ne plus approcher de Jamie et il ne m'a pas écouté.

Davis ne voulait pas régler cela devant Jamie. Elle le retiendrait, comme près des ruines de sa maison. Mais justement, il était en train de la déposer à son travail. Il allait rester seul.

— Mac t'attend à l'intérieur, lui dit-il.

— Ah… Mon garde du corps, aujourd'hui encore. Mais c'est inutile, tu sais, je…

— Accepte pour moi, d'accord ? la pria Davis. Garde-le près de toi, parce que je ne veux pas qu'il t'arrive quelque chose.

— Mais rien n'arrivera.

Davis l'espérait vivement.

Puis Jamie l'embrassa doucement sur la joue.

— J'ai toujours su que tu faisais partie des bons, pas des méchants, lui dit-elle.

Et, avant qu'il ait pu répliquer un seul mot, elle sauta à bas du véhicule et agita la main au-dessus de son épaule, en guise d'au revoir.

Les bons ? se répéta Davis.

Jamie se trompait. Il n'était pas un démon bien sûr, mais cela ne voulait pas dire pour autant qu'il était un agneau. Il attendit que Jamie ait disparu à l'intérieur du bâtiment, puis il redémarra et alluma son téléphone mains libres pour appeler son frère Grant.

— Sean Nyle est en ville, lui annonça-t-il.

— L'ex ?

Oui, l'ex, et Davis n'aimait pas beaucoup la façon dont ce vétérinaire véreux regardait Jamie. Comme s'il la désirait toujours…

Il pouvait toujours espérer. Il ne l'aurait pas. Il lui avait fait du mal et Davis ne le laisserait pas lui en faire de nouveau.

Je l'avais prévenu…

Il reprit sa conversation avec Grant :

— Oui, Sean est venu chez Jamie. Enfin, auprès de ce qu'il reste de la maison… Essaie de savoir où il est. Il est venu tôt ce matin, donc je suppose qu'il a passé la nuit dans un motel des environs.

— D'accord, je m'occupe de ça, promit Grant. Et je t'appelle dès que j'ai trouvé.

De son côté, Davis allait se rendre au motel le plus proche de la maison incendiée. Il se fiait à son instinct. Lui, à la place de Sean, il aurait cherché à être le plus près possible de Jamie.

Il appuya sur l'accélérateur.

*
* *

— Jamie ?

Elle leva les yeux. C'était Sylvia qui l'interpellait, de derrière le comptoir de réception. Mac était assis sur une chaise dans la salle d'attente. Apparemment absorbé dans la lecture d'un magazine, il paraissait totalement incongru dans ce lieu, comme un grand fauve qui serait paisiblement installé dans une bergerie.

— Que se passe-t-il ? enchaîna Sylvia. Et ne me répondez pas « rien » !

Elle pointa son doigt en direction de la salle d'attente.

— Ça fait deux jours que vous avez un garde du corps !

L'assistante regarda Jamie avec une vraie sympathie, inquiète.

— Je pense que je mérite de savoir, vous ne croyez pas ?

— Vous avez raison…

A quelques mètres d'elles, Mac reposa son magazine.

— Oui, vous méritez de le savoir et je ne veux plus rien vous cacher, répondit Jamie.

Elle avait porté seule son secret bien trop longtemps, comme un lourd péché qu'elle aurait voulu dissimuler à la face du monde.

Et pourtant, je n'ai rien fait de mal.

Sylvia se leva vivement, fit le tour du comptoir et alla prendre la main de Jamie.

— De quoi s'agit-il ?

D'une longue et tortueuse histoire.

— Passons dans mon cabinet, proposa Jamie. Et je vous raconterai celle que j'étais.

Après tout, si Sylvia devait demeurer auprès d'elle, il fallait qu'elle sache, en effet. Car le danger pouvait la menacer, elle aussi.

Jamie le détestait.

Sean claqua sa portière et se rua vers la chambre qu'il

occupait au motel. Le remords le rongeait depuis que Davis était venu lui parler à son cabinet. C'était ce qui l'avait poussé à venir voir Jamie, dans l'espoir de réparer ses torts, si possible.

Et puis, il avait vu les ruines de la maison. Tout avait brûlé, du plancher jusqu'au toit. Et Jamie…

Il avait bien vu la terreur dans ses yeux, quand elle l'avait reconnu.

Autrefois, elle souriait quand leurs regards se croisaient. Elle riait, elle partageait des secrets avec lui.

Tout cela était oublié.

Je l'ai détruite.

Parce qu'il avait failli perdre tout ce dont il avait rêvé, et d'abord sa carrière. Sa famille avait traversé une passe financièrement très difficile, et même les bourses et les prêts étudiants n'auraient pu suffire à financer ses études. Ses rêves, ses beaux rêves allaient voler en éclats.

Alors, il avait commencé à mentir. Et même à se convaincre lui-même qu'il ne faisait de mal à personne.

Mais il avait entendu ce que disaient les autres étudiants, à la fac, la façon dont ils condamnaient ouvertement Jamie et la tenaient à l'écart. Le remords avait commencé à le ronger, chaque jour un peu plus et puis…

Un jour, elle avait disparu.

Peu à peu, son sentiment de culpabilité s'était atténué. Il avait repris le cours de sa vie. Mais elle n'avait pas tardé à redevenir bancale. Pourquoi fallait-il toujours qu'il rate ce qu'il entreprenait et qu'il fasse du mal à ceux qui lui étaient proches ?

Il était revenu à la case départ. Peu d'argent, moins encore de perspectives…

Et puis, l'occasion s'était présentée de trahir Jamie de nouveau…

Il se rua vers sa chambre, introduisit maladroitement la clé dans la serrure, s'escrima une seconde, puis entra en hâte. Garrison lui avait dit qu'il voulait seulement s'assurer que

Jamie était en sécurité. Peut-être… peut-être que Garrison n'était pas vraiment au courant de ce que faisait son fils.

Peut-être Sean pouvait-il l'appeler et le convaincre de lui faire cesser ses manigances ?

Et peut-être que les remords s'en iraient, enfin…

Sean saisit son téléphone portable, composa le numéro que lui avait laissé Garrison Westport.

A l'autre bout du fil, la sonnerie retentit.

Une fois, deux fois…

— Décroche…, murmura Sean.

Et la voix de Garrison retentit dans l'écouteur.

— Pourquoi m'appelez-vous ? demanda tout de suite l'industriel.

— Parce qu'il se passe des choses, ici, répondit Sean en allant et venant dans la chambre. Vous avez déjà entendu parler de McGuire Security ? Parce que, si vous ne connaissez pas, vous allez connaître.

— Je suis déjà au courant, répondit Garrison Westport d'une voix froide et légèrement ennuyée.

Sean n'en croyait pas ses oreilles. Ennuyé ? Il allait lui faire peur, oui !

— Et que la maison de Jamie a été incendiée, vous êtes au courant aussi ? A part deux murs noircis, il n'en reste rien. Vous le saviez ?

Un silence…

— Je ne suis pas loin de chez elle. Je suis venu me rendre compte par moi-même. Elle a été harcelée et on a mis le feu à sa villa. Je croyais que vous vouliez assurer sa sécurité. C'est bien ce que vous m'aviez dit, n'est-ce pas ? Que cela vous préoccupait…

— Non, ce n'est pas sa sécurité qui m'importe, répondit sèchement Garrison Westport. Et ça ne devrait pas être votre premier souci non plus.

— Quoi ?

— C'est de votre propre sécurité qu'il faudrait vous inquiéter. Faites bien attention à vous, Nyle.

Son ton avait encore durci.

— Vous disiez que vous n'aviez plus aucun contact avec elle, cela vous mettait à l'abri, mais si vous vous rapprochez d'elle, étant donné votre passé…

On frappa à la porte et Sean se retourna, inquiet. Qui était-ce, la femme de chambre ? Il aurait dû accrocher un panonceau « Ne pas déranger » mais il avait été trop bouleversé pour y penser.

— Où est votre fils Henry ? reprit-il au téléphone en traversant la chambre. Parce que je crois bien qu'il est dans les environs. Je pense que…

Sean ouvrit la porte et un couteau s'enfonça dans son estomac.

Il ne poussa qu'un soupir vite étranglé, avant que le téléphone lui glisse de la main et qu'il ne s'effondre sur le sol.

— Nyle ? demanda Garrison. Vous êtes là, bon Dieu, vous vous permettez de me faire attendre au téléphone ?

Il était assis à l'arrière de sa limousine. Son chauffeur venait de prendre la bretelle d'autoroute qui menait à l'aéroport.

Une sorte de son étranglé. Un choc.

Puis… un rire ?

— Nyle ? répéta Garrison.

Mais il n'eut pas de réponse.

Il se cala contre le siège de cuir. Tout était de nouveau en train d'échapper à son contrôle. Cela n'aurait pas dû arriver. Il avait travaillé dur, fait beaucoup d'efforts pour que cela n'arrive plus.

— Plus vite, s'il vous plaît, demanda-t-il à son chauffeur.

Le présent menaçait de devenir plus sanglant encore que le passé.

Garrison pesta intérieurement. Il était trop loin pour pouvoir agir.

Impuissant, comme la fois précédente.

***

Sylvia regardait Jamie sans dire un mot.

— Voilà, conclut celle-ci.

Elle avait parlé vite et presque sans respirer, exposant au grand jour tous les effrayants fantômes de son placard. Elle ne les cachait plus. Chacun allait pouvoir les contempler, dans toute leur horreur.

Henry m'a retrouvée. Il ne sert plus à rien de me cacher.

Sylvia secoua la tête, toujours sans rien dire. Cela finissait par rendre Jamie nerveuse.

— C'est un cauchemar… un véritable enfer…

Soudain, Sylvia prit Jamie dans ses bras.

— Et vous croyez que je ne le devinais pas ? demanda-t-elle. Vous portez le chagrin et la douleur sur votre visage. Cela me fait de la peine. Je suis tellement désolée que vous ayez dû porter seule toute cette douleur.

Puis Sylvia se recula un peu et sourit à Jamie.

— Mais vous n'êtes plus toute seule, à présent. Vous savez ça ?

— Oui, vous avez raison, répondit doucement Jamie. Je ne le suis plus.

Peut-être après tout ne l'avait-elle jamais été. Sa propre peur l'avait empêchée de voir ce que, peut-être, on lui offrait : de l'amitié, du soutien.

Jamie pensa à Davis.

De l'amour, aussi ?

Quand il pénétra dans le parking du motel, Davis repéra tout de suite le SUV bleu de Sean. Il gara son propre véhicule de location juste à côté et alla directement frapper à la chambre juste devant. Elle portait le numéro sept.

— Sean ! Sean Nyle ?

Il y avait des bruits de pas à l'intérieur de la chambre.

— Ouvre, Sean, il faut qu'on parle…

Il n'y avait pas d'autre voiture sur le parking. Tous les clients du motel devaient avoir déjà rendu leur clé et avoir quitté les lieux.

Par acquit de conscience, Davis se retourna sur son épaule.

Une minute… Il y avait bien un autre véhicule. Là-bas, à demi cachée derrière un buisson, une moto.

Une moto ? Bon Dieu !

Davis se tourna vivement vers la porte.

— Sean !

Davis baissa les yeux. Il y avait des gouttes rouges qui étoilaient le ciment. Du sang.

Davis tourna le bouton de porte. Celle-ci n'était pas verrouillée et s'ouvrit tout de suite.

Davis se rua à l'intérieur.

Sean gisait, effondré au pied du lit dans une mare de sang qui s'élargissait.

Davis se précipita vers lui. Le vétérinaire esquissa un mouvement. Ses yeux étaient déjà vitreux.

— Non ! dit-il dans un souffle. Derrière… la… porte…

Bon Dieu ! Une faute de débutant ! Une…

Avant que Davis ait pu se retourner, une masse s'abattit sur sa tête. Il s'écroula au sol et tout devint noir.

Le téléphone de Jamie se mit à sonner. Elle fronça les sourcils et le tira de la poche de sa blouse blanche.

C'était le numéro de Davis.

Jamie lança un regard d'excuse à Sylvia.

— Excusez-moi, il faut que je le prenne. Je…

— Je comprends, dit son assistante avec un sourire de sympathie. Je serai juste à côté.

Jamie acquiesça, en brûlant de décrocher.

Sur le pas de la porte, Sylvia se retourna.

— Je suis contente que vous m'ayez parlé, Jamie.

— Je suis heureuse de l'avoir fait !

Jamie le pensait sincèrement. Heureuse que quelqu'un d'autre sache. Elle avait gardé ces secrets pour elle pendant si longtemps, comme de lourds péchés.

Mais, s'ils en étaient, ce n'étaient pas les siens.

Et elle ne voulait plus payer pour eux.

Elle porta le téléphone à son oreille.

— Davis, qu'est-ce que…

— Tu m'as manqué, tu sais…

Cette voix…

Jamie la reconnut tout de suite, ses bras se couvrirent de chair de poule et tout le sang se retira de son visage.

— Moi, je ne t'ai pas manqué, pas vrai ? Tu as trouvé quelqu'un d'autre. Et puis, tu es partie vivre ailleurs, loin de moi. Tu as trouvé encore un autre type.

— Henry…

Jamie devait réagir. Passer dans le couloir. Alerter Mac. Lui faire comprendre que c'était Henry qui était au bout du fil.

Je savais bien que ça ne pouvait être que lui. Personne d'autre ne serait enragé au point de mettre le feu à ma maison, personne…

— Il y en a un qui est mort, et un qui est vivant, reprit Henry. Mais il y a beaucoup de sang.

Jamie crut défaillir.

— Q… quoi ?

— Tes amants… Ils sont devant moi, tous les deux. Il y en a un qui est mort et l'autre qui est toujours vivant.

Et il m'appelle sur le portable de Davis !

Une nausée tordit le ventre de Jamie. Elle se précipita vers la porte.

Henry ajouta :

— Je n'en ai rien à faire ni de l'un, ni de l'autre, en fait…

Sa voix était tellement calme… Comme s'il parlait de la météo. Et non de vie ou de mort.

— Il n'y a que toi qui comptes, que toi ! hurla-t-il à l'autre bout du fil.

— Alors, arrête, arrête ! Laisse-les tranquille ! supplia Jamie.

Il y en a un qui est mort…

La phrase tournait en boucle dans l'esprit de Jamie.

Pas Davis. Je vous en supplie, mon Dieu. Pas Davis !

— Reviens avec moi et tout ira bien, lança Henry. Rejoins-moi. Je vais les laisser comme ça. Il vivra peut-être. Mais il faut que tu viennes, Jamie.

— Oui, oui, je viens, j'arrive tout de suite !

Elle lui aurait promis n'importe quoi, pourvu que Davis puisse vivre.

— Je viens. Tu es où ?

— Je serai chez toi… Enfin ce qui reste de ta maison. Retrouvons-nous là-bas.

Soudain, il se mit à aboyer.

— Tu seras punie pour toutes ces années que nous aurions pu passer ensemble !

Il était fou, fou à lier… Toutes ces histoires de guérison étaient des mensonges, réalisa Jamie. Henry allait encore plus mal que par le passé.

— Retourne à ta maison, Jamie, et retournes-y seule. Juste toi et moi. A cette condition, je les laisse ici et je m'en vais.

— Où sont-ils ? demanda-t-elle, éperdue.

— Au motel, dans la chambre de Sean Nyle. Ils sont là tous les deux.

La ligne grésillait.

— Dis-moi, Jamie, tu voudrais que ce soit lequel qui vive ? Celui qui t'a vendue ou celui qui s'est battu pour toi ? Davis McGuire, c'est un homme comme moi, lui…

— Oh non, il n'a rien de toi ! protesta Jamie.

— Si, il a l'instinct du tueur. Je sais ce qu'il est venu faire ici. Je l'ai juste battu de vitesse.

Jamie secoua la tête.

— Non, non, il n'est pas comme toi !

Henry éclata de rire.

— Tu vas venir, hein, Jamie ?

— Tout de suite. J'arrive.

— Alors à tout de suite, ma douce Jamie. *Vraiment* à tout de suite.

Jamie raccrocha et courut dans le couloir.

— Mac ! hurla-t-elle. Mac !

11

Jamie déboula dans la salle d'attente, en panique. Mac bondit de son siège et se précipita vers elle.

— Que se passe-t-il ?

Jamie tremblait convulsivement et Mac la prit par les épaules. Elle s'accrocha désespérément à lui, comme à une bouée.

— Il faut sauver Davis, il est blessé !

Il n'est pas mort, pas lui. Je ne veux pas. Pas Davis !

— Comment ? fit Mac.

— Henry vient de m'appeler.

Les mots se bousculaient dans sa bouche.

— Henry est dans un motel… Dans la chambre de Sean. Sean et Davis y sont aussi…

C'était étrange : son propre souffle lui brûlait les poumons, alors que le reste de son corps était parfaitement glacé.

— Henry m'a dit que l'un des deux était mort.

Mac pâlit affreusement.

Un portable sonna.

C'était celui de Mac. Il regarda quel nom s'affichait sur l'écran, puis porta l'appareil à son oreille.

— Grant, on a un problème. C'est Davis…

Mac s'interrompit, écouta une seconde, puis reprit :

— Oui… il faut prévenir la police. Le cinglé, là… il vient d'appeler Jamie…

A mi-voix, elle précisa :

— Il a téléphoné avec le portable de Davis.

Mac s'assombrit plus encore.

— Elle dit que ce Henry a blessé Davis. Bon Dieu, bien sûr que j'y vais tout de suite ! D'accord... à tout à l'heure !

Mac raccrocha, les yeux pleins de colère et brillant d'une lueur mortelle.

— Grant m'a dit où se trouve ce motel. Il est en route et j'y vais aussi. Les flics nous y rejoindront.

— Mais..., commença Jamie.

— Vous, vous restez ici. Je suis désolé, mais ce type a visiblement perdu la tête. Dieu sait de quoi il est encore capable.

Il m'a indiqué où il allait ensuite...

— Mais Mac, il a dit...

Elle parlait dans le vide. Mac s'était déjà rué au-dehors.

— Oh, mon Dieu !

La voix de Sylvia fit se retourner Jamie. Son assistante la regardait avec de grands yeux effrayés.

— L'homme dont vous parliez, Henry Westport... Il est là ?

— Pas ici, non.

Jamie était toujours engourdie et glacée.

Il faut que Davis vive.

— Il est en route vers ma maison. Enfin... ce qu'il en reste. Il faut que les policiers aillent l'arrêter là-bas.

Et, elle, elle devait être auprès de Davis.

— Sylvia, est-ce que je peux vous emprunter votre voiture ?

Dehors rugissait le moteur de celle de Mac. Jamie devait se hâter, si elle voulait pouvoir le suivre. Son propre véhicule était resté au ranch McGuire.

Sylvia hocha la tête d'un air effaré et lui lança les clés. Jamie les attrapa au vol et remercia tout en courant vers la porte. Par bonheur, il n'y avait pas de clients sur son passage. Elle les aurait bousculés sans le moindre égard. Seul comptait Davis. Elle *devait* le rejoindre.

Si Mac croyait qu'elle allait rester tranquillement assise alors que son amour avait besoin d'elle, il se trompait lourdement.

En trois enjambées, elle rejoignit la voiture de Sylvia, introduisit la clé dans la serrure...

Et alors il apparut, en reflet dans la vitre de la portière. Grand, large d'épaules, une cagoule noire sur sa tête.

Jamie se retourna vivement, ouvrit la bouche pour crier, mais il lui plaqua une main sur les lèvres.

— Tu m'as manqué, tu sais.

Cette fois, elle pouvait distinguer ses yeux. Ce regard bleu, glacé, qu'elle n'oublierait jamais.

— Je savais que tu me lancerais des flics ou des privés aux trousses, maugréa-t-il. Je te connais.

Il lui montra ce qu'il tenait dans son autre main : une seringue.

— Regarde… Je l'ai prise dans une armoire de ta clinique, cette nuit.

Jamie chercha à se débattre et à planter son genou dans l'entrejambe de Henry.

— Si ça peut endormir un cheval, ça devrait le faire pour toi, ricana-t-il.

Jamie frappa plus fort et, surpris, il la lâcha. Elle se mit à crier :

— Sylvia… Au secours !

Mais Henry put la saisir et lui enfonça brutalement l'aiguille dans le cou.

Une douleur fulgurante la traversa, irradiant dans tout son corps. Elle tenta encore de résister, mais ses mouvements étaient de plus en plus gourds et lents. Son agresseur lui passa un bras autour de la taille et l'entraîna vers sa voiture. Une voiture qu'elle n'avait même pas remarquée jusqu'alors, sur le parking. Une voiture qui était… celle de Davis ? Mais oui, c'était le SUV qu'il avait loué après la destruction de sa camionnette. Au passage, Jamie agrippa la poignée de la portière et s'y accrocha de ses ultimes forces.

Si Henry parvenait à l'emmener, elle ne pourrait plus lui échapper.

Elle voulut crier, mais seul un murmure étranglé sortit de sa gorge.

— Monte dans cette foutue voiture ! gronda Henry en lui portant un coup de poing qui la fit s'écrouler dans le fauteuil.

Il n'eut plus qu'à la pousser à l'intérieur de l'habitacle.

— Jamie !

Elle tourna la tête. Sylvia l'appelait. Elle sortait de la clinique et courait vers elle.

Tout ce que Jamie avait à faire, c'était ouvrir la portière, bondir dehors et courir vers son amie.

Mais ses doigts refusaient de lui obéir. Elle ne pouvait que rester là, la tête appuyée à la vitre, à regarder Sylvia, tandis que Henry démarrait en trombe.

De nouveau, Sylvia cria son prénom, mais Jamie ne pouvait rien faire.

— Davis !

L'appel lui parvenait comme étouffé, à distance, mais la poigne qui le secouait avait quelque chose de plus… direct. Des mains solides le prirent aux épaules et de nouveau il fut vigoureusement secoué.

— Bon Dieu, Davis, ouvre les yeux et regarde-moi, maintenant !

Des pas. Une autre voix.

— Arrête, Mac, voyons. Il est commotionné, tu vois bien, il faut…

— Jamie…

Cette fois, le son sortait de sa propre gorge, faiblement et pareil à un croassement, mais le simple fait de le prononcer donna à Davis la force d'ouvrir les yeux. C'était bien Mac qui le secouait. Penché au-dessus de lui, son frère le regardait avec inquiétude, voire horreur.

Est-ce que je suis très abîmé ?

— J'ai bien cru que tu étais déjà parti, murmura Mac, pâle comme un mort. Ne me refais jamais une trouille pareille…

Une sirène de police hululait au loin.

Davis essaya de se redresser, mais sa tête lui tournait tellement que son corps fut secoué de nausées.

— Il… m'a… assommé…

— Ouais, on voit ça.

C'était Grant qui parlait. Il se tenait debout à côté de lui, également.

Grant désigna des débris sur le sol.

— Il t'a cassé une chaise sur le crâne.

Davis essaya de se souvenir. Il était entré dans la chambre, avait vu Sean Nyle étendu sur la moquette, puis…

Il tourna la tête. Si vite que les coups de marteau reprirent dans son crâne et qu'un voile noir passa devant ses yeux. Ah non, pas encore ! Mais le noir devint gris et s'estompa.

Les yeux de Davis se posèrent sur Sean. Il était étendu. Il ne bougeait plus.

— On ne peut plus rien faire pour lui, soupira Mac. Il était mort quand je suis arrivé.

Davis déglutit avec difficulté.

Sean était toujours vivant quand, moi, je suis entré dans la chambre. Si je ne m'étais pas laissé assommer par ce fils de… j'aurais peut-être pu l'aider, le sauver même.

— C'était bien Henry, reprit Mac, tandis que les sirènes de police se rapprochaient. Il a appelé Jamie et il lui a dit que tu étais ici. Bon sang, je n'ai pas eu aussi peur depuis…

Il ouvrit la bouche, la referma.

— Ne me refais jamais ça, plus jamais !

Il a appelé Jamie.

Ces mots résonnaient dans la tête douloureuse de Davis. Il essaya encore de se redresser, n'y parvint pas davantage que la première fois, réessaya. Mac l'aida et, finalement, Davis parvint à se remettre sur ses pieds.

— Où est-elle ? s'enquit-il.

— En sécurité, ne t'en fais pas, assura Mac. Elle est à la clinique, avec Sylvia.

Mais Davis s'inquiétait justement, parce que Henry Westport était là, quelque part. Parce que Henry était obsédé par Jamie et qu'il avait déjà tué Sean Nyle.

Et, moi, pourquoi il ne m'a pas tué ? Pourquoi ?

Il en avait eu l'occasion dans cette chambre de motel.

Alors pourquoi je suis toujours en vie ?

— Je… veux… la voir, dit Davis.

Il détestait sa diction empêtrée, les taches noires qui dansaient devant ses yeux.

— Oui, je comprends, fit Mac, conciliant.

Grant s'approcha et vint passer son bras en soutien sous les épaules de Davis.

Cette chambre sentait le sang et la mort…

Je veux Jamie.

— On va te faire soigner ça, déclara Grant, d'une voix marquée par l'inquiétude. Et puis, on t'amènera ta Jamie à l'hôpital.

— Je ne veux pas aller à l'hôpital, protesta Davis. Je veux…

— Jamie, on sait, tu la verras, souffla Mac. Mais il faut te faire soigner, d'abord. Ce cinglé t'a ouvert le crâne. Et, quand je suis entré dans cette chambre, je t'ai bien cru mort. Alors tu vas te laisser poser gentiment des agrafes et ensuite on mettra la main sur cette ordure.

— Va… la chercher…

Il fallait qu'il la voie… qu'il puisse la toucher.

J'ai besoin d'elle.

— On ira, c'est promis, confirma Grant.

— On te l'amènera à l'hôpital, d'accord ? renchérit Mac. Je sais que c'est important pour toi.

Ils le conduisaient dehors. Les lampes lumineuses des voitures de police clignotaient. Il y avait une ambulance, et Davis fut allongé sur un brancard.

— Je te l'amène, c'est promis, répéta Mac. Mais, toi, tu me jures de ne pas faire de bêtises, comme d'aller mourir pendant que je ne regarde pas.

Les lumières augmentaient la douleur au crâne de Davis.

— D'ac… cord.

*
* *

Tout, dans cette rue tranquille d'un quartier résidentiel, disait l'argent de bon aloi, le confort cossu. Les jolies maisons, les pelouses soignées, tout était à sa place dans le décor.

Sullivan se tenait devant le 5320, Wind Crest. L'adresse des parents de Jamie, avec qui elle avait rompu depuis des années.

Sully était là parce que quelque chose l'intriguait dans toute cette histoire.

Juste une chose…

En fait, il aurait déjà dû être sur le chemin du retour, ou au moins en train de rendre compte à Davis de sa mission et d'en discuter avec lui, mais…

Il manquait toujours une pièce au puzzle.

Il voulait bien croire que Garrison avait reçu, outre les fameuses fleurs fanées, des notes, des lettres du passé, qui l'avaient convaincu de la responsabilité de Jamie.

Mais que celle-ci les ait écrites semblait moins certain.

Sullivan s'approcha de la porte. Pas de vigile, pas de caméra de sécurité.

Il pressa le bouton de la sonnette, ce qui fit aboyer joyeusement un chien. Un accueil, bien plutôt qu'une menace.

La porte s'ouvrit. L'animal, un petit chien blanc, était dans les bras d'une dame blonde aux yeux bleus. On eût dit une sœur aînée de Jamie, bien plus que sa mère. Elle affichait un maquillage discret, impeccable, sur une peau claire, crémeuse et parfaitement lisse, sans une seule ride.

Elle dévisagea Sullivan une seconde, le sourcil froncé.

— Oui ? Que désirez-vous ?

— Madame Bridgeton ? Penelope Bridgeton ?

— Oui…

Tout de suite, elle recula, l'air à la fois effrayé et agressif.

— Qui êtes-vous et que voulez-vous ?

Sullivan joua le tout pour le tout.

— Je suis un ami de votre fille.

La lèvre de Penelope Bridgeton se mit à trembler. Elle paraissait sur le point de pleurer.

— Ça n'est pas drôle ! s'écria-t-elle. Comment osez-vous…

Le petit chien se mit à grogner.

— Partez de chez moi immédiatement et ne revenez pas, ou j'appelle la police.

Elle voulut lui refermer la porte au nez, mais Sullivan retint le battant de la main et du pied. Le chien grognait de plus belle.

— Elle vous ressemble, lâcha Sully. Beaucoup. Elle vous manque ?

Le mascara de Penelope commençait à couler. Sa fille lui manquait, très probablement. Mais lui manquait-elle suffisamment pour qu'elle se laisse aller à quelque chose d'irréfléchi ?

Sullivan insista :

— Vous pensez à ce qu'elle est devenue ? Vous y pensez, parfois, dans votre belle maison ?

Une maison qu'elle vous a payée, de sa douleur et de son chagrin ?

— Partez, partez tout de suite ! Ray ! Ray… Au secours !

Des pas précipités, et venant de la droite…

Un homme de haute taille, les cheveux encore très noirs, seulement striés de quelques fils d'argent, apparut à la porte. En fait, il n'avait pas si bonne mine que ça, observa Sullivan. Il paraissait un brin usé avant l'âge.

— Laissez ma femme tranquille et allez-vous-en ! gronda Ray Bridgeton.

Sullivan recula nonchalamment.

— Pardonnez-moi. Je croyais que vous pourriez vous intéresser à ce qui arrive à Jamie… Parce que, voyez-vous, ajouta-t-il, suave, je suis sûr que ce sont *vos* lettres et *vos* fleurs fanées qui ont tout déclenché, madame Bridgeton.

Penelope pâlit instantanément.

— P… pourquoi… que lui est-il arrivé ? balbutia-t-elle.

Ray la poussa à l'intérieur.

— Appelle la police, cet homme ment. Il ne connaît pas notre Jamie, il…

Sullivan ne se démonta pas.

— Jamie est devenue vétérinaire, vous le saviez ? Elle a terminé ses études et elle exerce depuis plusieurs années, maintenant. Elle a un chien nommé Jinx qui n'obéit qu'à elle et... je pense qu'elle est plutôt heureuse. Elle l'était, du moins, jusqu'à ce que quelqu'un mette le feu à sa maison et la réduise en cendres. Ensuite, une voiture est rentrée délibérément dans celle où elle se trouvait... Mais cela ne vous intéresse plus, je l'ai bien compris. Vous ne l'avez pas revue depuis des années. C'est de l'histoire ancienne, pour vous. Veuillez m'excuser...

Sullivan tourna les talons, mais à peine avait-il fait un pas qu'une main tremblante se posa sur son bras. Il se retourna. Les yeux de Penelope brillaient de larmes. Sullivan eut presque pitié d'elle.

— Est-ce que... Jamie a... été blessée ? s'enquit Penelope.

Sully secoua la tête.

— Non, elle n'a rien eu. Mon frère veille sur elle.

Et comment !

— Elle me manque beaucoup, avoua Penelope Bridgeton. Et je suis tellement désolée de ce qui s'est passé...

Les larmes vinrent alors, inondant son visage. Son corps fut secoué de sanglots et elle se serait probablement effondrée si Ray ne l'avait soutenue à temps. Sur les traits du père de Jamie se lisaient tout aussi clairement le chagrin et les remords, remarqua Sully.

Ray cligna des yeux, regarda attentivement Sullivan et lui demanda, d'une voix étranglée :

— Vous connaissez vraiment notre Jamie ?

— Eh bien, oui, je..., commença Sully.

Son portable se mit alors à sonner, du timbre particulier qu'il avait attribué aux appels de son frère Grant.

— Excusez-moi..., murmura-t-il.

Cela tombait mal. Sullivan porta l'appareil à son oreille.

— Euh... je peux te rappeler ? demanda-t-il tout de suite.

— Je suis en route pour l'hôpital, annonça Grant. J'y emmène Davis...

Le débit de Grant se précipita.

— Davis a été agressé et Mac dit que l'agresseur a appelé Jamie, qu'il a avoué.

— Cet agresseur, c'est bien Henry, coupa Sullivan, dont le cœur battait à tout rompre. Il avait un double qui a pris sa place à la clinique psychiatrique où il était censé se faire soigner. Cela doit faire un bon mois que Henry Westport se promène on ne sait où…

Au Texas, sans doute, à espionner et harceler Jamie.

— Dis-moi comment va Davis, enchaîna Sully.

Il serrait le téléphone dans sa main bien plus que nécessaire.

— Ça va aller, répondit Grant, dont la voix paraissait ferme et assurée. Mais Sean Nyle n'a pas eu autant de chance que lui. Il a reçu cinq coups de couteau, dont un en plein cœur. Il n'a pas survécu.

— Tu me tiendras au courant, quand vous serez aux urgences ? demanda Sully.

— Oui, mais rentre en vitesse, intima Grant. On a besoin de toi, ici.

— Je pars tout de suite, répondit Sully.

Voilà que ça recommençait. Sa famille avait besoin de lui et il était trop loin pour se rendre utile. C'était son pire cauchemar. Lorsque ses parents avaient été assassinés, il se trouvait outre-mer, en mission spéciale. On n'avait pu lui annoncer la nouvelle que des jours plus tard. Et il n'avait même pas pu rentrer à temps pour l'enterrement.

Il raccrocha et posa les yeux sur les parents de Jamie. Cette dernière n'avait pas pu leur parler depuis des années. Ils étaient vivants pourtant et joignables au téléphone, mais Jamie avait dû leur tourner le dos, pour toujours.

Parce qu'ils l'avaient trahie, et même vendue !

— Combien elle valait, votre fille ? leur lança-t-il.

Il désigna la belle maison.

— Est-ce que vous réalisez que, quelle que soit la somme d'argent que vous avez reçue, elle ne paiera pas l'absence de Jamie, ni votre remords ?

Sully, lui, aurait tout donné pour revoir ses parents, même rien qu'une seconde.

— Nous avons fait une lourde erreur, reconnut Penelope

Bridgeton d'une voix blanche. Jamie était en vie et en sécurité. Nous avons cru que Henry Westport resterait interné. Garrison nous avait certifié que plus jamais son fils ne serait une menace pour personne.

Davis… Aller retrouver Davis…, s'ordonna Sully.

Il reprit à l'intention des Bridgeton :

— Votre fils, Warren, il n'y a pas cru, lui. C'est pour ça qu'il est resté au côté de Jamie, jusqu'au bout. Il la protégeait.

Une larme coula sur la joue de Penelope, laissant une traînée noire de mascara.

— Nous aussi, nous avons protégé Jamie ! protesta Ray en entourant de son bras les épaules de sa femme. Comment croyez-vous que les US marshals ont été impliqués dans cette histoire ? Lorsque nous avons compris que jamais les Westport ne la laisseraient tranquille…

— Ils ont même poussé cet ignoble Sean Nyle à raconter d'énormes mensonges, ajouta Penelope.

Les mêmes mensonges que vous ? faillit répliquer Sullivan.

— J'ai essayé de faire jouer toutes mes relations, reprit Ray. Et, parmi elles, Garrison Westport bien sûr.

Bien sûr… Et Garrison avait quelque chose à voir avec les US marshals ?

— J'aurais signé un pacte avec le diable s'il avait fallu, déclara Ray.

Tu en as bel et bien signé un avec lui, songea Sully.

— Garrison a tiré quelques ficelles et nous avons offert une nouvelle vie à Jamie, loin de la peur et du malheur, prétendit Ray.

Ce qu'il fallait entendre ! La peur et le malheur l'avaient rattrapée, et comment !

— Elle ne l'a jamais su, continua Ray, mais j'ai aidé à ce qu'elle trouve un lieu d'accueil, où elle pourrait refaire sa vie. Ça m'a brisé le cœur, mais il fallait le faire. Pour son propre bien, elle devait partir, s'éloigner…

Ray avala péniblement sa salive.

— S'éloigner de nous tous.

Sullivan se retint de confier son écœurement et expliqua sobrement :

— Mon frère est à l'hôpital. Je dois y aller.

Penelope s'avança.

— Jamie… Vous dites qu'elle va bien… Elle est heureuse ?

Sully acquiesça.

— Je le crois, madame. Excusez-moi…

Il allait partir, mais Penelope le retint encore.

— Si jamais… Jamie vous parle de nous, pouvez-vous lui dire combien je regrette ? A chaque jour qui passe, chaque année…

Sa voix se fêla.

— Je la regrette de plus en plus…

Sullivan la considéra avec froideur.

— C'est parce que vous regrettez Jamie que vous avez envoyé ces lettres et ces fleurs à Garrison et à Henry ? demanda-t-il, sarcastique.

Les yeux de Penelope Bridgeton étincelèrent brièvement.

— Je la regrette, répéta-t-elle. Et je les déteste.

Sullivan en était quasiment certain. Pénélope les avait bien envoyées. Ces lettres avaient attisé l'obsession morbide de Henry. A moins que cette idée fixe n'ait jamais quitté son cerveau malade et que ce soit seulement la chance qui l'ait remis sur la piste de Jamie…

Jamie ouvrit lentement les yeux. Elle était dans l'obscurité complète, mais un faible grincement parvenait à ses oreilles.

Elle voulut bouger. Malheureusement, ses poignets étaient liés par un solide bout de corde. Elle remua ses jambes… Ses chevilles l'étaient aussi et de la même façon.

Son épaule heurta une surface dure. Du métal ?

Elle essaya de se déplacer un peu, en s'appuyant sur ses mains. Mais elle se trouvait apparemment dans un tout petit espace, très restreint.

Le grincement diminua… puis cessa tout à fait.

Jamie roula sur le côté.

Alors, elle comprit où elle se trouvait. Cet espace étroit, rétréci… Le son qu'elle entendait, c'était celui que faisaient des roues. Henry l'avait ficelée et jetée dans le coffre de son véhicule. Du sien, ou d'un autre, car il avait très bien pu en changer, pour brouiller sa trace. La police allait se mettre à la recherche de la voiture qu'il avait louée pour l'occasion, alors autant en voler une autre…

Le moteur changea de régime. Henry accélérait.

Jamie savait pertinemment ce qui arriverait lorsqu'il s'arrêterait.

Il me tuera !

Pas tout de suite, peut-être, mais… un peu plus tôt, un peu plus tard…

Cela se terminerait comme cela, elle le savait. Henry l'avait prévenue : jamais il n'admettrait qu'elle le trahisse. Or elle l'avait bel et bien trahi, de son point de vue à lui, et à plusieurs titres : elle s'était enfuie, elle s'était fait une autre vie, loin de lui, et elle avait trouvé l'amour.

Les larmes lui vinrent aux yeux. Oui, elle aimait Davis et elle ne le lui avait jamais dit. Ni l'un ni l'autre, ils n'avaient parlé de leurs sentiments. Mais là, prise au piège dans ce réduit obscur, elle *savait.*

Et c'était merveilleux d'en avoir la certitude, d'avoir connu ça, l'amour en soi, même si elle allait mourir.

Ce n'était pas un sentiment tortueux, ni une obsession. C'était fort et sensuel. Cela l'avait rendue heureuse quand *il* était près d'elle.

L'amour me portait, me poussait en avant.

La voiture ralentit, faisant rouler Jamie sur le tapis caoutchouté du fond du coffre. Elle ramena ses jambes sous elle, pour se stabiliser un peu.

Puis… le silence. Henry avait coupé le moteur.

Jamie tâtonna de la main autour d'elle, à la recherche d'un objet qui pourrait lui servir d'arme.

Car, non, elle ne voulait pas mourir. Non, bon sang, non !

L'amour faisait cela, aussi… Il donnait à Jamie envie de vivre et de revoir Davis, même une seule fois…

Mais plutôt des millions de fois !

Hélas, elle n'avait rien pour se défendre. Pas le moindre outil, pas même une manivelle de cric. Rien.

Une portière claqua. Puis des pas sur le gravier. Henry venait la chercher.

Jamie se tortilla. Peut-être ne réalisait-il pas qu'elle s'était réveillée. Peut-être croyait-il que la drogue faisait toujours effet et que Jamie était assoupie ou affaiblie. Mais elle ne se sentait pas faible du tout.

Il y eut un grincement, puis un rai de lumière.

Et le capot se souleva.

— Ah, Jamie, murmura Henry d'une voix qui ressemblait aux cauchemars qu'elle faisait. Tu m'as tellement manqué !

Le capot se levait toujours…

Cette fois, Jamie pouvait parfaitement dévisager Henry. Il ne portait plus sa cagoule de laine, et le soleil faisait briller ses cheveux. Ses yeux bleus luisaient d'un éclat malsain et dément.

Il se pencha vers elle.

Mais Jamie détendit ses jambes et le frappa brutalement des deux pieds en plein dans l'estomac. Surpris, Henry recula, plié en deux. Alors, Jamie se dressa et, les chevilles toujours jointes, elle essaya de sauter hors du coffre, mais retomba la tête la première sur le sol. Elle lutta pour se remettre sur ses pieds.

Le rire sardonique de Henry s'éleva.

— Ah, ce que tu m'as manqué !

Et, d'une grande claque dans le dos, il l'envoya au sol de nouveau.

Quand elle voulut se redresser, la lame d'un couteau se pressa sur sa gorge.

Henry lui sourit.

Henry. Le garçon qu'elle avait cru aimer, il y avait une éternité de cela.

Il était toujours beau. Et toujours fou à lier.

— C'est comme au bon vieux temps, pas vrai, persifla-t-il en déplaçant la lame de la gorge de Jamie jusqu'à son flanc. Oui, le bon vieux temps !

Jamie se mit à hurler.

Les voitures de police étaient devant la clinique vétérinaire de Jamie. Mac serra le frein et sauta hors du véhicule. Que se passait-il ? Il scruta les lieux. Sylvia, en larmes, répondait aux questions de deux policiers. Où était Jamie ? A l'intérieur ?

— Sylvia !

L'assistante tourna la tête à son appel. Quand elle le vit, elle se mit à pleurer de plus belle.

— Sylvia, où est Jamie ? s'enquit Mac. Davis a besoin d'elle.

Sylvia secoua la tête, sans pouvoir parler, et les deux policiers se tournèrent vers Mac.

L'estomac de ce dernier se noua.

— Qu'est-il arrivé ? demanda-t-il.

Et moi qui me suis précipité pour venir en aide à Davis ! Mais, lui, il me l'avait dit : je devais rester avec Jamie.

Mac avançait lentement, il ne voulait pas entendre ce que Sylvia allait annoncer. Davis ne le lui pardonnerait jamais…

Entre deux pleurs, Sylvia bafouilla :

— Un… homme avec une cagoule… l'a enlevée.

C'était comme si le monde s'écroulait.

— J'ai crié, dit Sylvia. J'ai couru pour l'aider, mais il l'a emmenée…

Elle fit un geste vague de la main.

— Il avait une seringue, il a planté l'aiguille dans son cou, je l'ai vu et il…

Sa voix n'était plus qu'un murmure.

— Il l'a emmenée en voiture…

Mac crut s'étrangler. Davis allait être fou de douleur et de rage.

Tout est ma faute. Ma faute !

— On a lancé une alerte sur la voiture, indiqua l'un des policiers. Le chauffeur est encore inconnu, mais…

— Non, il n'est pas inconnu ! protesta Mac. Il s'appelle Henry Westport et, si nous ne les retrouvons pas très vite, il va la tuer.

12

— Je m'en vais ! dit Davis au médecin d'un ton sans réplique.

Sa tête lui faisait encore très mal, mais on lui avait mis des points de suture et il n'avait pas l'intention de rester plus longtemps à se faire tripoter en tous sens par le personnel médical. Il voulait repartir traquer Henry Westport.

— Monsieur, répliqua calmement le praticien, une doctoresse à la peau couleur de caramel et aux grands yeux sombres. Je crois que vous ne comprenez pas bien la situation. Vous avez subi un traumatisme crânien. On ne se débarrasse pas des séquelles simplement en soufflant dessus.

— Oui, eh bien...

Davis bascula ses jambes hors du lit en prenant soin de ne pas montrer que la tête lui tournait.

— Ça allait plutôt pas mal avant qu'un enfant de salaud me brise une chaise sur la tête pour pouvoir s'évader d'une scène de crime.

Le médecin fronça les sourcils.

— Parmi les symptômes, on trouve les vertiges...

Oui, Davis avait cela en magasin.

— La difficulté à s'exprimer clairement, sans bafouiller...

Il avait éprouvé cela durant le trajet en ambulance.

— Et vous pouvez très bien vous évanouir de nouveau...

Davis espérait bien que non, il avait autre chose à faire.

Je dois retrouver Henry. Et voir Jamie avant tout.

Ce qu'il avait à lui annoncer ne souffrait aucun retard.

Je t'aime.

Une phrase d'épouvante, qu'il n'avait jamais dite auparavant, mais qu'il était bien résolu à prononcer pour elle.

Quand tu te réveilles dans une flaque de ton propre sang, avec un cadavre à deux pas de toi, tu as immédiatement une nette conscience de tes priorités dans la vie !

Et la première des siennes était précisément de dire à Jamie ce qu'il ressentait pour elle.

Il alla chercher ses vêtements, mais il serait parti avec cette blouse d'hôpital sur ses fesses nues, s'il avait fallu.

Le médecin s'emporta :

— Mais enfin, monsieur, ce n'est pas un jeu. Il s'agit de votre vie !

Davis songea à tous les combats qu'il avait dû mener dans le passé. Il en portait les cicatrices.

Et puis, il pensa à Jamie.

C'est elle, ma vie.

La porte de sa chambre s'ouvrit et Grant entra, le visage grave. Mac le suivait.

Instantanément, Davis se sentit apaisé. Mac était allé chercher Jamie.

— Elle est là ? s'enquit-il. Fais-la entrer !

Il faut que je la voie, que je la touche, que je m'assure qu'elle va bien.

Mais Mac devint tout pâle.

Grant s'éclaircit la gorge et fit un pas vers le médecin.

— Docteur… voudriez-vous nous excuser une minute ?

— Très bien, maugréa le médecin. Vous pourrez peut-être faire comprendre à ce monsieur qu'il est plus qu'imprudent de vouloir quitter l'hôpital dans son état.

Et sur ces mots, très digne, elle quitta la chambre.

Davis enfila ses vêtements. Il n'était plus question de nausées ou de vertiges. Jamie était là. Tout près.

— Davis…, lui dit doucement Grant, il faut que tu restes calme. Nous sommes là. Nous allons la retrouver.

La retrouver ? Davis se tourna vers Mac.

— Pourquoi ? Elle n'est pas là, elle n'est pas venue à l'hôpital ?

— N… non…

Mac fixait Davis, toujours très pâle et d'un air désespéré.

— Non… Je suis désolé.

Davis fit un pas vers lui.

— Où est-elle ? Où est Jamie ?

Sa propre voix lui paraissait grinçante comme le son d'une crécelle. Effrayée, aussi.

Il l'était, apeuré comme un enfant. Mais en colère, aussi. La rage montait en lui, prête à tout embraser.

— Où. Est. Jamie ? répéta-t-il fermement.

Mac secoua la tête.

— Je ne sais pas… Il l'a enlevée.

Ce fut comme si une alarme stridente sonnait dans l'oreille de Davis. La fureur, la rage et l'horreur se disputaient en lui.

— Non…

— Je l'ai laissée seule, soupira Mac. Quand j'ai su que tu étais blessé dans ce motel, j'ai accouru. J'ai cru franchement qu'elle serait en sécurité dans sa clinique. Il y avait Sylvia auprès d'elle, les clients qui allaient et venaient…

Mac se tut un instant et reprit :

— Non. Non, en fait, je n'ai pas réfléchi, j'ai réagi, c'est tout. Tu es mon frère et tu étais en danger.

Jamie…, songea Davis.

— Sylvia a dit qu'il l'avait enlevée, raconta Mac. Qu'il…

Mac lança un regard à leur frère Grant. Celui-ci gardait le silence, l'air grave.

— Qu'il lui a injecté quelque chose… un soporifique certainement, et qu'il l'a jetée dans son coffre. Voilà. La police a lancé un avis de recherche maximum. Je leur ai donné le signalement de Henry Westport. Ils le trouveront.

Peut-être, mais Jamie sera-t-elle toujours vivante, alors ? se demanda Davis avec effroi. L'était-elle encore seulement ?

— Je… je vais la tirer de là, je te le jure, dit sourdement Mac.

En Davis la fureur faisait toujours rage et la peur, aussi.

D'une voix blanche, il confia :

— Je l'aime.

— Je sais, murmura Mac. Je vais réparer, je te le jure, Davis.

Jamie. Trouver Jamie.

Où Henry avait-il bien pu l'emmener ?

Davis s'avança vers la porte. Ses pas étaient beaucoup trop lents et il se haïssait pour cela. Son corps ne lui répondait pas encore. Cela allait venir.

Il tâtonna un peu pour trouver le bouton de la porte et l'ouvrit toute grande. Le médecin était toujours dans le couloir. Elle se retourna vivement sur lui et s'écria :

— Non !

Puis elle prit les deux frères à témoin.

— Vous étiez censés le raisonner ! lâcha-t-elle, excédée. Il ne peut aller nulle part, voyons !

— Désolé, docteur, dit Grant. Mais je crois que rien ne pourrait plus l'arrêter à présent.

Davis se dirigea vers l'ascenseur.

C'est pour ça que tu m'as laissé en vie, salaud ? Parce que tu savais que cela m'exploserait le cœur de la savoir entre tes mains ? Tu voulais que je souffre. C'est pour ça que tu ne m'as pas achevé dans ce motel.

Ses frères le suivirent dans la cabine de l'ascenseur. Il pressa le bouton du rez-de-chaussée.

— Henry l'a appelée, expliqua Mac. Il lui a dit que Sean Nyle et toi, vous étiez à ce motel. Que tu avais été blessé et…

— Et j'ai servi d'appât, compléta Davis.

Henry avait soigneusement préparé son coup.

— Il s'est servi de moi pour rendre Jamie plus vulnérable.

Il savait tout de moi, de la famille, de nos faiblesses…

— D'après Sullivan, continua Grant alors que les portes de l'ascenseur s'ouvraient devant eux, Henry doit être absent de sa clinique psychiatrique dans le Connecticut depuis au moins un mois. Il a engagé un acteur comme doublure, un habitué de ce rôle semble-t-il, qu'il emploie depuis des années à se faire passer pour lui.

Ce qui lui laissait tout le temps pour traquer Jamie, incognito…, comprit Davis.

Grant poursuivit :

— Si Henry espionne Jamie depuis un mois ou plus, il doit avoir une cachette dans les environs. Un endroit où il se repose et prépare ses coups.

Davis avait du mal à se concentrer avec cette douleur permanente à la tête, mais il le fallait.

— Ça ne doit pas être trop loin de chez Jamie, supposa-t-il. Peut-être même tout près.

Davis se souvint de la moto, cachée dans les arbres, à la lisière des bois, la nuit de l'incendie. Etait-il possible que ce soit aussi près que cela ?

— Il faut se procurer des cartes, recenser les habitations voisines de chez Jamie, même les bungalows, même la plus petite cabane de jardin.

Grant prit immédiatement son téléphone portable.

— Tu crois vraiment qu'il l'aura emmenée directement à sa cachette ? Enfin, s'il en a bien une… Il ne va pas plutôt essayer de fuir avec elle ?

— Son but n'est pas de fuir, souligna Davis. Mais de ne plus jamais la laisser lui échapper.

Et c'était bien ce qui terrifiait le plus Davis. Ce que voulait Henry, c'était avoir Jamie à sa merci. Et, quand il le jugerait opportun, il la tuerait.

Mac prit Davis par le bras.

— Je suis tellement désolé. Tout ce que tu me demandais, c'était de veiller sur Jamie. Et moi…

Mac…, soupira Davis intérieurement. Ce n'était pas pour rien qu'on le jugeait le plus impulsif de la fratrie. Mac se laissait toujours dominer par ses émotions et ses impulsions.

— J'aurais dû emmener Jamie avec moi, murmura-t-il encore. J'étais tellement inquiet pour toi, Davis, que je n'ai pas pris le temps de réfléchir. Je ne voulais pas te perdre, je ne voulais pas que l'un de nous meure, encore.

Une expression de profond chagrin se peignait sur le visage de Mac.

— Et à présent…

— Je refuse de croire que je vais la perdre, le coupa Davis, fermement. Je ne le peux tout simplement pas.

C'était finalement la rage qui l'emportait sur l'effroi dans son combat intérieur. Car il ne fallait pas que la peur gagne la partie. Sinon, il perdrait tout espoir de sauver celle qu'il aimait. La fureur, au contraire, lui donnait force et courage.

— Je vais lui reprendre Jamie et m'assurer que Henry Westport ne pourra plus nuire à personne après ça.

Henry Westport allait découvrir la mortelle colère des McGuire.

Tu fais du mal à l'un d'entre nous, nous nous retournons tous contre toi !

Oui, la colère.

Une fureur sacrée.

— Et maintenant, occupons-nous de trouver cette cachette. Peu importe si les maisons les plus proches sont à dix kilomètres de chez Jamie. Il nous faut leur liste et nous allons toutes les fouiller jusqu'à ce que nous trouvions la bonne.

Et Jamie, parce que sinon…

Mais non, ils allaient la retrouver.

Henry ne l'avait pas poignardée…

Jamie poussa un soupir intérieur.

Henry l'avait emmenée dans une maison, une maison ancienne, semblait-il. Elle avait entrevu des murs de bois à la peinture blanche un peu écaillée, un toit pentu, une atmosphère un peu hors du temps…

Puis ils étaient entrés.

Etonnamment, la maison n'était pas vide ou abandonnée. Des meubles modernes et fonctionnels, des sièges qui sentaient le cuir et le neuf, des lumières partout, une télévision, des ordinateurs…

Est-ce que Henry vit ici ?

— Oui, je sais, dit-il comme s'il lisait dans les pensées de Jamie. C'est un peu sommaire, mais nous n'allons pas rester ici bien longtemps. Et il fallait que je puisse t'attendre. Alors j'y ai mis un peu de confort.

— M'attendre ?

Henry déposa Jamie sur le canapé. Elle était toujours immobilisée par ses liens, et la rude corde trop serrée lui déchirait la peau. Jamie s'était même mise à saigner en essayant farouchement de s'en débarrasser.

Henry s'approcha d'elle.

— Je ne savais pas trop comment t'aborder. Devais-je aller directement à ta clinique ou chez toi ?

Il soupira.

— Alors, au début, je me suis contenté de t'observer.

Jamie se remémora cette étrange impression d'être suivie en permanence, qu'elle avait ressentie toutes ces dernières semaines.

Il était là et je ne le savais pas !

— J'étais prêt à venir te parler.

Tout à coup, les traits de Henry se durcirent. Il n'avait que très peu changé au cours de toutes ces années. Jamie revoyait, par instants, le garçon qu'elle avait connu derrière le masque de l'homme terrifiant qu'il était devenu.

— Oui, je voulais venir chez toi et puis tu y as emmené ce type…

Davis…

— Tu l'as tué ?

Rien d'autre ne comptait pour elle. Davis était-il en vie ?

Henry sourit d'un air mauvais.

— L'un de tes amoureux était mort quand j'ai quitté la chambre. Mais ne t'inquiète pas, j'ai tout très bien planifié. C'est à Sean que j'ai ouvert le ventre.

Jamie tressaillit. Ses cicatrices commençaient à lui faire mal, comme un rappel de ce qui risquait bien de lui arriver de nouveau.

Est-ce qu'il va m'ouvrir le ventre, aussi ?

Henry reprit d'un ton badin :

— Sean l'a bien mérité, tu ne crois pas ? Je veux dire : pour tout ce qu'il t'a fait. Il t'a trahie, Jamie. Il t'a menti, il a menti sur toi. Et tout ça pour de l'argent…

— Non, je ne crois pas qu'il a mérité de mourir, protesta Jamie.

Qui méritait cela d'ailleurs ?

Les traits de Henry se durcirent encore.

— Moi, je sais ce que Davis McGuire mérite en tout cas. Il mérite de souffrir !

Les yeux de Henry flamboyaient d'une lueur morbide.

— De beaucoup souffrir ! Davis McGuire m'a volé ma vie, celle que j'aurais pu avoir si tu ne t'étais pas enfuie loin de moi, Jamie. Il peut toujours te chercher, il ne te trouvera pas. Il va devoir se faire à l'idée qu'il t'a perdue. Que tu lui as glissé entre les doigts. Ce n'est pas lui que tu voulais, c'est moi !

Jamie fixa Henry.

— Tu n'es pas sérieux ?

Davis est vivant ! Il est vivant !

Et Henry pouvait bien la tuer, Jamie lui tiendrait tête jusqu'au bout.

— Je ne te *veux* pas, Henry. Tu te trompes.

Il fronça les sourcils.

Jamie leva ses poignets entravés.

— Tu as perdu tout sens de la réalité ? Tu m'as droguée et tu m'as enlevée. Je ne veux pas rester avec toi. Je te hais !

— Non, non, tu m'as aimé.

— J'avais dix-sept ans, tu étais mon premier…

— Oui !

Il sourit.

— Et j'aurais dû rester le seul…

— Mon premier petit ami, lâcha Jamie.

Elle força le ton déjà glacial de sa voix.

— Mais je n'étais pas amoureuse de toi, pas même à cette

époque. Je voyais clair dans ton jeu. Pourquoi crois-tu que j'ai rompu ?

Il me faisait peur. Il essayait de me dominer.

— Non, tu m'aimais, répliqua-t-il.

Il avait l'air de tenir à son idée fixe et de ne pas avoir le moindre doute.

— Et tu m'aimes toujours, Jamie. Nous allons être tout le temps ensemble. Tu verras…

Jamie frissonna. Henry semblait avoir méticuleusement préparé son plan.

— Davis va me chercher, rappela-t-elle.

— Oui, mais il ne te trouvera pas. Ce n'est pas si simple. Moi-même, j'ai mis des années à te retrouver. Tu avais disparu et *je* souffrais…, confia Henry.

Jamie ne le plaignait pas. Elle aussi avait souffert et plus que son compte.

— Tu as tué mon frère et essayé de me tuer, moi ! Qu'est-ce que tu crois que je vais faire ? T'épouser ?

Henry cilla nerveusement.

— Je… C'était pour te punir, balbutia-t-il.

Il regarda le couteau dans sa main.

— Tu devais comprendre que tu es à moi. Alors, je t'ai… marquée pour que tu t'en souviennes toujours.

Jamie eut un haut-le-cœur, presque une nausée.

— Marquée ? J'ai fait plusieurs jours d'hôpital. Tu m'as lardée de coups de couteau et mon frère, tu l'as…

— Il n'avait qu'à pas se mettre en travers de mon chemin, s'emporta Henry. S'il était resté tranquille, il serait encore en vie. C'est sa faute !

Jamie en fut glacée.

— J'aimais mon frère.

Henry haussa les épaules.

Soudain, Jamie n'y tint plus :

— Toi, je ne t'ai jamais aimé !

En un éclair, Henry bondit sur Jamie et lui remit la lame

sous la gorge. L'acier entama la peau de Jamie. Un filet de sang se mit à couler dans son cou.

— Ne dis pas ça ! rugit Henry.

Jamie ne disait plus rien du tout, muette d'angoisse.

— Tu m'as aimé et tu m'aimeras !

Non !

— C'est toi et moi, Jamie ? Nous deux pour toujours.

Henry déposa un baiser sur la joue de Jamie, sans toutefois retirer son couteau.

— Bientôt, tu ne pourras plus imaginer la vie sans moi, souffla-t-il à son oreille.

Jamie n'osait même pas avaler sa salive, de peur que la lame ne pénètre plus profondément dans sa gorge.

— Davis McGuire ne te retrouvera pas…

Il y avait de la pitié dans le sourire de Henry.

— Alors, tu ferais bien d'abandonner tout espoir.

Non, pas question d'abandonner, se dit Jamie. Davis n'était pas Henry. C'était un enquêteur expérimenté et jamais il ne l'abandonnerait.

Elle devait seulement rester en vie jusqu'à ce que Davis la retrouve. Mais c'était plus facile à dire qu'à faire.

— Tu ne l'aimes pas, je le sais, reprit Henry. Dis-moi que tu ne l'aimes pas.

L'acier s'enfonça encore davantage dans la peau de Jamie.

— Est-ce que ton père est au courant ? demanda-t-elle d'une voix étranglée, dans l'espoir de gagner un peu de temps.

— Mon père ? fit Henry.

Sa bouche se tordit de mépris.

— C'est un imbécile. Trop la tête dans le business pour voir autre chose. Il voulait que je reste loin de toi. J'ai engagé des détectives privés pour te retrouver, mais il les a renvoyés. Il a bien fallu que je contourne l'obstacle. Et j'y suis arrivé…

Jamie essayait de reculer presque insensiblement sur le canapé, pour mettre de la distance entre eux.

— Tu veux savoir comment j'ai fait ? lança Henry.

Jamie n'y tenait pas du tout, mais Henry n'attendit pas sa réponse.

— Je me suis trouvé une doublure.

Il posa son doigt sur les lèvres de Jamie.

— Chuuuuut ! Je le paie pour qu'il prenne ma place. Personne ne le sait. Il se fait passer pour moi, ce qui m'a permis de prendre le large et de te retrouver.

La lame s'était un peu écartée et Jamie pouvait de nouveau respirer.

— Personne ne sait que je suis ici, murmura Henry. Et personne ne pourra m'impliquer dans le meurtre de Sean.

Fou à lier, certes, mais pas au point de ne pas avoir d'alibi, songea Jamie.

Mais bien un monstre, en tout cas, dont les charges s'alourdissaient.

Il continua de la même voix basse :

— Je suis heureux que tu aies cherché à me retrouver, toi aussi.

— Moi ? fit Jamie. Jamais de la vie.

Aussitôt, elle regretta ses paroles. Elle s'y prenait mal. Si elle voulait survivre, elle devait dire à Henry ce qu'il voulait entendre et non pas le provoquer.

Il se pencha un peu vers elle.

— Tu m'as envoyé des lettres… par mon père. Tu disais que tu ne m'oublierais jamais.

Il lui sourit tendrement.

— J'ai remonté ta piste à partir de ces lettres… et des fleurs aussi.

Les fleurs ?

— Tu les as gardées jusqu'à ce qu'elles se fanent… parce que c'étaient *nos* roses. Je t'en offrais à tous nos rendez-vous. Je ne l'ai pas oublié… et toi non plus.

Jamie ne s'en souvenait pas vraiment. Pourtant, tout cela avait été bien difficile à effacer de sa mémoire.

— La fleuriste t'a décrite et j'ai compris que tu m'envoyais un message. Alors, je me suis donné pour mission de te retrouver.

Mais… mais ce n'était pas moi ! Pas moi !

— A présent, tu es là.

Il lui caressa la joue.

— Et nous sommes ensemble pour toujours.

— Alors, on passe à l'attaque ? demanda Grant en vérifiant le levier de culasse de son pistolet.

— Bon Dieu, oui ! lui répondit Davis.

Ses vertiges étaient passés, seule sa colère flamboyait toujours. Ils étaient en embuscade à cinquante mètres à peine d'une certaine maison en bois dont la peinture blanche s'écaillait. Elle jouxtait la propriété de Jamie et était restée en vente des années, sans trouver d'acquéreur. Puis, très récemment, un acheteur s'était présenté et avait payé cash l'agence immobilière chargée de la transaction. Cela suffisait à Davis pour deviner qui était cet acheteur et qui se cachait là.

— On peut attendre la police, proposa calmement Mac.

Ils étaient attentifs à ne pas faire le moindre bruit, pour ne pas donner l'alerte.

— Ils seront là dans dix minutes, ajouta Mac.

— Nous n'avons peut-être pas dix minutes à perdre, lui répondit Davis.

Personne ne savait ce qui se passait dans cette maison. Henry était peut-être en train d'agresser Jamie et même…

Un cri s'éleva, aigu et désespéré. Davis n'hésita pas une seconde. Il bondit hors des buissons et se mit à courir vers la maison aussi vite qu'il le put.

Tiens bon, Jamie ! Courage, mon amour, je suis là. J'arrive !

La lame entra dans l'épaule de Jamie, qui se mit à crier, parce qu'elle ne s'y attendait pas. Une minute plus tôt, Henry lui souriait et lui répétait ses *toujours* qui, selon lui, s'ouvraient devant eux. Et voilà qu'il la poignardait de nouveau.

— Tu m'as donné le change, gronda-t-il. Mais je viens

de réaliser… Lui… tu n'as jamais dit que tu ne l'aimais pas. Dis-le !

Henry retira la lame de la plaie, sans précaution particulière. La douleur laissa une traînée de feu sur le corps de Jamie, comme dans son souvenir. Elle n'avait jamais pu oublier ces coups de couteau.

— Dis que tu ne l'aimes pas, Jamie…

Henry était penché sur elle, le couteau rougi par son sang à la main. La lame coupait comme un rasoir.

— Délie-moi les mains alors…

Il cligna des yeux.

— Coupe la corde, insista Jamie, et à mes pieds, aussi.

Henry leva son couteau, mais il paraissait davantage prêt à la frapper encore qu'à trancher les liens qui l'entravaient.

— Est-ce que tu m'aimes ? demanda brusquement Jamie, en se forçant à prononcer ces mots.

Henry figea son geste.

— Oui, oui, bien sûr que je t'aime !

Il paraissait hagard. Sa folie le rendait plus instable encore qu'il ne l'avait été par le passé, songea Jamie.

— Tu ne veux pas me tenir dans tes bras ? Il y a si longtemps que nous ne nous sommes vus…

Si elle pouvait le convaincre de couper ces fichues cordes, alors elle avait une petite chance.

— Je ne m'enfuirai pas…

Oh si, je m'enfuirai, à l'instant même !

— Coupe les cordes !

Il la regarda, puis les liens et, soudain, il s'agenouilla pour désentraver les chevilles de Jamie. Victoire !

Les cordes tombèrent et le sang se mit à circuler de nouveau dans les extrémités des membres de Jamie. C'était douloureux, comme si on lui introduisait des pointes sous la peau.

Dehors, on courait sur le gravier.

— Jamie !

Son nom, dans un hurlement de colère et d'inquiétude…

Le visage de Henry refléta une fraction de seconde son

hébétude, puis il se rua en avant. Au même instant, la porte d'entrée céda à une pression vigoureuse et Davis parut sur le seuil, remplissant à lui seul tout le chambranle. Sa poitrine se soulevait tant il avait couru. Mac et Grant étaient juste derrière lui.

— Ah non ! rugit Henry.

Il se saisit de Jamie et lui remit le couteau sous la gorge.

— Tu ne l'auras pas ! hurla-t-il. En arrière ! En arrière ou je lui tranche la gorge !

Davis se figea. Très pâle, il regardait Jamie. Il avait du sang sur sa chemise. Ses traits se creusaient d'inquiétude, remarqua Jamie.

Il murmura son prénom, avec dans la voix une tendresse et une inquiétude indicibles.

Henry attira Jamie en arrière, vers le canapé. Elle avait toujours les poignets attachés, mais ses jambes étaient libres.

Davis, lui, avait son arme à la main et la braquait sur la tête de Henry, car celui-ci abritait le reste de son corps derrière celui de Jamie.

Il se sert de moi comme bouclier.

Mac et Grant avaient l'arme au poing, eux aussi. Ils se glissèrent dans la maison à la suite de leur frère.

Dès que l'un d'eux aurait une fenêtre de tir, il profiterait de l'occasion. Jamie n'avait aucun doute là-dessus.

Encore du sang, encore la mort…

Jamie souffrait d'avance pour eux tous, ainsi que pour son frère, pour elle-même et même pour Henry. Les choses auraient pu être tellement différentes, pour chacun d'entre eux.

Elle voulut essayer de raisonner son ravisseur et lui chuchota :

— Laisse-moi partir, lâche-moi… Tu as besoin d'aide, de soins.

— Je n'en veux pas, de leurs soins, cracha-t-il en réponse. Ils ne peuvent rien, avec leurs drogues et leurs thérapies. Et, d'ailleurs, je ne veux pas être soigné, j'aime ce que je suis !

Sa poigne se fit plus forte sur Jamie.

— Je suis tout-puissant, tu vas voir ! Ils vont tous voir !

— Lâche-la ! lui cria Davis.

Mais Henry répliqua :

— Baissez vos armes ou je l'égorge devant vous !

Davis hésita.

— Si tu l'aimes, reprit le forcené, jette ton pistolet ! Jetez-les tous !

Et Davis laissa tomber à terre son pistolet.

Des larmes se mirent à couler le long des joues de Jamie.

— Jetez vos armes, intima Davis à ses frères.

Ils obéirent.

— Faites-les glisser jusqu'à moi, ordonna Henry.

Ils obtempérèrent encore.

— Maintenant, lâche-la, lui dit Davis. Tu as eu ce que tu voulais.

— Pas encore…

En un éclair, Henry se débarrassa de son couteau et ramassa un pistolet. C'était celui de Davis. Il le braqua sur l'ancien SEAL.

— Jamie ! ordonna Henry. Dis à cet homme que tu ne l'aimes pas.

Jamie plongea son regard dans celui de Davis.

— Dis-le-lui ! insista Henry.

Ce fou allait le tuer, elle le savait. Peu importait ce qu'elle dirait.

— Davis…

Il secoua la tête. Il paraissait torturé par ce qu'elle allait dire plutôt que par la situation.

— Non, chérie, murmura-t-il. Non…

— Je t'aime, Davis. Je t'aime !

Avec un cri de rage impuissante, Henry retourna Jamie vers lui. C'était ce qu'elle voulait, qu'il ne braque plus son arme sur l'homme qu'elle aimait.

— Ce n'est pas possible ! C'est moi, moi que tu aimes !

Jamie se jeta sur Henry. Ils tombèrent ensemble, les membres emmêlés, et le coup de feu éclata.

13

Quand la détonation retentit, Davis crut défaillir.

Non, Jamie ! Non !

Henry s'était relevé et il braquait son arme, encore une fois…

… Vers le sol, sur Jamie étendue à terre. Elle saignait, son chemisier se teintait de rouge.

La rage de Davis en fut décuplée. Saisissant le poignet de Henry, il lui tordit le bras. Le pistolet tomba sur le sol. Alors Davis assena au ravisseur un coup de poing à assommer un bœuf. Et un autre. Et un autre encore. Les os du crâne craquèrent quand Davis lui cassa le nez. Henry se défendait bec et ongles, mais Davis ne ralentissait pas ses coups. Il tenait là, sous ses poings, l'homme qui avait fait tant de mal à Jamie. Celui qui avait fait de sa vie un enfer.

Et celui qui a voulu me l'enlever.

Non, il ne s'arrêterait pas, il…

Mac le tira en arrière. Henry s'effondra sur ses genoux et ne se défendit plus. A peine pouvait-il encore bouger.

— Ça va ! cria Mac à Davis. Elle est hors de danger.

Mais Davis ne pouvait détacher son regard de ce fumier de Henry. Mac dut le secouer plus fort.

— Ça va, répéta-t-il. Jamie n'a pas été atteinte, la balle s'est perdue.

Mais Henry avait dû lui donner des coups de couteau, songea Davis. Voilà pourquoi elle avait crié.

— Regarde… Mais regarde !

Mac força Davis à tourner la tête vers la droite. Grant avait emmené Jamie quelques mètres à l'écart. Il comprimait, à l'aide d'un mouchoir, une blessure qu'elle avait à l'épaule. Jamie regarda Davis. Elle ne semblait pas tout à fait réaliser ce qui se passait.

— Elle est vivante, vieux, souffla Mac à l'oreille de Davis. Tu l'as retrouvée et elle ne risque plus rien.

Davis poussa Mac sans ménagement et se rua vers celle qu'il aimait. Elle avait toujours les poignets attachés et il la débarrassa fébrilement de ses liens. Aussitôt, les mains de Jamie parcourent son torse, ses bras. Ils s'embrassèrent. La fureur qui brûlait en Davis quelques instants auparavant s'apaisa puis disparut. Il pouvait enfin penser librement.

Jamie. Ma Jamie est sauve !

— Je savais que tu me retrouverais, murmura-t-elle, la voix rauque. Henry me disait que non, mais je le savais.

Davis s'écarta un peu d'elle, juste assez pour pouvoir plonger ses yeux dans les siens.

— J'avais confiance en toi, lui dit-elle.

— Je t'aime.

Il l'embrassa, la serra fort, très fort contre lui. Il ne voulait plus jamais être séparé d'elle, ni avoir peur.

Jamie. Son sourire, sa chaleur. Sa franchise. Tout d'elle, absolument tout. Il aimait tout.

— Ce n'est pas vrai, tu ne peux pas l'aimer ! rugit soudain Henry.

Davis se raidit.

— Pourquoi tu mens, Jamie ? Hein ? Pourquoi ? continua Henry.

Davis attira Jamie contre lui et l'aida à se remettre debout. Puis ils se tournèrent vers Henry. Mac le tenait sous la menace de son arme, qu'il lui avait reprise, mais le forcené n'avait pas un regard pour la gueule noire du pistolet. Il fixait Jamie.

Le sang coulait de son nez cassé, mais de cela non plus il ne semblait pas se soucier. Il ne voyait que Jamie. Il était à la fois recroquevillé sur le sol et à demi redressé, pour mieux l'observer.

— Tu m'as toujours aimé et tu m'aimeras toujours, dit-il

en se remettant sur ses pieds avec peine. Comme moi je t'ai toujours aimée. Tu verras ça…

Il sourit.

— Ils vont encore me soigner. Une de leurs thérapies. Ça va me calmer pour quelques mois ? Un an ? Puis je sortirai et alors je te retrouverai, où que tu sois et quoi que tu fasses. Je te retrouverai… Tu ne seras jamais tranquille, parce que tu es à moi. A MOI !

Sa main disparut dans l'ouverture de sa chemise, comme pour y prendre quelque chose.

Que cherchait-il ? se demanda Davis avec angoisse.

— Non !

Un cri désespéré, poussé derrière Mac.

Le couteau !

Davis fit prestement passer Jamie derrière lui. Où ce cinglé avait-il mis son couteau ?

— Tu es à moi ! hurla encore le forcené.

Et il tira le couteau de sa chemise, en se ruant en avant, vers Jamie et Davis.

Une fois encore, une arme à feu cracha. Et Henry ne put l'ignorer cette fois : il reçut la balle en pleine poitrine.

— J… Jamie…, balbutia-t-il.

Il chancela et baissa les yeux sur la tache de sang qui s'élargissait. Il tenait toujours le couteau.

C'était Mac qui avait tiré.

Henry s'affaissa sur ses genoux, puis s'écroula au sol.

— Noooon !

Encore une fois, le même cri désespéré que Davis avait entendu une demi-seconde avant que Henry ne se précipite sur eux. Ce cri venait de la porte d'entrée, restée ouverte.

Un sexagénaire distingué fit irruption à l'intérieur. Ses cheveux bruns étaient parsemés de quelques fils blancs, mais il avait les mêmes yeux d'un bleu glacé que le forcené. Il tomba à genoux et s'effondra sur le corps de celui-ci.

— Henry ! Non ! Nooooon !

Sullivan bondit dans la pièce à sa suite. Il fit rapidement le tour des lieux du regard et poussa un soupir de soulagement en constatant que ses frères étaient indemnes.

Puis il s'approcha de Davis.

— Une ambulance ! Vite ! criait le sexagénaire.

Henry vivait encore, mais il saignait abondamment.

— C'est Garrison Westport, expliqua Sullivan à mi-voix.

Davis l'avait deviné.

— Nous nous sommes retrouvés à l'aéroport, poursuivit Sully, et il a accepté de m'emmener dans son avion privé. Il venait de découvrir que Henry avait acheté cette maison, en faisant vérifier ses comptes en banque.

Grant, lui, s'approcha de son frère Mac, qui avait toujours son pistolet dans la main. Il lui mit la sienne sur son épaule.

— Je ne pouvais pas le laisser faire, murmura Mac d'une voix étrangement monocorde. Je ne pouvais pas…

La police investit la maison. Ils prirent l'arme de Mac, qui leva tout de suite les mains en l'air.

— Il a tiré pour me défendre, justifia Jamie. Henry brandissait un couteau, il m'aurait tuée !

A ces mots, Garrison Westport s'affaissa.

Toi aussi, tu savais qu'il allait la tuer, comprit Davis.

C'était probablement pour cela que l'industriel avait recherché Sean Nyle. Pour stopper, en quelque sorte, le destin en marche…

Davis enveloppa de son bras les épaules de Jamie.

— Il faut un médecin, ici ! lança-t-il à la cantonade.

— Non, je n'ai besoin que de toi, murmura Jamie en se retournant dans ses bras. J'ai bien cru que je ne te reverrais jamais.

Déjà, les secouristes s'affairaient autour d'eux.

— Vous avez perdu beaucoup de sang, mademoiselle, dit l'un d'eux.

C'était vrai.

— Va avec eux, chérie, va, lui conseilla Davis en se penchant pour l'embrasser. Je ne te quitte pas…

La perdre encore de vue, même une seule seconde ? Il n'en était pas question.

Jamais il n'avait eu aussi peur, ni été aussi près de perdre ce qui comptait le plus pour lui.

Jamie lui sourit, ce qui lui réchauffa le cœur. Les secouristes la transportèrent et Davis leur emboîta le pas.

— Pas de journalistes, pas de commentaires, vous m'entendez ? dit sèchement Garrison Westport aux policiers, sans quitter son fils.

Un médecin examinait Henry, mais il n'y avait manifestement plus rien à faire.

— Rien de tout ceci ne doit transpirer dans les médias, continua Garrison. On ne doit pas se souvenir de mon fils comme de…

Outré, Davis vit rouge. Il empoigna l'industriel par les revers de son veston.

— Votre fils a enlevé Jamie ! Il l'a droguée et il l'a poignardée !

Les yeux du sexagénaire s'agrandirent.

— Mais regardez autour de vous, bon Dieu ! hurla Davis. Vous croyez que c'était un rendez-vous romantique entre deux amoureux ? Il l'avait attachée. Jamie avait le couteau de votre fils sous la gorge quand nous sommes arrivés. Vous voulez qu'on croie que c'était un saint ? C'est dommage pour vous ! Et d'ailleurs, il n'est pas le seul coupable… VOUS avez payé de faux témoins pour le tirer d'affaire. VOUS avez également payé pour le faire libérer très vite, alors que VOUS saviez très bien qu'il était dangereux. Vous auriez pu stopper tout cela, vous auriez pu sauver le frère de Jamie, et Sean Nyle aussi.

Davis jeta un regard en direction de Henry, sur une civière.

— Et vous auriez même peut-être pu le sauver, lui, si vous n'étiez pas aussi sensible à l'opinion des gens.

— Davis, murmura Jamie, tu as dit que tu viendrais… Ne me laisse pas.

Elle tendit la main vers lui.

— Je veux être avec toi.

Davis essaya de se maîtriser et de brider sa colère. Il acquiesça et prit la main de celle qu'il aimait.

Une dernière fois, il considéra le corps allongé de Henry Westport.

— Nous nous reverrons, murmura-t-il.

Pas question de le laisser échapper à son châtiment.

Davis entrelaça ses doigts à ceux de Jamie.

Elle était saine et sauve.

Vivante.

Elle était avec lui.

Ils montèrent ensemble dans le véhicule de secours. Les ambulanciers s'employèrent tout de suite à déchirer la manche de Jamie. Celle-ci tourna la tête et son regard rencontra celui de Davis.

— Je n'ai plus besoin d'avoir peur, n'est-ce pas ?

— Non, mon amour. C'est fini.

— Plus de fantômes ?

Oh ! ce petit sourire qui retroussait sa lèvre…

— Non, plus un seul.

Et, s'il le pouvait, plus rien que de la joie, pour le reste de sa vie.

— Je savais que tu viendrais, soupira Jamie. Je me disais… qu'il fallait seulement que je reste en vie.

Mon Dieu ! Si elle n'y avait pas réussi…

Davis bafouilla presque :

— Quand ils m'ont dit qu'il t'avait enlevée…

La terre s'est arrêtée de tourner pour moi, Jamie, le soleil s'est éteint. Plus rien n'existait…

Il s'éclaircit la gorge.

— Jamie… je…

Les sirènes hurlaient autour d'eux. Davis tourna la tête vers les portières encore ouvertes de l'ambulance. Il y avait là Grant, qui lui faisait des sourires d'encouragement. Quelques pas plus loin, Mac répondait aux questions de deux policiers en uniforme. Il avait tué pour protéger Jamie. Elle était déjà de leur famille.

Les portières se refermèrent.

— Jamie…

Davis s'éclaircit la gorge de nouveau. Ce n'était pas exactement l'endroit idéal. Mais il pouvait être dangereux d'attendre. Il n'y avait pas vraiment de moments adéquats dans la vie. Il fallait saisir l'instant quand on le pouvait. Et c'était là, tout de suite.

— Jamie, je pensais ce que j'ai dit : je t'aime.

Il voulait qu'elle le sache sans plus attendre.

— Je t'aime aussi, répondit-elle instantanément.

L'ambulance démarra.

Le passé était désormais derrière eux.

Henry Westport ne survécut pas à sa blessure. Jamie était libre. Elle n'avait plus à avoir peur de son ombre, ni à se retourner de peur d'être suivie. C'était fini.

— Je suis désolé, lui dit Mac.

Jamie le fixa un instant, ébahie. Ils se trouvaient au siège de la McGuire Security. Il y avait là, autour d'elle, presque toute la famille : Davis, Mac, Brodie, Jennifer, Grant et sa femme, Scarlett. Deux jours étaient passés depuis l'enlèvement de Jamie.

Deux jours à répondre à des centaines de questions et à tenter d'exorciser le passé. Deux jours qui avaient beaucoup resserré les liens et aidé à l'intégration de Jamie dans le cercle familial.

— Désolé ? répéta-t-elle, interloquée. Mais tu nous as sauvés, Mac, tu…

— C'est ma faute s'il t'a enlevée, la coupa Mac. Je devais te protéger et j'ai surréagi quand j'ai appris que Davis était blessé.

Jamie s'avança vers Mac. Davis, à deux pas d'elle, se contentait de regarder la scène, silencieusement.

Jamie prit Mac dans ses bras.

— Tu n'y es pas du tout. Ça ne s'est pas passé comme tu le crois. Quand Henry m'a appelée, il m'a promis de me dire où se trouvaient Davis et Sean si je le rejoignais. *Un vivant et un mort*, il a précisé…

Les yeux de Mac s'agrandirent de surprise.

Jamie enchaîna :

— J'ai accepté et je t'ai simplement indiqué où Davis se trouvait parce que c'était ce qui comptait pour moi.

Davis jura entre ses dents.

— Donc, c'est moi, continua Jamie, qui ai voulu que tu te lances au secours de ton frère, Mac, parce que je ne voulais pas qu'il meure.

La porte s'ouvrit et Sullivan parut sur le seuil. Mais il n'était pas seul : Garrison Westport l'accompagnait.

L'irruption du père de Henry fit sensation…

— Mais enfin, Sully, qu'est-ce qui te prend ? gronda Davis. Il n'a rien à faire ici, emmène-le !

Sullivan leva la main pour faire taire les murmures.

— Garrison Westport a quelque chose à nous dire. J'estime important que nous l'écoutions.

Westport, pâle, fatigué et paraissant beaucoup plus âgé que deux jours auparavant, se glissa dans le bureau.

— Il n'a pas eu que des torts, continua Sullivan. Par exemple, c'est M. Westport qui, en liaison avec le père de Jamie et le bureau des US marshals, s'est arrangé, à son insu, pour que Jamie retrouve une nouvelle vie au Texas.

— Cela n'a malheureusement pas suffi, soupira l'industriel.

— Q… quoi ? fit Jamie, interloquée.

Avec mon père ?

— J'étais allé le voir chez lui, dans le Connecticut, expliqua Garrison Westport. Avec l'accord des US marshals et pour vous aider à recommencer une nouvelle vie. De l'argent a changé de main…

L'estomac de Jamie se retourna. Elle avait utilisé l'argent des Westport sans le savoir.

L'industriel évitait de la regarder en face. Il continua, les yeux fixés sur le plancher, pitoyable dans son complet froissé :

— Lorsque Henry a tué votre frère… j'ai su, cette fois,

que cette obsession qu'il avait de vous ne cesserait pas. J'ai compris qu'il était toujours une menace. Mais il était mon fils… et un père doit protéger son fils.

— Même en me mettant en danger ? demanda Jamie d'une voix très basse, presque un chuchotement. En faisant croire que je mentais ? En faisant se détourner de moi mes propres parents ?

L'industriel baissa encore davantage la tête.

— Je sais, murmura-t-il. Je vous demande pardon.

Puis il se tut, apparemment incapable d'en dire plus. Mais peut-être en effet n'y avait-il plus rien à dire, songea Jamie.

Garrison Westport avait eu le choix entre la justice et son fils, et il avait choisi celui-ci.

— Regardez-moi ! lui intima Jamie d'un ton bref.

Il leva le menton.

— Quand avez-vous compris qu'il avait retrouvé ma trace ?

Le regard du père de Henry alla chercher celui de Sullivan, comme pour quémander son appui.

— Regardez-moi, je vous dis, répéta Jamie, la colère durcissant sa voix. Je suis celle que votre fils a voulu détruire. Ayez au moins la correction de me regarder dans les yeux.

— C'est venu… de votre mère, balbutia Westport.

Ma mère ? D'abord mon père et à présent ma mère ?

— Elle m'a écrit. Elle voulait savoir où vous étiez. Elle disait que j'étais responsable de tout. Henry a eu en main une de ses lettres et il s'est imaginé que c'est vous qui l'aviez écrite. Sa vieille obsession est revenue. Alors, j'ai fait vérifier tous ses comptes en banque. Il y avait eu d'importantes sorties de fonds. Il avait engagé des enquêteurs privés pour vous rechercher. Par bonheur, j'ai pu retrouver la plupart d'entre eux et leur faire cesser leurs recherches, en les payant, naturellement. Et puis, il y a un mois de cela, son comportement est apparu encore plus étrange. C'est alors que j'ai contacté Sean Nyle. Je voulais savoir si vous étiez en sécurité et, apparemment, vous l'étiez. De son côté, Henry me disait qu'il était conscient d'avoir encore besoin de soins et qu'il pensait aller se faire soigner dans une clinique. Je l'ai cru.

— Il vous a berné longtemps, commenta Jamie, acerbe.

Westport se redressa un peu.

— Oui, en effet. Il a engagé un acteur.

— Pas pour la première fois, intervint Sullivan. En fait, Henry Westport avait régulièrement recours aux services de ce comédien et depuis des années…

Garrison pâlit encore davantage.

— Il s'est servi de cet acteur pour s'échapper et venir vous harceler.

— Il ne pourra plus le faire à présent, grogna Davis, impitoyable.

— Non, il ne le pourra plus, dit l'industriel d'une voix blanche.

Son regard revint se poser sur Jamie.

— Je suis désolé, répéta-t-il.

Elle, avait l'œil sec.

— Je tiens à vous dire, reprit Garrison Westport, que je suis prêt à payer pour la reconstruction et l'ameublement de votre maison, vos frais d'hôpitaux et…

— Non, le coupa Jamie. Vous ne pouvez pas rembourser le mal que vous nous avez fait. Je ne veux pas de votre argent, ni rien de vous. Je veux juste que vous sortiez de ma vie !

Elle avait besoin d'espoir et ne voulait plus rien retenir de l'enfer qu'elle avait enduré.

Les lèvres de Garrison Westport tremblaient. Il paraissait hagard, comme s'il ne pouvait pas comprendre que l'on puisse refuser son argent. Il les regarda tous et soudain s'exclama :

— Je peux vous apporter une information. ! Vous ne savez pas… mais je peux vous aider !

— Nous ne voulons pas de votre aide, trancha Davis.

Il se tourna vers son frère.

— Sullivan, ça suffit, à présent. Fais-le sortir !

Sullivan ouvrit la porte.

— Mais… mais, bégaya Westport. Il s'agit de vos parents !

Tout le monde se figea dans la pièce.

— Je… sais tout sur votre mère.

Un grand silence s'installa parmi les McGuire.

— Je… J'ai payé un détective privé pour fouiller dans les dossiers des US marshals, expliqua l'industriel. Juste pour vérifier que Jamie allait bien…

Ses mots se précipitaient dans sa bouche.

— Et, quand j'ai eu accès à ces dossiers, j'ai découvert des choses…

Grant se campa devant lui.

— Vous êtes en train de nous expliquer que vous avez ouvert frauduleusement des fichiers classifiés par le gouvernement ? Et c'est à nous que vous venez raconter ça ? Je crois que ça suffit, Westport. Notre famille ne veut rien de vous. Sortez !

Sullivan posa fermement la main sur l'épaule de Garrison.

— Allez, ne faites pas d'histoires. Venez !

— C'est en croisant les dossiers que le nom de votre mère est apparu, insista l'industriel, parlant d'un ton plus pressant et plus rapide encore. Quand j'ai découvert par Sean Nyle que Jamie était à Austin… Votre mère s'est installée dans la région quand elle avait une vingtaine d'années. Son nom était alors Ada Gregory et…

— Il vaudrait mieux ne pas mentir, cette fois, Westport, maugréa Sullivan.

— Je ne mens pas ! J'ai encore tous les dossiers, ils sont à vous !

Garrison eut un sourire tout à fait veule.

— Est-ce que ça ne rachète pas un peu tout le mal que je vous ai fait ?

L'estomac de Jamie se révulsa. Davis l'attira contre lui, la serra fort.

— Pas vraiment, non, répliqua-t-il à Garrison. Sortez !

Sullivan poussa Garrison Westport dehors.

Tous les autres McGuire regardaient Jamie et Davis, sans dire un seul mot.

Puis, en silence et les uns après les autres, ils quittèrent à leur tour la pièce.

Resté seule avec Jamie, Davis la retint. Il la serra encore plus fort.

— Rien n'est plus important pour moi que toi, Jamie. Rien. Tu comprends ?

Ses yeux verts, d'une profonde et lumineuse sincérité, étaient fixés sur les siens. Incapable de parler, Jamie acquiesça en silence.

— Je veux passer le reste de ma vie avec toi, continua Davis. Etre toujours avec toi… Quand tu seras prête à… passer à l'étape suivante, tu me le diras. Pour l'instant, je suis là, déjà. Et je t'aime.

L'étape suivante ? s'étonna Jamie. *Le mariage ? Une famille ?*

Elle mouilla ses lèvres.

— Je suis là pour toi, moi aussi, et je le serai toujours, lui répondit-elle, le cœur battant à tout rompre. Je t'aime.

Ils feraient face ensemble à tout ce qu'ils rencontreraient sur leur route : menaces, secrets, péchés et mensonges du passé. Ensemble, toujours, elle le savait.

Ensemble, ils seraient plus forts. Ensemble, ils seraient heureux.

Ensemble, ils auraient raison de tous les malheurs qui viendraient à croiser leur chemin.

Epilogue

Tout le monde aime un beau mariage. Enfin, presque tout le monde…

Jamie était si nerveuse que son estomac se contractait douloureusement. Ses mains tremblaient et c'était miracle qu'elle n'ait pas encore fait de la charpie du bouquet.

Elle ne tenait pas spécialement à une cérémonie imposante, non, elle voulait épouser Davis, tout simplement.

La famille McGuire était là. Les frères du marié, sa sœur, ses belles-sœurs, toute sa famille, celle de Jamie désormais.

Et… ses parents à elle étaient là, eux aussi. Parce que Sullivan avait raconté à Jamie leur chagrin et leurs regrets. Les années avaient passé et il était sans doute temps de leur accorder une seconde chance.

— Vous pouvez embrasser la mariée !

Davis se tourna vers elle et un profond soulagement gagna Jamie. Ils étaient arrivés sans encombre jusqu'au point crucial de la cérémonie. Ils étaient désormais mari et femme.

Davis se pencha. Il allait l'embrasser, il…

Non. Il s'arrêta net et la regarda au fond des yeux.

— Je t'aime, lui dit-il.

Elle lui sourit.

— Je t'aime aussi…

Alors, il l'embrassa. Pas de la façon rapide et légère à laquelle s'attendait certainement le juge de paix qui officiait.

A pleine bouche !

Ensuite, il lui chuchota :

— A qui vas-tu envoyer ton bouquet ? Je sais comme tu es experte à le réexpédier, en le faisant rebondir, mais là…

Prise au dépourvu, Jamie se mit à rire et, du même coup, ce qui restait en elle de peur et de chagrin s'envola tout à fait. C'était l'aube d'une nouvelle vie. Celle de tous les commencements et de la joie.

Sa journée, à elle.

Elle lança son bouquet. Il n'y avait pas de demoiselle à proximité, mais plusieurs messieurs célibataires. Elle choisit sa cible avec soin. Et lança le bouquet droit sur Mac.

SÉRIE GARDES DU CORPS EN MISSION - 3/4 ET 4/4

Menaces sur une innocente, de Lisa Childs - N°384

Aucune femme ne me mettra la corde au cou ! Cette phrase, Dalton, flic de choc et incorrigible séducteur, l'a prononcée plus d'une fois. Pourtant, en croisant le regard de la beauté qu'il vient de découvrir, choquée, dans le coffre d'une voiture, il sent naître en lui un étrange instinct protecteur. D'autant que la mystérieuse inconnue a perdu la mémoire et s'en remet entièrement à lui pour l'aider à la retrouver. Tout en luttant contre le trouble qui le gagne malgré lui, Dalton mène l'enquête et fait une découverte stupéfiante : sa protégée, qui se prénomme Elizabeth, est la tutrice d'une petite Lizzie, un bébé que ses meilleurs amis lui ont confié avant de mourir dans d'étranges circonstances, et qui semble être au cœur d'un terrible complot.

Le cercle du danger, de Lisa Childs

Partagée entre colère et stupeur, Rebecca ouvre sa porte et affronte le regard de Jared Bell. Pour quelle raison l'homme qu'elle a tant aimé et qui l'a quittée six ans plus tôt est-il venu la trouver ? Il enquête suite à une série de meurtres, lui explique-t-il, et, persuadé que Rebecca est en danger, il va s'installer chez elle pour mieux la protéger. Une décision qui, bien au-delà du trouble qu'elle provoque en elle, plonge Rebecca dans le plus grand désarroi : en effet Alex, son petit garçon, va bientôt rentrer de l'école et, en le voyant, Jared va immédiatement comprendre qu'il est son fils...

Le mystère du lagon, de Carla Cassidy - N°385

Deux ans plus tôt, Shelly, la sœur aînée de Savannah, a été retrouvée noyée dans un lagon, victime d'un meurtrier qui n'a jamais été arrêté. Depuis ce jour, Savannah se terre chez elle, se condamnant à une solitude proche de la folie, allant même jusqu'à se couvrir d'un drap blanc les soirs de pleine lune pour effrayer les habitants de la ville... Incapable de rester inactif plus longtemps face à la lente descente aux enfers de celle qui autrefois flirtait joyeusement avec lui, Josh Griffin, le shérif adjoint de Lost Lagoon, décide de rouvrir le dossier concernant la mort de Shelly et de reprendre l'enquête que ses supérieurs ont hâtivement classée...

La forêt du souvenir, de Cynthia Eden

Depuis des années, Noelle ne cesse de revivre en pensée le kidnapping dont elle a été victime lorsqu'elle avait dix-sept ans. Un événement qui aurait pu connaître une fin tragique sans l'intervention d'un policier héroïque dont elle n'a gardé qu'un souvenir imprécis... Et aujourd'hui, alors qu'elle travaille au FBI et se retrouve en planque avec Thomas, son nouveau coéquipier, elle sent son cauchemar resurgir. Oubliée, la profileuse professionnelle lancée aux trousses d'un criminel ! Dans cette forêt profonde dont elle a cru autrefois ne jamais sortir vivante, elle sent peu à peu la panique la submerger. Seul rempart à son désarroi : Thomas, dont la silhouette rassurante et le regard profond lui rappellent étrangement une autre silhouette, un autre regard...

Retrouvez en mai,
dans votre collection

BLACK ROSE

Secrète conspiration, de Cindi Myers - N°386

Victime ou mythomane ? Selon son entourage, Lauren Starling, journaliste vedette de la télévision, souffre de problèmes psychiques. Des troubles qui l'ont conduite à inventer une histoire incroyable : Richard Prentice, un magnat du pétrole, l'aurait enlevée et séquestrée durant plus d'un mois ! Accusée de mensonge, Lauren perd son emploi et se tourne vers l'unique personne en qui elle ait confiance : Marco Cruz, le policier qui l'a libérée quelques semaines plus tôt et dont la tranquille assurance l'a marquée. Réunis par le danger, Lauren et Marco tentent de prouver la culpabilité de Prentice. Mais, peu à peu, le piège se referme autour d'eux...

A la recherche d'Adam, de Carolyne Aarsen

Adam n'est plus dans sa chambre ! Abasourdi, Carter fixe en silence Emma, la jeune femme qui travaille dans son ranch depuis quelques mois et qui vient de lui annoncer que son fils a disparu. Ainsi, cette maison qu'il s'apprête à vendre est à nouveau le théâtre d'un drame. Scrutant la tempête qui fait rage au-dehors, Carter s'interroge. Adam a-t-il fugué ? A-t-il été enlevé ? Tout à coup, il croise le regard d'Emma, et un trouble inconnu l'envahit. Car, dans les yeux de la jeune femme, il a lu la peur, certes, mais aussi l'espoir et la confiance qui font naître en lui une détermination nouvelle. Qu'importent les dangers, il retrouvera Adam et rendra son sourire à Emma...

Dangereuses confidences, Kathleen Long - N°387

« *Ne le dites à personne* » : c'est le nom du blog d'Abby. Un blog sur lequel apparaissent bientôt des photos d'inconnues, victimes d'un tueur en série... Parmi celles-ci, il y a Emma, la sœur de l'inspecteur Jack Grant. Hanté de n'avoir pu protéger sa sœur huit ans plus tôt, Jack ne tarde pas à se tourner vers Abby pour tenter de démasquer le tueur. Jusqu'au moment où celui-ci, décidé à faire parler de lui, choisit justement la jeune femme comme prochaine victime. Jack, tombé amoureux d'elle, comprend alors que le tueur essaie cette fois de lui arracher la femme qu'il aime...

Protection dans l'ombre, Mary Burton

Kristen pensait avoir définitivement clos un épisode douloureux de sa vie. Installée à Lancaster Springs sous un nouveau nom, elle n'aspire désormais qu'à oublier la mort de son fiancé. Et, qui sait, à connaître de nouveau l'amour. D'ailleurs, Dane Cambia ne fait pas mystère de ses sentiments pour elle. Mais, quand le bras droit de son frère, un redoutable trafiquant de drogue, retrouve sa trace, Kristen voit s'envoler ses rêves et a peur pour sa vie. Elle décide alors de dévoiler à Dane son passé et de s'en remettre à lui pour sa protection...

Composé et édité par HARLEQUIN

Achevé d'imprimer en Italie (Milan)
par Rotolito Lombarda
en mars 2016

Dépôt légal en avril 2016

Pour l'éditeur, le principe est d'utiliser des papiers composés de fibres naturelles, renouvelables, recyclables, et fabriquées à partir de bois issus de forêts gérées selon un système d'aménagement durable. En outre, l'éditeur attend de ses fournisseurs de papier qu'ils s'inscrivent dans une démarche de certification environnementale reconnue.